D1997467

Harper
Collins

Tim Erzberg

Sturmfeuer

Kriminalroman

Harper
Collins

HarperCollins®
Band 100107

FSC
MIX
Papier
FSC® C014496

1. Auflage: März 2018
Originalausgabe

Umschlaggestaltung: Büro für Gestaltung, Cornelia Niere, München
Umschlagabbildung: andreas@photofreaks.eu
Redaktion: Thorben Buttke
Satz: GGP Media GmbH, Pößneck
Printed in Germany
Dieses Buch wurde auf FSC®-zertifiziertem Papier gedruckt.
ISBN 978-3-95967-147-7

www.harpercollins.de

Die Augen des Alten starrten sie an, als hätte er den Teufel selbst gesehen. Es war nicht einfach Angst oder Panik, es war der blanke Horror, der sich im Blick des Alten widerspiegelte. Mit weit aufgerissenen Augen stand er vor ihr, am ganzen Leib zitternd. Er atmete so schwer, dass Anna dachte, er würde im nächsten Moment einen Herzinfarkt haben. Schweiß stand auf seiner Stirn, während er stammelte: »Ich hab ihn gesehen. Hab ihn. Gesehen. Ja. Ich … ich …« Dann brachte er kein Wort mehr hervor, sondern nur noch einen kaum hörbaren, seltsamen, ganz hohen Ton. Anna stellten sich die Nackenhaare auf. Sie spürte, wie sich eine Gänsehaut über ihren ganzen Körper breitete, als der Ton lauter wurde und lauter und immer noch lauter. Ein Kreischen, ein gellender Schrei, so irrsinnig wie die Fratze des Mannes, der ihr gegenüberstand und sich mit beiden Händen zitternd an der Theke der kleinen Polizeistation festkrallte und sie nur immerzu mit weit aufgerissenen Augen anstarrte, nein, durch sie hindurchstarrte, als blicke er ans Ende der Welt, ins Herz aller Dinge: in die Mitte der Hölle.

Paul war in der Tür erschienen, die entsicherte Waffe im Anschlag. Anna schaffte es, ihm zu signalisieren, dass der Alte vielleicht verrückt war, aber offenbar nicht gewalttätig. Auch wenn sie es nicht sicher wusste. Als der Mann Luft holen musste, warf Paul sich auf ihn und packte ihn von hinten mit festem Griff um Brustkorb und Arme. Falls er mit Gegenwehr gerechnet hatte, musste er überrascht sein. Statt um sich zu schlagen, sackte der Alte in sich zusammen und zog Paul mit auf den Boden. Wäre es ihnen in diesem Augenblick gelungen, die unsichtbare Mauer zu durchdringen, die sie von ihm trennte, vielleicht hätten sie den Albtraum aufhalten können.

1

Die weißen Segel leuchteten in der grellen Sonne. Wie ein Stapel Papier, der über die sanften Wellen der Nordsee verstreut im Wind flatterte. Sie blähten sich alle in eine Richtung, strebten der Insel entgegen, schräg stehend, von ihren wackeren Begleitern mit aller Kraft am Seil gehalten. Kaum größer als Seifenkisten, wurden die Boote von der sachten Brise in die Nordreede getrieben und mit ihnen ihre Kapitäne: die jüngsten und tapfersten. Kinder. Zehnjährige! Manche noch jünger. Allein auf Segelbooten in der Nordsee. Es war eine Besonderheit, die Helgoland für einige Tage im Hochsommer zum Mekka der Juniorskipper und ihrer ehrgeizigen Eltern machte: die Regatta der Jüngsten in der Bootsklasse der »Optimisten«, um den Opti-Cup nach Hause zu tragen.

Kopfschüttelnd und staunend stand Anna Krüger neben ihrem Kollegen Paul Freitag und betrachtete die Szenerie. »Sie segeln wie alte Hasen.«

»Eher wie alte Seebären«, sagte Paul und warf einen Blick durch den Feldstecher. Er sah aus wie einer der Väter, die drüben an den Westkajen standen, ihre Jungs beobachteten und sie anfeuerten, obwohl die jugendlichen Wassersportler in ihren winzigen Schaluppen sie nicht hören konnten. Selbst wenn sie sie hätten hören können, hätten sie vermutlich nichts mitbekommen. Es kostete unvorstellbare Anstrengungen, allein da draußen mit dem Boot gegen eine Konkurrenz zu bestehen, die keine Angst kannte und nur darauf fieberte, den

Cup zu gewinnen. »Letzter Tag heute, was?«, fragte der Kapitän des Halunder Jets, der vor ein paar Minuten erst angelegt hatte und nun glänzend am Pier lag. »Letzter Tag«, bestätigte Paul und reichte ihm sein Fernglas.

»Mutige Jungs sind das. Ich würde meinen nicht alleine durch die Nordsee skippern lassen.«

»Dass ausgerechnet Sie das sagen, überrascht mich.«

Der Kapitän schüttelte den Kopf. »Viel zu gefährlich.«

»Aber hier, so nah bei der Insel …«

»Gibt hier auch Untiefen. Riffe. Strömungen. Die Nordsee ist kein Badeteich.« Er gab ihm den Feldstecher zurück.

»Ich kann Sie verstehen«, sagte Anna. »Ginge mir genauso.«

Der Kapitän tippte sich an die Kappe und murmelte: »Ich werd dann mal wieder.« Er wandte sich ab und ging sein Schiff inspizieren. »Ja«, sagte Paul. »Ich muss auch meine Runde machen. Du hältst die Stellung?«

Anna nickte. »Klar. Ich bin hier, wenn was ist.« Sie sah ihrem Kollegen nach, der sich aufs Fahrrad schwang und kurz darauf an den Hummerbuden entlang davonfuhr. Hinter ihrer Stirn pochte ein penetranter Schmerz, der sich dort seit einigen Tagen festgesetzt hatte. Sie würde ihn ignorieren. Sie musste ihn ignorieren.

Er war so stolz auf seinen Sohn. Mit zehn Jahren hatte der Junge ein Gefühl für das Material, für den Wind und für das Wasser, wie man es sonst nur bei erwachsenen Seglern kannte. Vielleicht würde er bei diesem Cup nicht auf dem Podest landen. Aber spätestens beim nächsten Mal war der Junge so weit. Das spürte Nils Michelsen. Er wusste es einfach. Nils junior war der geborene Skipper. Im Moment lag er mit seiner Nussschale auf Rang fünf. Wahrscheinlich würde der Bursche aus Rendsburg noch an ihm vorbeiziehen. Er hatte eine gute Technik und die nötige Brutalität, Nils am Ende noch abzudrängen. Die hatte sein Sohn nicht. Noch nicht. Nils war einfach ein Guter. Dagegen war nichts zu sagen. Allerdings würde er irgendwann einen gewissen Killerinstinkt entwickeln müssen, um ganz nach vorne zu kommen. Aber er hatte ja noch Zeit. Das hier war der erste ernsthafte Test. Und er lief gut. Sehr gut.

»Welcher ist Ihrer?«, fragte ein Mann, der neben ihm stand.

»Startnummer siebzehn«, erwiderte Michelsen, und er merkte, dass er es mit deutlichem Stolz sagte.

»Darf ich mal?« Der Mann deutete auf Michelsens Feldstecher.

»Sicher. Bitte.«

»Danke.«

Der Wind hatte zugelegt. Mindestens eine halbe Windstärke, eher eine ganze. Michelsen hatte ein gutes Gespür dafür. Die ganze Flotte von Kleinbooten lag jetzt auf Steuerbord und bog in die letzte Kehre. In zwei, drei Minuten würden sie auf die Ziellinie zulaufen: die Einfahrt der Binnenreede. Das Licht war so hell, dass Michelsen seine Augen mit der Hand schützen musste. Im Moment konnte er das Boot von Nils gar nicht genau ausmachen. Lag er auf Platz vier? Oder war er weiter zurückgefallen? Für ein paar Augenblicke wurden die Schaluppen von anderen Booten verdeckt. Dann schossen die ersten herein. Die Startnummer vier. Die Acht. Dreizehn. Vierzehn. Zwei. Zwanzig. Sechzehn. Achtundzwanzig. Sechs. Verdammt, wo blieb Nils? Hatten sie ihn so kurz vor Schluss noch massenweise überholt? Michelsen nahm den Feldstecher wieder an sich und fixierte die Hafeneinfahrt. Zweiundzwanzig. Dreißig. Achtzehn. Elf. Zwölf. Fünf. Eins. Wo war die Siebzehn?

»Welcher war noch mal Ihrer?«, fragte der Mann. Doch Michelsen hörte ihn gar nicht mehr. Denn ihm war klar, dass längst alle eingelaufen waren. Alle außer Nils. Keine Siebzehn. Und ihm war in diesem Augenblick auch klar, dass etwas Schreckliches geschehen sein musste.

»Was heißt ›weg‹?«

»Der Junge ist verschwunden, Mann!«

»Okay. Noch mal so, dass ich es verstehe. Die Kinder laufen in den Hafen ein, sie ziehen ihre Boote an Land – und dann? Fehlt eines? Bleibt das Boot im Wasser, oder steht es irgendwo herum, und nur der Junge ist weg?« Pauls Blick folgte den jungen Seglern, die ihr Gerät aus dem Wasser gezogen hatten und es nun – das Boot hatte Rollen – den Weg hoch Richtung Hummerbuden zogen, weil die Boote drüben am Westhafen trockengedockt wurden.

»Er ist noch draußen, Mann«, schrie ihn Kielhorn an, weiß vor Wut oder Panik. Kielhorn, der von allen Veranstaltern wahrscheinlich der abgebrühteste war.

»Sie meinen, er ist noch auf dem Meer? Und das Boot?«

»Keine Ahnung! Wir müssen sofort noch mal raus. Die Begleitboote haben schon beigedreht und suchen.« In dem Moment knackte es in Kielhorns Walkie-Talkie. »Ja? – Okay. – Nein. – Dann fahr du auf der Strecke zurück, Dieter soll rüber zur Düne, wir gehen auch gleich raus und fahren nach Norden an den Klippen lang.« Kielhorn steckte das Funkgerät weg und lief los. »Könnt ihr so viele Männer wie möglich oben auf die Klippen schicken?«, rief er über die Schulter zu Paul Freitag zurück. »Wenn sie irgendwas sehen, sollen sie sofort Bescheid geben!« Ohne Pauls Antwort abzuwarten, sprang er in ein bereitstehendes Motorboot und gab dem Steuermann ein Zeichen, sofort abzulegen. »Ich benachrichtige die Seenotrettung!«, brüllte Paul hinterher. Was er noch im Laufen tat. Die Nummer war in seinem Handy eingespeichert, das Schiff lag leider gerade nicht im Hafen, sondern war wer weiß wo. »Wir sind in zwanzig Minuten da«, beschied ihn der diensthabende Vormann. Zwanzig Minuten. Genug Zeit, um zwanzig Mal zu ertrinken. Und selbst ein guter Schwimmer machte es draußen auf See oft nicht mehr als zehn Minuten. Auch wenn der Seegang gering war und die Lufttemperatur hoch: Das Meer war kalt. Und die Kälte lähmte. Sie lähmte die Glieder. Die Kräfte. Den Willen.

Zum Glück hatten die Jungs alle Schwimmwesten an. Wenn wirklich einer von ihnen gekentert war, dann würde er nicht gleich hinabgezogen, selbst wenn er bewusstlos im Wasser lag. Und die Westen waren so konstruiert, dass sie ihren Träger automatisch auf den Rücken drehten, wenn er ohnmächtig wurde. Außerdem waren sie weithin sichtbar. Hektisch wählte Paul die Nummer von Anna Krüger. »Anna? Wir brauchen Beobachtungsposten oben auf den Klippen. So viele wie möglich. In jeder Richtung. Eines der Opti-Kinder ist draußen geblieben. – Keine Ahnung. Hoffentlich nicht. Wenn er nur vom Kurs abgekommen ist, mach ich drei Kreuze. – Ja. Gut. – Ich schicke dir so viele Leute zum Funkturm hoch, wie ich auftreiben kann. – Danke.« Auf Anna war Verlass. Sie würde die Leute koordinieren. Die Frage war, wie schnell er welche mobilisieren konnte.

Aus der Entfernung sah er seine Kollegin schon den Invasorenpfad hochhasten, als sich endlich das Schulsekretariat meldete. »Frau Pflug? Gott sei Dank. Freitag hier. Wir brauchen sofort so viele Leute wie möglich an den Klippenrändern, um Ausschau zu halten. Einer der Opti-Segler wird vermisst. Können Sie eine Durchsage machen und Ihre Schüler zum Funkturm rausschicken? – Bitte! Es geht hier um das Leben eines Kindes!« Er spürte, wie das Blut in seinen Ohren rauschte. Aus irgendeinem Grund fühlten sich seine Beine taub an. »Danke«, flüsterte er, ehe er sich, halb stolpernd, für einen winzigen Moment auf den Boden setzte und sich die Hand aufschlug. Zu schnell. Er war zu schnell gelaufen. Die Hitze. Der Kreislauf. Er kniff die Augen zusammen und konzentrierte sich, spürte, wie sein Puls wieder kam, hörte auch wieder, was um ihn herum geschah. Der Kapitän des Halunder Jets stand neben ihm. »Alles in Ordnung, Paul?«

Paul Freitag nickte. Schluckte. »Einer der Jungs ist nicht reingekommen.« Der Kapitän kapierte schneller als er. »Abgängig? Wir legen sofort ab. Kann ich dich alleine lassen?«

»Kannst du. Danke.« Paul sah dem Kapitän hinterher, der ein gedrungener, eher behäbiger Mann war, aber nun mit einer Geschwindigkeit auf sein Schiff stürmte, als sei der Leibhaftige hinter ihm her. Gut, wenn der Jet mitsuchte. Der Katamaran war mit Abstand das schnellste Schiff hier draußen, konnte einen größeren Radius bedienen als die Motorboote, die sich inzwischen in größerer Zahl draußen vor der Insel befanden und mit allem, was sie hatten, in jede Richtung ausschwärmten. Paul wischte sich über die Stirn, dachte nach, was er tun konnte, da klingelte das Handy. Kielhorn. »Ja?«

»Wir haben es.«

»Was für ein Glück! Und dem Jungen geht es gut?«

»Das Boot.«

»Das Boot? Was meinen Sie damit?«

»Wir haben das Boot«, brüllte Kielhorn am anderen Ende. »Von dem Kind fehlt jede Spur.«

Innerhalb weniger Minuten standen Beobachter rund um die ganze Insel oben auf den Klippen wie die Zinnen auf einer Burgmauer. Manche hatten Ferngläser bei sich, andere beschirmten ihre Augen mit der Hand und blickten aufs Meer hinaus und hinab in die Tiefe. Bis zu vierzig Meter hoben sich die majestätischen Felsen des Oberlands aus dem Meer. Sich ganz nach vorne an den Rand zu wagen, war an vielen Stellen durchaus ein gefährliches Unterfangen. Mehr als einmal hatte Anna Angst, sie könnten womöglich ein Leben retten, indem sie ein anderes opferten. Inzwischen war ganz Helgoland von unzähligen Booten umgeben, die jeden Quadratmeter Meeresoberfläche absuchten, als ginge es um einen Golfball und nicht um ein Kind mit Schwimmweste, das man ja weithin sehen musste. Allein, man sah es nicht. Niemand sah es. Immer wieder wanderte auch Annas Blick hinaus aufs Wasser und hinab zum Fuß der Klippen, stets bereit, das Schreckliche zu entdecken: einen zerschmetterten Körper, der von den Wellen wieder und wieder an den Fels geschleudert wurde oder der sich langsam auf eine der schmalen Sandbänke schob, um dort zwischen Seetang, Müll und Möwen liegen zu bleiben, bis sich jemand zu ihm abgeseilt hatte. Doch weder sie noch einer der anderen Beobachter entdeckte den Jungen. Die ganze Schule stand draußen auf den Klippen. Die Idee von Paul war gut gewesen. So schnell hätte niemand sonst so viele Helfer auf die Beine bringen können. Und dennoch: Solange keiner eine Entdeckung machte, war das alles vergebens. Und je mehr Zeit verging, umso tödlicher wurde die Gewissheit, dass der Junge nicht auftauchen würde. Trotz all der Menschen, die nach ihm suchten. Trotz der Boote und Schiffe draußen. Trotz der Seenotrettung, die inzwischen Nordnordwest kreuzte und dem Halunder Jet, der jenseits der Schwesterinsel Düne das Meer absuchte.

17. April, 22.08 Uhr

»Er ist kein zuverlässiger Bote.«

»Er ist der Einzige, den wir haben.«

»Ich traue ihm nicht.«

»Dafür gibt es keinen Grund. Er hat die Operation von Anfang an unterstützt.«

»Vielleicht ist es ja das. Vielleicht traue ich ihm nicht, weil er von Anfang an nie gezweifelt hat.«

»Hast du etwa gezweifelt? Hast du?«

»Ja. Jeden Augenblick. Du etwa nicht?«

»Nein. Nie.«

»Entweder bist du ein Held oder ein Dummkopf.«

»Das hängt wahrscheinlich vom Ergebnis ab.«

»Da magst du recht haben.« Er blickte durch das winzige Fenster hinaus. »Wo bleibt er denn?«

»Er wird jeden Moment da sein.«

»Wird er das?«

»Das wird er.«

»Gebe Gott, dass du dich nicht täuschst.«

2

»Ich kenne ihn«, sagte Anna. »Er ist einmal in Henry's Hummerbude hineingekommen auf der Suche nach seinem Bruder.«

Paul Freitag nickte. »Jeder kennt ihn. Fritjof. Er ist ein armes Schwein. Ein psychisches Wrack, seit er fünf Jahre alt war.« Er seufzte. »Das macht der Krieg aus Menschen. Ruinen.«

»Ich wusste gar nicht, dass du so ein Poet bist«, sagte Saskia, und es war offenbar nicht ironisch gemeint. Saskia Berneking war die Neue auf dem Revier. Sie war für Annas Geschmack von allem etwas zu viel: zu jung, zu attraktiv, zu sehr an Paul interessiert. Und an anderen Männern. Allen anderen Männern, wie es schien.

Paul schüttelte den Kopf. »Da ist nichts Poetisches dran. Es ist einfach nur bitter.«

»Und du bist sicher, er hat nicht wirklich was gesehen?«

»Was sollte er gesehen haben? Nein, Fritjof fantasiert. Seit über siebzig Jahren sieht er dieselben Dinge. Und sie finden alle in seinem Kopf statt.« Seufzend stand der Leiter des kleinen Polizeipostens auf und trat ans Fenster. »Der Alte ist versorgt. Was jetzt viel wichtiger ist: Was ist aus dem Jungen geworden?«

Anna zog die Akte zu sich, die Paul angelegt hatte. Obenauf lag ein Bild von dem Zehnjährigen: *Nils Michelsen junior.* Netter Junge. Blond. Sommersprossen. Große braune Augen, etwas vorstehende Schneidezähne. Leichte Segelohren. Aber durchaus ein hübsches Kind. »Junior?«

»Weil sein Vater genauso heißt«, erklärte Paul.

»Die genaue Position, wo das Boot gefunden wurde ...«

»Hat uns Kielhorn gleich durchgegeben. Die Stelle und alles, was in der Nähe liegt, haben die zentimeterweise abgesucht. Bis rüber zur Düne.« Er atmete schwer. »Nichts.«

»Es scheint dich mitzunehmen, Paul«, sagte Saskia mit gefühlvoller Stimme.

»Ein Zehnjähriger!« Er drehte sich um. Seine Augen schimmerten. »Meine Tochter ist neun. Wenn ich mir vorstelle, dass sie da draußen bleibt ...«

»Vielleicht finden sie ihn ja noch.«

»Ich weiß nicht, ob ich mir das wünschen soll.«

»Also hör mal ...«, warf Saskia ein, doch Paul schüttelte den Kopf. »Er *kann* nicht mehr leben, verstehst du? Niemand würde nach so langer Zeit noch leben. Entweder ist er ertrunken oder an den Klippen erschlagen worden.«

»Er könnte an den Strand der Düne getrieben sein«, schlug Saskia vor.

»Das würde erstens die Strömung nicht zulassen«, erklärte Paul. »Und zweitens wäre er dann längst gefunden worden. Nein, Saskia, der Junge ist tot.«

Anna schob die Akte wieder zurück. »Hoffentlich finden wir ihn bald«, sagte sie leise. »Es ist wichtig für die Familie.«

»Ja«, seufzte Paul. »Das ist es. Gewissheit ist immer wichtig.«

»Müssen wir die Kollegen von der Kripo verständigen?«

Paul schüttelte den Kopf. »Ich hab schon mit Kiel telefoniert. Die sehen keinen Anlass für Ermittlungen. Das war ein Unfall. Unmittelbar vorher ist der Junge ja noch im Rennen gewesen. Tausend Zeugen. Und die Anforderungen an die Teilnehmer sind so extrem, dass sowieso keiner eine Hand freihätte, um einen Rivalen aus dem Boot zu stoßen. Ganz abgesehen davon, dass es rein technisch kaum geht.«

Anna stand auf und ging hinüber zur Kaffeemaschine. »Was mich wundert: Die müssten auf ihren Booten doch alle gesichert sein.«

»Ja«, sagte Paul. »Das hab ich auch gefragt. Aber Kielhorn sagt, viele machen das nicht, weil sie sich nicht retten können, falls das Boot kentert und sie daran festgebunden sind.«

»Macht Sinn«, stimmte Saskia zu. »Wer schwimmen kann, ist vermutlich ohne Seil sicherer.«

»Schwimmen können die alle«, erklärte Paul und nahm Anna die Tasse aus der Hand, die sie ihm hinhielt. »Danke.«

»Und die Eltern?«, fragte Anna, während sie sich wieder setzte.

»Sind natürlich am Boden zerstört. Das heißt: der Vater. Die Mutter ist nicht dabei.«

Anna hatte es übernommen, nach Dienstschluss noch einmal im Klinikum vorbeizusehen. Der Alte lag friedlich in seinem Bett und schlief. Sie hatten ihm ein Beruhigungsmittel gegeben. Er sah aus wie der Großvater, den Anna nie gehabt hatte: freundlich, gütig, weise. Unvorstellbar, dass er sie vor wenigen Stunden noch zu Tode erschreckt hatte. Die Fratze, mit der er in der Polizeistation aufgetaucht war, schien einem gänzlich Fremden zu gehören. Als wohnten zwei Seelen in seiner Brust. Dr. Jekyll und Mr. Hyde.

Anna zog einen Stuhl heran und setzte sich zu ihm. Durch das Fenster fiel ein letztes schwaches Leuchten des Abendhimmels. Eine friedliche Stimmung lag über Helgoland, und Anna war dankbar, dass sie hierher zurückgekehrt war. Es war ihr schwer genug gefallen. Und am Anfang war es unerträglich gewesen. Doch jetzt war sie endlich angekommen. Fühlte sich eins mit der Insel, auf der sie ihre Kindheit und Jugend verbracht hatte. Wollte, konnte sich nicht mehr vorstellen, an einem anderen Ort zu leben. Trotz Stalin, ihrem persönlichen Folterknecht, dem Monstrum, das in ihrem Schädel hauste und in ebenso unregelmäßigen wie unberechenbaren Abständen versuchte, sie zu zerstören. Medizinisch gesehen war es zweifellos eine Migräne. Psychologisch mochte man es als posttraumatische Belastungsstörung betrachten, wie man Anna in den zurückliegenden Monaten mehrmals erklärt hatte. Persönlich gesehen war Stalin schlicht ein niemals endender Albtraum, den sie durchleben musste und seit einiger Zeit – genau genommen, seit sie begonnen hatte, ihn als eigenes Wesen zu sehen – wie ein Actionspiel der harten Sorte betrachtete. Der ganz harten Sorte. Aber Anna war ja auch hart geworden. Sie hatte sich angewöhnt, ihr ganzes Wesen in verschiedene Teile aufzuspalten und jedem Teil eine eigene Existenz zuzugestehen: Es gab die freundliche, unkomplizierte Anna Krüger, die ebenso umgänglich war wie oberflächlich. Es gab die verschlossene Anna, deren Geheimnisse im Verborgenen blieben. Die toughe Anna Krüger, die ihren Job machte und sich allem und jedem entgegenstellte wie ein Fels, unbeeindruckbar und kantig. Und es gab natürlich auch die sanftmütige, romantische, verletzliche Anna – die Anna, die niemand jemals kennenlernen würde. Die den Flug der Möwen liebte und das Glühen der roten Felsen im Sonnenlicht. Sinéad O'Connor und Jasmintee. Diese Anna Krüger ging niemanden etwas an, sie hielt sie vor Dritten verborgen und erlaubte ihr nur, hervorzukommen, wenn sie sicher war, dass niemand sie entdeckte.

Das müde Leuchten der Abendsonne begann zu erlöschen. Der Nachthimmel würde nun schnell über die Insel kriechen. So wolkenlos, wie es die letzten Wochen gewesen war, würde auch diese Nacht kühl und sternenklar werden. Ein leises

»Pling« riss Anna aus ihren Gedanken. Eine Nachricht.

Alles okay?

Paul. Seit sie an ihren ersten Tagen auf Helgoland beinahe ums Leben gekommen wäre, war er zum Kontrollfreak geworden. *Alles okay,* schrieb sie zurück und steckte das Handy wieder weg.

»Ich habe ihn gesehen«, sagte der alte Mann auf dem Bett so unvermittelt, dass Anna zusammenzuckte.

»Wen … wen haben Sie gesehen?«, fragte sie, als sie sich gefasst hatte. Der Alte war ganz ruhig. Seine Augen hatte er weiterhin geschlossen. Vielleicht fantasierte er? Vielleicht schlief er und träumte nur. Redete im Schlaf.

»Er war wieder dort.« Die Stimme des Alten war müde und brüchig. Aber seine Worte waren klar und deutlich.

»Wer?«, fragte Anna mit möglichst ruhiger Stimme, doch ihr Herz klopfte heftig. »Und wo?«

»Er … ist … gar nicht tot.« Mit einem Mal ging sein Atem schneller. Er schien sich aufzuregen. Anna stand auf und trat neben ihn, um herauszufinden, ob er tatsächlich wach war. Behutsam legte sie die Hand auf seinen Arm, um ihn nicht zu erschrecken. »Wer war dort?«, wiederholte sie und beugte sich ein klein wenig näher zu ihm.

In dem Moment ging die Tür auf, und die Krankenschwester trat herein. »Gibt es ein Problem?«, fragte sie vordergründig freundlich.

»Überhaupt nicht«, beeilte sich Anna zu sagen. »Es ist alles in Ordnung.« Sie nickte zu dem alten Mann hin. »Ist er bei Bewusstsein?«

Die Krankenschwester trat ans Bett, schob Annas Hand beiseite und griff nach dem zitternden Arm des Mannes, um seinen Puls zu messen. Sie musterte die Polizistin. »Sie sollten jetzt gehen, er regt sich auf.«

»Ich habe ihn … gesehen«, murmelte der Alte und öffnete die Augen. »Er ist … gar nicht tot.«

»Beruhigen Sie sich, Herr Hagedorn.« Die Krankenschwester nahm eine Pille aus ihrer Kitteltasche und schob eine Hand unter seinen Kopf. »Jetzt trinken wir mal ein Glas Wasser und schlucken eine Tablette. Mund auf!« Der Alte gehorchte und ließ sich die Tablette auf die Zunge legen. Vom Nachttisch nahm die Schwester ein Glas mit Wasser und führte es an seine Lippen. Einen Augenblick lang zögerte der Alte, seine Augen suchten die Polizistin, kurz schien er sich zu sträuben. Doch mit der Routine vieler Jahre renitenter Patienten zwang die Schwester ihn mit sanfter Gewalt, zu trinken und die Medizin zu schlucken. »So ist es gut, Herr Hagedorn. Und jetzt schlafen wir wieder ein bisschen.« Sie ließ seinen Kopf auf das Kissen zurückgleiten und wandte sich zu Anna um. »Sie sind ja immer noch da.«

»Ich gehe jetzt.«

»Ich begleite Sie hinaus.« Widerwillig ließ Anna sich von der Frau auf den Flur eskortieren. Sie fragte sich, ob die Maßnahmen der Klinik überhaupt vom Gesetz gedeckt waren. »Hat der Mann sein Einverständnis erteilt?«

»Einverständnis? Wozu?«

»Zu der Behandlung«, sagte Anna. »Zur *Art* der Behandlung.«

Die Krankenschwester zog eine Augenbraue in die Höhe. »Fragen Sie Ihren Kater auch, ob er geimpft werden will?«

Anna atmete scharf ein. »Schwester …«

»Monika.«

»Schwester Monika, Sie bringen mich jetzt bitte zu Doktor Bause.« Ihr Blick ließ keinen Zweifel daran, dass sie mit dem Vorgehen der Schwester nicht einverstanden war und dass die Szene eben ein Nachspiel haben würde.

Ob Doktor Bause jemals eine andere Miene aufsetzte als die, mit der ihn Anna Krüger seit ihrer ersten Begegnung kannte? Skepsis und Überheblichkeit spiegelten sich darin, Ablehnung und Kalkül. Sie konnte den Mann nicht leiden. Aber als Chef des Insel-Klinikums war er hier eine Instanz. Sie würde also wohl oder übel immer wieder mit ihm zurechtkommen müssen. »Wenn ich Sie richtig verstehe, üben Sie Kritik an unserer Arbeit, Frau Krüger?« Er nahm seine Brille ab und putzte sie am Revers seines Kittels.

»Darum geht es gar nicht, Doktor Bause«, erklärte Anna und versuchte, nicht allzu unfreundlich zu klingen.

»Sondern?«

»Ich frage mich nur, ob der Behandlung des Patienten Fritjof Hagedorn das nötige Einverständnis zugrunde liegt.«

»Sie fragen sich? Oder Sie fragen mich?«

»Ich frage Sie.«

»Und wessen Einverständnis wäre das nach Ihrer Meinung?«

»Das des Patienten natürlich.« Anna konnte nicht umhin, den Arzt zu mustern, während sie die Worte aussprach. Doch Bause war so abgebrüht, wie ein Mediziner in leitender Position nur sein konnte. Er setzte in aller Ruhe seine Brille wieder auf, beugte sich vor, verschränkte die Hände und sagte so ruhig, als spräche er mit einem kleinen Kind: »In Fällen der Unzurechnungsfähigkeit können Sie nicht das Einverständnis des Patienten einholen. Da erfordert der hippokratische Eid bei akuter Gefahr sofortiges Handeln. Und wenn Sie besonderes Verantwortungsbewusstsein haben, dann holen Sie das Einverständnis der nächsten Angehörigen ein.«

»Was Sie sicherlich getan haben?«

»Sicher. Das haben wir. In dem Fall das der Tochter, bei der der Patient ja auch lebt.«

»Und diese Tochter …«

»Ist studierte Psychologin und betreut ihren Vater seit vielen Jahren liebevoll und fürsorglich.«

»Verstehe.« Anna sah ein, dass es hier nichts zu kritisieren gab. Der Arzt hatte nicht anders handeln können. Obwohl ihr die Medikation fragwürdig erschien. Weshalb musste ein Patient, wenn er ruhig war, noch ruhiger gestellt werden? Bause hatte ein Lächeln aufgesetzt, während seine Augen eisig auf Anna starrten. »Sonst noch etwas?«

»Nein«, entgegnete sie. »Ich danke Ihnen für die Auskunft.«

»Immer gerne. Einen schönen Abend noch.«

Keine zwei Minuten später stand Anna wieder vor dem Klinikum und blickte hinüber zum Hafen. Einige der Boote waren beleuchtet. Sie hatten bis jetzt gesucht und kamen nun nach und nach herein. In der Nacht hatte es keinen Sinn. Lebend würden sie den Jungen ohnehin nicht mehr finden. Wenn sie ihn überhaupt jemals fanden. Was für eine Katastrophe. Was für ein Tag.

Aus der Ferne konnte Anna die Stimme des Veranstalters hören. Heiser schrie er jeden an, der auch nur in seine Nähe kam. Klar, Kielhorn stand enorm unter Druck. Wenn die Geschichte von dem verschwundenen Jungen erst einmal die Runde machte, konnte er mit seinem Opti-Cup einpacken. Wer würde sein Kind noch in die Nordsee auf Regatta schicken, wenn das Meer es sich womöglich holte.

Anna liebte das Meer. Aber sie fürchtete es auch. Es war eine Liebe aus respektvoller Distanz. Absurd eigentlich an einem Ort, der sich letztlich durch die Allgegenwart von Wasser definierte. So klein, so verletzlich war die Insel, die weit draußen in der Deutschen Bucht lag. Und doch war sie der eine Fels, der so manchem Schiffbrüchigen das Leben gerettet hatte. Dem Jungen aber offenbar nicht. Vermutlich hatte ihn die Strömung abgetrieben. Vielleicht würde man ihn irgendwo anders finden. Bleich und aufgedunsen. Das, was von ihm übrig war. Sommersprossen, dachte sie. Er hatte Sommersprossen. Und braune Augen.

Anna brachte es nicht über sich, einfach nach Hause zu gehen. Nicht nachdem, was an diesem verdammten Tag geschehen war. Sie würde noch ein wenig über die Klippen gehen. Natürlich war es sinnlos und würde nichts bringen. Aber irgendwie hatte sie das Gefühl, sie sei es dem Jungen schuldig, noch einen letzten Blick übers Meer und die Felsen hinabzuwerfen. An diesen Sommertagen, wenn in der Abendstimmung die Hitze vom roten Stein der Insel abstrahlte, lag manchmal eine melancholische Stimmung über Helgoland. So jedenfalls empfand es Anna. Da niemand sie daheim erwartete, lief sie oft noch eine Runde über das Oberland, vorbei am Leuchtturm und hinüber zur Langen Anna, die den markanten Pfeiler bildete, der seit Menschengedenken den Elementen trotzte und nach dem Anna benannt worden war.

So tat sie es auch an jenem Abend, an dem sich zuerst noch einige Menschen auf den Pfaden, die die von Kratern übersäte Oberfläche der Insel durchzogen, zeigten, müde von der Suche nach dem Jungen, frustriert von der Ergebnislosigkeit, schockiert von der Erkenntnis, dass ein unschuldiges Leben von der See geholt worden war und niemand es gesehen hatte. Anna spürte, wie die Hilflosigkeit der Situation auch an ihrem Herzen nagte. Und wie Stalin aus seinem Winkel kroch, um sie zu bestrafen, obwohl sie doch völlig unschuldig war.

Da stand sie, die Lange Anna, stolz und zerbrechlich. Ein Wunder, dass es den Felsen noch gab, dass er all die Sturmfluten der Jahrhunderte und den Bombenterror der Briten überlebt hatte. Ein Trost für Anna, die sich diesem steingewordenen Zeugnis der Grausamkeiten so unendlich verbunden fühlte, weil er sie nicht nur an ihre eigenen Verletzungen erinnerte, sondern vor allem daran, dass auch sie immer noch im Leben stand. Etwas, das nicht selbstverständlich war.

»Man kann sich nicht an ihr sattsehen, was?«, sagte plötzlich jemand, der sich neben sie gestellt hatte, ohne dass sie ihn kommen gesehen hätte. Es war Doktor Rückert, Annas alter Englischlehrer, dessen schmale Gestalt über einen Stock gebeugt stand, wie Anna erschrocken feststellte. War er schon so gebrechlich?

»Wer weiß, wie lange es sie noch gibt.«

»Oh, diese Felsnadel wird uns alle überleben.« Der alte Mann nickte versonnen. »Die steht schon so lange, die hat schon so viel mitgemacht …«

Anna schenkte ihm ein Lächeln, obwohl die Kopfschmerzen langsam heftiger wurden. »Ich hoffe, Sie haben recht, Doktor Rückert.«

»Ich geh dann mal weiter. Auf Wiedersehen, Anna.«

»Auf Wiedersehen.« Sie blickte ihm hinterher, wie er trotz Stock bemerkenswert zügig den Klippenrandweg Richtung Schule lief. Wie alt mochte er sein? Siebzig? Er hätte auch gut für achtzig durchgehen können. Seufzend warf Anna noch einen Blick auf ihre steinerne Namensvetterin und nahm dann ihrerseits den Weg in die andere Richtung, über die östliche Seite der Klippen, wo der Blick über die Düne schon ein Blick in die Nacht zu werden begann. Die Segel- und Motorboote waren längst alle im Hafen. Von der Düne blitzten ein paar Lichter herüber, einige beleuchtete Bojen und die Frachter, die draußen auf Reede lagen, bildeten Fixpunkte in der tiefen Dämmerung. Und es wurde kälter. Deutlich kälter. Das ging auf der Insel unglaublich schnell. Der Wind nahm alle Wärme, die noch in der Luft lag, mit sich, und der Fels kühlte aus.

Ehe sie auf die Schrebergärten stieß, die sie mied, wann immer sie konnte, bog Anna vom Weg ab und marschierte quer übers freie Gelände, zwischen den gigantischen Bombentrichtern hindurch, die der Krieg hinterlassen hatte, hinüber Richtung Leuchtturmstraße. Rechts lag ihre alte Schule, links ging es zur Kirche – und zum Friedhof, über den sie direkt zu dem Haus kam, in dem sie sich eine Wohnung genommen hatte. Und das war auch ihre Strecke: über den Friedhof. Wo sie einen Moment an Leos Grab stehen bleiben würde. Sie bückte sich und riss ein paar halb vertrocknete Wiesenblumen ab, die sie an sein Kreuz legen würde. Leos Kreuz. Denn Leo war für sie auf dieser Insel der Anfang und das Ende. Mit ihm hatte alles Glück und alles Unglück für Anna begonnen, mit seinem Tod hatte ihr Leben allen Sinn verloren, und dennoch hatte er ihrer Rückkehr auf die Insel einen Sinn gegeben.

Da sich sonst niemand um das Grab kümmerte, kam sie ein-, zweimal die Woche vorbei und legte Blumen an sein Kreuz. Ein Symbol dafür, dass er in ihr lebendig war. Und es immer bleiben würde. »Hi«, sagte sie leise. »Schwere Zeiten. Ein Junge ist über Bord gegangen. Keine Chance, dass er noch gefunden wird. Lebend.« Sie fuhr mit den Fingerspitzen zärtlich über das Holzkreuz, als könnte er es spüren. »Er war erst zehn.«

Leo war sechzehn gewesen, als ihn ein paar Gleichaltrige die Klippen hinabgestoßen hatten. Er hatte keine Chance gehabt, es zu überleben. Vielleicht, wenn man ihn gleich gefunden hätte … Aber ohne jemanden, der Hilfe rief? Dabei hatte es einen Augenzeugen gegeben. Marten. Annas späteren Kollegen. Nur dass der es nicht gewagt hatte, irgendjemandem etwas zu sagen.

Stalin bohrte inzwischen mit all seiner Gehässigkeit in Annas Gehirn. Der Schmerz verlief senkrecht, als hätte ihr jemand einen Nagel durch die rechte Seite der Schädeldecke getrieben, der bis in den Kiefer hinabreichte. Sie brauchte ihre Tabletten. Sie musste nach Hause. »Bye«, flüsterte sie und wandte sich ab. Da sah sie ihn. Er stand hinter der Ecke des Kirchengebäudes. Nur der Kopf ragte um die Ecke. Anna hätte ihn beinahe nicht wahrgenommen. Umso tiefer durchfuhr sie der Schreck, als sie ihn dort schließlich sah. Klein. Er mochte ihr vielleicht bis zur Brust reichen. »Hallo?«, hörte sie sich selbst sagen und machte einen Schritt auf ihn zu. Schon war der Kopf verschwunden. »Hallo?« Hastig stolperte Anna über zwei Gräber hinter ihm her, auf die Ecke des Kirchengebäudes zu. »Du! Bleib stehen!« Die Haare. Die Augen. Das war er! Er musste es sein! Schon war Anna an der Kirche angekommen und hörte ihre eigenen Schritte im Kies. Ein Blick um die Ecke: Der Kleine lief hinüber zur Friedhofsmauer, sie konnte ihn genau erkennen. »Bleib stehen! Ich tu dir nichts!« Mit wenigen Sätzen war Anna drüben und sah ihn gerade noch um die Ecke Richtung Rekwai abbiegen. Sie glaubte schon, ihn verloren zu haben, da sah sie etwas weiter entfernt einen Schatten zwischen den Häusern hindurchhuschen. Er will Richtung Unterland! schoss es ihr durch den Kopf. In der Richtung lag die Treppe, die vom tiefer gelegenen Teil der Insel herauf zum Oberland führte. Anna ignorierte den dröhnenden Schmerz in ihrem Schädel und rannte hinterher. Warum blieb er nicht stehen? Es war nur der Bruchteil eines Gedankens, aber ja, wer wusste schon, was das Kind erlebt hatte. Er hatte Angst. Vor ihr? Egal. Sie musste ihn erwischen. Noch drei Häuser, dann war sie an der Treppe. Noch zwei. Ja, dort vorne erkannte sie schon den Anfang der Treppe. Wenn sie jetzt schnell war, dann ... Sie flog förmlich zum ersten Absatz hinunter, wo der Weg einen Knick machte. Um Atem ringend, blieb sie stehen und blickte hinunter. Ein paar Meter weiter teilte sich der Weg in zwei Richtungen auf. Links ging es Richtung Nordosthafen, rechts zum Fahrstuhl und dem Durchgang Richtung Binnenreede. In den meisten Häusern brannte Licht. Vereinzelt waren Spaziergänger zu sehen, Touristen, die noch einen Abendspaziergang machten. Einheimische, die in die Kneipe gingen oder nach Hause. Leben. Doch der Junge war verschwunden. Weg. »Weg!«, keuchte Anna, als würde irgendjemand ihr zuhören. Sie drehte sich um die eigene Achse. Er war weg. Der Junge war verschwunden. Nils Michelsen. Denn das war er gewesen. Ohne jede Frage.

»Du hast was?«

»Ich hab den Jungen gesehen, Paul«, sagte Anna. Sie spürte immer noch ein leichtes Zittern am ganzen Körper. Wenn man denkt, dass jemand tot ist, wenn man sicher davon ausgeht, und dann steht er plötzlich lebend vor einem, dann ist das wie ein elektrischer Schlag. So jedenfalls empfand Anna Krüger es jetzt, da sie im dunklen Schlafzimmer ihrer kleinen Wohnung stand und aus dem Fenster hinunter auf den Friedhof blickte, als würde der Junge jeden Moment wieder dort auftauchen, während sie versuchte, Stalin in ihrem Kopf niederzuringen.

»Bist du sicher?« Es war mehr als deutlich zu hören, dass Paul ihr nicht glaubte. »Vielleicht hast du einen anderen Jungen gesehen. Hat er denn was gesagt?«

»Nein. Ich wollte mit ihm reden. Aber er ist weggelaufen.«

»Und du bist ihm nicht hinterher?«

»Bin ich, Paul. Aber ich hab ihn nicht erwischt. Der Kleine war flink. Und es war auch schon fast dunkel.«

»Es war schon fast dunkel«, wiederholte Paul. Klar. Wer würde schon ein Kind vom anderen in der Dunkelheit sicher unterscheiden können. »Was hatte er denn an?«

»Keine Ahnung. Er war … dunkel angezogen.«

»Keine Rettungsweste also?«

»Nein, natürlich nicht.« Natürlich nicht? Warum eigentlich? Als der Junge verschollen war, hatte er eine angehabt.

»Hör mal, Anna«, sagte Paul. »Vielleicht sah der Junge dem vermissten Kind ähnlich. Aber wenn du nicht mal mit ihm sprechen konntest, wenn wir nicht wissen, wo er hin ist …«

»Schon klar, Paul. Du hast recht. Wir können nichts machen.« Konnte es sein, dass sie sich im Zwielicht des spärlich beleuchteten Kirchhofs geirrt und ein anderes Kind gesehen hatte?

»Doch. Wir tun, was wir können«, erklärte Paul. »Der Junge wird sowieso vermisst. Er wurde den ganzen Tag gesucht. Wenn wir morgen eine offizielle Vermisstenmeldung aufnehmen, werden wir weiter nach ihm suchen. Bis wir ihn gefunden haben. Hoffentlich.«

»Hoffentlich«, sagte auch Anna ganz leise.

»Und dir geht es gut?« Eine Frage, so harmlos. Und doch versetzte sie Anna einen Stich. »Alles okay«, sagte sie gepresst.

»Ich meine: die Kopfschmerzen und so …« Er glaubte ihr nicht. Auch wenn er es nicht aussprach, Anna spürte, dass er sich überlegte, ob sie sich das mit dem Jungen nicht unter einer Migräneattacke zusammengesponnen hatte. »Meinem Kopf geht es gut, Paul«, antwortete sie, vielleicht etwas schroffer als beabsichtigt. »Ich leide an Migräne, nicht an Halluzinationen.«

»Entschuldige«, sagte Paul schnell. »So habe ich das nicht gemeint.«

Ein kurzes Schweigen. »Schon klar«, erwiderte Anna, bemüht, versöhnlich zu klingen, obwohl der Verdacht sie getroffen hatte. »Alles gut.«

»Okay. Dann gute Nacht.«

»Gute Nacht, Paul.« Sie legte auf. Wahnvorstellungen. Es hätte sie nicht überrascht, wenn Stalin sie irgendwann in den Wahnsinn getrieben hätte. Vielleicht würde es dann wirklich mit Halluzinationen beginnen. Eines Tages. Aber nicht jetzt. Sie wusste, was sie gesehen hatte. Nachdenklich wanderte ihr Blick über den nächtlichen Friedhof. Aber der war leer. Niemand mehr, der die Toten suchte. Nur das Bild des Jungen, der dort drüben am Kirchengebäude gestanden hatte, das hatte sich in Annas Gehirn eingebrannt. Sie konnte es noch genau sehen. Und es *war* der vermisste Junge.

Nils Michelsen war ein gut aussehender Mann. Drahtig, mit hoher Stirn und strahlend blauen Augen, würde er unter anderen Umständen zweifellos einen willensstarken Eindruck machen. Doch angesichts der Situation, in der er sich befand, wirkte er zerbrechlich und notdürftig um Haltung bemüht. Paul war der Richtige, um das Gespräch mit ihm zu führen. Anna saß als Protokollantin dabei. Denn auch wenn alle wussten, dass der Junge verschwunden war, bedurfte es doch immer noch einer förmlichen Vermisstenanzeige, um weitere polizeiliche Maßnahmen zu rechtfertigen.

Dürr, das waren die Fakten. Nichts, was sie nicht längst gewusst hätten. Ja, zum Teil wussten sie sogar mehr als der Vater des Jungen. Beispielsweise, dass man einen Turnschuh gefunden hatte. Im Hafen. Die Hohlräume in der Plastiksohle hatten ihn an der Oberfläche gehalten. »Kennen Sie Nils' Schuhgröße?«, fragte Paul.

Der Mann zuckte mit den Achseln. »Ich weiß nicht. Mein Gott, er war zehn. *Ist* zehn …« Tränen schwammen in seinen Augen. »Was hat man da für eine Schuhgröße?«

Paul nickte Anna zu, die einen Strich in das betreffende Feld machte. »Es wurde ein Schuh gefunden. Wir würden ihn Ihnen gerne zeigen, damit Sie uns sagen, ob er von Ihrem Sohn stammt.« Ohne eine Antwort von Nils Michelsen senior abzuwarten, stand der Polizeiobermeister auf, ging in den

Nebenraum und holte einen durchsichtigen Beutel mit einem Kinderturnschuh. Puma. Weiß mit blauem Streifen. »Ist der von Nils?«

Der Mann schluckte. Nickte. Biss die Zähne zusammen und nickte abermals. »Ja«, sagte er dann mit rauer Stimme. »Sieht aus wie die von Nils.«

»Gut.« Paul stellte den Turnschuh beiseite. Dann beugte er sich etwas vor und versuchte es mit seinem einfühlsamsten Blick. »Ich muss Sie das fragen, Herr Michelsen. Hatte Ihr Sohn Probleme?«

»Probleme? Was meinen Sie damit?« Der Mann rückte mit seinem Stuhl etwas zurück. »Was soll ein Zehnjähriger für Probleme haben? Fragen Sie mich als Nächstes, ob er Feinde hatte?« Seine Stimme war jetzt gereizt, und er blickte abwechselnd zu Paul und zu Anna, als müsste er sich gegen eine heimtückische Unterstellung wehren.

»Nein, Herr Michelsen, das hatte ich nicht vor. Worauf ich hinauswill, ist: Gab es etwas, das Nils belastet hat? Vielleicht hatten Sie mit ihm geschimpft? Es wäre nicht das erste Mal, dass ein Kind wegläuft, weil es sich ungerecht behandelt fühlt.«

»Er ist nicht weggelaufen, Mann!« Nils Michelsen stand auf und stemmte sich mit den Händen auf die Schreibtischplatte. Die Luft in der kleinen Polizeistation war plötzlich elektrisiert. Der Vater des Jungen schien mit einem Mal mit einer ungeheuren Energie geladen. »Bitte setzen Sie sich doch wieder«, sagte Paul so ruhig, wie er nur konnte. Er deutete auf Michelsens Stuhl. Zögerlich setzte der Mann sich wieder hin. »Aber er hätte aus dem Boot springen und an Land schwimmen können …« Mit beiden Händen gebot er seinem Besucher, die Ruhe zu bewahren. »Es wäre nun einmal nicht die schlechteste Variante, oder? Wenn wir ehrlich sind, wäre das wohl etwas, was wir uns nur wünschen könnten. Angesichts der möglichen Alternativen. Habe ich recht, Herr Michelsen?«

Der Mann nickte. Nach einem kurzen Zögern sagte er: »Nils hatte keine Probleme. Nicht, dass ich wüsste. Ich habe nicht mit ihm geschimpft, es gab keinen Streit – und ich weiß auch sonst nichts, das ihn … belastet hätte. Nicht wirklich.«

»Gut.« Paul nickte. Nicht wirklich? Er blickte kurz zu Anna, die einen entsprechenden Vermerk in ihrem Protokoll machte, und wandte sich dann wieder seinem Gast zu. »Auch das muss ich Sie fragen, Herr Michelsen: Hat Ihr Sohn einmal erwähnt, dass er von zu Hause weggehen möchte?«

»Ich bitte Sie, er ist zehn!«

Paul regte sich nicht, sein Blick ruhte auf dem Vater.

»Nein. Hat er nicht.«

»Hat er irgendwelche Medikamente genommen?« Er hob die Hand. »Und ehe Sie das falsch verstehen: Es bestünde ja die Möglichkeit, dass er seine Medikamente nicht genommen hat, ohnmächtig wurde und aus dem Boot gefallen ist. Zum Beispiel.«

»Verstehe«, flüsterte der Mann und sah sich Hilfe suchend in der kleinen Polizeistation um. »Nein. Er musste keine Medikamente nehmen. Er war ein gesunder, glücklicher Junge, der allen zeigen wollte, wie toll er segeln kann.«

»Natürlich. Das ist er.« Anna hörte sehr wohl, dass Paul nicht die Vergangenheitsform benutzte. Und sie hoffte inständig, dass er dem Vater damit nicht falsche Hoffnungen machte.

Elsbeth Schneider kam aus dem Nebenraum und sah gerade noch die Tür hinter dem gebrochenen Mann zufallen. »Schlimme Sache«, murmelte sie. Paul seufzte tief. »Das können Sie laut sagen.«

»Müssen wir es der Kripo melden?«

»Ich habe Kiel schon Bescheid gegeben. Die sehen aktuell keinen Grund, Ermittlungen aufzunehmen. Wir schicken nachher einfach die Protokolle nach Pinneberg. Sollen die sehen, ob sie sie dann noch mal weiterleiten.«

Anna reichte ihre Unterlagen an die Sekretärin weiter. »Danke.«

Elsbeth Schneider nickte. Sie mochte Anna Krüger, nicht nur, weil sie so einen schweren Einstand bei ihrer Rückkehr auf der Insel gehabt hatte. Und Anna mochte Frau Schneider – nicht nur, weil sie nie Fragen stellte, die sie nichts angingen. Elsbeth Schneider war vermutlich die diskreteste Sekretärin, die man haben konnte. Und damit genau richtig auf dem Posten. »Soll ich sie dann rüberschicken?«

»Gerne«, sagte Paul. »Aber lassen Sie mich noch mal einen Blick drauf werfen, ob alles vollständig ist oder ob wir noch was ergänzen sollten.«

»Sicher, Herr Freitag.« Elsbeth Schneider war die Einzige in der kleinen Polizeistation, mit der sich alle siezten und die ihrerseits alle siezte. Die Polizisten waren traditionell vom ersten Tag an beim Du. »Hast du eine Ahnung, wo Saskia bleibt?«, fragte Paul. Denn in der Tat hätte sie längst zum Dienst erscheinen sollen.

»Nein«, sagte Anna. »Hab sie heute noch nicht gesehen.« Saskia hatte es irgendwie geschafft, sich das Obergeschoss eines kleinen Häuschens direkt am Hafen zu mieten. In jeder Hinsicht die perfekte Lage. Und sie hatte sich diese zwei Zimmer mit Küche und Bad in einer Mischung aus Hippie-Studenten-WG und Wohnmagazin-Style eingerichtet: sehr lässig und trotzdem von kühler Eleganz. Die Kollegen waren zur Housewarming-Party eingeladen gewesen. Und obwohl Saskia erst zwei Wochen auf der Insel gewesen war, hatten die

Gäste auf den paar Quadratmetern wie die Ölsardinen gestanden. Vor allem auf dem Balkon, der eine einzigartige Aussicht auf den Hafen bot und mit aufblasbaren Poolmöbeln bestückt war. »Soll ich mal anrufen?«

»Ja, bitte.« Paul stand auf und ging hinüber in die Teeküche. Doch schon einen Augenblick später stand er wieder in der Tür und blickte unentschlossen in den Raum.

»Alles okay?«

»Sie suchen heute wieder.«

»Klar. Das würde ich auch erwarten, wenn es mein Sohn wäre.«

Paul nickte. »Lebend werden sie ihn nicht mehr finden.«

»Ja. Das ist leider ziemlich ausgeschlossen.« Es sei denn, er ist doch irgendwo auf der Insel unterwegs, dachte Anna. So wie der Junge gestern Abend. Den sie gesehen hatte. Vielleicht. Wenn sie es sich nicht nur eingebildet hatte. Stalin war über Nacht etwas in den Hintergrund getreten, auch wenn er sie die längste Zeit am Schlafen gehindert hatte. Doch das war sie gewöhnt. Manchmal lag sie Stunden wach und unterhielt sich mit ihm. Ihrem Feind. Ihrem Folterknecht. Dem Terroristen in ihrem Kopf, der sie bei lebendigem Leib zerstückelte. Jedenfalls ihr Gehirn.

»Was ist?« Paul musterte Anna neugierig.

»Ach, ich musste nur an den Jungen von gestern Abend denken.« Sie holte tief Luft. »Das war schon gruselig.«

»Hm.« Er ging wieder zu seinem Schreibtisch, nahm seine Kappe, setzte sie auf und stellte fest: »Zurzeit ist ziemlich vieles gruselig, finde ich. Ich geh jetzt mal raus und sehe nach, wie es um die Suche steht. Erledigst du die Tour?« Zweimal am Tag machten die Polizisten eine Runde über die ganze Insel.

»Wird gemacht, Chef.« Anna versuchte es mit einem Zwinkern. »Paul.« Und er schenkte ihr ein Lächeln.

17. April, 22.30 Uhr

Ein Geräusch ließ sie zusammenzucken. »Wer da?«

»Macht schon auf, bevor mich jemand sieht!«

Die Riegel vor der Tür hätten vermutlich Panzern standgehalten. Aber die Tür selbst war ein Witz. »Endlich! Wo bist du so lange geblieben?«

»Ich konnte nicht gut die Strandpromenade entlanglaufen. Außerdem ist das Zeug schwer.«

»Lass sehen.«

Sie legten das Paket vorsichtig in die Mitte des Raumes und wickelten es aus.

»Die sind viel zu klein.«

»Zu klein? Weißt du, wie schwer es ist, so was zu transportieren, ohne dass es jemand bemerkt? Noch größer und ich hätte unsere Freunde gleich darum bitten können, dass sie mir tragen helfen.«

»Schon gut, kannst dich beruhigen. Unsere Nerven liegen alle blank.«

»Denkst du, sie haben was bemerkt?«

»Kann ich mir nicht vorstellen. Sie würden doch sofort zuschlagen. Die warten doch nicht, bis wir die Operation durchgezogen haben.«

»Vielleicht beobachten sie uns? Wollen herausfinden, wer noch mitmacht?«

»Glaub mir, das würden sie auch auf andere Weise herausbekommen.«

»Ich werde kein Wort sagen. Kein Wort. Lieber sterbe ich.«

»Ha! Das wirst du. Beides. Erst wirst du ihnen alles sagen. Und dann wirst du trotzdem sterben. Und soll ich dir noch etwas verraten? Du wirst gerne sterben. Du wirst sogar darum betteln!«

3

Ein weiterer knochentrockener Tag versengte die Insel. Der Wind sorgte dafür, dass man es nicht so stark spürte. Aber die Wiesen waren braun, die Bäume verloren bereits ihre Blätter, und die Wasserversorgung wurde langsam zum Problem. Natürlich fragten sich alle, ob das bereits eine Auswirkung der Klimaerwärmung war. Einige Scherzbolde nannten Helgoland inzwischen »die Osterinsel«. Die Dürre wäre nicht die erste Katastrophe gewesen, die die Insel heimsuchte. Nach apokalyptischen Sturmfluten und höllischen Bombenangriffen schien der langsame Tod durch Austrocknung geradezu gnädig.

Die Beobachtungsposten waren verschwunden. Draußen auf dem Wasser kreuzten ein paar Segeljachten und natürlich die beiden Motorboote der Wasserwacht. Aber niemand stand mehr auf den Klippen, um nach dem Jungen Ausschau zu halten. Fast niemand. Nur am äußersten nordöstlichen Zipfel starrte ein Mann in die Ferne. Der Vater, den Anna auf der Polizeistation kennengelernt hatte. Anna lenkte das Dienstfahrrad zu ihm hin und blieb in einiger Entfernung stehen. Sie stieg ab und trat behutsam neben ihn. »Es tut mir unendlich leid, dass wir ihn nicht finden konnten«, sagte sie und folgte seinem Blick über die Wellenkämme hinaus aufs offene Meer.

Er schwieg. Was sollte er auch sagen. Alles an ihm schrie förmlich vor Schmerz. Eine Weile standen sie schweigend nebeneinander. Dann drehte sich Anna zu ihm hin. »Wenn ich irgendetwas für Sie tun kann, lassen Sie es mich wissen.« Sie nahm ihre Visitenkarte aus der Tasche und reichte sie ihm. Seine Hand zitterte. Auch seine Mundwinkel zitterten, wie Anna bei einem Blick in sein Gesicht feststellte. »War er das erste Mal dabei?«

»Ja«, erwiderte der Mann und atmete schwer. »Ich könnte mich auf der Stelle hier runterstürzen, wenn ich daran denke, dass … dass ich ihn … Wozu das alles?« Er schlug die Hände vors Gesicht. »Ich bin schuld. Ich … bin … schuld!«

»So dürfen Sie nicht denken, Herr Michelsen«, sagte Anna leise und legte ihm eine Hand auf den Arm. »Es macht den Schmerz nur größer. Und es bringt nichts für Ihren Sohn.«

Er nickte und wandte sich ab. Atmete tief durch und bemühte sich um Haltung. »Soll ich Sie begleiten?«, fragte Anna und deutete auf den Weg.

»Nein, lassen Sie. Ich gehe lieber allein. Danke.« Und im nächsten Augenblick wankte er mit unsicheren Schritten davon.

Vom Süden her konnte Anna den Halunder Jet auf die Insel zuhalten sehen, rot leuchtend in der grellen Mittagssonne. Sie stapfte wieder hinüber zum Fahrrad und drehte ihre Runde zu Ende. Wenn die Fähre anlegte, war es üblich, dass die eingeteilten Kollegen vor Ort waren. Nicht, dass es oft Anlass zu polizeilichen Maßnahmen gegeben hätte. Aber wenn auf einmal Hunderte Menschen auf dem kleinen Eiland ankamen, auf dem ohnehin nur tausend Einwohner lebten, dann war das immer eine sensible Situation.

Als Anna wenig später an den Westkajen ankam, machte das Schiff gerade fest. Es würde noch ein paar Minuten dauern, bis die Passagiere ausstiegen. Saskia stand schon vor Ort und plauderte mit zwei Männern der Mannschaft. Sie hatte das

Haar offen, nur von der nach oben geschobenen Sonnenbrille gehalten, sodass ihre blonden Locken im Wind flatterten. Die Matrosen konnten gar nicht wegsehen von ihr. Weshalb sie die Dienstwaffe angelegt hatte, erschloss sich Anna nicht. Es war eigentlich nicht üblich, bewaffnet an den Hafen zu gehen, wenn es keinen Anlass dazu gab. Vermutlich wollte Saskia nur cool wirken. Und das tat sie auch. Cool und sexy. Anna konnte die Hormone der beiden Kerle förmlich bis ans Ende des Kais riechen.

Der Kapitän trat über die Gangway, grüßte knapp, indem er die Hand an die Mütze hob und sah sich um. Er schien immun gegen Saskias Attraktivität. Als er Anna erblickte, kam er auf sie zu. »Moin.«

»Moin, Käpt'n. Wie war die Überfahrt?«

»Bei *der* See«, sagte er und deutete auf das Meer, das so glatt dalag wie ein Baggersee. »Und? Haben Sie ihn gefunden?«

Anna schüttelte den Kopf. »Nein. Leider.«

»Dachte ich mir. Traurig das.«

»Schrecklich.« Der Kapitän war ein guter Typ. Machte kein großes Aufhebens um seine eigenen Angelegenheiten und interessierte sich für andere. »Danke, dass Sie beim Suchen geholfen haben. Ich hoffe, das hat Ihnen keine Probleme beschert.«

Der Kapitän schüttelte den Kopf. »Gibt immer ein paar Idioten, die meinen, ihr Termin in Hamburg wäre wichtiger als das Leben eines Kindes. Aber sonst ... Meine Reeder sind ja auch keine Unmenschen.«

»Klar. Trotzdem.«

Die beiden betrachteten die Passagiere, die nun nach und nach aus dem Bauch des Halunder Jets kamen. »Wie viele heute?«, fragte Anna.

»Knapp fünfhundert.«

Das waren keine schlechten Zahlen. Das Schiff konnte fast sechshundert Passagiere aufnehmen. Aber komplett voll war es selten. In der Hochsaison war es nah dran, so wie an diesem Tag. Außerhalb der Saison oft halb leer. Aus den Augenwinkeln erkannte Anna Nils Michelsen, der an ihnen Richtung Pier vorbeieilte. »Der Vater«, sagte sie leise und nickte in seine Richtung.

»Gott«, seufzte der Kapitän. »Der arme Mann.«

»Ja.«

Eine Frau entstieg dem Jet, groß, aufrecht, ganz in Schwarz, mit großer Sonnenbrille und streng zurückfrisiertem Haar. Sofort war Anna klar, dass das Frau Michelsen sein musste. Als sie das Schiff verlassen hatte, blieb sie stehen, den Blick in eine unbestimmte Ferne gerichtet. Nils Michelsen trat auf sie zu, berührte sie an der Schulter. Der Wind trug seine Stimme zu Anna, ohne dass sie hätte verstehen können, was er sagte. Die Frau drehte sich zu ihm, blieb einen Moment reglos, ihn unverwandt anstarrend – und schlug ihm dann so unvermittelt ins Gesicht, dass sein Kopf zur Seite gerissen wurde. Für einen kurzen Augenblick erstarrte die Szenerie am Hafen. Auch die Matrosen und Saskia schienen wie eingefroren. Alle Augen hatten sich auf die beiden gerichtet und sahen, wie die Frau ein weiteres Mal zuschlug. Und noch einmal. Der Mann bewegte sich nicht vom Fleck, sondern ließ die krachenden Ohrfeigen über sich ergehen. Saskia aber fiel nach dem dritten Schlag der Frau in den Arm und zwang sie mit erstaunlicher Autorität, sofort aufzuhören, ohne dass sie selbst dazu hätte mehr Gewalt anwenden müssen als unbedingt nötig.

»Herr Michelsen?«, fragte Anna, die hinzugeeilt war. »Ist alles in Ordnung?«

Der Mann blickte nicht auf. Aber er nickte. »Alles in Ordnung. Danke.« Er sagte es leise, ganz leise.

»Ihre Frau?«

Wieder ein Nicken.

»Brauchen Sie Hilfe?«

»Nein. Ich wüsste nicht, wie Sie mir helfen sollten.« Er hob den Kopf. Die linke Seite seines Gesichts war feuerrot. »Wir gehen jetzt ins Hotel.« Dann drehte er sich um und schritt langsam hinüber Richtung Hafenpromenade.

Saskia ließ die Hände der Frau in Schwarz los und trat etwas zurück. »Danke«, flüsterte die Frau und ging dann langsam hinter ihrem Mann her. Wie eine Prozession folgten ihr die noch verbliebenen Passagiere der Fähre, die stehen geblieben waren. Ein Leichenzug, dachte Anna. *Sie sind ein Leichenzug, ohne es zu wissen.*

Sie hatte noch etwas Zeit bis zu ihrer Verabredung in Henry's Hummerbude und spazierte am Binnenhafen entlang zu den Ostkajen. Man konnte ziemlich weit rauslaufen auf diesen Hummerscheren, mit denen sich die Insel ins Meer schob. Wenn Sie über den Hafen schaute, blickte sie genau auf die Stelle, an der die kleinen Opti-Segler um die Ecke gekommen waren. Jetzt war es schon fast dunkel. Aber am helllichten Tag gab es dort nicht die kleinste Möglichkeit, sich zu verbergen – und auch keine Stelle, an der ein Körper hätte unbemerkt bleiben können. Selbst die Betonklötze, die überall entlang der Hafenanlagen aufgeschüttet waren, um die Wellen zu brechen und die Insel gegen Sturm und Gezeiten zu schützen, waren dort drüben harmlos. Anna war so oft dort gewesen, sie kannte praktisch jeden Meter. Jeder hätte den Jungen gesehen, auch wenn ein paar Boote ungünstig in der Sicht standen. Er hätte doch entdeckt werden müssen!

Hatten sie die Besitzer der Boote angesprochen? Hatten sie sie befragt? War jemand auf den Booten gewesen? Änderte es etwas? Nein. Natürlich nicht. Der Junge war bis jetzt nicht mehr aufgetaucht. Lebend würde ihn niemand mehr finden, egal, wo sie suchten.

Es war nicht viel los am Hafen. Die meisten Touristen waren heutzutage nur noch Tagesausflügler, die am Nachmittag wieder auf die Fähre gingen und die Insel mit ihrer Abreise wieder in einen Dornröschenschlaf versinken ließen – bis am nächsten Tag die nächste Fuhre Gäste kam, über den Klippenrandweg stolperte, durch die Gassen schob, etwas zollfreies Zeug kaufte, um dann ebenfalls wieder schnell das Weite zu suchen. Kein Wunder, anders als vor hundert Jahren und anders als Sylt oder Rügen war die Insel heute nicht mehr in, zehrte im Grunde nur noch vom Ruhm einer glanzvollen Vergangenheit. Oder einer düsteren – je nachdem, was man suchte.

Auf einer Bank am Binnenhafen saß ein alter Mann. Erst als sie schon fast vorüber war, erkannte Anna in ihm Fritjof Hagedorn. Er starrte stumm aufs Wasser. Vielleicht auch an die gegenüberliegende Kaimauer, die Anna selbst gerade noch betrachtet hatte. »Guten Abend, Herr Hagedorn«, sagte sie und stellte sich neben ihn. »Geht es Ihnen wieder besser?«

Der alte Mann bewegte zwar leicht den Kopf, aber er sah sie nicht an und antwortete auch nicht.

»Ich habe Sie in die Klinik gebracht«, erklärte Anna. »Mit meinen Kollegen. Anna Krüger von der Polizei. Ich habe Sie auch besucht im Krankenhaus.«

»Er versteht Sie nicht«, hörte Anna eine Stimme in ihrem Rücken. Sie wandte sich um und sah sich einer Frau gegenüber, die ihr schon gelegentlich über den Weg gelaufen war. Es fiel nicht schwer, sich vorzustellen, dass sie die Tochter des Alten war. Sie hatte den gleichen, leicht verhärmten Zug um die Mundwinkel und die gleichen dunklen Augen. Sie sah nicht unsympathisch aus. »Frau Hagedorn?«

»Geest. Aber Sie haben schon richtig geraten: Ich bin seine Tochter.«

»Krüger, von der Polizeidienststelle hier.«

Frau Geest nickte und schob sich dann demonstrativ an Anna vorbei, um sich zu ihrem Vater zu setzen und so den Abstand zwischen ihm und der Polizistin zu vergrößern. »Er braucht jetzt Ruhe«, sagte sie. »Ich wäre Ihnen dankbar, wenn Sie ihn nicht mehr ansprechen.«

Wieder fiel Anna auf, wie sehr es sie störte, dass über den Mann bestimmt wurde. »Sind Sie sicher, dass er das nicht selbst sagen kann? Ich würde ihn gerne selbst fragen.«

Anders als erwartet, reagierte die Frau nicht abwehrend. »Ihre Haltung gefällt mir«, sagte sie. »Die Selbstbestimmung eines Patienten ist ein hohes Gut.« Sie beugte sich zu ihrem Vater hin, nahm seine Hand, drückte sie und sprach behutsam auf ihn ein: »Papa, das ist eine gute Frau. Sie ist von der Polizei und hat sich um dich gekümmert. Kannst du ihr sagen, dass du jetzt ein bisschen Ruhe brauchst?«

Fritjof Hagedorn drehte den Kopf zu Anna und schaute sie einen Moment unverwandt an. Dann nickte er ganz langsam, aber deutlich, wobei er nach dem zweiten Nicken das Kinn auf der Brust ließ und den Kopf nicht mehr hob, sondern scheinbar traurig auf die Planken zu seinen Füßen starrte.

»Danke«, sagte Anna leise. »Tut mir leid, wenn ich aufdringlich war.«

»Sie haben es gut gemeint, Frau Krüger«, sagte die Tochter des Mannes. »Ich kann das schon verstehen. Aber ich muss meinen Vater schützen. Auch vor sich selbst.«

»Was fehlt ihm denn? Wenn ich fragen darf …«

Frau Geest stand auf und bedeutete Anna, ein paar Schritte von der Bank wegzugehen. »Er hat schreckliche Dinge gesehen«, erklärte sie, als sie einige Meter entfernt standen. »Als

Fünfjähriger hat er den Krieg miterlebt. Die Bombennacht 1945, als die ganze Insel in Schutt und Asche fiel.«

Anna kannte die Geschichte gut. Jeder Halunder kannte sie. Es war das ewige Inferno, das auf der Insel haftete: Unmittelbar vor Kriegsende hatten die Alliierten Helgoland in einem unvorstellbaren Dauerbombardement in die Hölle verwandelt. Es war buchstäblich nichts mehr auf ihrer Oberfläche übrig geblieben, während die Bewohner sich in die unterirdischen Bunkeranlagen gepfercht hatten und viele dem Irrsinn verfallen waren. »Verstehe«, sagte Anna. »Er saß im Fels und musste das alles mit anhören.«

Die Frau nickte. »Und sein Bruder war nicht dort. Der hatte draußen gespielt und es nicht in den Bunker geschafft.«

»Oh Gott!«

»Man hat ihn nie gefunden.«

Natürlich nicht. Das Kind musste im Bombenhagel zerfetzt worden sein. Etwas anderes war in dem Fall gar nicht vorstellbar. »Ich bin Ihrem Vater schon einmal begegnet. Letzten Winter. Da war er auch wie von Sinnen und hat geschrien, dass er *weg wäre.* Ich nehme an, er meinte seinen Bruder?«

»Ja«, seufzte Frau Geest. »Er denkt immer noch, er müsste ihn retten. Manchmal denkt er auch, er hätte ihn gesehen. Aber er kann auch nicht genau sagen, wann und wo er ihn gesehen hat. Diese Ausbrüche kommen normalerweise nur bei schweren Gewittern und bei Sturm.«

»Bei Sturm?«

»Er hört dann die Bomben wieder. Und dann erlebt er einen memorabilen Schub und sieht alles vor sich. Die ganze Katastrophe. Keine Ahnung, was vorgefallen ist, dass er jetzt auch ohne Sturm einen Anfall hatte.«

Anna fiel ein, was Doktor Bause am Tag zuvor zu ihr gesagt hatte. »Sie sind Psychologin?«

»Vielleicht ja deshalb. Ich habe meinen Vater leiden sehen. Immer wieder. Wissen Sie, er war ein ganz normaler Mann. Vielleicht intellektuell nicht besonders begabt. Aber er hatte sein Leben im Griff. Solange er nicht diese schwarzen Momente erlebte.«

»Sie sprechen in der Vergangenheit von ihm.«

»Ja. Ich tue ihm unrecht. Nur fürchte ich, dass es mit zunehmendem Alter nicht besser wird, sondern schlechter. Und ich muss erkennen, dass ich nichts für ihn tun kann.«

Anna nickte. »Danke, dass Sie mich eingeweiht haben. Ich hoffe, dass es ihm trotzdem bald wieder besser geht.«

»Danke. Das ist sehr freundlich von Ihnen.« Die Frau lächelte ihr zu. Und wenn sie lächelte, konnte man sie hübsch finden. Anna hatte sich schon zum Gehen gewandt, als die Tochter des alten Mannes noch eine Frage hinterherschob: »Sie sind die Polizistin mit der Migräne, nicht wahr?«

Jeder wusste es. Seit der Sache mit ihrem ehemaligen Kollegen Marten, der sie beinahe umgebracht hätte, wussten es alle. Frau Geest allerdings war die Erste, die sie darauf ansprach. »Weshalb?«, fragte sie zurück.

»Ich könnte Ihnen vielleicht helfen.«

17. April, 22.43 Uhr

»Bethmann hat das Licht gelöscht.«

»Du irrst dich. Es ist viel zu früh.«

»Schau selbst.«

Das Guckloch ging zur Seeseite hin. Nur ganz am Rand waren noch zwei, drei Häuser sichtbar, die vorne am Hafen standen. Aber es war deutlich erkennbar, dass im ersten Haus kein Licht mehr brannte. »Tatsache. Warum hat er das Licht schon jetzt ausgemacht?«

»Vielleicht hat sich der feine Herr ja schlafen gelegt. Würde mich nicht wundern.«

»Ich denke eher, er will unsere Freunde in Sicherheit wiegen.«

»Trotzdem: Wir müssen nachsehen.«

»Nachsehen? Willst du im Ernst noch einmal raus, bevor es losgeht?«

»Von Wollen kann keine Rede sein. Aber einer von uns muss. Wenn er aufgeflogen ist, sind wir alle aufgeflogen.«

»Dann ist sowieso schon alles zu spät.«

»Vielleicht. Das kommt darauf an, was sie mit ihm machen.«

»Das kann ich dir genau sagen, was sie mit ihm machen.«

»Schon klar. Aber du kannst nicht genau sagen, wie lange sie brauchen, bis er ihnen sagt, was sie hören wollen.«

»Selbst wenn: Wir sitzen in der Falle.«

»Egal. Wir müssen herausfinden, warum er das Licht schon jetzt gelöscht hat.«

4

»Was ich nicht verstehe«, sagte Nele Steenkamp und blickte hinaus auf den Hafen. »Wie konnte er in der kurzen Zeit so spurlos verschwinden.«

Anna folgte dem Blick ihrer ehemaligen Mitschülerin. Ja, den Gedanken hatte sie auch schon gehabt. »Du meinst, weil sie ja fast schon im Hafen waren.«

»Richtig.« Nele holte ein Päckchen Zigaretten aus ihrer Tasche und ein Feuerzeug.

»Nichtraucher«, sagte Anna ganz automatisch und deutete auf das Schild neben dem Eingang. Wie üblich überhörte Nele den Einwand und steckte sich den Glimmstängel an. Nele Steenkamp gab nichts auf Autoritäten. Sie arbeitete selbstständig auf der Insel. Als Hure. Mit eigenem Etablissement. Vorschriften scherten sie nicht.

»Noch was zu trinken, die Damen?«, fragte Henry, der mit seiner Hummerbude so etwas wie ein zweites Wohnzimmer für Anna geworden war.

»Für mich nicht, Henry. Nele?«

»Noch ein Glas Roten.«

»Kommt sofort.« Für Henry musste es seltsam wirken, dass ausgerechnet die Polizistin und die Hure sich neuerdings regelmäßig auf einen Absacker trafen. Das hieß: Für Anna war es ein Absacker. Für Nele fing die Arbeit meist erst an, wenn die junge Polizistin ihren Arbeitstag beschloss. »Wir haben alle gefragt«, sagte Anna. »Er saß Sekunden vor dem

Zieleinlauf noch in seinem Boot. Etliche Zuschauer können das bezeugen. Irgendwo zwischen hundert und zweihundert Metern vor der Hafeneinfahrt, nach der letzten Kehre, sind die Boote kurz aus dem Sichtfeld geraten.«

»Und als sie wieder aufgetaucht sind, saß er nicht mehr drin?« Nele musterte Anna neugierig.

»So ähnlich. Das Boot war plötzlich nicht mehr im Rennen. Kurze Zeit später ist es wieder aufgetaucht, war vom Kurs abgekommen und leer.«

»Ein Glas Rotwein, Madame!«, rief Henry etwas jovialer als angemessen. Nele nickte und zwinkerte ihm zu. Henry zwinkerte zurück. »Hast du nachher noch kurz Zeit?«

Neles Blick wanderte zu ihrer Freundin. Ein süffisantes Lächeln umspielte ihre Mundwinkel. »Mal sehen, Henry. Möchtest du mich noch auf was einladen?«

»Klar. Der Wein geht auf mich.«

»Danke, Süßer.« Nele stupste ihn neckisch im Schritt. Henry zuckte verlegen zurück, lächelte Richtung Anna und verzog sich wieder nach hinten. »Ich hoffe, ich bringe dich nicht in Verlegenheit«, sagte Nele mit prüfendem Blick zu ihrer alten Schulfreundin.

Anna zuckte die Achseln. »Ihr seid erwachsen.«

»Okay. Also, das Boot taucht auf, der Junge aber nicht. Wieso. Er muss doch eine Schwimmweste gehabt haben.«

»Hatte er.«

»Und dann geht er so schnell unter? Wie lange hat es gedauert, bis man ihn gesucht hat.«

»Keine Ahnung. Drei Minuten. Vier. Höchstens fünf.«

»Und in der Zeit verschwindet er einfach so?« Nele lehnte sich zurück und stieß den Rauch durch die Nase aus. »Das glaub ich nicht.«

Alles, was Nele gesagt hatte, war Anna genau so durch den

Kopf gegangen, wieder und wieder. Und doch: »Was denkst du denn? Dass ihn die Außerirdischen entführt haben? Die Zeit war so knapp, er *kann* nur über Bord gegangen sein. Und mitten in der Fahrt kann das auch nicht irgendjemand verursacht haben. Und selbst wenn ihn jemand rausgestoßen hätte, dann wäre er im Wasser gelandet, und die Schwimmweste hätte ihm Auftrieb gegeben und …« Anna hielt inne.

»Eben«, sagte Nele Steenkamp trocken. »Das ist genau, was ich meine.« Sie nahm einen Schluck Wein, legte den Kopf in den Nacken und schloss die Augen. »Diese ganze Geschichte funktioniert nicht, Anna. Irgendetwas ist daran faul. Es kann nicht so gewesen sein, wie ihr glaubt.«

»Aber wie soll es denn dann gewesen sein, Nele?«

»Bin ich die Polizistin, oder bist du's?«

»Sie haben ihn gefunden.« Pauls Stimme klang wie aus einer anderen Welt. Anna stockte der Atem. »Wo?«

»Unten an den Klippen. Gleich bei der Langen Anna.«

Paul sah grauenhaft aus. Schwarz standen seine Bartstoppeln in seinem bleichen Gesicht. Man konnte sehen, wie viele Nächte er nicht mehr geschlafen hatte. »Ist es sehr schlimm?«, fragte Anna und hatte Angst vor der Antwort.

»Sieh es dir selbst an. Sie haben ihn zu uns gebracht.«

»Zu uns?« Wie ferngesteuert ging Anna nach hinten in den Arrestraum. Sie spürte ihre eigenen Schritte nicht, hörte sie nicht. Alles war nahezu lautlos, nur in ihrem Kopf hörte sie ein Rauschen wie von der Brandung. Langsam drückte sie die Tür auf. Da lag er, den Kopf zur Seite geklappt, und starrte sie aus leeren Augenhöhlen an. Anna stieß einen Schrei aus, wollte sich am Türstock festhalten, doch ihre Hand zitterte zu sehr, und sie rutschte ab, musste sich setzen. Auf die Bank. Nur wenige Zentimeter neben ihr lag der Junge. Das, was von ihm übrig war. Aufgequollen und zerfetzt. Von den Gezeiten, den Felsen und den Tieren. Vor ihm kniete seine Mutter auf dem Boden und schlug mit dem Kopf gegen die Bank. Wieder und wieder und wieder. Und schrie. Kreischte. Oder war es Stalin, der kreischte? Anna hielt sich die Ohren zu und presste die Augenlider zusammen. Sie hatte noch nie etwas so Schreckliches gesehen. Paul! Wo war Paul? Sie wandte sich ab, stand auf und taumelte wieder hinüber in die Dienststube. Doch Paul war weg. Stattdessen stand Marten vor ihr. Marten? Der doch eigentlich wegen Mordes im Gefängnis sitzen sollte? »Ich war es nicht, Anna«, sagte er mit sanfter Stimme. »Ehrlich.«

»Er war es nicht«, sagte der Junge, der plötzlich hinter Anna in der Tür stand und die Hand nach ihr ausstreckte …

Schreiend fuhr Anna aus ihrem Albtraum hoch und griff sich an die Brust. In ihrem Schädel pochte es. Keuchend raffte sie die Bettdecke an sich und schlang die Arme um ihre Knie. Sie fröstelte, obwohl ihr der Schweiß in Strömen herablief. »Scheiße«, flüsterte sie in die Nacht. »Scheiße.« Es dauerte eine Weile, bis sie sich wieder beruhigt hatte.

Sie hatte schon Tote gesehen. Sogar Wasserleichen. In der Ausbildung. Auch später im Dienst. Unfallopfer, die grausam verstümmelt waren. Sie kannte das alles, hatte gelernt, es nicht an sich heranzulassen. Man konnte das abspalten. Aber im Traum war man wehrlos. Und bei einem Kind … Anna wusste nicht, ob sie so souverän würde bleiben können, wie man es von ihr erwartete, wenn der Junge wirklich gefunden wurde. Und er würde mit jedem Tag, den sie ihn später fanden, schrecklicher aussehen. Es bestand höchstens noch die Möglichkeit, dass er sich ganz auflöste, ganz von den Wellen, den Möwen und den Fischen gefressen wurde, sodass man nur noch Teile der Kleidung fand. Oder auch die nicht mehr, weil sie längst in den Ozean getrieben war, wo sie sich zersetzte oder in den ewigen Strom von Müll einreihte, der sich in riesigen Teppichen über die Meere erstreckte. Eine Seebestattung wäre das, dachte Anna, und beruhigte sich wieder, da ihr dieser Gedanke weniger grausam erschien als ein Ende an irgendeinem Felsen, zerschmettert, aber identifizierbar.

Sie wühlte sich aus dem Bett, immer noch fröstelnd, und trat ans Fenster. Gegenüber lag der Friedhof. Ihr Jugendfreund lag dort begraben. Anfangs hatte sie Angst davor gehabt, hinzugehen. Aber jetzt war es oft so, dass sie mit ihm sprach, auch von hier aus, am Fenster stehend. Er war bei ihr, und das war tröstlich. Leo. Doch heute schwieg er. Das Bild des toten Jungen stand zu deutlich vor ihrem inneren Auge, verdrängte alles andere. Auch wenn es nur eine Ausgeburt ihrer Fantasie gewesen war, konnte sie keine andere Vorstellung heraufbeschwören. Nicht einmal Leos wunderschönes Gesicht, das sie all die Jahre gesehen hatte. Im Gegenteil: Die Fratze des toten Jungen aus dem Traum machte ihr wieder bewusst, dass auch Leo längst verwest war.

In der Fensterscheibe spiegelte sich ihr Gesicht, selbst blass wie das einer Leiche. Außerdem sollte sie nicht nackt am Fenster stehen. Auch nicht mitten in der Nacht, wenn ganz Helgoland schlief. Hoffentlich.

Sie ging ins Badezimmer, setzte sich kurz hin und stieg dann unter die Dusche. Sie würde nicht weiterschlafen. Erstens hatte sie Angst, sie könnte diesen schrecklichen Traum weiterträumen, falls sie wirklich noch einmal einschlief. Zweitens wunderte sie sich sowieso, dass sie Stalin zwar im Traum gespürt hatte, er jetzt aber schwieg. Sie würde ihn nicht provozieren, nicht ohne Not.

Die Dusche tat gut, auch wenn es nur ein Rinnsal war, das aus den völlig veralteten Rohrleitungen kam. Wie spät es wohl war? Es würde sicher nicht mehr allzu lange dauern, bis der Tag anbrach. Ein Spaziergang wäre eine gute Idee. Ja, das würde sie jetzt machen. Vielleicht ein paar vertrocknete Blümchen pflücken, um sie Leo aufs Grab zu stellen. Den Kopf freibekommen, sich den frischen Wind um die Nase wehen lassen, ehe der nächste drückend heiße Tag anbrach.

Auf den Klippen herrschte Ruhe. Niemand war um diese Uhrzeit draußen. Selbst die Vogelkundler, die ja immer die Ersten waren, die über die Wiesen streiften, lagen offenbar noch in ihren Betten. Anna nahm den Weg über den Leuchtturm hinüber zum Klippenrandweg und setzte sich dort auf eine der Bänke. Bei Tag hatte man von hier einen großartigen Blick übers Meer. Jetzt lag nur Dunkelheit vor ihr. Und – weit draußen – eine Perlenkette von Positionslichtern der Frachter, die dort auf Reede lagen. Es wurden immer mehr. Bei klarem Wetter konnte man das Gefühl haben, man sei hier gar nicht am Ende der Welt, weil man umfangen war von kleinen Inseln wie auf einem Atoll. Schwimmenden Inseln allerdings, die nur darauf warteten, endlich wieder weiterzuziehen.

Kurz nach vier. In ein paar Minuten würde die Dämmerung anbrechen. Anna beschloss, runter zur Polizeistation zu gehen und ein wenig Bürokram zu erledigen. Die Arbeit machte ihr nichts aus, im Grunde war sie dankbar dafür. Sie lenkte sie ab vor düsteren Gedanken und vor allzu großer Einsamkeit.

Zu ihrer Überraschung brannte in dem kleinen Polizeiposten Licht. Instinktiv griff Anna nach ihrer Dienstwaffe. Zu viel hatte sie in den ersten Monaten nach ihrer Rückkehr auf die Insel erlebt. Doch es war nur Paul, der an seinem Schreibtisch saß und in einer Akte blätterte. »Paul? Was machst du um diese Uhrzeit hier?«, sagte sie, als sie eintrat.

»Das könnte ich dich auch fragen.« Er war übernächtigt, das war offensichtlich. Ein wenig erinnerte er Anna mit seinem Bartschatten an den Paul in ihrem Traum. Sie versuchte, den Gedanken zu verscheuchen. »Ich konnte nicht schlafen«, sagte sie.

»Willkommen im Klub. Scheint ansteckend zu sein.«

»Ist vielleicht nur die Hitze.«

»Na ja, die Nächte sind ja eher frostig.« Er stand auf. »Kaffee?«

»Gerne. Meine ich ja: diese Temperaturschwankungen. Sind einfach nicht gut für den Schlaf.«

»Mhm.« Paul hantierte unbeholfen mit der Maschine, sodass Anna ihm den Filter aus der Hand nahm. »Lass mich mal.« Ihre Arme berührten sich, als sie nebeneinanderstanden. Anna konnte die Muskeln unter seinem dünnen Hemd spüren. Er ging nicht auf Abstand, obwohl genügend Platz gewesen wäre. Auch das spürte Anna. »Paul?«

»Ja?«

»Fällt es dir schwer, allein zu leben?«

Der Dienststellenleiter zuckte die Achseln. Sein Lächeln war freudlos. »Ich weiß nicht. Manchmal. Manchmal nicht.« Er seufzte. »Und dir?«

»Manchmal nicht«, sagte Anna und sah ihm in die Augen. »Ich finde, du solltest nicht allein sein.«

»Ich habe ja dich«, sagte Paul und legte ihr die Hand auf die Schulter. »Und Saskia. Und Frau Schneider.«

Anna hätte sich ohrfeigen können. Was war nur in sie gefahren! »Stimmt«, sagte sie, und es sollte leichthin klingen. »Geht mir genauso.« Dann nahm sie zwei Tassen, schenkte Kaffee ein, gab eine ihrem Chef und schob mit der anderen Richtung Schreibtisch ab. »Ich wollte mir noch einmal die Akte des vermissten Jungen ansehen.«

»Nils.«

»Mhm. Ich träum schon davon.«

»Verstehe. Tut mir leid.«

»Kann man nichts machen.«

»Vermutlich nicht. Ich wünschte nur, wir würden ihn endlich finden.«

»Ja«, murmelte Anna. »Ich weiß nicht, ob ich mir das wirklich wünsche.«

Gegen acht Uhr traf auch Saskia in der kleinen Polizeistation ein, gemeinsam mit Frau Schneider, die erst einmal Kaffee für alle machte und die neuesten Inselnachrichten erzählte. »Es wird einen Trauergottesdienst geben«, sagte sie und setzte sich hinter ihren Schreibtisch. »In Sankt Nicolai.«

»Echt jetzt?«, fragte Saskia. »Und wenn der Junge gar nicht tot ist?«

Paul und Anna sahen die Kollegin gleichermaßen ratlos an. »Er *ist* tot, Saskia«, erklärte der Dienststellenleiter, und obwohl es ein grausamer Satz war, spürte Anna, wie beruhigend seine souveräne Stimme klang. Tröstlich irgendwie, selbst in den schrecklichsten Aussagen.

»Ich würde das nicht machen«, entgegnete Saskia. »Solange die Leiche nicht gefunden wurde, muss ein Mensch als lebend gelten.«

»Ich denke, es geht darum, der Familie zu zeigen, dass wir Anteil an ihrem fürchterlichen Schicksal nehmen«, schaltete sich Frau Schneider ein.

»Haben wir das nicht getan, indem wir wie die Verrückten gesucht haben?« Saskia schwang sich aus ihrem Schreibtischstuhl auf und ging federnd hinüber in die Teeküche. Anna konnte ihre Parfümwolke bis zu sich riechen. Und Pauls Blick sehen, der ihr folgte – oder vielmehr ihrem Po. »Doch«, erklärte sie. »Das haben wir. Und mit einem Gottesdienst schließen wir das Kapitel ab.«

»Suche eingestellt?« Saskia erschien mit einer Cola in der Tür.

»Die können nicht ewig suchen, oder?«

»Hm. Nein. Vermutlich nicht.« Saskia sah auf die Uhr über der Tür. »Gehen wir beide auf Streife, Paul?«

»Klar. Können wir machen. Du bleibst hier, Anna.« Er richtete einen fragenden Blick auf seine Stellvertreterin. »Sicher«, sagte Anna und tat, als hätte sie mehr als genug mit ihren Unterlagen zu schaffen. Dabei gab es so gut wie nichts, was erledigt werden musste. Die Tage waren – von dem Vorfall mit dem Jungen abgesehen – ruhig gewesen. Bei den Touristen war nichts vorgefallen, bei den Einheimischen sowieso nicht. Und die Kontrollen im Hafen, zu denen sie gelegentlich hinzugezogen wurden, waren auch immer weniger, seit die Bedeutung Helgolands als Frachthafen gegen null tendierte. Alles ging seinen üblichen Gang. Selbst Stalin hatte Anna nur ein bisschen gequält. Ihr fiel ein: »Ich habe übrigens um fünf einen Termin beim Arzt.«

»Bis dahin sind wir zurück«, sagte Paul zwinkernd und setzte seine Dienstmütze auf. Ein Scherz. Polizeirunden auf Helgoland dauerten selten mal eine Stunde oder gar länger. Die Insel war einfach zu klein. Saskia nahm noch einen kräftigen Schluck aus der Flasche, stellte den Rest auf ihren Tisch und schnappte sich die Lederjacke, die sie praktisch zur Daueruniform erkoren hatte. Das Teil sah natürlich tausendmal besser aus als die Stoffjacke aus Mischgewebe. Andererseits war sie bei den Temperaturen definitiv zu warm. Und Saskias Exemplar ebenso sicher zwei Nummern zu eng.

Eigentlich war es ein Termin bei der Ärztin. Seit sie Frau Doktor Reiter vor einigen Monaten kennengelernt und diese ihr letztlich das Leben gerettet hatte, hatte sie tiefes Vertrauen zu ihr gefasst. Sie war Allgemeinmedizinerin, alleinstehend, mit eigener Praxis. Und dass sie mal was mit Paul gehabt hatte und die beiden immer noch gut befreundet waren – vielleicht sogar ein wenig zu gut –, bewies immerhin ihren guten Geschmack.

Auf Annas Tisch lag immer noch die Akte, die sie für den verschwundenen Jungen angelegt hatten. Das Foto obenauf hatte sich in ihr Gedächtnis gebrannt. Zehn Jahre. Knapp. Auf dem Foto war er noch jünger gewesen. Er hätte fast ihr Kind sein können.

Es gab ein paar Gesprächsprotokolle. Paul und sie hatten neben dem Vater auch noch alle möglichen anderen gefragt. Zeugen. Auch zwei andere Kinder, die mitgefahren waren und deren Eltern nichts gegen eine Befragung einzuwenden gehabt hatten. Anders als die Eltern der anderen Kinder. Aber was hätte das auch für einen Unterschied gemacht? Hätte einer von den Jungs etwas gesehen, dann hätte er es vermutlich sowieso gesagt. Schon um es irgendwie verarbeiten zu können. Anna wusste, wie wichtig es war, mit traumatischen Erlebnissen umgehen zu können. Sie wusste es zu gut. Auch die Mutter hatten sie befragt, die gestern mit der Fähre aus Hamburg gekommen war. Paul hatte sie sich vorgenommen, Anna der Befragung beigesessen:

»Frau Michelsen, zunächst einmal möchte ich sagen, dass es uns sehr leidtut, was geschehen ist.«

»Danke.« Die Miene reglos.

»Ihr Sohn, Nils, ist zum ersten Mal bei einer Regatta mitgefahren?«

»Zum ersten Mal auf dem offenen Meer. Hat Ihnen mein Mann das nicht gesagt?«

»Doch. Das hat Ihr Mann auch gesagt.«

»Haben Sie Gründe, ihm zu misstrauen?« Ein eiskalter, sehr abschätziger Blick auf den Polizisten.

»Nein. Nein, warum auch. Nun, ähm, würden Sie sagen, dass Ihr Sohn ein guter Schwimmer war?«

»War?«

»Ist.«

»Er ist zehn Jahre alt. Für einen Zehnjährigen ist er ein guter Schwimmer.«

»Und es ging ihm gut in letzter Zeit?«

»Was meinen Sie damit?« Wie am Tag ihrer Ankunft war sie ganz schwarz gekleidet. Das Haar hatte sie streng zurückgekämmt und zu einem Knoten gewunden.

»Ich wüsste gerne, ob er gesund war.«

»Mir ist nichts Gegenteiliges bekannt. Als er vor vier Tagen auf die Fähre ging, war er gesund.«

»Auch keine psychischen Probleme?« Und bevor sie nachhaken konnte: »Stress in der Schule. In der Familie. Kummer. Ein Haustier gestorben oder etwas anderes, was ihn belastet hätte?«

»Hören Sie, Herr …«

»Freitag. Polizeiobermeister Freitag.«

»… Herr Polizeiobermeister, meinem Sohn ging es gut. Er hatte auch keine anderen Probleme. Was soll das eigentlich? Wollen Sie behaupten, er hätte sich ins Wasser gestürzt, weil er seelisch krank war?«

»Nein, Frau Michelsen, das will ich nicht. Ich tue es auch nicht.« Paul hatte diese unglaublich ruhige Art, die Anna so an ihm bewunderte. Er hielt ihrem eisigen Blick stand, schaffte sogar ein begütigendes Lächeln. »Sie werden verstehen, dass wir alle Umstände, die mit dem Verschwinden Ihres Sohnes zu tun haben, prüfen müssen. Er wird vermisst, und wir haben keine Idee, wie …«

»Sie haben keine Idee.« Mit einem Ruck war die Frau aufgestanden und sah auf Paul hinab wie auf einen Haufen elendes Gewürm. »Sie haben nicht auf ihn aufgepasst, haben ihn nicht gefunden, haben keine Idee – und jetzt zweifeln sie an seiner Zurechnungsfähigkeit.« Einen Augenblick lang hatte Anna geglaubt, sie würde auf ihn losgehen. Doch stattdessen hatte sie sich umgedreht und war zur Tür gegangen. Die Klinke schon in der Hand, hatte sie noch einmal zurückgeblickt. »Finden Sie mein Kind. Irgendwo da draußen, irgendwo im Wasser oder irgendwo auf dieser verdammten Insel ist mein Kind. Und Sie sitzen hier und stellen Fragen, statt ihn zu suchen.« Dann war sie weg gewesen.

Das Protokoll war lückenhafter als Annas Erinnerung an die Befragung. Sie hatte einige Sätze nicht notiert. Vierundzwanzig Stunden war das jetzt her. Vierundzwanzig Stunden, in denen alle, die sich nur aufs Wasser bringen ließen, jede kleinste Klippe der Hauptinsel und jede winzige Bucht der Düne abgesucht hatten, in denen Spezialkräfte des Technischen Hilfswerks aus Cuxhaven und Pinneberg sich an den Felsen abgeseilt hatten, um mit langen Stangen, mit Unterwasserkameras und Scheinwerfern auch die Stellen zu untersuchen, wo sich ein Körper hätte verfangen können, ohne von den Klippen oder vom Meer aus gesehen zu werden. Doch da war nichts. Der Junge war spurlos verschwunden.

Die Praxis von Doktor Sarah Reiter lag im Oberland, Anna kam auf dem Heimweg direkt daran vorbei. Anders als bei ihrem ersten Aufenthalt in diesen Räumen im Winter warteten jetzt einige Patienten im Wartezimmer. Anna kam sich beobachtet vor, was natürlich Unsinn war und vermutlich mit ihrer Vergangenheit zusammenhing. Unter den Insulanern hatte Anna Krüger eine gewisse traurige Berühmtheit erlangt. Einerseits durch ihr Schicksal als Jugendliche, andererseits durch die Ereignisse Anfang des Jahres, als sie bei einem Einsatz beinahe ums Leben gekommen wäre und ihren Kollegen Marten Weber hinter Gitter gebracht hatte. Einige Zeit war sie die »Polizistin mit der Mütze« gewesen, weil ihr beinahe alle Haare vom Kopf gesengt worden waren. Inzwischen konnte das, was nachgewachsen war, zumindest einigermaßen wieder als Frisur durchgehen.

Ohne mit der Wimper zu zucken, zog Doktor Reiter Anna vor. »Ich war noch nicht dran«, sagte Anna zögerlich, als die Tür des Behandlungszimmers sich hinter ihr schloss.

»Da draußen sitzen fünf alte Herrschaften«, erklärte die Ärztin und deutete auf einen Stuhl. »Die haben alle den ganzen Tag Zeit, zum Arzt zu gehen. Aber sie kommen um fünf, wenn die arbeitende Bevölkerung endlich freihat. Ich frage dich: Wer ist hier asozial?«

Sarah Reiter hatte eine sehr gelassene Art, die Dinge ganz offen auszusprechen; das gefiel Anna. »Okay«, sagte sie. »Da bin ich ganz bei dir.«

»Und? Wie geht es dir? Was macht unser gemeinsamer Hausfreund?«

»Er hat mich in letzter Zeit ziemlich in Ruhe gelassen.«

»Keine Attacken?«

»Nur gelegentlich ein dumpfer Schmerz. Mehr so im Hintergrund. Okay, vorgestern war es mal heftig, aber das lag natürlich an dem ganzen Wahnsinn wegen des verschollenen Jungen. Alles in allem bin ich zufrieden.« Sie wollte Stalin nicht größer machen als nötig, auch wenn es vielleicht nur eine Form von Verdrängung war.

Die Ärztin nickte. »Symptomatisch ist das zwar gut, aber es ist natürlich nur ein Erfolg bei den Auswirkungen. Wir müssten langsam mal an die Ursachen kommen. Aber ich fürchte, da kann ich dir als Allgemeinmedizinerin nicht helfen.«

Anna nickte. »Schon klar«, sagte sie. »Aber an Psychotherapie glaube ich nicht …«

»… und wenn du nicht dran glaubst, hilft sie auch nicht. Ist es das, was du sagen willst?«

»So ungefähr. Stimmt doch auch, oder?«

Eine Weile schwieg die Ärztin und blickte an Anna vorbei auf eine große Tafel an der gegenüberliegenden Wand: zwei Abbildungen des menschlichen Körpers, eine, die den Muskelbau präsentierte, eine mit dem gesamten Limbischen System. »Du unterschätzt die Seelenheilkunde, Anna. Nur weil dir ein Psychologe vom Jugendamt nicht helfen konnte, heißt das nicht, dass dir gar nicht zu helfen ist.« Sie richtete ihren Blick wieder auf Anna. »Ich finde auch nicht für jeden Patienten die ideale Lösung – und irgendein anderer Kollege findet sie. So ist das eben.«

»Okay.«

»Und sonst?«

»Die Stelle am Hinterkopf, das wird nichts mehr, denke ich«, sagte Anna und fuhr mit der Hand über die Narbe, die ihr von den Verbrennungen geblieben war, ein etwa streichholzschachtelgroßer weißer Fleck, auf dem absolut nichts mehr wuchs. Doktor Reiter stand auf, kam um den Tisch herum und stellte sich hinter sie. »Ja, das sieht aus, als müsstest du damit leben. Man könnte es mit einer Transplantation versuchen …«

»Haut? Oder Haar?«

»Haut natürlich. Die Narbe, die sich gebildet hat, bietet offenbar keinen Boden für Haarwuchs mehr. Also, wenn es dich stört, könnte ich dich mal an einen Spezialisten überweisen.«

»Muss ich das jetzt entscheiden?«

»Nein, das kannst du immer machen.« Die Ärztin stellte sich vor Anna hin und lehnte sich an ihren Schreibtisch.

»Gut. Dann warte ich. Vielleicht sieht man es gar nicht mehr, wenn die Haare wieder länger sind.«

»Sollen wir einen Check machen? Blutdruck, Werte et cetera?«

Anna winkte ab. »Schreib mir nur wieder meine Medikamente auf, damit ich Stalin in Schach halten kann.«

Doktor Reiter musterte ihre Patientin. »Rizatriptan. Zehn Milligramm.«

»Ja. Vielleicht würde ja eine höhere Dosierung noch besser helfen«, schlug Anna vor. Doch die Ärztin schüttelte den Kopf. »Besser nicht. Wenn du mal wieder eine richtige Attacke hast, gäbe es dann keine Reserve mehr, um sie zu bekämpfen.« Sie legte Anna die Hand auf die Schulter und beugte sich zu ihr. »Die Situation ist nicht mehr wie letztes Jahr. Oder in den Jahren davor. Es hat sich für dich etwas geändert. Du solltest es versuchen.«

Eine schöne Frau, dachte Anna. Sie konnte verstehen, dass Paul etwas mit ihr angefangen hatte. Auch wenn sie nicht verstehen konnte, weshalb das wieder vorbei war. Aber da mochte auch Pauls Trennung und seine kleine Tochter eine Rolle spielen. Vielleicht brachte er es einfach nicht über sich, einen Strich unter die Beziehung zu seiner Frau zu ziehen, die längst einen anderen hatte. Was auch immer es war, es hinderte ihn, ein neues, freies Leben zu beginnen. So wie Stalin sie daran hinderte. »Ich denke darüber nach«, sagte sie, sah Doktor Reiter zu, wie sie das Rezept für sie schrieb, steckte es ein und beeilte sich, aus der Praxis zu kommen.

Tatsächlich war Stalin in den letzten Tagen etwas unruhiger geworden. Er hatte sich hartnäckig hinter ihrer Stirn festgesetzt, vor allem rechts, und zog sich von dort in einem Strang aus Schmerz in den Hinterkopf. Aber es hielt sich noch in Grenzen. Anna kannte das Schema. Sie hatte sich in der Sache mit dem verschwundenen Jungen ziemlich verausgabt, hatte zu wenig geschlafen und ein paar Bier zu viel getrunken. Schon kleinere Mengen Alkohol lockten die Migräne manchmal aus ihrem Schlummer. Und jetzt büßte sie.

Sie war froh, wieder Tabletten zu haben. Damit konnte sie endlich wieder reagieren. In den hektischen Tagen, die hinter ihr lagen, hatte sie sich nicht rechtzeitig mit Medikamenten versorgt. Noch in der Apotheke hatte sie sich einen Becher Wasser geben lassen und die erste geschluckt. »Sie sollten was dazu essen«, hatte der Apotheker angemerkt.

Und jetzt befand sie sich auf dem Weg zu Henry's Hummerbude. Henry war eine gute Seele und, zumindest seit er sie nicht mehr anzubaggern versuchte, auch ein unterhaltsamer Typ. »Moin!«, grüßte er, als sie eintrat.

»Moin, Henry. Hast du eine Kleinigkeit zu essen?«

»Krabbensandwich?«

»Klingt großartig.«

»Und ein Bier?«

»Eine große Flasche Wasser.«

»Verstehe«, grinste Henry. »Im Dienst.«

»Nö«, erwiderte Anna und setzte sich an einen der kleinen Tische am Fenster. »Im Stress.«

Während sie auf ihr Sandwich wartete, checkte sie die Nachrichten auf ihrem Handy. Paul hatte an sie und Saskia geschrieben, dass sie morgen noch eine Abschlussbesprechung wegen des Jungen haben würden. Mit einem Kollegen aus Pinneberg. Das war interessant: Pinneberg war die übergeordnete Dienststelle. Die Zentrale. Dass die jemanden schickten, kam nicht oft vor. »Hast du noch mal irgendetwas wegen des Jungen gehört?«, fragte sie, als Henry ihr Essen brachte.

»Der über Bord gegangen ist? Nein, nicht wirklich. Das ist zwar immer noch das Thema Nummer eins, aber was Neues erzählt da eigentlich keiner.«

Nachdenklich blickte Anna hinüber zur Landungsbrücke, hinter der sich das Drama abgespielt hatte. »Hast du eigentlich selber zugeschaut?«

»Jep. Ich stand draußen. Ist ja immer schön, wenn diese kleinen Helden in ihren schwimmenden Kisten reinkommen, einer nach dem andern«, erzählte Henry, und Anna konnte sehen, wie sich die Szene vor seinem inneren Auge noch einmal abspielte. »Die weißen Segel, die Begleitboote und das alles. Macht sich großartig so vor dem blauen Himmel. Würde ich auch gern machen. Aber ich kann ja nicht mal schwimmen.«

»Echt jetzt?«

»Entschuldige, ich komme vom flachen Land. Tiefstes Niedersachsen. Da besteht nicht so die große Gefahr, dass man ertrinkt.«

»Hm. Und du bist tatsächlich selber ein Augenzeuge.«

»Na ja. Klar. Einerseits. Aber andererseits hab ich das mit dem fehlenden Boot gar nicht kapiert. Hab das erst später erfahren, dass eins von den Kindern nicht reingekommen ist. Für mich sah das alles tipptopp aus.«

Natürlich, ein unbefangener Betrachter würde die Boote nicht zählen und auf die Nummern nicht achten. »Begleitboote, sagtest du …«

»Gut, die Veranstalter fahren ja immer mit ein paar Booten nebenher. Schon verrückt, dass keiner gesehen hat, wie der Junge rausgefallen ist. Und auch sonst keiner.«

»Da waren die Boote für einen kurzen Augenblick aus dem Sichtfeld geraten.«

»Von Land aus ja«, sagte Henry und kratzte sich an den Bartstoppeln. »Aber es waren ja auch ein paar andere Boote draußen, die es hätten beobachten können. Verrückt das alles. Und jetzt ist die arme Frau ihr Kind los.« Er nickte hinüber zum Anfang der Landungsbrücke, wo eine lange, schwarze Gestalt aufgetaucht war. Frau Michelsen. Die Trauer umwehte sie wie ein weithin sichtbares Signal. Trotz der Hitze, die in Henry's Hummerbude herrschte, spürte Anna wieder ein Frösteln. Sie konnte es sich selbst nicht erklären, aber diese Frau ließ Anna das Blut in den Adern gefrieren. Langsam schritt sie an der Mole entlang, am Ticketbüro für die Fähre vorbei, fast bis ganz ans Ende. Auch Henry beobachtete sie schweigend. Dann blieb sie stehen, den Blick hinaus aufs Meer gerichtet. In einem kurzen Anfall von Panik sprang Anna auf, weil sie glaubte, die Frau würde sich jeden Moment hinabstürzen, um ihrem Sohn in die Fluten zu folgen. Doch Henry legte den Arm um sie. »Lass mal«, sagte er leise. »Sie ist viel zu weit weg. Wenn sie es will, kannst du es nicht verhindern.«

Aber sie wollte nicht. Stattdessen stand sie still wie ein Denkmal, und nur ihr Halstuch flatterte im Wind, während sich hinter ihr einige Segelboote vorbeischoben, von denen man nur die obere Hälfte der Takelage erkennen konnte. »Schon schlimm«, sagte Henry.

»Ja«, flüsterte Anna. »Sehr schlimm.« Sie nickte zu dem Sandwich hin. »Packst du's mir ein?«

»Klar.« Henry nahm den Teller wieder mit, während Anna am Fenster blieb und ihr Wasser trank. »Diese Segelboote«, sagte sie, als er ihr das Päckchen brachte. »Wem gehören sie?«

»Welche jetzt?«

»Die dort draußen liegen.«

»Dort draußen liegen?« Henry grinste amüsiert. »Man merkt, dass du lang nicht da warst. *Liegen* tun die doch alle drin, natürlich die wenigsten hier am Südhafen. Aber draußen, das wäre doch viel zu gefährlich. Da gehen die höchstens mal vor Anker, wenn sie einen guten Grund haben.«

»Zum Beispiel eine Regatta?«

»Zum Beispiel.«

Natürlich traf Anna niemanden mehr in der Polizeistation. Paul blieb im Sommer schon mal länger, sie auch manchmal. Aber nachdem alle ohne Ende Überstunden abzubauen hatten, war so ein ruhiger Tag der richtige, um den Stift Punkt fünf Uhr fallen zu lassen. Seufzend sah Anna sich in dem verwaisten Posten um. Sollte sie jetzt wirklich noch eine zusätzliche Anstrengung vom Zaun brechen? Andererseits: Wenn es etwas zu tun gab, dann waren Polizei, Feuerwehr und Ärzte diejenigen, die sich nicht an Arbeitszeiten zu orientieren brauchten.

Sie loggte sich ein und googelte »Cornelia Michelsen«. So gut wie nichts. Die Frau schien ein endlos langweiliges Leben zu führen.

Und »Nils Michelsen«? Da waren die Treffer eindeutig. Der Mann war Steuerberater und Kreistagsabgeordneter im Lauenburgischen. Offenbar ein Mann, der es zu Geld und Ansehen gebracht hatte. Er hatte sogar eine eigene Homepage, auf der er sich als engagierter Bürgeranwalt gab. *Für eine lebenswerte Heimat!* war sein Slogan. Anna musste anerkennen, dass er mit Skippermütze und in die Ferne gerichtetem Blick durchaus attraktiv wirkte. Vor allem vertrauenerweckend. Er bot gerade die richtige Mischung aus Abenteurer und Biedermann, zupackendem Kumpel und weitsichtigem Kapitän, wie er da am Steuerrad einer stolzen Segeljacht stand. Dann wieder die Fotos mit Anzug und Krawatte und der hemdsärmelige Auftritt bei der Grundsteinlegung eines neuen Gesamtschulzentrums in einem Nest, von dem Anna noch nie gehört hatte. Nils Michelsen hatte viele Gesichter. *Geboren am 2. August 1970 auf der Hochseeinsel Helgoland,* hieß es in seinem Profil, *als Sohn des Lehrers Veit Michelsen und seiner Frau Emma, geb. Bethmann. Meine Familie hat über viele Generationen die Insel bewohnt und alle Höhen und Tiefen erlebt. Nach dem tragischen Unfalltod meiner Mutter und angesichts sinkender Schülerzahlen verließ mein Vater mit mir als einzigem Kind Helgoland, als ich zwölf Jahre alt war. Seither bin ich im Lauenburgischen beheimatet und habe hier meinen Lebensmittelpunkt gefunden. Als Vater und Ehemann bin ich beruflich und sozial sehr engagiert. Seit nunmehr zehn Jahren betreibe ich die Steuerkanzlei Michelsen. Daneben sitze ich als parteiunabhängiger Kandidat im Kreistag und …*

Anna klickte weiter, fand aber, dass die Selbstbeweihräucherung mit zunehmender Lektüre unerträglich wurde. Auf einem Foto posierte Michelsen mit seinem Sohn. Der jetzt tot war.

Anna sah ihn in den Tiefen der See schweben, die Arme wie ein Messias der Finsternis ausgebreitet, das Haar wie ein Glorienschein um den Kopf wallend. Seine bleichen Lippen schienen etwas zu ihr sagen zu wollen. Doch je näher sie sich zu ihm hinwandte, umso mehr entfernte er sich, schwebte davon in das trübe Licht des Ozeans. Anna fröstelte bei der Vorstellung. Sie lief. Lief durch die Nacht. Über Helgoland. Übers Meer. Lief weit, weit weg. Bis sie irgendwann schaudernd aus dem Schlaf fuhr. Sie rieb sich die Augen, um das Bild, das ihre Fantasie geschaffen hatte, zu verscheuchen. Und erschrak, als plötzlich Paul vor ihr stand. »Ich hab gesehen, dass noch Licht brennt. Du solltest auch Schluss machen.«

Sie keuchte. »Ja. Klar. Gehen wir.«

15. April, 21.20 Uhr, Gasthaus Hagedorn, Unterland

Hannes konnte nicht schlafen. Vielleicht lag es daran, dass es im Haus nicht still wurde. Aber das wurde es eigentlich nie. In einem Gasthaus war es nie still. Selbst in diesen Zeiten, in denen sie keine Fremdenzimmer vermietet hatten. Vielleicht lag es auch nur daran, dass Fritzchen weinte. Aber das tat er eigentlich jede Nacht. Bis er endlich mal eingeschlafen war. Da schlief Hannes meist schon.

Heute war es anders. Hannes spürte, dass etwas anders war im Haus. Er konnte die Schritte über seinem Zimmer hören. Das waren mehrere Männer. Schwere Stiefel. Ganz eindeutig. Nur dass die da oben doch gar nichts zu suchen hatten. Über Hannes' und Fritzis Kammer war nur das Dachgeschoss – und da wohnten die Eltern. Zwei Räume gab es da: ein Schlafzimmer und eine kleine Stube. Die Stube lag über dem Zimmer der Kinder. Wer da wohl gerade war?

Gerne wäre Hannes hochgeschlichen. Aber solange Fritzi nicht schlief, wagte er es nicht. Sein kleiner Bruder würde ihm garantiert hinterherkommen. Und wer wusste schon, was er dann am Morgen wieder alles verplapperte. Wenn er genau horchte, konnte Hannes gedämpfte Stimmen hören. Männerstimmen. Von Zeit zu Zeit schien sich jemand aufzuregen. Einmal glaubte er, Vater schimpfen zu hören, doch dann war alles plötzlich wieder ganz still. Und dann, nach einer Weile, hörte er, wie schwere Stiefel die Treppe herunterkamen. Wie sie an ihrer Kammer vorbeigingen und dann hinunter in die Gaststube polterten, wo längst niemand mehr war.

Fritzi hatte aufgehört zu weinen. »Fritzi?« Nichts. Es war still in der Kammer, auch unter ihm, wo Fritzi schlief. Der Mond leuchtete durch das kleine Fenster, durch das man bei Tag bis hinüber zum Kriegshafen schauen konnte. Er tat das oft, auch wenn in letzter Zeit immer weniger U-Boote ausliefen und immer weniger Fregatten, Torpedoboote und Panzerkreuzer hier Station machten. So leise wie möglich schlüpfte er unter der Bettdecke hervor und kletterte an seinem Bruder vorbei. Mit nackten Füßen tappte er durch die Dunkelheit und öffnete die Tür eine Handbreit. Doch es war niemand zu sehen. Zu gerne hätte er gewusst, wer bei den Eltern oben in der Stube zu Gast gewesen war. Er wollte sich schon wieder umdrehen, als er erneut schwere Schritte über sich hörte. Dann die Tür der Stube. Erschrocken zuckte er zurück und schloss die Tür so weit, dass er nur noch durch einen winzigen Spalt auf das Treppenhaus hinaussehen konnte. Jetzt kam jemand herunter. Fast meinte er, man müsste sein Herz dort draußen hören, so laut pochte es. Dann schob sich ein Schatten vorbei, so schnell, dass er gar nicht erkennen konnte, wer das gewesen war. Lediglich dass der Mann eine Marineuniform getragen hatte, war Hannes aufgefallen. Hinter ihm kam noch einer. Doch der zweite Schatten blieb einen Moment auf dem Treppenabsatz stehen. Ein groß gewachsener, sehr ernster Mann mit einem riesigen Schmiss auf der rechten Wange. Der Besucher zog eine Taschenuhr hervor und versuchte, im Dämmerlicht des schlecht beleuchteten Flurs die Uhrzeit abzulesen, während ihn hinter der beinahe geschlossenen Tür die wachsamen Augen eines Jungen von acht, fast neun Jahren beobachteten. Als er die Uhr wieder wegsteckte, streifte sein Blick die Tür – und für einen winzigen Augenblick hatte der Junge das Gefühl, er wäre entdeckt worden. Vielleicht hätte er nur still stehen bleiben müssen. Vielleicht hätte er nur einen kleinen Schritt zur Seite tun sollen. Doch in der Schrecksekunde, in der der Zollmeister auf die Tür blickte, drückte der Junge sie zu und floh in sein Bett.

5

Die Trauerfeier war beklemmend. Pastor Berger hatte in die Kirche Sankt Nicolai gebeten, wo sich eine erstaunlich große Zahl von Anteilnehmenden einfand, Neugierigen, wie Anna vermutete. Anna war als Vertreterin der örtlichen Polizei gekommen. Vorne am Altar war ein Bild des Jungen aufgestellt. Man hatte wohlweislich darauf verzichtet, einen schwarzen Flor anzubringen. Schließlich gab es irgendwo in den Herzen der Angehörigen einen letzten Funken Hoffnung, das Kind möge aus unerfindlichen Gründen und auf ungeahnten Wegen doch noch auftauchen und allen Schrecken und allen Schmerz vergessen machen. Deshalb hatte es auch nur geheißen: »Einladung zum gemeinsamen Gebet für Nils Michelsen«. Aber jeder wusste natürlich, dass es in Wahrheit eine Trauerfeier war. Anna schnürte es beim Anblick des Jungen den Hals zusammen. In sechs, sieben Jahren hätte er vielleicht ähnlich ausgesehen wie Leo. So wie sie ihn gekannt hatte. Nils Michelsen war ein ähnlicher Typus.

»Schlimm, was?«, hörte sie Nele Steenkamps Stimme neben sich.

»Du hier?«

»Was? Denkst du, eine Hure nimmt nicht Anteil am Leben anderer Menschen?«

»Blödsinn.« Auch wenn Anna sich eingestehen musste, dass dieser Impuls tatsächlich da gewesen war. »Aber du kennst die Familie doch gar nicht.«

»Wer sagt das?« Nele Steenkamp war sehr dezent geschminkt und hatte ein dunkles Kleid angezogen. Nicht schwarz, so wie fast niemand sich für Schwarz entschieden hatte. Anna fand, dass sie ziemlich gut aussah. »Genau genommen sind wir sogar irgendwie verwandt. Aber frag mich nicht, wie. Und einer von denen war doch sogar Klassenleiter in unserer Parallelklasse, als wir in der zweiten oder dritten waren.«

»Stimmt. Jetzt fällt es mir auch wieder ein.« Mehrere Parallelklassen, das waren noch Zeiten gewesen. Da hatte die Insel noch doppelt so viele Einwohner gehabt und die Menschen noch doppelt so viele Kinder.

»Aber irgendwann war er nicht mehr da.«

»Aufs Festland gezogen.«

Nele zuckte die Achseln und deutete mit dem Kinn nach vorne, wo der Pastor mit seiner Rede begann. »Wir haben uns heute hier zusammengefunden, um des kleinen Nils Michelsen zu gedenken«, sagte er und breitete seine Arme zu den Kirchenbesuchern hin aus. »Nils' Familie erlebt schreckliche, bittere Tage, eine schwere Prüfung …« In seine Worte hinein war deutlich das Schluchzen des Vaters zu hören, der ganz vorne in der ersten Bank saß. »Frau Michelsen, Herr Michelsen, Peter, wir alle fühlen mit euch und sind mit den Herzen ganz nah …«

»Peter?«, flüsterte Anna. »Wer soll das sein?« Sie reckte den Kopf, um besser bis zur ersten Bank vor zu sehen, doch außer den Köpfen des Ehepaars Michelsen konnte sie nichts erkennen.

»Peter. Der Bruder«, raunte Nele, und Anna nahm die Mischung aus Zigarettenrauch und teurem Parfüm wahr, die ihre Freundin stets umgab.

»Der Kleine hatte einen Bruder?«

»Klar. Gruselig ist das.«

Entgeistert sah Anna zur Seite. »Entschuldige, aber das klingt jetzt schon seltsam. Was ist daran bitte gruselig.«

»Den müsstest du mal sehen. Er sieht genauso aus wie der Junge auf dem Foto da vorne.« Sie fixierte Nils' Bild neben dem Altar.

»Nils war ein Zwilling?«

»Mhm. Und jetzt sieht es aus, als wär's eine Trauerfeier für das Kind, das da vorne irgendwo in der ersten Bank sitzt. Ich kann mir gar nicht vorstellen, wie sich das für den Kleinen anfühlt.«

Wie es sich anfühlen mochte, als Zwilling seinen Bruder oder seine Schwester zu verlieren – wer vermochte das schon zu sagen. Es musste sein, als würde einem ein Stück von einem selber abgerissen. Anders konnte es sich Anna nicht vorstellen. Aber sosehr sie Mitleid mit dem Jungen dort vorne empfand, es machte sich zugleich eine unendliche Erleichterung in ihr breit. Denn in dem Augenblick wurde ihr klar, dass es nur der Zwillingsbruder gewesen sein konnte, den sie vorgestern Abend auf dem Kirchhof gesehen und dann bis zur Treppe nach Unterland verfolgt hatte.

Anna spürte, wie das Handy in ihrer Tasche vibrierte. Sie nahm es unauffällig heraus und blickte darauf:

Bitte nachher gleich aufs Revier. Ein Fund in Sachen Michelsen.

Paul, Saskia und Frau Schneider standen in dem kleinen Besprechungsraum des Polizeireviers. Auf dem Tisch in ihrer Mitte lag ein grelloranges Etwas. Eine Schwimmweste, wie Anna auf den ersten Blick erkannte. »Kindergröße?«

Saskia nickte. »Wir haben sie drüben am Nordosthafen gefunden.«

»Am Nordosthafen.« Anna trat näher und betrachtete die Weste genauer. »Sie ist kaputt.«

»Zerfetzt«, stellte Saskia fest, und Anna konnte sehen, wie Frau Schneider sich die Faust an den Mund presste. Es nahm sie sichtlich mit, sich vorzustellen, wie der Junge an den Felsen zerschmettert worden war. Ein langer, zackiger Riss zog sich über die rechte Seite, das Kunststoffgewebe war vollkommen durchtrennt.

»Und sonst? Ist es das Einzige, was gefunden wurde?«

»Ist es«, erklärte Paul. »Und wir haben auch schon den Typ und die Größe gecheckt. Passt alles genau. Sehr wahrscheinlich ist es die Rettungsweste von Nils.«

»Wer hat sie gefunden?«

»Ein Mitarbeiter des Aquariums. War gerade dabei, sein Boot loszumachen, um rüber zur Düne zu fahren. Er hat natürlich gleich an den Jungen gedacht.«

»Weiß Kielhorn Bescheid?« Anna hatte den Veranstalter der Regatta nur ganz am Rande kennengelernt und wurde nicht recht schlau aus ihm. Bei Normalbetrieb schien er eher der lockere Typ zu sein, der gerne mal einen Witz riss und sich bei den Damen ranschmiss. Aber unter Stress hatte er etwas Penetrantes. Nun, vielleicht musste das auch so sein. In dem Fall hatte es allerdings nichts gebracht.

»Kielhorn hat gleich ein paar Leute gesammelt, um die Umgegend des Fundorts noch einmal Zentimeter für Zentimeter zu durchpflügen.« Paul beugte sich über den Tisch, legte die Rettungsweste ordentlich zusammen, faltete sie und trug sie dann hinüber zu einem der Aktenschränke, wo er sie verstaute. »Den Eltern möchte ich vorerst noch nichts sagen.« Er kam wieder an den Tisch und blickte in die Runde. »Ich habe einfach keine Idee, was sie damit anfangen sollten, zu wissen, dass dieses Ding gefunden wurde …«

»Aber ihr Sohn nicht«, vollendete Anna den Gedanken, und ihr Blick wanderte hinaus zum Hafen. »Es könnte auch eine Schiffsschraube gewesen sein«, sagte sie leise, »die die Weste so zerrissen hat.«

Saskia schnaubte knapp und erwiderte: »Es könnten tausend Dinge gewesen sein. Angelhaken. Eine Schiffsschraube. Der weiße Hai. Wer weiß das schon? Wenn der Junge nicht wieder auftaucht, dann werden wir es vermutlich nie erfahren.«

Anna atmete tief durch. »Wir sollten es ihnen sagen. Oder würdest du es nicht wissen wollen, wenn es dein Kind wäre?« Anna kannte Pauls Tochter nicht, die nur wenig jünger war als der Michelsen-Junge. Aber sie wusste, dass Paul sehr an ihr hing, obwohl sie mit ihrer Mutter in Hamburg lebte. Vielleicht auch gerade deshalb. Man sehnte sich immer am meisten nach dem, was man nicht hatte.

»Du hast recht, Anna«, stimmte der Dienststellenleiter zu. »Ich werde es ihr sagen. Morgen. Lass uns abwarten, ob noch irgendetwas anderes auftaucht. Ein Turnschuh, die Rettungsweste, beides beim Nordosthafen ... Ich bin sicher, sie werden jetzt die Suche dort noch einmal intensivieren.«

Saskia schob sich an Paul vorbei zu ihrem Schreibtisch – etwas sehr nah, wie Anna fand. »Und wir?«, fragte sie, während sie sich setzte und die Arme hinter dem Kopf verschränkte, was ihre durchaus ansehnliche Oberweite noch etwas besser zur Geltung brachte. »Was unternehmen wir?«

»Ich wüsste nicht, was wir da unternehmen sollten«, erwiderte Paul. »Wir werden noch ein paar Zeugen befragen, um uns keine Blöße zu geben. Soll uns niemand vorwerfen, wir hätten nicht alles in Betracht gezogen und hinterfragt. Aber dass das nur Fleißarbeiten sind, weiß jeder vernünftige Mensch.« Anna registrierte zufrieden, dass Paul nicht mal zu

Saskia hinsah, obwohl sie zweifellos für jeden Mann einen reizvollen Anblick bot.

»Soll ich mal ein paar Zeugenbefragungen vornehmen?«

»Ja, tu das, Saskia. Die Zeugenliste ist …«

»Bei mir!«, sagte Frau Schneider schnell. »Ich drucke sie Ihnen aus, Frau Berneking.«

»Danke, Frau Schneider.«

»Und Sie protokollieren dann auch, Frau Schneider?«, fragte Anna, die Saskias Vorstoß etwas frech fand. Andererseits aber nicht anders konnte, als die Forschheit, mit der sich die Neue in der kleinen Polizeistation ihren Platz suchte, anzuerkennen.

»Natürlich, Frau Krüger«, beeilte sich dic Sekretärin zu versichern. »Das kann ich gerne tun.«

»Dann wäre es vielleicht ganz vernünftig, noch einmal zu recherchieren, ob es irgendwelche weiteren interessanten Zeugen gibt. Was meinst du, Paul?« Anna griff nach ihrer Schirmmütze.

»Gerne. Soll dir Frau Schneider die Liste derjenigen mitgeben, die wir schon haben?«

»Nicht nötig«, antwortete Anna und band sich ihr Pistolenhalfter um. »Ich hab sie im Kopf.«

Da saß er. Dachte an nichts Böses. Ein dummer, kleiner Junge. Keine Ahnung vom Leben. Keine Ahnung, was da draußen wirklich los war. Vor allem: keine Ahnung, was ihn erwartete. Vielleicht genoss er diese letzten Augenblicke seines unschuldigen Lebens noch. Vielleicht würde sein Leben weitergehen, sicher würde es das. Aber es würde nicht mehr unschuldig sein. Daran ließ sich leider nichts ändern. Was sein musste, musste nun einmal sein.

Am Nordosthafen war eindeutig mehr los als üblich. Einige Boote dümpelten am äußersten Ende der Mole, auf der ein paar Männer mit Signalwesten standen und Anweisungen durcheinanderschrien. Schon von Ferne konnte Anna den Regattaveranstalter ausmachen, der zwar nicht besonders groß war, aber die anderen dennoch um einiges zu überragen schien. Taucher kletterten auf den Wellenbrechern herum und ließen sich immer wieder ins Wasser gleiten, um sich an den Felsen entlang möglichst bis zum Boden des Hafenbeckens und bis zum Felsabbruch vorzuarbeiten. »Und?«, fragte Anna, ohne Kielhorn zu begrüßen. »Irgendwelche neuen Erkenntnisse?«

»Leider nein.« Er sah aus, als hätte er drei Nächte lang nicht geschlafen, was vielleicht ja auch der Fall war.

»Wo habt ihr denn die Weste gefunden?«

»Die hing hier zwischen zwei Felsen.« Er deutete auf die Richtung Düne hin aufgeschütteten Betonklötzen. »Richtig tief drin, als hätte sie jemand reingestopft. Na ja, die Flut hat sie wahrscheinlich dorthin gespült, und die Ebbe hat sie dann immer tiefer reingezogen in den Geröllhaufen.«

»Hm. Und wer hat sie gefunden?«

»Einer von meinen Männern.« Kielhorn deutete zu einem der Boote hin, ohne das klar geworden wäre, wen er meinte. »Der kann Ihnen auch nicht mehr sagen. Eigentlich war's auch gar nicht er, der sie gefunden hat, sondern irgendjemand, der hier nur rumgelaufen ist und einen auf wichtig gemacht hat. Vom Kurhaus oder so.«

»Verstehe. Und der hat es dann Ihrem Mitarbeiter gesagt.«

»Richtig, der mich dann geholt hat – und dann haben wir das Ding geborgen. Was scheiße gefährlich war! So über den Steinen und bei dem Seegang …«

Tatsächlich schien die Wetterlage sich zu ändern. Anna

blickte hinaus aufs Meer. Es war heller als an den letzten Tagen. Das bedeutete normalerweise, dass ein Tiefdruckgebiet sich ausbreitete. Die See wurde unruhiger, also wurden mehr Sauerstoff und auch mehr Schwebstoffe hochgespült, die das Tageslicht stärker reflektierten. Ganz ruhige See hingegen war in der Regel sehr dunkel. Der Himmel war allerdings nach wie vor strahlend blau. Keine Wolke in keiner Richtung. Und der Wind hatte auch in den letzten Wochen der totalen Trockenheit beständig geweht. »Ich würde gerne mit Ihrem Mitarbeiter sprechen«, sagte Anna. »Und mit dem Finder der Weste.«

»Kein Problem. Aber machen Sie das mal etwas später, ja? Wir sind hier am Arbeiten, und ich brauche die Männer.«

»Sicher. Die Suche geht vor. Schicken Sie mir den Mann heute Nachmittag zur Polizeistation. Sechzehn Uhr. Ich erwarte, dass er pünktlich ist.« Sie seufzte. »Außer natürlich, es gibt eine akute Veränderung der Situation und er wird gebraucht. Dann geben Sie mir Bescheid.«

»Alles klar«, sagte Kielhorn und fuchtelte mit den Armen Richtung Taucher. »Ihr müsst auch mal etwas weiter vorschwimmen! Um die Brecher herum! Wenn ihr immer nur an der gleichen Stelle sucht, werdet ihr immer nur das Gleiche sehen!« Sein hochroter Kopf verriet, dass er nach wie vor persönlich sehr engagiert war.

Einer der Taucher riss sich die Maske vom Gesicht und schrie zurück: »Was denkst du eigentlich, wie das hier unten ist, Mann? Wir sehen kaum zwei Meter weit im Moment!«

»Schon gut«, rief Kielhorn zurück. »Geh wieder runter und such weiter.« Er warf die Arme in die Luft und drehte sich weg – nur um in der Bewegung zu erstarren und hinüber Richtung Kurhaus zu blicken.

Anna folgte seinem Blick und erkannte Frau Michelsen dort

drüben, die – wie immer in Schwarz gekleidet – von der Kurpromenade herkam und langsam am gegenüberliegenden Kai entlangschritt. Sie war allein. Einerseits wunderte sich Anna. Wäre es in einer solchen Situation nicht besonders wichtig gewesen, zusammenzustehen? Musste die Familie jetzt nicht eng beieinanderbleiben? Andererseits wusste man, dass der Tod eines Kindes schon viele Paare auseinandergerissen hatte. Man machte sich selbst Vorwürfe, man machte sich gegenseitig Vorwürfe, man zog sich in sich selbst zurück und legte sich einen Panzer zu, den der Partner nicht mehr zu durchdringen vermochte …

Mit schnellen Schritten lief Anna hinüber und sah zu, dass sie die Frau einholte. Als sie sie erreichte, war sie bereits am Ende der Hafenmole angelangt und starrte aufs Meer hinaus – hinüber zur Düne oder auf die kleine Klippe, die zwischen den beiden Inseln lag und um die vor zweieinhalb Tagen die Jungs in ihren Booten gesegelt waren. »Frau Michelsen.«

Die Frau in Schwarz reagierte nicht.

»Es tut mir sehr leid, was passiert ist.«

Nach einer gefühlten Ewigkeit nickte Nils' Mutter kaum merklich und flüsterte: »Danke.«

»Ich kann gut nachempfinden, was Sie fühlen«, sagte Anna leise und stellte sich neben die Frau.

»Können Sie das?« Nun blickte Frau Michelsen zu Anna hin und musterte sie kurz. »Haben Sie ein Kind verloren?«

»Nein«, sagte Anna. Nicht so, dachte sie. *Nicht so, wie du es verloren hast.*

»Haben Sie Kinder?«

Anna schüttelte den Kopf. »Leider nein.«

Ein kurzes Schnauben, dann wandte die Frau in Schwarz den Blick wieder hinaus aufs Meer. »Dann können Sie nicht nachempfinden, was ich fühle.«

Der Schmerz, der geradezu fühlbar von der Frau ausging, ließ Anna eine ganze Weile schweigen. Einige Boote kreuzten die Nordreede, als wäre nichts geschehen, als ginge das Leben einfach so weiter. Und das tat es ja auch. Gnadenlos. Nur nicht für die Michelsens. »Wir würden gerne noch einmal mit Ihnen sprechen, Frau Michelsen.«

»Sprechen? Worüber?«

»Wir haben noch ein paar Fragen.«

Einen Moment schwieg die Frau. Anna konnte erkennen, wie es in ihr arbeitete, wie sie sich versteifte, wie ihre Wangenknochen hervortraten. Schließlich wandte sie sich zu ihr um und durchbohrte sie förmlich mit ihrem Blick. »Wie können Sie es wagen«, zischte sie und war im Begriff, ihre Hand zu heben. Doch im nächsten Augenblick hatte sie sich wieder im Griff. »Nein«, sagte sie mühsam beherrscht. »Nein, Sie haben wirklich keine Ahnung, wie es einer Mutter geht, die ihr Kind verloren hat.« Kurz schloss sie die Augen, dann holte sie Luft und sagte so kalt, dass Anna fröstelte: »Mein Sohn ist bei einem Unfall ums Leben gekommen. Alle wissen das. Ich weiß es auch. Es gibt nichts mehr zu fragen. Er ist tot. Und Sie werden ihn nicht mehr lebendig machen, indem Sie uns quälen. Sie gehen jetzt. Sofort.« Damit blickte sie wieder hinaus aufs Meer und schwieg. Anna zögerte zu gehen. Irgendetwas in der Haltung der Frau ängstigte sie. Sie stand da, dass Anna fürchtete, sie würde sich jeden Moment ins Meer stürzen. Erst nach einer kleinen Weile verabschiedete Anna sich mit einem leisen: »Ich geh dann mal.« Nur um sich am Eingang zum Schwimmbad zu postieren und die leidende Mutter aufmerksam zu beobachten, bis sie endlich wieder – nach einer gefühlten Ewigkeit – langsam zurückging und über die Kurpromenade Richtung Aquariumstraße verschwand, wo sie in der Nähe untergekommen war.

Oft waren Paul Freitag die Zeiten bei der Arbeit die liebsten, in denen er alleine in der kleinen Polizeistation war und einfach seinen Krempel erledigte. Liegengebliebenes. Allerweltsangelegenheiten. Bürokratischen Kram. Er konnte dann einfach nur funktionieren, niemand erwartete etwas Besonderes von ihm und vor allem: Niemand wollte etwas von ihm. Er war Herr über eine ziemlich kleine, ziemlich wohlgeordnete Welt, wie man sie in diesen Zeiten nicht oft vorfand.

Dann aber gab es auch – und es gab sie leider immer häufiger – die Soloaufenthalte auf dem Revier, die ihn vor allem runterzogen. Das Gespräch mit dem Kollegen aus Pinneberg war ein solcher Fall. Zunächst hatte es geheißen, sie würden jemanden schicken. Dann war der Termin kurzfristig abgesagt worden. Und schließlich hatte Paul gefühlt ein Dutzend Anläufe gebraucht, um wenigstens telefonisch jemanden zu erreichen, der sich für zuständig erklärte. »Kollege Diefenbach?«

»Was gibt es?«

»Freitag hier, Polizeistation Helgoland.«

»Ach ja. Die Kollegen hier haben mir Ihre *Akte* …« Er sagte das mit einem Sarkasmus in der Stimme, dass Paul am liebsten aufgelegt hätte. »Ihre Akte auf den Tisch gelegt. Rufen Sie deshalb an?«

Weshalb um alles in der Welt würde er wohl sonst anrufen. »Ja. Es geht um …«

»Und Sie sind noch mal?«

»Polizeiobermeister Paul Freitag. Der Leiter der hiesigen Dienststelle.«

»So«, sagte Diefenbach. »Gibt es da überhaupt noch jemanden sonst, den Sie leiten können? Oder leiten Sie vor allem sich selbst?«

»Wir sind hier zu dritt, Herr Kollege«, erklärte Paul. »Damit erreichen wir etwa eine Polizistendichte von null Komma drei Prozent auf der Insel. Wie hoch ist Ihre?«

Diefenbach schwieg kurz. Schien zu schwanken, ob er das Gespräch überhaupt fortsetzen wollte oder ob ihm Pauls Retourkutsche so etwas Ähnliches wie Respekt abforderte. »Und was erwarten Sie, dass ich jetzt für Sie tue, Herr Kollege Freitag?«

»Ich hätte gerne, dass wir in der Sache kooperieren.«

»Um was zu erreichen?«

»Zunächst einmal interessiert es mich, ob Sie die Ermittlungen an sich ziehen wollen.«

»Welche Ermittlungen? Gegen wen ermitteln Sie denn? Und wegen welchen Tatverdachts?«

»Und dann«, fuhr Paul unbeirrt weiter, »stellt sich die Frage, ob wir die Kripo hinzuziehen.«

»Wir? Wer ist wir?«

»Pinneberg.«

»Aha. Also meinen Sie mit ›wir‹ uns hier.«

»Helgoland gehört zum Kreis Pinneberg. Mit ›wir‹ meine ich also ›wir‹.« Manchmal war Paul Freitag sehr froh, dass Gespräche am Telefon geführt wurden. Das verhinderte so manche Straftat. Im Augenblick zumindest hätte er gute Lust gehabt, eine zu begehen. Der Kollege vom Festland schnaubte spöttisch vor sich hin. »Wissen Sie was, Herr Freitag? Das überlegen wir uns, wenn wir wissen, ob es eine Tat gibt und einen Tatverdacht. Wir schicken eine Kopie der Akte nach Kiel. Sollen die sehen, ob sie sich einbringen wollen. Und wir – damit meine ich: wir hier in Pinneberg – warten mal ab, ob Sie durch weitere Informationen begründen können, dass unsere Teilnahme an Ihren *Untersuchungen* gerechtfertigt ist. Oder gar nötig.«

»Ein totes Kind reicht Ihnen dafür nicht aus?«

»Ein totes Kind? Sicher. Wenn Sie denn eines finden …«

Anna entschloss sich, bei Henry einzukehren, um eine Kleinigkeit zu essen. Sie hatte den ganzen Tag nichts zu sich genommen, Stalin liebte das und quälte sie dann gerne mit Dauerdruck hinter den Augen. Henry's Hummerbude war nicht nur eine ganz passable Kneipe, man erfuhr dort auch allerlei Gerüchte, was nicht zuletzt daran lag, dass auch Einheimische auf ein Bierchen hierherkamen.

Doch heute waren nur Touristen da, die immer zu viel tranken, zu laut waren und ständig mit ihren Handys herumfuchtelten, um sich auf ihrer großen Fahrt selbst abzulichten oder vom Wirt ablichten zu lassen. Henry war auch groß in Fahrt und kehrte seine launigste Seite hervor, indem er einen Witz nach dem anderen riss. Anna war schon im Begriff, wieder zu gehen, da hatte er sie entdeckt: »Anna! Komm zu mir an die Theke.« Und er griff zum Zapfhahn, als wäre die junge Polizistin einer von den Schluckspechten, von denen es auf der Insel durchaus einige gab. »Die Geschäfte laufen gut, wie ich sehe«, sagte sie statt einer Begrüßung.

»Soll so sein. Was zu essen?«

»Eine Kleinigkeit, ja.«

»Ein Matjesbrötchen?«

»Geht klar.« Anna setzte sich auf einen der Barhocker und wandte sich zum Lokal hin. Es herrschte ungetrübte Heiterkeit. Als wäre nicht vor Kurzem erst irgendwo hier auf der Insel oder doch in nächster Nähe ein Junge ums Leben gekommen – und zweifellos auf sehr grausame Weise. Aber sie konnten es ja nicht wissen. Und man würde es auf der Insel auch nicht an die große Glocke hängen. Schlimm genug, dass die Presse berichtete. »Hast du den *Hamburger Express* von gestern da?«

»Klar. Hier.« Henry fischte die Zeitung unter dem Tresen hervor. Natürlich war schon die betreffende Seite aufgeblättert: *Mysteriöser Tod eines Jungen – Zehnjähriger auf Helgoland vermisst.*

Anna seufzte, nahm einen Schluck von ihrem Bier und las:

Helgoland. Gestern kam es bei der Opti-Regatta vor Helgoland zu einem tragischen Unglück. Aus noch ungeklärten Umständen ging eines der Kinder über Bord. Das Segelboot, das etwa die Größe einer gewöhnlichen Badewanne hat, trieb herrenlos im Wasser. Bis Redaktionsschluss war Jens F. (Name von d. Red. geänd.) nicht gefunden. »Wir müssen davon ausgehen, dass er nicht mehr am Leben ist«, sagte der Leiter der Küstenwache, die sofort einen Großeinsatz zur Suche nach dem Jungen einleitete. An der Suche beteiligten sich auch die Schüler der James-Krüss-Schule. Sie bildeten einen Ring auf den Klippen, um Ausschau zu halten. »Ich bin sehr stolz auf unsere Kinder«, so der Schulleiter. »Sie haben gezeigt, dass man in der Not zusammenstehen muss. Hoffentlich wird der Junge gefunden.« Die Opti-Regatta ist Deutschlands einzige Hochseeregatta für die Jüngsten. Zugelassen sind Kinder ab acht Jahren. Der Wettbewerb wird alle zwei Jahre ausgetragen und gilt als Talentschmiede für die zukünftige Segelelite. Jens F. nahm zum ersten Mal daran teil. Die Regatta-Leitung und die anderen Teilnehmer haben entschieden, ihm den Opti-Cup dieses Jahr ehrenhalber zu verleihen. *uw*

»Kennst du den Veranstalter?«, fragte Anna, als Henry ihr das Brötchen hinstellte.

»Kielhorn? Wer kennt den nicht.«

»Ziemliche Katastrophe für ihn.«

Henry nickte. »Vor allem bei der Vorgeschichte.«

»Vorgeschichte?«

Henry beugte sich über den Tresen und sagte leise: »Er wäre ja selber mal beinahe bei einem Segelunfall umgekommen.«

»Aha? Und woher weißt du das?«

Henry zuckte die Achseln und zwinkerte ihr zu. »So ist das eben. Als Wirt erfährst du Dinge, die du gar nicht wissen willst.«

Anna nickte anerkennend und deutete auf das Brötchen. »Perfektes Matjesbrötchen.«

»Danke. Ich mach die nicht selber.« Was klar war. Henry machte das meiste von seinem kulinarischen Angebot letztlich nur warm oder matschte es zusammen. Kaufte die Sachen alle schon fertig. Was nicht zuletzt daran lag, dass er keine richtige Küche hatte in seiner Hütte. Denn nicht viel mehr als eine Hütte war sie, diese Hummerbude am Binnenhafen mit ihrem grünen Anstrich und dem Anker über der Tür. »Und wann war das mit seinem Unfall?«

»Oh, das muss schon etliche Jahre her sein. Vor Sylt, glaube ich. Sein Geschäftspartner ist dabei ums Leben gekommen. Er hat's knapp überlebt.«

»Hm. Und wurde das untersucht?«

Henry warf die Arme in die Luft. »Anna«, sagte er. »Das musst du selber rausfinden. Du bist hier die Polizei, nicht ich.«

»Alles gut, Henry.« Anna sah ihm zu, wie er zu den anderen Gästen rüberging, ein paar Bestellungen aufnahm und Geschirr abräumte. Sie fragte sich, warum einer wie Henry Single war. Vielleicht lag es einfach daran, dass es auf der Insel allzu wenige ungebundene Frauen im passenden Alter gab. Wahrscheinlich. Oder er hatte ein dunkles Geheimnis, so wie Anna. Einen Flecken auf der Seele, der ihm unmöglich machte, mit jemandem zusammenzuleben. Stalin breitete sich aus.

15. April, 21.21 Uhr, Gasthaus Hagedorn, Unterland

Er war einfach weitergegangen. Die Treppe runter und dann aus dem Haus. Hannes hatte ihm hinterhergesehen. Wenn man sich ganz nah in die Ecke des Fensters drückte, konnte man von der Kammer aus auf den Weg runtersehen, dorthin, wo er in die Friesenstraße abbog. Und da hatte er die Uniform wenige Augenblicke später wiedererkannt. Der Besucher war weg. Und immer noch klopfte das Herz des Jungen wie wild. Er wusste nicht, was. Aber er wusste, dass etwas vorging. Etwas Wichtiges und Geheimnisvolles. Und er verstand inzwischen genug von der Welt, um sich klar darüber zu sein, dass alles, was groß und geheimnisvoll war, auch gefährlich war. Sehr gefährlich. In dem Fall hatte es also mit seinen Eltern zu tun.

Noch einmal schlich er vorsichtig zur Tür und blickte hinaus. Jetzt war alles still im Haus, nur oben waren noch leise Schritte und die Stimmen seiner Eltern zu hören, vor allem die seiner Mutter. Hannes musste auf die Toilette. Sie hatten zwar einen Nachttopf unter ihrem Stockbett. Aber aus irgendeinem Grund lief Hannes lieber die Treppen hinunter und in den schmalen, dunklen Gang neben der Gaststube, wo das Pissoir lag, um sein kleines Geschäft dort zu erledigen. Im Haus hing der Geruch von kaltem Tabak und von schalem Bier, der sich vermischte mit dem Duft von Seifenlauge, mit der seine Mutter jeden Morgen die Dielen wusch. Diesmal schien sie es schon mitten in der Nacht getan zu haben – nur warum? Verwirrt schlich Hannes die Treppe wieder hoch und wollte schon wieder in die Kammer gehen, als er meinte, erneut ein Weinen zu hören. War Fritzi aufgewacht und hatte nun Angst allein in der Kammer? »Fritzi?« Hannes lugte zur Tür hinein. Ein kleiner Bruder war anstrengend. Aber Fritzi war schon in Ordnung. Hannes wusste, dass ihn sein Bruder vergötterte. Manchmal war es ihm peinlich. Aber oft fühlte sich das auch ziemlich gut an. Hannes lauschte. Doch tatsächlich schien der Kleine immer noch bestens zu schlafen. Und das Weinen kam, wie er jetzt erkannte, von oben. Es war seine Mutter, die leise schluchzte und gelegentlich ein paar Worte dazwischen hervorpresste.

Hannes spürte, wie sich sein Herz zusammenschnürte. Er lief leise die Treppe zur Stube der Eltern hoch. »Aber das hat doch überhaupt nichts mit uns zu tun«, sagte Mutter mit rauer Stimme und zog die Nase hoch.

»Natürlich hat es das, Evchen«, erwiderte Wilhelm Hagedorn mit drängender Stimme. »Es hat mit uns allen zu tun.«

»Aber muss das denn hier sein? Wir haben so viel zu verlieren.«

»Eben deshalb, Evchen. Eben deshalb.« Vater ging ein paar Schritte auf seine Frau zu und wollte sie umarmen, während Hannes durch das Schlüsselloch spähte und mit großen Ohren lauschte. Mutter wehrte den Versuch ab, sie zu umarmen. »Lass das, Willem. Ich verstehe dich nicht. Was ist mit den Jungen? Was ist mit mir, wenn sie euch erwischen?«

Vater seufzte. »Ich weiß, was ich euch antue, was ich dir antue. Aber glaub mir, wenn wir es nicht tun, dann wird es auf jeden Fall ein grausames Ende mit uns nehmen. Außerdem: Wo sonst wäre ein Treffen so unauffällig wie bei uns? Wir können uns doch nicht alle im Zollhaus treffen. Oder bei Knaup in seinem Zimmer am Hafen.«

Wieder brach Mutter in Tränen aus. Sie sank auf einen der Stühle nieder und presste sich die Faust auf den Mund. »Ach Willem«, flüsterte sie und schniefte. »Ach Willem, wenn das bloß gut geht.«

6

Gegen 17.30 Uhr wurden die Sucharbeiten am Nordosthafen eingestellt. Die Taucher hatten keine weiteren Anhaltspunkte finden können, dass der vermisste Junge dort sein könnte. Durch den Sonnenstand lag der Hafen längst vollständig im Schatten, sodass jeder Tauchgang mit einem Minimum an Licht auskommen musste. Zugleich kosteten Suchmannschaften Geld. Niemand sprach das aus, aber jeder wusste es.

Kielhorn starrte auf die Fundstücke zu seinen Füßen. Ein Stück von einer Ankerkette, ein Metallteil, vermutlich von einer Seilwinde, ein paar leere Flaschen und eine Brille, in der sogar noch beide Gläser erhalten waren und die melancholisch in den Himmel blickte. »War es das?«, hörte Kielhorn die Stimme einer Frau hinter sich. Er drehte sich um. »Sie? Was wird das? Personenüberwachung? Ihre Kollegin war vorhin schon da.«

Saskia Berneking zuckte die Schultern und schob sich die Sonnenbrille ins Haar. »Ich kann verstehen, dass es Sie trifft, dass Sie das ausbaden müssen.«

Kielhorn sah sie skeptisch an. Dann seufzte er und hob die Hände. »Schicksal. Da kann keiner was für.«

»Und was wird jetzt aus der Regatta?« Saskia Berneking ging an ihm vorbei ans Ende des Kais und blickte hinüber zur Düne.

»Keine Ahnung. Ist noch zu früh, dazu was zu sagen. Kann sein, dass es das Ende ist …« Er betrachtete ihren Hintern und trat neben sie.

Die Polizistin nickte. »Kann aber auch sein, dass das alles hier in einem Jahr vergessen ist.«

»Alles möglich.«

»Dann wünsche ich viel Erfolg beim Suchen. Wenn der Junge erst im Frühling wieder auftaucht, dann wird es schwierig für Ihre Veranstaltung im nächsten Sommer.«

»So lange wird es nicht dauern«, sagte Kielhorn, und er klang durchaus überzeugt. »Wenn er auftaucht, wird er bald auftauchen. Außerdem sind wir erst im übernächsten Jahr wieder am Start. Alle zwei Jahre.«

Die Polizistin nickte nach drüben zu der kleinen Nebeninsel. »Haben Sie auf der Düne auch schon gesucht?«

»Da haben wir auch eine Mannschaft. Allerdings denken wir nicht, dass er dort ist. Die Strömung macht es nicht sehr wahrscheinlich.« Er taxierte sie. »Hab Sie früher noch nicht hier gesehen. Sind Sie neu auf der Insel?«

Saskia Berneking blickte ihn von der Seite an. »Seit vier Monaten hier.«

»Wow. Dann sind ja viele Erlebnisse hier für Sie erste Male.«

»Manches ja«, erwiderte Saskia Berneking. Und nach einer kleinen Pause: »Und manches nicht. Haben Sie Lust, mich nach Dienstschluss auf ein Glas Wein einzuladen?«

Kielhorn schürzte die Lippen. »Irgendwelche Vorschläge, wohin?«

»Ich lass mich gerne überraschen.«

»Wie geht es Ihnen heute?« Anna sah sich überrascht um. Neben ihr am Regal mit den Teigwaren stand die Tochter des alten Mannes, den sie in die Klinik gebracht hatten. »Danke«, sagte sie. »Gut. Wie geht es Ihrem Vater?«

Frau Geest wiegte den Kopf. »Er ist wieder im Gleichgewicht, danke. Das Wetter tut ihm gut. Seelisch, meine ich.

Körperlich ist es für die Alten natürlich anstrengend. Die heißen Tage und die kalten Nächte.«

»Kann ich verstehen. *Mir* ist es schon zu anstrengend.«

»Sie sehen mitgenommen aus.« Die Frau legte ihre Hand auf Annas Arm und nahm sie auch nicht weg, als Anna kurz zusammenzuckte. Zu große Nähe behagte ihr nicht. Eigentlich hasste Anna es, wenn irgendjemand zu nah an sie herankam. Ein Schutzmechanismus, das war klar. Allerdings einer, der im Zwischenmenschlichen ziemlich quälend war. Und doch übte die Berührung dieser eigentlich fremden Frau eine beinahe beruhigende Wirkung auf sie aus. Diese warme Hand schien zu sagen: Alles wird gut. Verwirrt suchte Anna ihre Augen. »Ja, vielleicht«, sagte sie leise. »Die letzten Tage waren nicht schön. Die Sache mit dem Jungen …«

»Ich habe davon gehört. Schrecklich.«

»Waren Sie nicht sogar auf der Trauerfeier?« Anna war sich sicher, die Frau dort gesehen zu haben. Und tatsächlich: »Ja. Das stimmt schon. Ich war neugierig, obwohl ich es nicht gerne zugebe.« Sie lächelte, als müsste sie überlegen, wie groß diese kleine Sünde wohl war, die sie da begangen hatte. Aber dann wurde sie wieder ernst. »Die Frau hat Grausames erlebt. Mich interessiert, wie Menschen mit ihrem Schicksal umgehen.«

»Ist es das, warum Sie Ihren Vater pflegen?«

Frau Geest nahm die Hand weg. »Ich pflege ihn nicht. Mein Vater ist ein sehr selbstständiger Mensch. Immer noch. Nur manchmal muss man sich um ihn kümmern, wenn der seelische Schmerz zu groß wird. Aber das sind kurze Phasen in einem nun ja doch schon ziemlich langen Leben.«

»Verstehe.« Anna nahm sich zwei Päckchen Nudeln, packte dann noch etwas Sugo in ihren Korb und nickte der Frau zu. »Ich muss dann weiter.«

»Ja. Ich auch.« Hintereinander gingen sie zur Kasse. Obwohl Anna sich beeilte zu zahlen, ihr Zeug zu verstauen und den Laden zu verlassen, spürte sie, dass die Frau direkt hinter ihr war, als sie ins Freie trat. In die grelle Sonne. Und dass ihr Frau Geest unter die Arme griff, als ihr plötzlich schwarz vor Augen wurde. Der Kreislauf, dachte Anna noch, bevor sie für einen Moment ohnmächtig wurde. Auch wenn es nur Sekundenbruchteile gewesen waren: Sie hätte böse stürzen können, wenn die kräftige Frau sie nicht gepackt und langsam zu Boden hätte sinken lassen. Alles drehte sich noch, aber dennoch war Anna sofort bewusst, was geschehen war. Sie tastete nach dem Boden und stützte sich auf. »Danke«, sagte sie matt. »Das war … sehr …«

»Kommen Sie, ich helfe Ihnen auf. Halten Sie sich an mir fest.«

»Moment!« Anna hob die Hand, um sie zurückzuhalten. Einen Augenblick brauchte sie noch, sonst würde sie gleich wieder umkippen. Als der Schwindel nachgelassen hatte, rappelte sie sich wieder auf. Frau Geest hakte sie unter und erklärte: »Jetzt ist ein kräftiger Kaffee das Richtige. Kommen Sie, ich wohne gleich dort drüben.« Und sie führte Anna mit sicherer Hand den Rekwai hinunter, um schon nach wenigen Metern vor einem kleinen, ockerfarben gestrichenen Haus stehen zu bleiben. »Mein Vater wird sich auch freuen, Sie zu sehen. Er war sehr erstaunt, dass Sie ihn in der Klinik besucht haben.«

»Erstaunt … Also hat er mich doch erkannt?« Anna atmete tief durch. Jetzt ging es wieder besser.

»Erkannt? Nein. Ich habe es ihm erzählt. Ich stelle Ihre Einkäufe hier neben der Tür ab.« Jetzt erst merkte Anna, dass Frau Geest ihre Tüte getragen hatte. »Oh, entschuldigen Sie. Das … das war mir gar nicht … ich habe gar nicht daran gedacht …«

»Oh, ich bitte Sie, ich kenne das gut. Der Kreislauf. Das geht mir öfter so. Kommen Sie, wir setzen uns in die Küche, und ich mache uns einen Kaffee.« Sie deutete auf die Tür rechts neben der Garderobe. Zögerlich trat Anna näher. »Ich habe nicht lange Zeit«, sagte sie.

»Für ein Tässchen wird es reichen, hoffe ich.« Frau Geest rückte einen Stuhl vom Küchentisch. Durch die Blümchengardine konnte man genau auf die Straße blicken. Hie und da kam jemand vorbei, den Kopf genau auf der Höhe, auf der man am Tisch saß. Wie oft Hagedorns wohl hier saßen und ihre Mitbürger draußen beobachteten? »Es ist ziemlich warm hier«, entschuldigte sich die Gastgeberin, die mit wenigen flinken Handgriffen die Kaffeemaschine angeschaltet hatte. »Warten Sie, ich kippe hier mal.« Sie beugte sich über den Tisch und öffnete eines der Fenster. Dann setzte sie sich zu Anna und sah ihr direkt in die Augen. »Sie stammen von hier, nicht wahr?«

»Ich bin hier geboren, ja.« Anna sah verstohlen auf die Uhr. Halb sechs. Wie war sie nur hierhergekommen? Warum saß sie hier und vergeudete ihre Zeit? Sie hatte mit Frau Geest nichts zu schaffen.

»Aber Sie waren länger weg?«

»Sechs Jahre. Sieben.«

Die Frau nickte, als wäre damit alles gesagt. »Wie lange quält Sie der Schmerz schon?«

»Entschuldigung?«

»Die Migräne.«

Einen Moment schwieg Anna. Sah der fremden Frau in die Augen. Da war nichts als Freundlichkeit und Neugier. »Sie denken, Sie können mir helfen?«

»Ich glaube, ein Versuch könnte sich lohnen.«

War da ein Schild an der Eingangstür gewesen? Irgendein

Hinweis auf eine psychologische Praxis oder dergleichen? »Es gab schon verschiedene Versuche«, erklärte Anna. »Ich denke nicht, dass es heilbar ist.«

Wieder nickte Frau Geest verständig. »Das glaube ich auch nicht«, sagte sie dann so ruhig, als wäre diese Feststellung nicht ein schreckliches Urteil. Lebenslänglich! Lebenslänglich Folter durch unerträgliche Kopfschmerzen. Ohne Aussicht auf Heilung. »Und wie wollen Sie mir dann helfen?«

Frau Geest stand auf und holte zwei Tassen aus der Anrichte, schenkte Kaffee aus der Kanne und nahm Milch aus dem Kühlschrank. »Für Sie?«

»Danke. Schwarz.«

Sie kam mit den beiden Tassen an den Tisch und setzte sich wieder. »Wie ich.« Eine kleine Weile schwieg sie. Dann legte sie die Hände auf den Tisch und faltete ihre Finger. Als wollte er sich an dem Gespräch beteiligen, bohrte sich Stalin in Annas rechtes Auge. Frau Geest konnte das Zucken in Annas Blick sehen und lächelte ihr begütigend zu. »Sie denken, wenn es nicht heilbar ist, sind Sie für den Rest Ihres Lebens verflucht. Aber so ist es nicht.« Sie nippte an ihrem Kaffee und stellte die Tasse wieder ab. Anna fiel auf, mit welcher Ruhe sie ihre Bewegungen ausführte. Da war keine Hektik, kein Stress, keine Unsicherheit. Da war nur eine Frau, die offensichtlich ganz in sich ruhte und von keinerlei Zweifeln geplagt wurde. Eine überaus vertrauenerweckende Frau. Doch der Blick, mit dem sie Anna durchleuchtete, wirkte, als könnte sie direkt in ihr Innerstes sehen. Anna fröstelte plötzlich. »Was?«, sagte sie.

»Stellen Sie sich vor, in Ihrem Haus würde ein Mann leben, der Sie quält. Stellen Sie sich vor, Sie müssten Ihr Leben lang mit ihm unter einem Dach leben, es gäbe keine Möglichkeit, ihn aus dem Haus zu schaffen.« Es gab mehrere Gesichter, die dieser Mann für Anna hatte. Und jedes einzelne davon machte ihr Angst. »Sie würden vielleicht versuchen, ihn zu töten. Aber sagen wir, das will Ihnen nicht gelingen. Er ist unsterblich. Tja, was würden Sie versuchen, um ihn daran zu hindern, Sie zu quälen?«

Anna blickte durch das Fenster nach draußen, wo einige Passanten vorbeiliefen. »Wenn ich ihn nicht aus dem Haus schaffen könnte«, sagte sie leise, »dann würde ich versuchen, ihn in einem Zimmer einzusperren.«

»So ist es. Das würden Sie tun. Und das ist es, was Sie mit Ihrer Migräne tun können.«

»Sie einsperren?«

»Zuerst müssen Sie sich vorstellen, sie sei eine Person, ein eigenständiges Wesen. Sie sollten sich für dieses Wesen einen Namen überlegen.«

Ein freudloses Lachen kam Anna über die Lippen. »Es hat einen Namen. Stalin.«

Aus irgendeinem Grund schienen die Medikamente nicht mehr zu wirken. Weder die neuen noch die, die sie früher benutzt hatte. Der Schmerz war etwas in den Hintergrund getreten, das schon. Aber dafür war er nun permanent da. Anna hatte bei jedem Schritt, den sie tat, das Gefühl, er würde nur darauf lauern, dass irgendetwas passierte, was ihn aus der Deckung kommen ließ. Lärm. Eine hektische Bewegung. Oder die sengende Hitze der letzten Tage. Wenn Anna in der prallen Sonne stand, dann kroch Stalin hervor und zog seine Krallen durch ihr Gehirn, dass ihr schlecht wurde. Am schlimmsten war es, wenn sie ihre Tage hatte. Dann schien er von besonderem Sadismus. Aber das mochte auch daran liegen, dass dann zu den mörderischen Kopfschmerzen auch noch Magenkrämpfe kamen. Zweimal hatte sie sich schon krankschreiben lassen deshalb. Und sie würde es morgen wieder tun. Es gab keinen Grund, sich in dem Zustand aufs Revier zu quälen.

Anna machte sich eine Kanne Eisenkraut-Tee und setzte sich auf das schäbige alte Sofa in ihrem Wohnzimmer. Sie hatte die kleine Wohnung in der Kirchstraße möbliert gemietet. Es machte ihr nichts, dass sie weder schön noch komfortabel war. Hauptsache, sie hatte einen Ort, an den sie sich zurückziehen und an dem sie unbeobachtet sein konnte. Ihre Vermieterin, Frau Hovekamp, war unaufdringlich und sowieso schwerhörig. Außerdem hatte sie sich rührend um Anna gekümmert, als es ihr im Winter schlecht ging.

Anna schaltete den alten Röhrenfernseher ein, der in der Ecke stand und den sie noch so gut wie nie benutzt hatte. Es dauerte eine Weile, bis überhaupt ein Bild kam – dann aber war es überraschend gut. Sie zappte sich durch die Programme, um bei einem Krimi hängen zu bleiben. Erstaunlich eigentlich: Wo nicht Nachrichten oder Doku-Soaps liefen, liefen fast nur Krimis. Wenn man bedachte, wie wenige Kapitalverbrechen in Deutschland tatsächlich stattfanden, war das schon seltsam. Aber das Verbrechen schien die Menschen zu interessieren. Und es war ja auch nachvollziehbar: Die Abgründe eines Menschen waren immer spannender als seine harmlosen Seiten. Schon weil sie normalerweise im Dunkeln lagen. Diese Art von Geheimnissen machte einen Menschen nicht nur gefährlich, sie machte ihn auch interessant.

Während im Fernsehen zwei Frauen ermordet wurden, trank Anna Krüger ihren Tee, dachte über sich und ihr Leben nach und beschloss endlich, es mit Schlafen zu probieren. Sie würde sich zwei Schlaftabletten gönnen. Das hieß zwar, dass sie am nächsten Morgen mit schwerem Schädel erwachen würde, aber es hieß auch, dass sie diese Nacht ihren Schmerz verschlief – den körperlichen und den seelischen.

Gerade als sie sich die Pillen auf die Zunge gelegt hatte und ein Glas Wasser einschenkte, meinte sie, durchs gekippte Fenster einen Schrei zu hören. Sie spuckte die Tabletten in ihre Hand, sah hinaus in die Dunkelheit der Helgoländer Nacht und lauschte. Ihr schien, als würde jemand kreischen, weit weg, drüben, jenseits von Kirche und Leuchtturm. Bei Tag hätte sie es für den Schrei einer Möwe gehalten. Doch nachts waren die Vögel still. Nein, da war nichts. Schweigen. Nacht. Vielleicht war es doch bloß der Fernseher gewesen. Eine leichte Brise wehte durch das geöffnete Fenster herein, und Anna beschloss, es ganz offen zu lassen. Sie warf die beiden Tabletten ein und spülte sie mit dem Wasser hinunter. Dann machte sie das Fernsehgerät aus, löschte die Lichter und legte sich nur mit einem Slip bekleidet auf das blanke Laken. Die kühle Abendluft ließ sie erschaudern. Sie spürte, wie Stalin sich zurückzog, hörte das leise Rauschen von Wind und Meer durchs geöffnete Fenster, schmeckte den bitteren Nachgeschmack der Medikamente auf ihrer Zunge. Stand oben auf den Klippen und fühlte den Wind unter ihren Flügeln, hob sich weit in die Luft und immer weiter. Das Läuten ihres Handys bekam sie dagegen nicht mehr mit.

Fluchend wählte Paul Freitag die Nummer noch einmal. Beim ersten Mal hatte er keine Lust gehabt, auf die Mailbox zu sprechen. Doch hier ging es weder um Lust noch um Wollen, sondern darum, einen Job zu erledigen. Und er hatte schon Saskia nicht erreicht, die eigentlich an diesem Abend Bereitschaft gehabt hätte. Wenn er Anna wieder nicht erwischte, würde er wohl oder übel bei einer von beiden vorbeilaufen müssen. Oder er schickte jemanden hin. »Anna? Ich bin's. Paul. Leider erreiche ich dich nicht. Saskia auch nicht. Ich brauche dich dringend. So schnell wie möglich. Ruf mich sofort an, wenn du das hörst!«

Als Anna gegen sieben Uhr von ihrem Wecker aus dem Schlaf gerissen wurde, meinte sie, die Schwerkraft um ein Vielfaches verstärkt fühlen zu können. Zu gerne wäre sie noch liegen geblieben. Da fiel ihr wieder ein, dass sie sich sowieso hatte krankmelden wollen. Sie stand auf, ging zur Toilette, trank zwei Glas Wasser und nahm ihr Handy, um Paul anzurufen oder – noch besser – Frau Schneider. Als sie es anschaltete, zeigte das Display sechs erfolglose Anrufe. Dreimal von Paul, einmal von Frau Schneider. Und zweimal die Mailbox. Ebenfalls Paul. »Verdammt, bin ich hier der einzige Polizist auf der Insel?«, schimpfte er. »Melde dich endlich, Anna!«

Sie rief ihn sofort zurück. An eine Krankmeldung war jetzt nicht mehr zu denken. Es war offensichtlich, dass etwas passiert war. Mitten in der Nacht gab es sonst auf dieser Insel keinen Grund, es dringend zu machen. »Paul?«

»Anna! Was ist los? Warum erreiche ich dich nicht?«

»Ich habe geschlafen, Paul. Und ich habe keine Bereitschaft, falls du das vergess…«

»Scheiß auf die Bereitschaft! Saskia ist auch nicht zu erreichen gewesen. Ich brauche euch hier. Wir haben einen Toten.«

Die Szenerie war so grausam bekannt für Anna, dass ihr augenblicklich schlecht wurde, als sie hinter dem Leuchtturm auf das Blockhorn zutrat, einen der Felsvorsprünge der Westklippen, wo es vierzig Meter in die Tiefe ging. Mehrere Männer standen dort und blickten hinunter, von der noch schräg stehenden Morgensonne grell beleuchtet. »Guten Morgen«, sagte Anna, als sie sich ihnen näherte.

»Gut ist anders«, murrte Bodo Feddersen, den Anna vom Zollamt kannte. Neben ihm standen Carsten Behrend, der Schulhausmeister, und ein Mann, den Anna nur vom Sehen kannte. Sie alle schauten kaum auf, als die Polizistin sich neben sie stellte und ebenfalls den Blick über die Klippe senkte. Von hier zu der Stelle, an der vor Jahren ihr Freund Leo hinabgestürzt worden war, waren es keine zweihundert Meter. Noch immer leicht benommen von den Medikamenten und zugleich schreiend wach, starrte sie auf den Fuß des Felsens, wo sich Fels und Geröll ein paar wenige Meter zum Wasser hin erstreckten, wenn die See ruhig war. Zuerst sah sie ein Bild, das sich aus mehreren Komponenten zusammensetzte: einige Farbtupfer, bewegliche Objekte, ein Boot, das ein paar Armlängen vom Ufer weg im Meer dümpelte. Darauf ein Mann, der die Szenerie von seinem Platz aus betrachtete, ähnlich unbeteiligt wie Anna hier oben. »Er liegt ganz am Felsen«, knurrte Behrend und spuckte in die verdorrte Wiese. Anna beugte sich noch etwas weiter vor und rutschte aus. Im Rutschen packte sie Behrends Arm und hielt sich fest – und er hielt sie. »Immer mit der Ruhe, Frau Krüger. Ich hab Sie.« Er zog sie zu sich, während einige Steine über den Klippenrand kullerten und in der Tiefe verschwanden. »Danke!«, keuchte Anna. »Das war knapp.«

»Ist auch ’ne Scheißstelle hier. Kein Wunder, dass er runtergefallen ist«, sagte Feddersen von der Seite.

»Hey, ihr Idioten!«, schrie einer der Männer von unten. »Passt gefälligst auf! Wir brauchen hier nicht noch einen Toten! Das ist saugefährlich, was ihr da macht!«

»Meine Schuld!«, rief Anna hinunter. »Tut mir leid!«

»Anna, bist du das?« Paul trat etwas vom Felsen zurück, um nach oben an den Rand des Kliffs sehen zu können.

»Ich komme runter, Paul!«

»Geh aufs Revier und ruf in Pinneberg an. Wir haben hier eine Leiche. Wahrscheinlich ein Unfall. Die sollen entscheiden, ob sie die Kripo zuziehen wollen!«

»Aye, Paul«, antwortete Anna. Doch ihre Stimme hörte sich für sie selbst an, als käme sie von ganz weit weg. Immer noch hielt sie den Schulhausmeister Behrend an der Hand, und sie hatte unwillkürlich fester zugepackt, als sie erkannte, wer da zu Pauls Füßen lag.

Kielhorn war nicht richtig bei der Sache. Die Nacht steckte ihm noch in den Knochen. Und er hasste den Job hier. Hasste die verdammte Insel. Normalerweise wäre er jetzt unterwegs zu seinem Büro an der Außenalster gewesen. Feines Gründerzeitanwesen, mit Messingschild am Eingang. Edles Holz, erstklassiger Kaffee und eine Assistentin, die die Scheißarbeit machte. Aber hier und jetzt schien alle Scheiße an ihm zu kleben. Obwohl – das kleine Abenteuer letzte Nacht, das wäre sonst schon eine Reise wert gewesen. Er war froh, dass er seine Frau nicht mitgenommen hatte. Sie hätte das schon gewittert, ehe er selbst noch kapiert hatte, dass was ging. Wenn er jetzt hätte liegen bleiben können, dann … Aber so war das Leben leider nicht. Nicht seines. Nicht nachdem, was passiert war mit dem verdammten Jungen. Und jetzt auch noch das.

Er stolperte mehr, als dass er lief, über die buckeligen Pfade des Oberlands, hinter der Kirche rum und dann Richtung Leuchtturm. Der Wind hatte noch mal zugelegt. Das war immerhin gut, denn auch an diesem Tag würde es wieder heiß werden. Man verbrannte zwar förmlich unter der Sonne, doch man merkte es erst, wenn man abends aufs Bett sank: Kielhorn hatte sich einen höllischen Sonnenbrand eingefangen. Wieder meldete sich das Handy. »Ja?«

»Sind Sie unterwegs?« Der Polizist. Mann, was bildete der sich eigentlich ein, ihn hier so herumzukommandieren. Kielhorn hätte ihm am liebsten richtig eine reingewürgt und erwidert: »Ich trink jetzt erst mal schön einen Kaffee.« Aber er schluckte seinen Ärger herunter und keuchte: »Bin fast da. Was ist denn los, zum Teufel?«

Doch der Bulle hatte tatsächlich aufgelegt. War einfach weg! Kielhorn blieb stehen. Er hatte gute Lust umzukehren, zurück in sein Bett, wo es noch nach ihr roch. Und wenn sie noch da wäre? Er musste grinsen. Und der Blödmann an der Klippe ahnte nichts.

Wenige Schritte später war er da. Er hatte mit einem Blick erfasst, was los war. »Scheiße!«, fluchte er.

»Das können Sie laut sagen«, erwiderte einer der Männer, die oben standen. Kielhorn wollte noch ein paar Zentimeter weiter vor. »Lassen Sie das mal lieber.« Der Typ stellte sich vor ihn und hielt ihn zurück. »Ist sicherer für Sie. Und wegen der Spurensicherung.«

»Spurensicherung?« Auf Kielhorns Stirn bildete sich Schweiß. »Was soll denn die Spurensicherung hier?« Das hatte ihm noch gefehlt. Wenn jetzt noch die Kripo hier antanzte, konnte er seine Regatta für alle Zeiten vergessen.

»Das fragen Sie lieber Herrn Freitag.« Der Mann nickte Richtung Klippenrand, wo ganz am Fuß des Felsens Paul Freitag und seine Helfer begonnen hatten, den Fundort der Leiche zu sichern.

»Und wie komm ich runter?«

Der Mann deutete Richtung Mittelland. »Hier lang und dann hinter dem Klinikum rechts. Aber passen Sie auf. Das ist hier alles nicht richtig befestigt.«

Kielhorn nickte und machte sich auf den Weg.

Es dauerte einige Zeit, bis die Kollegen vom Festland eintrafen. Sie waren mit dem Hubschrauber von Pinneberg gekommen. Nachdem Saskia endlich auf dem Revier aufgetaucht war, hatte Anna sie zum Dienst eingeteilt und war wieder hinübergeeilt, diesmal an den Fuß der Klippe. Die Leiche lag in einer bizarr unnatürlichen Haltung über einem Felsbrocken, den Blick in eine endlose Ferne gerichtet. Der Schreck stand noch in ihren Augen. Ein Teil des Hinterkopfs war beim Aufprall weggeplatzt, sodass eine blutige Spur von den Ohren über den Felsen bis zum Boden führte. Ein Arm war aus der Schulter gesprungen und hing schlaff zur Seite, als gehörte er nicht zum Körper. Alles an diesem Toten war der reine Horror. Und Annas Herz blieb stehen, als ihr Mobiltelefon klingelte und sie den Anruf annahm: »Guten Tag. Hier ist Cornelia Michelsen. Ich rufe an, weil mein Mann heute Nacht nicht aufgetaucht ist.«

»Frau Michelsen«, flüsterte Anna. »Können Sie bitte aufs Revier kommen? Ich fürchte, wir haben schlechte Nachrichten. Das sollten wir nicht am Telefon besprechen. Ich bin in fünf Minuten dort.« Dann legte sie auf, ohne der Frau die Möglichkeit einer Antwort zu lassen.

»Anna?«, rief Paul. »War das seine Frau?«

Anna nickte. »Ja. Ich habe sie gebeten, zur Dienststelle zu kommen.«

Paul blickte auf den Toten und dann wieder auf Anna. »Dann solltest du jetzt dorthin gehen. Das hier machen jetzt sowieso die Kollegen aus Pinneberg.«

»Alles klar. Bis dann.«

»Bis dann.« Es war unschwer zu erkennen, dass auch Paul einen Schock hatte. Zwei Todesfälle innerhalb kürzester Zeit, das kam sonst auf diesem friedlichen Flecken Erde nicht vor. Vor achtundvierzig Stunden noch war alles eitel Sonnenschein gewesen. Und nun schritten sie durch einen Albtraum aus Tod und Verzweiflung.

Saskia saß, die Füße lässig auf ihrem Schreibtisch in der kleinen Stube der Polizeistation, und tippte mit schnellen Fingern etwas in ihr Smartphone. Sie blickte kaum auf, als Anna zur Tür hereinkam. »Hi Anna.«

»Setz dich bitte richtig hin und lass uns reden.«

Saskia hielt inne und musterte Anna. Dann nahm sie die Beine vom Tisch und beugte sich vor. »Was liegt an?«

»Nils Michelsen ist tot.«

»Haben sie ihn gefunden?«

»Nils Michelsen senior.«

»Der Alte hat seinen Sohn gefunden?«

»Der Alte ist tot«, erklärte Anna in dem Moment, in dem hinter ihr die Tür aufging und Cornelia Michelsen eintrat. »Der Alte?«, wiederholte sie und blieb wie angewurzelt auf der Schwelle stehen. Anna holte Luft und drehte sich zu ihr um. »Frau Michelsen. Bitte kommen Sie herein und setzen Sie sich.« Sie deutete auf einen Stuhl an dem Tisch, auf dem gestern noch die zerfetzte Rettungsweste des Jungen gelegen hatte. Wortlos ging Frau Michelsen hinüber und nahm Platz. Sie starrte vor sich hin und wartete. Anna setzte sich ihr gegenüber und warf Saskia Blicke zu, die besagen sollten: Setz dich gefälligst auch hierher! Dann holte sie Luft, um das Unaussprechliche auszusprechen. Doch Frau Michelsen hob die Hand. »Sagen Sie es nicht. Sie haben es ja schon gesagt.« Und nach kurzem Schweigen fügte sie hinzu: »Sie haben meinen Mann gefunden. Tot. Das ist es, was Sie mir sagen wollen.« Anna konnte einen schwachen Hauch von Alkohol riechen. »Und können Sie mir auch sagen, was ich jetzt tun soll?« Ihre Augen waren so reglos, dass Anna fröstelte. Sie trug eine Maske. Eine Maske, die ebenso gut Schmerz darstellen konnte wie Kälte. Oder Trauer. Mochte bisher ihre schwarze Kleidung lediglich ein Ausdruck ihrer inneren Verfassung gewesen sein, so erschien sie mit einem Mal als Menetekel – als hätte sie den Tod ihres Mannes vorweggenommen. Mit leiser, aber kühler Stimme fragte sie: »Musste er sehr leiden?«

Anna schüttelte den Kopf, und obwohl Frau Michelsen

scheinbar durch sie hindurch starrte, schien sie das Signal zu verstehen. Sie setzte sich noch etwas gerader hin, schien kurz zu zögern, dann stand sie, ohne ein weiteres Wort zu verlieren, auf und verließ die Polizeistation. Was geschehen war und wo der Körper ihres Mannes nun war, schien sie nicht zu interessieren. Aber es war ja auf gewisse Weise auch belanglos. Es änderte nichts.

Bestürzt sah Anna ihr nach, wie die Tür hinter ihr zufiel und sie hinaus auf den Weg trat, der auf der einen Seite zur Hafenmole hinführte und auf der anderen in Richtung Hummerbuden. Dorthin schritt sie, so aufrecht wie eine geisterhafte Gestalt, ganz in Schwarz, den Blick starr vor sich gerichtet. Anna trat hinter ihr aus der kleinen Polizeistation. Stalin feuerte eine Salve in ihre Stirn, dass ihr kurz schwindelig wurde. Gleichzeitig setzten ihr die Magenkrämpfe zu. Sie stützte sich mit den Händen auf ihren Knien ab. Als sie sich wieder aufrichtete, sah sie gerade noch, wie Frau Michelsen mit dem Kopf auf den Pflastersteinen aufschlug.

17. April, 22.50 Uhr, Oberland

Auf der Insel war es beinahe stockfinster. Nur ein paar wenige Positionslichter glühten, die meisten Fenster waren auch ohne Alarm verdunkelt. Es herrschte trügerische Ruhe. Nur die Maschinen der großen Schiffe und der U-Boote waren unterschwellig zu hören. Und natürlich das Meer. Beides vermischte sich zu einem dunkeldrohenden Grundton, der einem auch dann das Blut in den Adern gefrieren ließ, wenn man nicht in Lebensgefahr schwebte. Trönjes nahm den Umweg über die vordere Klippe. Er wollte durch so wenige Gassen wie möglich. Überall konnte er auf eine Patrouille treffen, die ihn in die Zange nahm. »Was machen Sie um die Zeit draußen? Wohin wollen Sie? Zeigen Sie Ihren Ausweis!« Und er hatte nicht den besten Leumund. Nicht bei den Verbrechern, die sich die Insel unter den Nagel gerissen hatten und nun Herr über Leben und Tod spielten.

Er hätte die Pistole zurücklassen sollen. Wenn er entdeckt wurde, wenn sie ihn kontrollierten, dann hätte er ohne die Waffe harmloser gewirkt. Waffe und Uniform, gut. Aber Waffe ohne Uniform, das war heikel.

Gebückt lief er knapp hinter dem Klippenrand entlang, an der Vogelwarte vorbei, dann musste er wieder für eine kurze Strecke ins Häusergewirr des Oberlands eintauchen, um zur Treppe nach Unterland zu kommen. Die Treppe war der gefährlichste Abschnitt des Weges zu den Landungsbrücken. Denn natürlich war sie ständig bewacht. Solange es Bürger war, der dort mit seinem Schwager stand, war das kein Problem. Aber wenn die Wachen sich abgelöst hatten, war es eines. Denn die anderen Soldaten auf dem Posten waren keine Einheimischen. Sie würden nicht zögern, Trönjes beim kleinsten Verdacht zu kassieren.

Vom oberen Ende der Treppe, die vom Ober- zum Unterland führte, konnte er, verborgen hinter etwas kümmerlichem Buschwerk, das Zollhaus an der Landungsbrücke deutlich sehen. Ja, das Licht war aus. Wenn Bethmann das Licht löschte, war das das Signal. So hatten sie es besprochen. Aber es war noch um Stunden zu früh! Hatte man ihn aufgefordert, zu verdunkeln? Warum hatten sie sich ausgerechnet dieses Signal überlegt, das war doch Wahnsinn!

Vorsichtig wagte sich Trönjes ein paar Schritte vor und versuchte, zu erkennen, wer unten auf dem Posten an der Treppe stand. Könnte Bürger sein oder auch jemand anderes. In diesen verdammten Uniformen war das auf die Entfernung nicht auszumachen. Trönjes spürte den Schweiß auf seiner Stirn, spürte sein Herz, das wie wild schlug, sah sich um: Eine der Flakbatterien auf der anderen Seite der Insel führte einen Test durch und schickte einen gleißend hellen Strahl in den Nachthimmel. Westklippe? Eher doch die Flak am Falm, die weiter südlich lag. Immerhin, die ganze Insel wurde so in etwas mehr Licht getaucht. Nur dass die Treppe im Schatten der Häuser von Oberland lag. Sie blieb im Dunkeln. Keine Chance, Bürger zu erkennen – oder wer immer dort unten stand.

Leise fluchend, tastete Trönjes nach seiner Pistole und schob sie unter den Busch, hinter dem er eben noch Deckung gesucht hatte. Dann atmete er tief durch und ging, so zügig und geschäftsmäßig wie möglich, die Stufen hinab. Aus dem Augenwinkel meinte er zu sehen, dass ihn jemand beobachtete. Doch als er sich umwandte, war es nur eine Ratte, die davonhuschte.

Der Flakscheinwerfer erlosch, und Trönjes wäre beinahe aus dem Gleichgewicht gekommen und gestrauchelt. Mühsam hielt er sich am Geländer fest. Plötzlich stand jemand neben ihm und packte ihn am Arm.

7

Es war nur eine kleine Platzwunde. Für einen Schädelbruch oder eine Gehirnblutung gab es keine Anhaltspunkte. Trotzdem war die Frau nicht ansprechbar, sondern starrte hohl vor sich hin und nahm von ihrer Umgebung offenbar keinerlei Notiz. Wieder fiel Anna auf, dass sie nicht besonders schön war, ihre Nase war zu groß, ihre Augen lagen zu tief, um das Kinn hatte sie einen harten Zug – und doch sah sie auf geheimnisvolle Weise attraktiv aus. Mit ihren beiden Jungen hatte sie nicht die geringste Ähnlichkeit.

»Wir werden sie eine Weile dabehalten und beobachten«, sagte Doktor Bause, der Leiter des Inselklinikums. »Ich gehe davon aus, dass sie momentan einen Schock hat. Mit etwas Glück gibt sich das bald wieder.«

»Danke«, sagt Anna. »Geben Sie mir bitte Bescheid, wenn sich ihr Zustand ändert.« Bessert, dachte Anna. *Hoffentlich.*

»Natürlich.«

Vor der Klinik wartete Saskia mit dem Wagen, in den sie Frau Michelsen verfrachtet und mit dem sie sie hergebracht hatten. »Und?«

»Alles unter Kontrolle. Aber in dem Zustand kann sie sich nicht um ihr Kind kümmern. Kannst du mal rüber ins Hotel gehen und nachsehen, was mit dem Kleinen ist, und dich um ihn kümmern, bis wir wissen, was wir mit ihm anfangen?«

»Ich? Entschuldige. Aber Kinder, da bin ich völlig die Falsche. Ich bin schon froh, wenn sie nicht zu heulen anfangen, wenn sie mich sehen. Echt jetzt.« Saskia hob abwehrend beide Hände. »Kannst du das nicht machen?«

Anna hätte gute Lust gehabt, Saskia nun erst recht auf den Jungen anzusetzen. Andererseits hatte das Kind schon genug durchgemacht – und die grausamen Wahrheiten, mit denen es noch konfrontiert werden würde, waren der beste Grund, behutsam mit dem Kleinen umzugehen. »Also gut«, seufzte sie. »Ich kümmere mich um ihn. Und du siehst zu, wie du am Blockhorn helfen kannst.«

»Blockhorn?«

»Der Felsvorsprung, an dem Michelsen abgestürzt ist.«

»Alles klar. Das Auto?«

»Bring es zurück zur Station. Da unten an den Klippen kannst du es sowieso nicht brauchen.«

Saskia setzte sich hinters Steuer und drehte um. Zur Polizeistation waren es höchstens dreihundert Meter. Anna sah ihr nach und marschierte dann hinüber zur Hafenpromenade, um schließlich hinter der Apotheke abzubiegen und das »Hochsee-Hotel« aufzusuchen, in dem die Familie Michelsen logierte. Oder vielmehr das, was von ihr noch übrig war.

Der Portier nickte ihr betreten zu, sie kannte ihn flüchtig. Offenbar hatte sich die schreckliche Neuigkeit schon herumgesprochen. »Moin, Herr Garms«, grüßte Anna. »Sie wissen hier schon Bescheid, ja?«

»Hab's vorhin von Tretter gehört.« Tretter war der Fischhändler, der die besseren Restaurants der Insel mit Frischfisch versorgte. »Schlimme Sache das.«

»Kann man wohl sagen«, stimmte Anna zu. »Und jetzt steht auch noch die Mutter unter Schock.«

»Klar. Erst das Kind. Und jetzt der Mann. Da würde jeder unter Schock stehen.«

»Vermutlich. Wissen Sie, wo der Kleine ist?«

»Der Junge …« Garms hielt inne und schüttelte den Kopf. »Der Junge sitzt draußen auf der Terrasse.«

»Weiß er schon …?«

»Nein. Nicht von mir. Ich glaube, dem müssen Sie das ganz schonend beibringen.«

Ja, das musste sie. Und doch war es natürlich völlig aussichtslos. Wie sollte man jemandem schonend beibringen, dass er innerhalb von zwei Tagen zwei seiner engsten Familienmitglieder verloren hatte. Einem Kind noch dazu. Sinnlos. Grausam. Solche Wahrheiten waren zu schrecklich, um schonend vermittelt zu werden. »Tja«, sagte Anna leise. »Ob mir das gelingt …« Sie ging durch die kleine Hotelhalle Richtung Garten, wo die Terrasse des Hotels lag und wo einmal mehr die strahlende Sonne den Eindruck erweckte, als sei alles wunderbar. Stalin zog seine Peitschen durch ihr Gehirn, als sie aus dem Halbdunkel der Lobby ins Freie trat und im gleißenden Licht stand. Sie hielt kurz inne, dann sah sie sich nach dem Jungen um. Doch er war nicht da.

Paul Freitag stolperte über die Schwelle des Polizeireviers und ließ sich auf seinen Stuhl fallen. »Alles in Ordnung, Herr Freitag?«, fragte Frau Schneider. »Soll ich Ihnen schnell eine Kleinigkeit zu essen besorgen und einen Kaffee machen?« Sie hatte natürlich sofort erkannt, dass Paul am Ende seiner Kräfte war.

»Ein Kaffee wäre nett. Danke.« Er schloss die Augen und legte den Kopf in den Nacken. Irgendwie schien ihm die ganze Insel verflucht. Diese Familie hatte offenbar den Teufel auf den Fersen. Und alles landete hier bei ihnen. Alles landete bei Paul Freitag, dem Leiter dieses winzigen Polizeipostens, von dem er geglaubt hatte, es sei die langweiligste und ruhigste Außenstelle, die man als Gesetzeshüter nur besetzen konnte.

»Mit Milch und Zucker. So wie Sie ihn am liebsten mögen.«

»Danke, Frau Schneider.« Er nahm etwas mehr Zucker in den Kaffee als sonst und sparte auch nicht an der Milch. Sein Magen würde es ihm danken. Und er musste sich dopen, wenn er daran dachte, was der Tag noch alles bringen würde. Als Nächstes stand an, dass er ins Inselklinikum rüberging und sich für Fragen der Spurensicherung zur Verfügung hielt. Vorher musste er allerdings noch mal mit der Kripo in Kiel telefonieren, weil er einen solchen Fall auch noch nicht gehabt hatte. Er wollte nichts falsch machen jetzt, niemandem ins Handwerk pfuschen, aber auch nicht passiv sein. Denn was sie hier gar nicht brauchen konnten, war, dass die Kollegen von der Kriminalpolizei plötzlich die Insel auf den Kopf stellten. Das brachte Unfrieden, war schädlich für den Tourismus und passte auch absolut nicht zum Image Helgolands. Das war stolz und sympathisch und auch ein bisschen bieder. Da hatte die Mordkommission nichts zu suchen. Nicht zuletzt Anton Geest, der Bürgermeister, hatte ihm das vorhin eindringlich klargemacht, als er am Schauplatz des Unglücks vorbeigekommen war.

Paul Freitag checkte die Nachrichten auf seinem Handy. Nichts Wichtiges, wenn man bedachte, was hier gerade los war. Er legte es beiseite und nahm einen Schluck Kaffee, atmete tief durch, fühlte die Lebensgeister zurückkehren – und bemerkte plötzlich, dass draußen eine Menge Touristen im Gänsemarsch Richtung Hummerbuden vorbeiliefen. Klar, dachte er, die Fähre! Er sprang auf, nahm seine Dienstmütze vom Haken und ging nach draußen, um nach dem Rechten zu sehen. Was er nicht mehr mitbekam, war der Anruf, der in dem Moment einging.

Anna lief ums Haus herum in den Garten und wieder zurück. Auf der anderen Seite der Terrasse saß eine ältere Dame, die sie freundlich anlächelte, als Anna sich zu ihr stellte und fragte: »Haben Sie den kleinen Jungen gesehen, der vorhin hier saß?«

»Einen kleinen Jungen? Es gibt so einen hier im Hotel, ja. Den hab ich schon gesehen.«

»Aber haben Sie ihn hier auf der Terrasse gesehen? Vorhin? Wissen Sie, wo er hin ist?«

»Nein, hier hab ich ihn nicht gesehen. Drinnen im Frühstücksraum hab ich ihn gesehen!«

Anna drehte um und ging Richtung Hotelrestaurant, als die alte Dame hinter ihr sagte: »Aber das war gestern. Glaube ich. Oder vorgestern.«

Gut, hier war er nicht mehr. Aber er musste ja irgendwo sein. Auch im Restaurant, das neben der Hotelhalle lag, konnte sie ihn nicht entdecken. Also kehrte sie noch einmal zum Empfang zurück. »Herr Garms, können Sie mir die Zimmernummer der Familie Michelsen sagen?«

»Natürlich.« Er schaute auf sein Buch hinter der Theke. »Siebzehn.«

Siebzehn, dachte Anna. Wie das Boot. Gruselig. Als hätte die Familie ihre persönliche Unglückszahl. »Danke.« Sie lief die Treppe in den ersten Stock hinauf und den Flur entlang, bis sie vor der Tür zu Zimmer siebzehn stand. Lauschte. Nichts. Sie klopfte nicht zu fest, um den Jungen nicht zu erschrecken. Aber auch nicht zu zart, immerhin war sie die Polizei, und es war immer gut, Souveränität zu zeigen. Nachdem sie eine Weile vergeblich gewartet hatte, dass jemand ihr die Tür öffnete, klopfte sie erneut und drückte schließlich die Klinke. Das Zimmer war abgeschlossen. »Peter?«, rief sie mit nochmaligem Klopfen. »Peter? Hörst du mich? Hier ist Anna Krüger von der Polizei. Ich müsste kurz mit dir sprechen. Kannst du mir mal aufmachen?« Nichts. Kein Mucks. Nicht der kleinste Ton. »Peter? Bist du da? Kannst du mir das wenigstens sagen?

Peter?« Es blieb still. War er da und wagte bloß nicht zu antworten? Möglich. War er weg? Doch wohin war er dann verschwunden? Anna beschloss, sich erst Klarheit zu verschaffen.

»Herr Garms«, sagte sie, als sie wieder in der Halle stand. »Sie müssen mir bitte helfen. Der Junge ist nicht da. Er ist weder auf der Terrasse gewesen noch im Garten. Und er öffnet auch nicht die Tür. Könnten Sie uns bitte nachsehen lassen, ob er da ist?«

Der Portier zögerte. »Ich weiß nicht, ob ich das darf, Frau Krüger«, sagte er unsicher.

»Sie haben doch einen Schlüssel, oder?«

»Natürlich. Wir haben einen Generalschlüssel.«

»Dann können Sie mir doch aufsperren.«

»Aber …« Garms wankte. »Ich darf niemanden in die Zimmer lassen, verstehen Sie?« Plötzlich schien ihm ein Gedanke zu kommen. »Es sei denn, Sie hätten einen Durchsuchungsbefehl.«

»Einen was? Sie gucken zu viele Krimis, Herr Garms. Im Ernst: Ich will nur wissen, wo das Kind ist. Will sicher sein, dass es nicht in Gefahr ist …«

»Warum sollte es denn in Gefahr sein. Ich meine …«

»Und Sie werden nicht im Ernst erwarten, dass ich einen gerichtlichen Durchsuchungsbeschluss beantrage, um das herauszufinden!« Unwillkürlich war sie laut geworden. Sie hob die Hand, um Garms Einhalt zu gebieten. »Wer benutzt denn den Generalschlüssel sonst?«, fragte sie, jetzt viel ruhiger im Ton.

»Nun, die Zimmermädchen natürlich.«

»Und die dürfen in die Zimmer, aber Sie nicht?«

»Nein, so kann man das nicht sagen. Natürlich dürfen die Zimmermädchen nichts, was ich nicht darf. Sie müssen die Zimmer ja sauber machen.«

»Und Sie? Sind Sie auch schon mal eingesprungen und haben die Minibar aufgefüllt.«

»Sicher, aber …«

»Dann gehen wir da jetzt hoch, und Sie gehen rein, und ich warte draußen. Und dann sagen Sie mir einfach, ob der Junge da ist. Okay?« Ohne eine Antwort abzuwarten, marschierte Anna voran, und Garms beeilte sich, hinterherzukommen.

Zimmer siebzehn. Mit nervösen Händen zitterte der Portier den Schlüssel ins Schloss, nachdem er geklopft hatte. Er hatte Anna vorher gekannt. Aber diese autoritäre Seite an ihr war ihm neu, und sie beeindruckte ihn. »Sie warten hier?«

»Ich warte hier.«

Zehn Sekunden später war klar: »Er ist nicht hier.«

Einmal mehr kletterten die Temperaturen an jenem Sommertag auf über dreißig Grad. Auch wenn eine stete Brise von Westen her für Linderung sorgte, verbrannte die Insel doch unter der Sonne, und der Wind trocknete die Erde aus. Die wenigen Bäume und Sträucher auf dem Oberland warfen bereits ihre Blätter ab. Der Pflanzenbewuchs von Unterland würde bald folgen, wenn nicht endlich Regen kam.

Der Tourismus profitierte von der Wetterlage, die Fähren waren gut gefüllt, die Hotels und Pensionen gut gebucht. Auf der Düne herrschte reger Badebetrieb. Zahllose Segler und Motorjachten liefen die Insel an. Wer Helgoland in diesen Augusttagen sah, sah ein Juwel in der Nordsee, das er für eine heile Welt halten konnte: einen roten Felsen mit bunten Häusern unter strahlend blauem Himmel, bevölkert von einer heiteren Menschenmenge, fern von jeder Düsternis und jedem Schrecken.

Dieses Bild sah auch Paul Freitag vor sich, der vor seiner kleinen Polizeistation stand und sich wie im falschen

Film fühlte. Sein Innenleben hatte mit dem äußeren Anschein nichts zu tun. Er wirkte hier wie ein Dekoartikel, die Besucher der Insel freundlich mit einem Lächeln betrachtend, während die Kollegen von der Spurensicherung drüben im Klinikum gerade die Leiche von Nils Michelsen senior auf den Tisch legten, um sie zu untersuchen.

»Moin, Paul«, grüßte ihn Hektor Franken, mit dem ihn seit einiger Zeit eine lockere Freundschaft verband. Franken war der Rektor der Schule und hatte Paul zu seinem kleinen Feinschmeckerzirkel eingeladen, nachdem er erfahren hatte, dass Paul gerne und vor allem gut kochte. Mit dem Polizisten waren es vier Männer, die sich abwechselnd zum Kochen und Essen trafen. »Alles im grünen Bereich?«

Paul hatte Mühe, den richtigen Gesichtsausdruck zu finden. »Moin, Hektor.« Er seufzte. »Kein guter Tag, leider.«

»Oh, das tut mir leid.« Hektor Franken stellte sich neben ihn und betrachtete die Touristen, die immer noch aus dem Bauch der Fährte strömten. »Ärger mit der Arbeit? Oder die Gesundheit?«

»Wir haben einen Toten«, erklärte Paul. Um Diskretion musste er sich im Fall von Michelsen nicht mehr bemühen, nachdem einige Zeugen am Morgen vor Ort gewesen waren. »Sturz von der Klippe.«

»Oh. Das tut mir leid. Wer ist denn der Unglückliche?«

»Kennst du nicht. Einer von den Regattavätern.«

»Wo wir schon ein Kind verloren haben vor drei Tagen? Das ist ja schrecklich.«

Paul nickte, nahm seine Kappe ab und fuhr sich mit der Hand über die Stirn. »Der Vater von dem Kind.«

»Nein.« Franken war fassungslos. »Erst das Kind und jetzt der Vater? Das ist ja grauenhaft.«

»Ist es, Hektor. Ist es.«

»Dann wirst du heute Abend ausfallen?«

»Oh.« Paul lächelte freudlos. »Entschuldige, ich hatte unser Treffen nicht mal auf dem Schirm.«

»Kann ich verstehen, Paul.« Franken klopfte ihm auf die Schulter. »Mach dir keinen Stress. Ich freue mich, wenn du nächstes Mal wieder dabei bist. Vor allem, weil wir dann bei dir sind.«

»Stimmt«, sagte Paul und hob die Hände. »Bis dahin wird hier hoffentlich wieder Normalität herrschen.«

Hinter ihnen ging die Tür des Polizeireviers auf. Frau Schneider rief: »Herr Freitag? Frau Krüger versucht, Sie zu erreichen.«

»Sagen Sie ihr, ich rufe gleich zurück.«

»Es ist ein Notfall!«

17. April, 22.57 Uhr, Unterland

»Bist du wahnsinnig?« Knaups Stimme. Trönjes atmete durch. »Mensch, du bist es.«

»Allerdings. Und da kannst du von Glück reden! Weißt du, dass sie eine Ausgangssperre verhängen wollen?«

»Eine Ausgangssperre? Warum?«

»Das frage ich dich, Trönjes. Kann es sein, dass von euch einer geplaudert hat? Denn wenn da einer nicht dichtgehalten hat, sind wir alle geliefert.«

»Von uns hat keiner geplaudert. Die haben alle die Hosen gestrichen voll.«

»Eben«, sagte Knaup. »Und diese Schisser sind die größte Gefahr für uns. Was willst du überhaupt hier? Ihr solltet in Michelsens Stube sitzen und das Funkgerät klarmachen.«

»Wir haben ein Problem mit dem Signal. Bethmann hat das Licht gelöscht.«

»Und? Er wird schon wissen, warum.«

»Aber das war unser Signal, Mann!«

»Schschsch ... Wenn sie uns hören, ist es sowieso vorbei.«

8

Das Hotel war nicht sehr groß, und es gab nicht viele Plätze, an denen sich ein Kind hätte verstecken können. Wenn der Junge sich überhaupt verstecken wollte. Anna und der Portier liefen die Treppen nach ganz oben und durchkämmten die Flure und die Abstellkammern. Stalin setzte Annas Stirn unter Strom. Sie liefen die Kellertreppe hinab, aber unten war alles verschlossen. Auch hier war der Junge nicht. Lobby, Restaurant, Küche, Hauswirtschaftsräume: keine Spur von Nils' Bruder. »Fünf Minuten, bevor Sie gekommen sind, war er noch auf der Terrasse!«, keuchte der Portier, der hinter Anna herhastete.

»Die Frage ist, wo er jetzt ist.« Anna blieb stehen, versuchte, sich zu konzentrieren, während Stalin auf ihr Gehirn einhackte. War er ins Hotel gegangen oder weg? »Kommt man von der Terrasse aus direkt auf die Straße? Oder muss man durch die Halle?«

»Also, es gibt zwar keinen Weg …«

»Aber?«

»Aber der Garten ist ja nur durch so einen niedrigen Zaun begrenzt. Da kommt jeder drüber«, erklärte Garms. »So ein Junge sowieso.«

»Ja. Klar. In dem Alter braucht man keine Gartentore.« Anna lief zurück zur Terrasse, betrachtete die Szenerie. Kein Smartphone oder Tablet. Kein leeres Glas. Nichts, was auf den Jungen hingewiesen hätte. Nur ein Stuhl an dem Tisch, auf den der Portier deutete, stand etwas weggerückt vom Tisch. »Hier saß er.«

Anna wählte Pauls Nummer. Doch nach ein paarmal Läuten meldete sich nur die Mailbox. »Ruf mich an, Paul. Es ist dringend.« Sie schloss kurz die Augen, verfluchte stumm den Schmerz, verfluchte ihren Kopf, verfluchte ihr Dasein. Und atmete einige Male tief durch. »Ich gebe Ihnen jetzt meine Handynummer, Herr Garms. Wenn der Junge auftaucht, rufen Sie mich sofort an, ja?«

»Natürlich.« Er tippte die Nummer in sein eigenes Handy und steckte es wieder weg. »Kann ich sonst noch etwas für Sie tun, Frau Krüger?«

»Halten Sie Augen und Ohren offen. Suchen Sie gerne auch selber weiter. Ich möchte den Jungen so schnell wie möglich finden.« Im nächsten Moment war sie draußen. Die Sonne knallte direkt vor das Hotel. Anna konnte kaum die Augen öffnen. Sie hatte die Sonnenbrille mal wieder nicht dabei. Sie war einfach morgens zu früh aus dem Haus gerannt und hatte nicht daran gedacht, dass sie hier einen weiteren Tag lang gegrillt werden würden. Wahrscheinlich war die Brille nicht mal zu Hause, weil sie irgendwo auf dem Revier lag. Anna probierte es noch einmal bei Paul. Wieder ergebnislos.

Sollte sie in östlicher Richtung suchen oder in westlicher? Wo würde ein Zehnjähriger hin verschwinden, wenn ihm langweilig war? An den Hafen, dachte sie. Oder Richtung Leuchtturm. Auf die Klippen? War er nach Oberland gelaufen, um nach seinem Bruder Ausschau zu halten? Was mochte er denken? Dachte er, Nils würde wieder zurückkehren? Oder war er genauso wie alle Erwachsenen längst der Meinung, dass sein Bruder tot war? Hatte er erfahren, dass Nils' Rettungsweste gefunden worden war? Zerfetzt? Zwischen mächtigen Betonblöcken eingekeilt? Was mochte in dem Jungen vorgehen?

Vielleicht wusste Frau Schneider, wo Paul war. Sie wählte die Nummer der Polizeistation. »Frau Schneider? Ist Herr Freitag da?«

»Er ist draußen am Pier. Die Fähre …«

»Bitte sagen Sie ihm, dass er mich gleich zurückrufen soll. Es ist ein Notfall. Danke.« Sie beendete das Gespräch und entschied sich für Richtung Leuchtturm. Denn am Südhafen stand Paul, er würde den Jungen vielleicht ohnehin entdecken, falls er dort auftauchte.

Sie lief zum Aufzug, der vom Unterland zum Oberland führte, rief: »Entschuldigung! Polizei! Eilig!«, drängte sich durch die Touristen und in die Kabine und quälte sich zu einem Lächeln. »Bitte fahren Sie gleich hoch. Sofort. Ich bin in einem Einsatz.« Die Aufzugführerin hob die Hand und blockte die restlichen Fahrgäste ab. »In zwei Minuten wieder. Danke.« Dann drückte sie den Knopf nach oben, und die Türen schlossen sich. So elend langsam wie diesmal war Anna der Lift, den sie selten benutzte, noch nie vorgekommen. Nach einer gefühlten Ewigkeit öffneten sich die Türen wieder, und Anna hechtete nach draußen. Das zwischen den Zähnen hervorgepresste »Danke« war kaum zu verstehen. Wenn sie sich nach Westen wandte, war sie in drei, vier Minuten am Leuchtturm. Kurz blieb sie an der kleinen Mauer stehen, die die Aussichtsplattform gegen den steilen Abhang begrenzte. Während sie mit der Hand die Stirn beschirmte, suchten ihre Augen jeden Winkel der Insel ab, der von hier aus zu sehen war. Doch natürlich konnte sie Peter nirgends entdecken. Ihr Handy klingelte. »Anna?«

»Paul! Gut, dass du anrufst. Hör mal, es ist unglaublich. Jetzt ist der Junge auch noch verschwunden.«

»Der Junge? Du meinst, der Bruder?«

»Ja. Er muss, kurz bevor ich im Hotel angekommen bin, noch da gewesen sein. Aber dann war er weg.«

»Er ist vielleicht in den Garten gegangen …«

»Da war er vorher noch gewesen!«

»Und auf dem Zimmer?«

»Haben wir nachgeschaut. Nichts. Wir haben das ganze Hotel durchsucht. Das Kind ist weg.«

Paul schwieg. Er kannte Anna. Er wusste, dass sie mehr als sorgfältig war. Wenn sie gesucht und nichts gefunden hatte, dann war da auch nichts zu finden. »Und wo bist du jetzt?«, fragte er schließlich.

»Auf dem Weg zum Leuchtturm.«

»Leuchtturm? Wieso Leuchtturm?«

»Mein Gott, ich hab mich eben gefragt, wo ich hingegangen wäre, wenn ich ein Junge wäre.«

»Guter Punkt«, gestand Paul zu. »Dann schau du dich mal auf den Klippen um, und wir halten hier die Augen offen. Irgendwo wird er ja sein. Jedenfalls kein Grund zur Panik, ja, Anna?«

»Wieso Panik?« Aber Anna wusste natürlich, dass sie genau so wirkte: panisch.

»Du hast Frau Schneider wegen eines Notfalls zu mir geschickt!«

»Hör mal«, warf Anna ein. »Erst Nils. Dann der Vater. Dann liegt die Mutter in der Klinik. Und jetzt ist der andere Sohn verschwunden …«

»Und? Denkst du, das ist hier ein Horrorfilm? Geh von mir aus rauf zum Leuchtturm, guck dich um, aber dann komm auch wieder runter. Wir treffen uns in einer halben Stunde im Klinikum.«

»Wegen Frau Michelsen?«

»Nein. Wegen der Spurensicherung. Die geben uns eine erste Einschätzung. Bis dahin kannst du den Jungen suchen. Aber der wird auch so wieder auftauchen. Helgoland ist klein genug, da geht niemand verloren.« Anna schauderte bei dem Gedanken, dass genau das mit Nils Michelsen passiert war. Und auch Paul schienen die Worte im Hals stecken zu bleiben. Denn er räusperte sich und murmelte nur noch: »Bis dann.« Und legte auf.

Natürlich wirst du mich wiedererkennen. Ich könnte dich töten. Das wäre die sicherste Methode. Aber du bist ja noch so jung. Nein, du sollst leben. Mein Gott, du ahnst ja noch nicht einmal etwas. Wie du dasitzt mit deinen großen Augen. Du könntest einem leidtun. Doch, das könntest du.

Die Sonne knallte auf den Leuchtturm runter, dass Anna kaum die Augen aufbekam. Sie hätte verdammt noch mal die Sonnenbrille mitnehmen sollen. Stalin bohrte in ihrem Hinterkopf. Hektisch fummelte sie ein paar Tabletten aus der Packung und warf sie ein. Ohne Flüssigkeit. Das war zwar nicht gut für den Magen, aber sie konnte nicht warten, sie musste funktionieren. Natürlich war der Junge nirgends. Sie hatte es schon geahnt. Gewusst. Irgendwie war es ihr klar gewesen.

Zumindest war der Blick über die Klippen von hier aus ein weiter. Wenn sie den Jungen jetzt nicht sah, war es unwahrscheinlich, dass er tatsächlich jenseits der Häuser aufs Oberland gelaufen war.

Die Tabletten wirkten schnell. Schon nach wenigen Minuten war die Migräne nur noch ein diffuses Dröhnen in ihrem Kopf. Dafür spürte Anna jetzt eine zunehmende Übelkeit. Klar, sie hatte den ganzen Tag noch nichts gegessen. Nichts.

Sie sah auf die Uhr. Keine Zeit, sich jetzt noch etwas zu besorgen. Sie musste in ein paar Minuten unten am Klinikum sein. Vorher würde sie noch schnell runter zum Hafen schauen. Vielleicht war der kleine Michelsen tatsächlich dorthin gelaufen. Immerhin gab es dort ein paar tolle Spielplätze.

Gegen ein leichtes Schwindelgefühl ankämpfend, lief Anna den Invasorenpfad hinab Richtung Hafen. Sie ließ das Klinikum rechts liegen und steuerte auf die Hummerbuden zu. Drüben am Kai lag noch die Fähre, die aber bereits die Motoren angeworfen hatte, um wieder abzulegen. Die Gangway war noch ausgefahren, und aus der Ferne konnte Anna ihre Kollegin von Bord gehen sehen. Was immer sie dort getan haben mochte, das brachte Anna auf einen Gedanken. Sie wählte Saskias Nummer. »Anna?«

»Hast du auf der Fähre einen kleinen Jungen gesehen?«, fragte Anna, während sie ihrer Kollegin entgegenging.

»Hör mal, da gab's wer weiß wie viele Kinder …«

»Den Michelsen-Jungen. Nils' Bruder. Er wird vermisst.«

»Echt jetzt? Und wie soll er auf die Fähre gekommen sein?«

»Mich interessiert nicht, wie er raufgekommen ist, sondern ob. Halt die Fähre vom Ablegen ab und sieh nach, ob der Junge da ist!« Anna wartete nicht auf eine Antwort, sondern beendete das Gespräch. Sie bog ab in die kleine Polizeistation, wo Frau Schneider gerade dabei war, das Haus zu verlassen. »Wohin?«

»Ich mache Mittag, Frau Krüger.«

»Warten Sie mal noch. Sie müssen gerade etwas für mich erledigen.« Anna stürmte an ihr vorbei ins Revier und stellte sich vor die Helgoland-Karte, die hinter Pauls Schreibtisch an der Wand hing. Sie zeigte mit den Fingern auf einige Schaltstellen der Insel: »Ich möchte, dass Sie beim Funkturm anrufen, beim Zollamt, beim Kurhaus, bei der Jugendherberge und beim Hafenamt. Die sollen alle die Augen offen halten, ob sie Peter Michelsen sehen, und sich sofort bei uns melden, wenn er ihnen unterkommt. Mailen Sie denen unser Foto von Nils Michelsen. Die beiden sehen ja praktisch gleich aus. Und bitte alles sofort. Das hat Priorität.«

Frau Schneider zögerte einen winzigen Moment, doch Annas Entschlossenheit war eindeutig. »Gut«, sagte sie. »Wenn ich eine Rückmeldung bekomme, gebe ich Ihnen direkt Bescheid.«

»Ja, bitte. Tun Sie das.« Anna schnappte sich ihre Sonnenbrille vom Schreibtisch und machte sich direkt auf den Weg zum Klinikum. Sie sah auf die Uhr. In zehn Minuten war Besprechung. Sie war gut in der Zeit. Vielleicht sollte sie noch rasch bei Henry vorbeigehen und irgendeine Kleinigkeit zum Essen holen, es lag ja fast auf dem Weg. Doch dann entschied sie sich dagegen. Essen konnte sie auch später noch, egal, wie elend sie sich inzwischen fühlte. Sie wollte auf keinen Fall etwas verpassen.

Die Leiche lag nackt auf einem OP-Tisch, unter sich ein grünes Tuch, über sich die grelle Lampe, die auf seinen Brustkorb gerichtet war. Die beiden Männer von der Spurensicherung standen am Kopfende und seitlich, Paul in einem kleinen Abstand am Fußende, so als wollte er lieber gar nicht allzu nahe rangehen. Im Hintergrund beobachtete Doktor Bause, der Klinikleiter, die Szenerie, als Anna mit Kittel, Mundschutz, OP-Haube und blauen Plastiküberschuhen hereinkam. Die vier Männer, die genauso steril gekleidet waren, blickten kaum auf. Nur der Mann am Kopfende sah kurz zu Anna hin und nickte. »Wir waren gerade dabei, anzufangen«, erklärte er und winkte ihr, näher zu treten. »Der Fall ist simpel. Und er ist zugleich nicht wirklich zu beantworten.«

»Wie das?«, wollte Paul wissen, und Anna bemerkte, dass er den Blick auf die Leiche vermied.

»Jede Menge Verletzungen. Mehrere davon unabhängig voneinander mehr oder weniger direkt tödlich. Wir haben hier einen Schädelbruch am Hinterkopf, der sich längs über die ganze Schädeldecke zieht. Gleichzeitig ist die linke Augenhöhle zertrümmert. Wir haben mehrere Wirbelbrüche unterhalb der Brustwirbel, diverse Rippenbrüche, wobei eine der Rippen die Lunge durchstoßen hat. Dass die Hüfte auch noch gebrochen ist und natürlich jede Menge Prellungen, Abschürfungen und Platzwunden vorliegen, spielt in dem Kontext schon keine Rolle mehr.«

Anna zwang sich, den Toten anzusehen. Es war schwer, sich vorzustellen, dass er vor wenigen Stunden noch ein attraktiver Mann gewesen war. Die Kopfverletzungen sahen so grausam aus, dass es Anna den Hals zuschnürte. Von einigen Schatten am Rumpf abgesehen, die vermutlich Einblutungen waren, wirkte der Körper selbst beinahe unversehrt. Die Hüftverletzung war äußerlich nicht zu erkennen. An beiden Beinen klafften Wunden, während sein Geschlecht so unversehrt dalag, dass es beinahe schön aussah. Anna schluckte. »Und lässt sich denn sagen, woran er tatsächlich gestorben ist?«

»Nein«, sagte der andere Kollege von der Spurensicherung. »Wir können nur vermuten, dass er zuerst mit dem Kopf aufgekommen ist und die anderen tödlichen Verletzungen jedenfalls nicht bei Bewusstsein erlebt hat. Ein klassischer Fall von *Er war sofort tot.*«

Anna wusste, dass er damit die Worte meinte, die sie den Angehörigen zu übermitteln hatten. Paul räusperte sich. »Fremdverschulden ist auszuschließen?«

Der Mann am Kopfende schüttelte den Kopf. »Keinesfalls. Fremdverschulden ist in einem solchen Fall praktisch nie ausgeschlossen. Es ist aber so gut wie immer nicht nachweisbar.«

»Weil?«

»Weil die Verletzungen so vielfältig und so unmittelbar nacheinander eingetreten sind, dass Sie das Hämatom, das von einem Stoß herrühren könnte, gar nicht mehr zuverlässig identifizieren können. Wenn es denn überhaupt eines gibt.«

»Gibt es denn eines?«, fragte Anna.

»Nein«, antwortete der andere Kriminalist. »Kein Klassiker auszumachen. Weder die typischen Druckstellen an den Armen noch ein klar definierbares Hämatom am Rücken oder eine entsprechende Stelle am Hinterkopf von einem Schlag.« Er zuckte mit den Achseln. »Was nicht heißt, dass es niemanden gegeben hat, der den Sturz nicht dennoch mit einem kleinen Schubs befördert hat. Zumal es ja diesen Zaun gibt, über den der Tote gestürzt ist.« Er zog seine Maske vom Mund und blickte in die Runde. »Weiß man denn, wer der Tote ist?«

Paul nickte. »Ist bekannt, ja.«

»Anlass, ihn als suizidgefährdet einzuschätzen?«

»Leider ja. Jede Menge.«

»Verstehe.« Mit einem Nicken in Richtung Doktor Bause machte der Mann von der Spurensicherung klar, dass sie hier vorläufig fertig waren. »Wir müssen natürlich noch die Blutwerte abwarten. Analyse des Mageninhalts et cetera. Das Übliche. Dann wissen wir, ob wir von uns aus kriminalpolizeiliche Ermittlungen empfehlen. Aber wenn da nichts rauskommt …« Er streifte seine Handschuhe ab und warf sie in einen Abfallbehälter neben der Tür. Dann ging er hinaus, gefolgt von Paul, Anna, seinem Kollegen und Doktor Bause, der einen Assistenten in den OP schickte, um den Toten wegzubringen. »Sie werden inzwischen mit den Hinterbliebenen sprechen und sich um etwaige Zeugen kümmern?«

»Das werden wir«, sagte Paul.

»Sollen wir Frau Michelsen gleich hier …?« Anna deutete Richtung Station. Noch lag die Frau des Toten ja hier.

»Sie ist hier Patientin?«, fragte der Mann von der Spurensicherung.

»Schock«, erklärte Doktor Bause, der hinzugetreten war und sich um Autorität bemühte. Es war ihm deutlich anzusehen, dass es ihm missfiel, sein Klinikum als Auffangbecken völlig untypischer Angelegenheiten missbraucht zu finden. »Wir haben sie auf der Neurologischen untergebracht.«

»Der Neurologischen?« Der Kriminalist blickte spöttisch auf den Arzt, als wollte er sagen: In diesem Dorfkrankenhaus wollt ihr eine neurologische Abteilung haben? Doktor Bause gab sich in dem Punkt keine Blöße: »Das ist unsere Spezialität hier. Patienten aus der ganzen Republik kommen zu uns, weil wir einen sehr guten Ruf in der Neurologie haben.«

»Verstehe. Interessant …« Auch wenn der Mann von der Spurensicherung nicht den Eindruck erweckte, dass es ihn wirklich interessierte. »Und wie lange ist die Frau schon hier?«

»Sie scheidet aus dem Kreis der Verdächtigen aus«, sagte Anna, die den Gedanken vorweggenommen hatte.

»Wir haben die Aussagen des Nachtportiers, dass sie die ganze Nacht über im Hotel war. Sie kam erst wieder aus ihrem Zimmer, als ihr Mann schon lange fort war.«

Sofern sie das Hotel nicht doch noch unbemerkt verlassen hat.«

Anna schüttelte den Kopf, »Frau Michelsen war mit Sicherheit zum Tatzeitpunkt nicht auf der Klippe.«

Nun hob Paul die Arme und trat einen Schritt nach vorne. »Mit Verlaub. Wir sollten hier nicht von Tat und Tatort und Tatzeit sprechen. Das ist ein tragischer Fall. Der Mann hat vor ein paar Tagen sein Kind auf schreckliche Weise verloren. Seine Frau hat ihm Vorwürfe gemacht. Er wird sich selbst die größten Vorwürfe gemacht haben. Dass die ganze Familie verzweifelt war, das liegt doch auf der Hand. Und der Mann war es auch. Er ist nicht der Erste, der sich von den Klippen gestürzt hat. Die Insel lädt dazu ein. Leider. Ein Spaziergang im Morgengrauen, düstere Gedanken, die Angst vor dem kommenden Tag. Nur ein kleiner Schritt und man ist all seine Sorgen los …«

Anna schauderte. Pauls dunkle Augen blickten in eine unbestimmte Ferne, gerade so, als wüsste er genau, wovon er da sprach. Zu genau.

16. April, 11.15 Uhr, Gasthaus Hagedorn, Unterland

»Michelsen! Moin!«

»Heil Hitler heißt das, Willem!« Michelsen blickte sich in der Gaststube um. Es war nicht viel los. Die Leute verkrochen sich in ihren Häusern oder blieben gleich in den Bunkern. Seit Wochen schon.

»Keine Angst«, erklärte Wilhelm Hagedorn. »Wir sind unter uns.« Er nickte zur Treppe hin, die nach oben führte. »Knaup und Bethmann sind schon da. Trönjes fehlt noch. Und die Herren Offiziere natürlich. Aber wir sollten ohne sie anfangen.«

Michelsen nickte und ging ebenfalls rauf, während Hagedorn seiner Frau Bescheid gab, sie solle sich um die Gaststube kümmern.

»Was sagen die Engländer?«, fragte Knaup anstelle einer Begrüßung.

»Sie haben keine Geduld mehr.« Das knappe Nicken Michelsens zeigte, dass er durch und durch Soldat war, auch wenn er nach seiner Verletzung bei einem Seegefecht irgendwo im Atlantik an die Heimatfront versetzt worden war. Seine stahlgrauen Augen musterten die Mitverschwörer. »Wie weit seid ihr? Wir können nicht mehr ewig warten.«

»Ich habe die Schlüssel für die Boote der Biologischen Anstalt«, erklärte Bethmann, der als Zollmeister über die nötigen Beziehungen verfügte. »Holen muss jemand anderes die Anlagen. Jemand, der sich auskennt.«

»Trönjes«, sagte Michelsen, der hinter Hagedorn in den Raum getreten war und nun die Tür zusperrte. »Das muss jemand machen, der sich mit Funkanlagen auskennt.«

»Lass die Tür offen, Michelsen.« Hagedorn zog sich einen

Stuhl heran und setzte sich zu den anderen. Wenn wir uns einsperren, wird man gleich eine Verschwörung wittern.«

Michelsen sperrte wieder auf, lehnte die Tür aber an.

»Und wir können uns darauf verlassen, dass nicht plötzlich die Gestapo in der Biologischen Anstalt sitzt und auf Trönjes wartet?«

»Wir können uns auf gar nichts verlassen, Michelsen.« Bethmann lachte bitter. »Die ganze Operation ist der blanke Wahnsinn. Aber sie muss sein.«

Die Runde nickte. Ja, sie wussten alle, dass sie ihr Leben aufs Spiel setzten. Und die Wahrscheinlichkeit, dass sie aufflogen, war hundertmal höher, als dass sie mit ihrer Aktion durchkamen. Aber sie wussten auch, dass es die letzte Chance war, die Insel vor dem Untergang zu retten. Und ihrer aller Familien. Spätestens seit dem verheerenden Bombardement im vergangenen Oktober wussten das alle. Es durfte nur niemand sagen. Denn das war Hochverrat. Und darauf stand der Tod.

9

»Frau Michelsen?« Anna berührte die Frau, die unter dem weißen Laken auf einmal so schmal und zerbrechlich wirkte, an der Schulter. »Frau Michelsen?« Müde öffnete sie ihre Lider nur ein wenig, atmete unsicher, hob die Hand ein kleines Stück, um sie wieder auf die Decke zurücksinken zu lassen. Mit rauer Stimme fragte sie: »Wo ist Peter?«

»Frau Michelsen, ich muss mit Ihnen sprechen.«

Langsam schien die dunkle Frau mit dem blassen Teint sich zu sammeln. Sie blickte Anna aus halb geöffneten Augen an und sagte dann leise, aber deutlich: »Sie sollen mich doch in Ruhe lassen.«

»Das würde ich gern, Frau Michelsen«, sagte Anna und verfluchte Paul, dass er sie mit dieser Aufgabe allein gelassen hatte. »Leider muss ich Sie in einer sehr ernsten Angelegenheit sprechen.«

Frau Michelsen sah sich um, entdeckte den Knopf über sich und klingelte nach der Schwester. »Wenn Sie nicht von der Polizei wären, würde ich die Polizei rufen, damit Sie hier entfernt werden.« Mühevoll richtete sich die Frau in ihrem Bett auf, betrachtete voll Befremden die Kanüle in ihrem Handrücken, schien kurz zu überlegen, ob sie sie entfernen sollte. »Warum bin ich hier?«

»Schwächeanfall«, erklärte Anna. »Ein Schock.«

Die Tür öffnete sich, und eine Krankenschwester trat ein. »Ich möchte, dass diese Frau mich in Ruhe lässt«, erklärte die

Patientin ihr, nun wieder ganz im Vollbesitz ihrer autoritären Stimme. »Bringen Sie sie weg.«

Anna wandte sich zu der Schwester um. »Schwester Tanja«, sagte sie. Sie kannten sich seit einiger Zeit, Tanja war eine Freundin von Sarah Reiter, Annas Hausärztin, die ihrerseits eng mit Paul befreundet war: Die Welt war ein Dorf, Helgoland war ein Stecknadelkopf. »Wären Sie so lieb, Doktor Bause zu uns zu bitten? Danke.«

Ohne weiter auf die Patientin einzugehen, machte die Schwester kehrt und tat wie ihr geheißen. Frau Michelsen hatte sich wieder zurückgelegt und die Augen geschlossen. »Ich will nicht mit Ihnen sprechen.«

»Warten wir auf Doktor Bause«, schlug Anna vor. »Vielleicht macht es das leichter.« Leichter vor allem für mich, dachte sie. Denn so ungerecht die Frau ihr gegenüber auch sein mochte, ein solches Schicksal hatte niemand verdient. Und Anna war dankbar, wenn sie ihr die schockierenden Neuigkeiten nicht alleine überbringen musste.

Es war vier Uhr nachmittags, als Anna auf einen der Stühle in Henry's Hummerbude sank und ein Sandwich, ein Bier und zwei Kaffee bestellte. »Zwei Kaffee?« Henry musterte Anna. »Du siehst nicht gut aus.«

»Danke«, erwiderte Anna mit einem gequälten Lächeln und starrte auf ihr Handy. Keine Nachricht. Nichts Neues. Wahrscheinlich war das auch gut so. Denn auf die Nachrichten in letzter Zeit hätte sie gerne verzichtet. Mit zitternden Fingern fummelte sie zwei Tabletten aus der Packung. Waren das Nummer vier und fünf? Oder sechs und sieben heute? Stalin feuerte aus allen Rohren. Sie hätte ihren Kopf am liebsten in eines der Steakmesser rammen wollen, die mit Gabeln, von Servietten umwickelt, in einem Glas auf dem Tisch standen.

Stattdessen wickelte sie das Besteck aus und musterte ihr verzerrtes Spiegelbild in der Schneide. Scheiße sah sie aus. So scheiße, wie sie aussah, war Henrys Bemerkung von eben glatt ein Kompliment. Seufzend warf sie die Tabletten ein und spülte sie mit einem großen Schluck Bier hinunter. »Sandwich kommt gleich.«

»Klar. Danke.« Sie sah nach draußen. Inzwischen war auch ihr Sichtfeld wieder eingeschränkt. Das war eines der typischen Phänomene, wenn die Migräneattacken besonders heftig wurden. Dann war es nur eine Frage von Stunden, bis sie zu gar nichts mehr fähig war. Zuletzt hatte sie einen solchen Anfall gehabt, als sie hier auf der Insel angekommen war. Und Doktor Strecker hatte ihr ein Schlafmittel verpasst, das ihr tatsächlich durch die härteste Zeit geholfen hatte. Aber für den Moment war eine solche Lösung ausgeschlossen. Bei allem, was in den letzten Tagen hier vorgefallen war, konnte sie jetzt nicht ausfallen.

Frau Michelsen hatte die Nachricht, dass ihr zweiter Sohn vermisst wurde, so ruhig aufgenommen, dass selbst Doktor Bause zu frösteln schien. Mit ihren eisigen Augen hatte sie Anna fixiert und gesagt: »Sie finden ihn.« Keine Feststellung. Keine Hoffnung. Ein Befehl.

»Der Schock«, hatte Bause anschließend zu ihr gesagt. »Sie hat noch nicht wieder ihr eigenes Ich gefunden.« Anna fragte sich, was wohl das eigentliche Ich dieser Frau sein mochte.

»Was ist los, Anna?«, fragte Henry und setzte sich ihr gegenüber.

»Alles bestens, Henry. Danke.« Sie stürzte sich auf das Sandwich. Schinken, Käse, Salat, Ei. Henry hatte nicht gegeizt, obwohl Anna wusste, dass laut Karte gar kein Ei darauf gehörte. »Danke«, murmelte sie noch einmal zwischen zwei Bissen.

»Du schwitzt.«

»Es ist heiß, Henry.«

»Hier drin habe ich Klima. Hier drin ist es nicht heiß.« Er sah sie besorgt an. »Warum schwitzt du so? Und wann hast du zum letzten Mal etwas gegessen?«

Anna blickte auf. »Gestern?« Sie versuchte, Henry besser zu erkennen, aber er war sehr unscharf.

»Vielleicht solltest du lieber ein Wasser …?« Im nächsten Moment stürzte Anna an der Theke vorbei zur Toilette und erbrach sich. Henry war sofort hinter ihr, hielt sie an den Schultern und stützte sie, bis sie sich, bleich und zitternd, an die Wand lehnte und schwer atmend beruhigte. »Ich bringe dich rüber ins Klinikum.«

Anna hob abwehrend die Hand. »Nein. Lass.« Sie versuchte, wieder nach vorne in den Gastraum zu gehen, doch jeder Schritt fiel ihr schwer. »Bring mich nach Hause, okay? Ist nur ein Migräneanfall.«

»Aber die Klinik …«

»Die können mir da auch nicht helfen. Ehrlich.« Sie schluckte, versuchte, ruhig zu atmen, hasste Stalin, hasste ihn über alles. »Vielleicht gibst du mir doch ein Glas Wasser.«

»Klar. Und dann bring ich dich heim.«

Wenig später gingen sie rüber Richtung Aufzug. Den kürzeren Weg über Invasorenpfad und Kirchstraße wollte Henry nicht wagen, obwohl sie dort weniger Menschen begegnet wären. Anna hatte sich bei ihm untergehakt. Es schien eine Ewigkeit zu dauern, bis sie endlich bei ihr angekommen waren. Henry half ihr noch bis nach oben, bis in ihre Wohnung. »Sicher, dass du zurechtkommst?«

»Sicher. Danke.«

»Keine Sache. Wenn du mich brauchst …«

Anna nickte. Henry war der Beste. Aber jetzt brauchte sie vor allem Ruhe. Und Dunkelheit. Sie drängte ihn aus der Tür, zog die Vorhänge im Schlafzimmer zu und sank, noch in Uniform, aufs Bett. Eine Nachricht auf dem Handy. Saskia. *Wir haben das Telefon von Peter M. gefunden.*

Die Welt versank in Schmerz. Mehrere Stunden lang kauerte sich Anna Krüger auf ihrem Bett zusammen und rang mit dem Höllenhund in ihrem Kopf, der seine Zähne in ihr Gehirn schlug und sie durch einen Albtraum aus Horror und Todessucht zerrte. Einmal glaubte sie, Licht zu sehen. Einmal fühlte sie sich in tiefste Dunkelheit gestoßen. In einer kurzen Pause, in der der Schmerz nur einfach unerträglich war, fanden ihre Hände die Packung mit Schmerzmitteln, gelang es ihr, einige der Tabletten aus dem Blister zu drücken und sich in den Mund zu stopfen, wo sie sie mit den Zähnen zermalmte, ehe sie für Minuten oder Stunden in eine beinahe gnädige Ohnmacht abtauchte. Dann wieder Licht. Viel Licht. Grelles Licht, so grell, dass sie schrie vor Schmerz. Sie wollte die Hände vor die Augen pressen, doch es ging nicht. Wollte den Kopf zur Seite drehen, doch sie war wie gefesselt. Schrie.

»Schhhhhhhhh …«, machte jemand ganz nah neben ihrem Ohr.

Sie bäumte sich auf. Schrie. Sank wieder zurück. Kraftlos von den Qualen der zurückliegenden Stunden. Ausgelaugt vom Schreien. Ohne Hoffnung. Es war vorbei. Vorbei. Sie musste sterben, endlich sterben. *Du hast gewonnen, Stalin, ich gebe auf. Nein, ich gebe nicht auf. Ich werde mich von dir befreien. Sterben.* Nur ein Wort. Erlösung. Sie würde sterben. Jetzt. Gleich. Nicht mehr atmen. Nicht mehr denken. Alles hinter sich lassen. Dem Herzen befehlen, nicht mehr zu schlagen. Hör auf zu schlagen! Keine Luft mehr. Wie ertrinken. Alles schließen. Warten. *Du kannst mich quälen, wie du willst,*

Stalin. Ich gehe. Jetzt. Und du gehst mit mir. Wenn ich weg bin, bist du weg. Bist du tot. Ich töte mich, damit du tot bist. Keinen Atemzug mehr. Nie mehr. Ja. Es wird schon dünner. Ich kann es spüren. Es wird schon leichter. Hör auf, Herz. Bleib einfach stehen. Kein Blut mehr in den Adern. Ja, da ist schon Licht. Ganz viel Licht. Und Geräusche. Stimmen. Sie warten schon auf mich. Drüben. Ich gehe. Endlich. Und du wirst mich nicht finden. Nie mehr. Aus. Vorbei. Es geht so leicht.

»Anna! Anna!« Der Schlag kam so überraschend, dass sie aufschrie. Keuchte. Atmete.

»Anna! Hörst du mich?« Paul. Über ihr. Seine dunklen Augen. »Hörst du mich?«

Sie brachte nur ein Nicken zustande. Vielleicht. Vielleicht dachte sie es auch nur. Aber sie konnte ihn sehen. Immerhin. Sie war also nicht tot. »Lass mich«, flüsterte sie, während Stalin unermüdlich seine Klingen in ihr Gehirn trieb. »Lass … mich …«

Doch er ließ sie nicht. Auch die anderen ließen sie nicht. Anna lag auf ihrem Bett, das Schlafzimmer war hell erleuchtet. Paul saß an ihrer Seite und hielt ihre Arme so fest, dass sie sie nicht bewegen konnte. In der Tür konnte Anna aus den Augenwinkeln ihre Vermieterin sehen. Die alte Frau Hovekamp umklammerte die Klinke und sah bekümmert zu ihnen hin. Auf der anderen Seite, beim Fenster, stand Saskia, die Arme in die Seiten gestemmt, mit unschlüssiger Miene. »Anna«, flüsterte Paul. »Was ist los mit dir. Ist es die Migräne?«

Sie nickte. Tränen bildeten sich in ihren Augenwinkeln und rollten auf das Kissen. Warum hatte er sie zurückgehalten? Sie war fast drüben gewesen. Hatte es fast geschafft. Paul schien ihre Gedanken zu lesen. »Mensch Anna, mach keinen

Blödsinn. Wir brauchen dich hier noch.« Er seufzte. »Saskia, rufst du bitte mal bei Doktor Strecker an und …«

»Reiter«, sagte Anna matt. Wenn schon.

»Okay. Bei ihm und bei Frau Doktor Reiter. Sie sollen bitte sofort hierherkommen und Schmerzmittel mitbringen.« Sein Blick fiel auf die Packung Rizatriptan, auf der Anna halb gelegen hatte. »Wie viele davon hast du genommen?«

Anna zuckte mit den Achseln. Weitere Tränen suchten ihren Weg. Sie schloss die Augen. Ergab sich dem Schmerz. Wartete.

»Du warst völlig dehydriert«, sagte Doktor Sarah Reiter und blickte sie voll Befremden an. »Was war denn los?«

»Die Migräne«, seufzte Anna, noch halb benommen von den Medikamenten, mit denen die Ärztin sie vollgepumpt hatte. »Der Stress. Die Hitze … Alles.«

»Alles.« Die schöne Frau mit den geheimnisvollen Augen setzte sich zu ihr auf die Bettkante. »Ist das die Packung, die ich dir vorgestern verschrieben habe?« Sie hielt Anna das halb leere Päckchen Rizatriptan hin. Anna nickte. Die Ärztin schüttelte den Kopf. »Du bekommst kein Rezept mehr von mir, wenn du nicht verantwortungsvoll mit den Dingern umgehst. Schon mal was von Nebenwirkungen gehört?«

Anna zuckte mit den Achseln. »Nichts kann so schlimm sein wie Stalin.«

Sarah Reiter sah ihr forschend in die Augen. Es war, als suchte sie nach etwas, das Anna nie aussprechen würde. Vielleicht fand sie es sogar, denn es schien Anna, als durchliefe ein leichter Schauder die Ärztin. »So kann das nicht weitergehen, Anna.«

»In dem Punkt sind wir uns einig.« Anna versuchte, sich aufzurichten. Doch der Kreislauf war noch im Keller. Die

Ärztin legte ihr sanft eine Hand auf die Schulter und drückte sie auf das Kissen. »Warte«, sagte sie. »Du musst erst einmal etwas essen. Und trinken. Frau Hovekamp wird froh sein, wenn sie was für dich tun kann. Bleib liegen.« Damit verließ sie das Zimmer, um der Vermieterin Bescheid zu geben, dass Anna wieder wach sei und etwas Tee und Zwieback brauchen könnte oder was auch immer in der Situation ihr angemessen erschien. Anna beeilte sich, auf die Beine zu kommen, musste sich kurz am Tisch festhalten, um nicht umzukippen, wankte hinüber ins Badezimmer und setzte sich auf die Toilette. Dann schnappte sie sich ein frisches T-Shirt von der Leine über der Badewanne und eine Jogginghose aus dem Wäschekorb und spritzte sich etwas Wasser ins Gesicht, um sich wenigstens ein klein wenig frischer zu fühlen. »Hab ich nicht gesagt, du sollst liegen bleiben?«, fragte Sarah Reiter, als sie wieder ins Schlafzimmer kam.

»Musste mal für kleine Mädchen«, erklärte Anna und versuchte ein Lächeln.

»Dann leg dich jetzt noch mal hin. Bis Frau Hovekamp mit was zu essen für dich kommt.«

»Es geht schon, Sarah, wirklich.«

»Das denkst du. Aber du bist nicht qualifiziert, das zu beurteilen.« Die Miene der Ärztin war hart. Anna empfand den Ton, in dem sie mit ihr sprach, als verletzend. »Ich finde, dass das niemand anderer wissen kann als ich«, erwiderte sie, und es klang trotziger, als ihr lieb war.

Sarah Reiter packte sie an beiden Schultern und zog sie ganz nah zu sich heran. »Ich sag dir jetzt mal was, Anna Krüger. Du hattest verdammtes Glück, dass wir so schnell bei dir waren. Das hätte hier auch anders ausgehen können. Ganz anders. Du warst nah dran, einen epileptischen Schock zu bekommen. Dir selbst am Boden den Schädel einzuschlagen, deine eigene Zunge zu verschlucken, was weiß ich. Noch ein paar Minuten in dem Zustand und wir wären vielleicht zu spät da gewesen.«

»Wir?«

»Paul und ich. Und Doktor Strecker.« Der Kollege war ein paar Minuten vor ihr da gewesen und inzwischen wieder weg. »Wahrscheinlich verdankst du Frau Hovekamp dein Leben. Und ich bin nicht mal sicher, ob das alles zufällig passiert ist.« Wieder sah sie ihr mit diesem befremdlichen Ausdruck in die Augen, der zu sagen schien: Ich weiß, was du getan hast. Ich weiß, was du tun wolltest.

Schweigend warteten die beiden Frauen, bis die alte Frau Hovekamp mit einem Tablett kam, auf dem sie Kamillentee, Wasser und ein paar Marmeladebrötchen hatte. »Ist zwar nicht mehr Frühstückszeit«, sagte sie mit einem Lächeln, das nur schlecht ihre Sorge überdeckte. »Aber wenn man krank ist …«

»Ich bin nicht …« Anna fing den strafenden Blick von Sarah Reiter auf und hielt inne. »Danke. Das ist sehr lieb.«

Die alte Frau nickte ihr zu, stellte das Tablett auf den Wohnzimmertisch und ging wieder die Treppen in ihre eigene Wohnung hinab. »Und? Willst du mir jetzt zusehen, ob ich brav esse?«

Die Ärztin sagte nichts, sondern setzte sich nur auf den Stuhl am Fenster und wartete. Seufzend nahm Anna die Wasserflasche und setzte sie an die Lippen. Erst nach dem ersten Schluck merkte sie, wie groß ihr Durst wirklich war. In wenigen Zügen hatte sie die Flasche leer getrunken. Zögerlich biss sie in eines der Brötchen und spürte, wie sich zuerst alles in ihr zusammenzog. Doch dann entwickelte sie einen Heißhunger, sodass sie die kleine Mahlzeit innerhalb weniger Minuten aufgegessen hatte. Sarah Reiter atmete auf und lächelte hintersinnig. »Es ist nicht immer falsch, auf andere zu hören, Anna.«

»Jetzt, wo ich brav gegessen habe, kannst du eigentlich gehen, oder?« Anna fühlte sich schlecht, weil sie wusste, dass sie ungerecht war. Sarah hatte ihr nur helfen wollen. Das heißt: Sie hatte ihr geholfen. Tatsächlich. Aber das Gefühl, ertappt worden zu sein, nicht Herr über das eigene Schicksal zu sein, sich von jemand anderem sagen lassen zu sollen, wie man zu leben hatte, *dass* man zu leben hatte, dieses Gefühl tat weh. Sie fühlte sich gedemütigt.

Immerhin hatte die Ärztin es geschafft, dass Stalin wieder in den Hintergrund getreten war, wie auch immer. Anna betrachtete ihre Arme. Die Einstichstelle in der Armbeuge war deutlich erkennbar, ein kleiner Bluterguss hatte sich gebildet.

»Ich nehme an, du spürst jetzt nur einen leichten Hintergrundschmerz?«

Anna nickte. »Kannst du mir nicht das Mittel dalassen?«

Die Ärztin schüttelte den Kopf. »Das ist nichts, was du länger oder gar ständig nehmen kannst. Aber ich geb dir noch was zur Stärkung.« Sie holte einen Blister aus ihrer Tasche, die neben Annas Bett stand und drückte ihr eine Tablette in die Handfläche. »Kannst du gleich mit dem Kamillentee runterspülen.« Und wieder wartete sie. Beobachtete Anna, damit die tat, was sie ihr sagte. Nach kurzem Zögern warf sie die Tablette ein und trank den – immer noch etwas zu heißen – Tee hinterher. »Setz dich«, sagte Sarah Reiter und drückte sie aufs Bett. »Dauert eine Weile, bis es wirkt.«

Doch es dauerte nur wenige Augenblicke, in denen Anna kaum dazu kam, sich zu wundern. Sarah Reiter nahm ihr Handy und wählte die Nummer von Paul Freitag. »Paul? Alles in Ordnung. Sie schläft jetzt. Für die nächsten paar Stunden ist nichts zu befürchten.«

Das Hotel war hell erleuchtet. Anna trat mit einem unguten Gefühl durch die Tür, doch es war niemand da. Das ganze Hotel schien verlassen. Am Empfang: niemand. In der Halle, im Restaurant: Leere. Ein Fahrstuhl kam ins Erdgeschoss und öffnete sich, doch es fuhr niemand in ihm. Buchstäblich jede Lampe in dem Gebäude schien zu brennen.

Mit der Hand am Pistolenholster ging Anna die Treppe in den ersten Stock hoch. Auch auf dem Flur: kein Mensch. Sie hielt inne und lauschte. Es waren deutlich Stimmen zu hören, doch woher sie kamen, das ließ sich nicht einschätzen. Ein vielstimmiges Durcheinander, das in seltsamem Gegensatz zur gähnenden Leere des Hauses stand. Dann kam sie vor dem Zimmer der Michelsens an. Die Tür stand einen Spaltbreit offen, als hätte man sie schon erwartet. Behutsam drückte Anna sie auf. Es war so hell, dass sie kaum hinsehen konnte. Und als sie endlich erkannte, was vor ihr war, hätte sie sich gewünscht, es nie gesehen zu haben.

Zuerst schien ein Wald von wankenden Säulen vor ihr zu stehen. Doch dann wurde ihr auf einmal klar, dass es Menschen waren. Menschen, die an Stricken von der Decke hingen. Drei, vier, zehn Menschen! Sie bewegten sich leicht im Wind, der durch das Fenster wehte. Und alle blickten sie zu ihr, blickten aus ihren hervorgequollenen Augen auf Anna herab, als wollten sie sagen: Du bist schuld. Du hast uns getötet. Deinetwegen hängen wir hier. Nils hing ganz vorne. Sein kleiner Körper blähte sich wie ein Segel im Wind. Dahinter sein Vater, den Kopf schwarz von Blut. Die Mutter in ihrer dunklen Kleidung, die Hand am Hals, von dem eine braune Flüssigkeit auf den Boden triefte. Und der Zwillingsbruder. Tot. Alle tot. Und sie starrten sie an. Anna spürte, wie ihre Beine nachgaben. In dem Moment legte ihr jemand eine Schlinge um den Hals, und sie stürzte ins Nichts, nur gehalten von dem

Strang, der sich um ihren Hals zog und ihr die Luft abschnitt. Das Blut, es staute sich in ihrem Kopf. Keine Luft. Keine Luft mehr. Sie strampelte, griff nach dem Seil, kämpfte, krampfte, versuchte verzweifelt, Luft in ihre Lungen zu bekommen. Schlug mit den Beinen um sich, bäumte sich auf gegen den eisigen Griff, der schon nach ihr langte. Tot. Gleich würde sie selbst tot sein. Ein Zucken durchfuhr ihren Leib, unkontrolliert und wie fremd. Blitze explodierten vor ihren Augen. Und die Leichen, sie glotzten sie an und baumelten im Wind, und gleich würde sie selbst so baumeln und glotzen. Noch ein letztes Mal krallte sie sich an das Seil – dann wachte sie auf. Stöhnend. Keuchend. Sie hatte sich übergeben.

Das ist jetzt hässlich. Natürlich. Auch ein bisschen komisch, weil du gar nicht verstehst, was da gerade passiert. Und warum. Wie auch. Dass es wehtut. Sicher. Sehr weh. Das ist der Moment, in dem ich dir ein Tuch in den Mund stopfen muss. Zu deinem eigenen Schutz. Sonst beißt du dir noch die Zähne aus oder die Zunge ab. So was geht schnell, wenn der Schock groß genug ist. Dabei ist das ja erst der Anfang. Aber Kinder können sich gar nicht vorstellen, wie weh etwas tun kann. Richtige Schmerzen kennen sie noch gar nicht. Sie sind eben unschuldig. Aber auch sie müssen irgendwann erwachsen werden. Warum also nicht jetzt, wo es für etwas gut ist. »Warum hast du deinem Bruder gesagt, er soll ins Wasser springen?«

»Ich habe aber gar nicht …« *Der Schock. So plötzlich. Bevor er schreien kann, hat er schon das Tuch im Mund.*

»Doch, das hast du. Du bist schuld, dass er tot ist.«

Die Gassen Helgolands lagen verlassen in der Dunkelheit. Nur wenige Lichter brannten noch in den Häusern. Die Kühle der Nacht tat gut, obwohl Anna fröstelte. Sie hätte sich eine

Jacke anziehen sollen. Doch das war jetzt egal. Sie hatte es nicht weit. Die paar Meter bis zum Haus der Hagedorns würde sie jetzt auch noch aushalten.

Es fühlte sich an, als wehte der Wind in den Nächten viel heftiger. Doch in Wirklichkeit war es nur die Abwesenheit der Sonne, die dafür sorgte, dass man ihn stärker empfand. An Tagen wie diesen musste es in der gefühlten Temperatur Unterschiede von mindestens zwanzig Grad Celsius zwischen Mittag und frühmorgens geben. Aber jetzt war es erst später Abend, kurz vor Mitternacht. Natürlich war es ein idiotischer Plan, um die Uhrzeit noch bei Frau Geest aufzukreuzen. Aber nach der Erfahrung mit Sarah Reiter hatte Anna nicht mehr das Vertrauen, noch einmal zu der Ärztin zu gehen – und sonst war ihr ohnehin nicht zu helfen.

Also hatte sie sich noch mal zwei Rizatriptan eingeworfen und das Haus verlassen. Schlimmstenfalls würde es nichts bringen. Und wenn sie ehrlich war, ehrlich mit sich selbst, dann erwartete sie auch genau das: dass es nichts brachte. Dass Stalin weiter in ihr wütete und ihr das Leben zur Hölle machte. Bis es endlich vorbei war.

Gewiss, es hatte auch schon bessere Phasen gegeben. In den Wochen, nachdem sie bei der Rettungsaktion in den Katakomben der Insel beinahe ums Leben gekommen wäre, hatte die Migräne plötzlich nachgelassen. Sie war irgendwie mit sich selbst ins Reine gekommen und hatte Stalin offenbar keinen Angriffspunkt geboten. Nur gelegentliche kleinere Attacken hatten sie daran erinnert, dass er noch existierte. Doch dann, mit den steigenden Temperaturen, den zunehmenden Touristenzahlen, den Sticheleien zwischen ihr und der Neuen auf dem Polizeirevier, hatte sich wieder ein latenter, zunehmend fieser Schmerz eingeschlichen, der sie nicht mehr aus seinen Klauen gelassen hatte und jedes Mal, wenn der Stress zunahm, seine Folterwerkzeuge auspackte. Ein Albtraum. Kein Leben, nur noch ein Existieren.

Das Haus lag noch nicht im Dunkeln. Sogar im Erdgeschoss brannte noch Licht, was Anna ermutigte, tatsächlich noch zu stören. Dennoch wollte sie nicht klingeln, sondern klopfte lieber vorsichtig ans Fenster zur Straße. Einmal. Zweimal. Aus den Schatten der benachbarten Häuser löste sich eine Gestalt und huschte rasch an Anna vorbei. Ein Mann, lang und hager, der die Hand an den Hut führte und etwas Unverständliches murmelte.

»Guten Abend«, grüßte Anna, dann wandte sie sich wieder dem Haus zu. Der Vorhang glitt zur Seite, und eine füllige Figur tauchte auf und versuchte, gegen das spiegelnde Glas zu erkennen, wer draußen war. Nach einer Schrecksekunde öffnete sie das Fenster. »Frau Krüger? Was machen Sie denn hier?«

»Wir müssen reden.« Anna zögerte kurz. Dann atmete sie tief durch. »Es geht um mich. Ich denke, ich sollte es probieren. Mit Ihrem Angebot.«

Frau Geest beugte sich ein wenig vor und blickte die Straße in beide Richtungen hinunter, dann nickte sie und flüsterte. »Ich komme zur Tür.«

Wenige Augenblicke später war Anna im Haus und kam sich idiotisch vor. Warum um alles in der Welt hatte sie die arme Frau mitten in der Nacht heimsuchen müssen! Das schlechte Gewissen schien aus ihrer Miene zu sprechen, denn Frau Geest zuckte mit den Achseln und erklärte: »Kein Problem, dass Sie so spät kommen. Ich konnte sowieso nicht schlafen.« Und auf Annas fragenden Blick: »Genau genommen konnte mein Vater nicht schlafen. Was aufs Gleiche hinausläuft. Er quält sich wieder mit bösen Erinnerungen.« Sie seufzte. »So wie Sie.«

»Nun, bei mir sind es eher ganz handfeste Probleme. Ich habe ja nicht einfach irgendwelche psychischen Aussetzer …« Anna hielt inne. »Entschuldigung. So hab ich's nicht gemeint. Was ich sagen wollte, war, dass es Schmerzattacken sind.« Auf Frau Geests einladende Geste hin setzte sie sich an den Küchentisch.

»Und die haben Sie ganz ohne jeden Anlass bekommen?« Katja Geest schien sich für die Frage ehrlich zu interessieren.

»Na ja, ich nehme an, es gibt immer einen Anlass«, versuchte Anna, vage zu bleiben.

Die Frau nickte und faltete ihre Hände. »Und welcher wäre das bei Ihnen gewesen?« Sie lächelte freundlich, ehe sie ergänzte: »Oder soll ich sagen: Welches psychische Trauma hat die Migräne bei Ihnen in Gang gesetzt?«

Anna zögerte. »Eigentlich …«

»Eigentlich möchten Sie darüber lieber nicht sprechen?«

»Ja. Das stimmt.«

»Aber Sie hätten gerne das richtige Mittel dagegen.« Katja Geests Lächeln verschwand. »Das ist, als wüssten Sie nicht, ob Sie eine Horde Affen oder einen Flugzeugträger bekämpfen sollen, aber ich soll Ihnen die passenden Waffen liefern.« Sie seufzte. »Nun, wir können es immerhin versuchen. Mit etwas Glück können wir einen Schlüssel finden, mit dem wir den Punkt knacken, der für Sie das Trauma bedeutet – und ihn dann umso besser wieder wegsperren.«

»Ganz verstanden habe ich das offen gesagt noch nicht …«

»Kein Problem. Die Frage ist, ob Sie es überhaupt probieren wollen. Sie müssen dazu einiges preisgeben. Es geht darum, einen Anker in den Schmerz zu setzen.«

»Habe ich eine Wahl?«

»Den Schmerz.«

»Das ist keine Wahl.«

»Gut, dann sollten wir es versuchen.« Frau Geest schenkte Anna eine Tasse Tee ein und stellte sie vor sie hin, ehe sie sich zu ihr setzte. Einen Moment lang schwieg sie, schien sich zu sammeln, schien Anna Gelegenheit geben zu wollen, zur Ruhe zu kommen. »Ich vermute, zurzeit ist es schlimm?«

»Ja«, sagte Anna. »Das ist es.«

»Schon mal so schlimm gewesen?«

Anna zuckte die Achseln. »Schwer zu sagen. Vielleicht. Ja. Wahrscheinlich. Aber nicht sehr oft.«

»Verstehe. Das macht es nicht leichter.« Frau Geest legte ihre Hand auf Annas. Sie fühlte sich warm und trocken an. Nicht sanft, dafür war die Frau doch zu sehr im Haushalt tätig. Aber sie vermittelte ein Gefühl von Vertrautheit, das Anna jetzt brauchen konnte. »Können Sie sich noch daran erinnern, wie Sie den Schmerz zum ersten Mal gefühlt haben?«

Stalins Geburtsstunde. Anna schluckte. Sie griff nach der Teetasse, nahm sie auf und stellte sie wieder hin, ohne getrunken zu haben. »Ja«, sagte sie mit rauer Stimme. »Das kann ich.«

»Wann war das? Was war das für ein Tag?«

»Ein ... Sonntag.« Der schwärzeste Tag in meinem Leben. Nein, einer der schwärzesten Tage. Nur einer davon.

»Sommer? Winter? Welche Jahreszeit?«

»Sommer. Ein Sommer wie dieser.« Ein Höllensommer. Der Sommer, in dem die alte Anna Krüger starb. Das fröhliche Mädchen, das sich in den coolsten Jungen der Schule verliebt hatte und von ihm wiedergeliebt wurde. Und die neue Anna Krüger übrig blieb.

»Ein heißer Sommer«, stellte Frau Geest fest. »Das Licht war hell. Der Wind angenehm. Was war das für ein Tag, an dem Sie den Schmerz zum ersten Mal gespürt haben? Es war ein ganz bestimmter Tag. Ein ganz bestimmter Sonntag.«

Das war es. Anna suchte nach Worten.

»Waren Sie in der Kirche?«

»Ja. Mit meinen Eltern.«

»Und dann?«

»Sind wir nach Hause gegangen.«

»Es war Vormittag.«

»Ja.«

»Und der Schmerz …«

»War noch nicht da.«

»Was ist passiert, dass der Schmerz gekommen ist. Sagen Sie es ganz allgemein. Etwas war ja.«

Etwas. Ja. Die Wahrheit. Die ist passiert. Ihr Vater hatte die Wahrheit über sie erfahren. Und sie die Wahrheit über ihren Vater. Dass er ein Schwein war. Dass sie sich wünschte, er wäre tot. »Mein Vater …«

Frau Geest unterbrach sie nicht, drängte auch nicht. Drückte lediglich ganz leicht ihre Hand, sodass Anna sich bekräftigt fühlte, sich zurückzuversetzen in jenen Tag, den sie so gern aus ihrem Leben gestrichen hätte. »Mein Vater hat etwas über mich erfahren, das er … mit dem er … Etwas, das ihn wütend gemacht hat.«

»Sehr wütend? So wütend, dass er Sie schlug?«

Links. Rechts. Noch einmal links. Sie war so überrascht gewesen, dass sie beim dritten Schlag gegen die Wand knallte, während ihr Vater brüllte, dass ihre Mutter fürchtete, ganz Helgoland würde ihn hören und von der Schande erfahren. Die Szene stand Anna so deutlich vor Augen, als wäre es eben gerade erst geschehen. Sie nickte. Eine Träne fiel in ihren Tee. Sie wischte sich über die Wange. »Ich war schwanger.« Sie räusperte sich. »Mit sechzehn.«

»Das ist sehr jung.«

Die beiden Frauen schwiegen eine kleine Weile. Schließlich

sagte Anna mit leiser Stimme: »Ich war vergewaltigt worden.« Jetzt war es raus. Sie hätte es nicht sagen müssen. Und doch hatte sie es nicht verschweigen können.

»Das tut mir leid.« Frau Geest machte eine kurze Pause. »Und Ihr Vater schlug Sie? Das heißt, er hat Ihnen die Schuld gegeben.«

Es fiel Anna schwer, etwas zu sagen. Aber das war auch nicht nötig, es war alles offensichtlich.

»Er hat Sie vermutlich beschimpft. Vielleicht ist er zusammengebrochen?« Anna schüttelte den Kopf. Nein, er war nicht zusammengebrochen. Er hatte einfach Konsequenzen gezogen. Konsequenzen für Anna. »Gut«, sagte Frau Geest. »War das der Moment, in dem sie zum ersten Mal den Kopfschmerz gespürt haben?«

»Später«, flüsterte Anna. »Der war später.«

»An einem anderen Tag also?«

»Nein. Am selben Tag. Nach der Abtreibung.«

»Man hat Sie gezwungen, das Kind wegmachen zu lassen?«

Der Keller. Die Treppe. Der Stuhl. Der Arzt mit seiner Maske und den Handschuhen. Das grelle Licht. Und die Drahtschlaufe. Das Spekulum und der Geruch überall. Der Geruch … »Als ich da auf dem Stuhl saß, da war er plötzlich da.«

»Er?«

»Stalin.« Anna lächelte gequält. »Der Schmerz.«

»Gut. Das war der Zeitpunkt. Und wenn Sie an genau diesen Zeitpunkt denken, was fällt Ihnen noch ein? Gibt es eine ganz bestimmte Erinnerung an etwas, das vielleicht ganz unbedeutend war, aber Ihnen aufgefallen ist?«

»Suchen wir jetzt nach Ihrem Anker?«

»Ja, das tun wir. Wir suchen. Allerdings ist es *Ihr* Anker, den wir suchen.«

»Verstehe. Und wenn wir ihn finden …« Sie blickte die Frau fragend an. Wie wahrscheinlich war es, dass eine Helgoländer Hausfrau, die mal Psychologie studiert hatte und kaum irgendwie praktizierte, eine Lösung für ein Problem fand, an dem so viele Ärzte seit Jahrzehnten scheiterten?

»Ich verstehe Ihr Zögern«, sagte Frau Geest mit sanfter Stimme. »Mir würde es nicht anders gehen. Und es ist auch gar nicht sicher, dass es gelingt. Aber es kann jedenfalls nicht schaden. Und ich hatte schon Fälle, in denen es funktioniert hat!«

»Migränefälle?«

»Ja. Schwere Fälle. Wenn auch vielleicht nicht ganz so schwer wie Ihrer.«

»Und was haben Sie gemacht?«

»Wir haben einen Eindruck gesucht, der in den entscheidenden Augenblicken, in denen der Schmerz zum ersten Mal aufgetaucht ist, begleitend da war. Einen Duft. Eine Sinneswahrnehmung. Und wir haben geübt, diese Sinneswahrnehmung als nötig für den Schmerz zu konditionieren.«

»Was heißt …?«

»Was heißt, dass ohne diese zusätzliche Sinneswahrnehmung der Schmerz nicht ausgelöst werden kann.«

»Wenn ich also zum Beispiel einen bestimmten Geruch in der Nase hatte, dann kann ich nur eine Migräne bekommen, wenn ich diesen Geruch wieder wahrnehme?«

»So ungefähr, ja.«

Anna sah die Szene so genau vor sich, dass sie die Stimmen hörte. Die Stimme des Arztes. Die ihrer Mutter. Ihre eigene, als sie schrie und ein Beruhigungsmittel bekam. »Es gibt eine solche Sinneswahrnehmung«, sagte sie leise. »Eigentlich hatte ich sie all die Jahre vergessen. Aber jetzt, wo Sie danach fragen …«

15. April, 08.02 Uhr, Binnenhafen

Seit Längerem fand die Schule nur noch unregelmäßig statt. Die meisten Kinder waren aufs Festland evakuiert worden, immer häufiger gab es Fliegeralarm, und den Winter über hatten die Halunder mehr als den halben Tag lang ihre Häuser verdunkeln müssen, weil die Nacht schon früh hereinbrach in den kalten Monaten und der Feind immer öfter den Weg nach Südsüdost suchte. Manchmal konnte man auch tagsüber das Dröhnen der Geschwader hören, das die Luft vibrieren ließ und einem ein böses Gefühl im Bauch machte. Hannes bekam dann jedes Mal Gänsehaut und feuchte Hände. Er hatte auch schon Bomberverbände in der Ferne am Himmel vorbeiziehen sehen – zu weit weg, als dass ihnen die Helgoländer Flak etwas hätte anhaben können. Es sah fast so aus, als wären sie absichtlich in Sichtweite vorübergeflogen, um zu zeigen, wie riesig ihre Geschwader waren. Und das waren sie. Hannes hatte einmal einen von Vaters Freunden in der Gaststube sagen hören: »Der ganze Himmel ist schwarz von ihnen, Willem, das kannst du dir nicht vorstellen. Es kommen immer mehr und noch mehr, und du stehst da unten auf der Erde und denkst, da oben fliegt der Tod, und der weiß schon, wo er zuschlägt. Aber die, die er trifft, die wissen's noch nicht. Und das sind Tausende, Willem. Tausende. Ich hab's gesehen.«

Hannes gruselte es, wenn er daran dachte. Aber heute gab es keinen Fliegeralarm. Heute strahlte die Sonne. Unten am Hafen flatterten die Hakenkreuzfahnen im Wind, am Südhafen lagen einige prächtige Fregatten bereit zum Auslaufen, im Volksempfänger hatte Hannes gehört, dass der Endsieg kurz bevorstand. Der Volkssturm rang gerade die Russen vor Berlin nieder, im Westen hatten die Amerikaner schwere Verluste erlitten. Berthold Schwarz hatte erzählt, dass der Führer endlich den Einsatzbefehl für eine geheime Armee gegeben hatte, die den Feind mit einem raffinierten Plan und Wunderwaffen tödlich treffen würde. Und Berthold musste es wissen, sein Vater war bei der SS und arbeitete für den Inselkommandanten.

Beinahe hätte Hannes es nicht gemerkt, dass er dabei war, in eine Gruppe Männer hineinzulaufen, die auf dem Weg zum Binnenhafen war. Oder auch zum Kriegshafen. Hannes blieb stehen und starrte auf die Ketten, mit denen die Männer aneinandergefesselt waren. Links und rechts neben ihnen gingen SS-Angehörige mit Gewehren. Kriegsgefangene! schoss es Hannes durch den Kopf. Die waren zum Arbeiten auf der Insel. Er betrachtete sie verstohlen, während er ein paar Schritte zur Seite ging. Sie sahen mager und dreckig aus. Schlecht rasiert waren sie und hatten verfilzte Haare. Kein Wunder, dass sie den Krieg verlieren werden, dachte Hannes. Wenn sie so schlampig sind, werden sie auch schlampig kämpfen. Die SS-Männer sahen dagegen kräftig und entschlossen aus. Und sie hatten blitzsaubere Uniformen. Deutsche Männer, dachte Hannes. Das sind deutsche Männer. Die Gruppe war schon fast vorbei, als Hannes bemerkte, dass ihn ein Mann aus der Gruppe anstarrte. Ein Gefangener, dessen schwarze Augen auf ihn gerichtet waren, als sähe er etwas Ungeheuerliches. Hannes zuckte zurück. Doch der Mann nickte, starrte weiter zu ihm hin und sagte, gerade als er an ihm vorüberging, leise, aber laut genug, dass Hannes es hören konnte: »Bald bist du auch tot, Junge. Gott sei dir gnädig.«

Der SS-Mann in seiner Nähe hieb mit dem Gewehrkolben in seinen Rücken und herrschte ihn an: »Maul halten! Hier wird nicht gesprochen!« Der Gefangene strauchelte kurz, fing sich wieder, warf noch einen letzten Blick zurück zu Hannes und machte eilig drei Kreuze auf Stirn, Mund und Brust, ehe er weiterstolperte.

10

Paul Freitag stand am Fenster seines Wohnzimmers und blickte in die Nacht hinaus. Der Junge war noch immer nicht gefunden. Natürlich war er nicht als vermisst gemeldet. Es war ja niemand mehr da, der ihn hätte melden können: der Vater tot, die Mutter mit Schock in der Klinik. Dachte gar nicht an eine solche Formalität. Morgen würden sie eine offizielle Suche nach Peter Michelsen rausgeben, egal, ob er vermisst gemeldet war oder nicht. Der Junge war zehn, und er war abgängig. Paul überlegte sich, ob er Anna noch einmal anrufen sollte. Besser nicht. Sie brauchte die Ruhe. Und er brauchte Anna. Wenn sie jetzt ganz zusammenklappte, dann hatten sie alle ein Problem. Das war der Nachteil bei einer so kleinen Polizeistation: Wenn mal jemand ausfiel und etwas Größeres passiert war, fehlte einfach das nötige Personal.

Von Pauls Haus aus hatte man einen schönen Blick über die Binnenreede, die jetzt menschenleer war. Die Laternen warfen ein gelbliches Licht auf die Kais. Eben noch waren die letzten Nachtschwärmer über die Planken vor den Hummerbuden gestolpert. Die milde Sommernacht lud dazu ein, länger draußen zu bleiben. Paul überlegte, ob er noch mal einen Spaziergang unternehmen sollte, um endlich zur Ruhe zu kommen. Doch morgen würde ein neuer anstrengender Tag werden, er brauchte die Nachtruhe – selbst wenn er nicht schlafen konnte.

Er machte sich Sorgen um Anna. In den letzten Monaten hatte sie gute Arbeit geleistet, war eine tolle Kollegin geworden, hatte sich in jeder Weise bewährt: beruflich und menschlich. Aber seit einigen Wochen schien sie mit ihrem Kopfschmerzproblem nicht mehr zurechtzukommen. Paul hatte sie mehrmals dabei beobachtet, dass sie Tabletten genommen hatte. Mehr, als ihm gut schien. Natürlich kannte er sich nicht damit aus. Aber er hatte kein gutes Gefühl dabei. Und wenn er in den zurückliegenden Jahren eines gelernt hatte, dann, dass es klüger war, auf seine Gefühle zu hören. Er hätte das tun sollen, als er spürte, wie seine Ehe in Schieflage geriet. Er hätte auf seinen Bauch hören sollen, als er sich zu einem Treffen mit Saskias Vorgänger Marten verabredete und in eine lebensbedrohliche Situation kam. Er hätte es tun sollen, als er Nils Michelsen befragte: Es wäre so wichtig gewesen, ihn nicht so schnell gehen zu lassen, ihm noch weiter auf den Zahn zu fühlen, die offenen Fragen nicht im Raum stehen zu lassen. Jetzt war Michelsen tot. Und viele Fragen blieben unbeantwortet. Vielleicht würde er sogar noch leben, wenn Paul hartnäckiger gewesen wäre.

Seufzend wandte er sich von dem nächtlichen Panorama ab, hinter dem sich riesig und dunkel die See erstreckte, ging zum Kühlschrank und schenkte sich ein Glas Weißwein ein. Dann nahm er sein Handy und setzte sich aufs Sofa. Seine Exfrau hatte mal wieder ein paar neue Fotos gepostet, auf einigen davon war Pauline zu sehen. Ein Lächeln glitt über sein Gesicht, ein schmerzliches Lächeln. Sie fehlte ihm, seine kleine Tochter. Sie war neun, und er sah sie viel zu selten. Auch am Telefon sprach er allzu selten mit ihr. Wenn seine Arbeitstage endeten, lag sie oft schon im Bett. Natürlich wusste Paul, dass er dieses Schicksal mit vielen Männern teilte, die mit ihrem Beruf verheiratet waren und deshalb ihre Kinder weder morgens richtig noch abends wach sahen. Aber die konnten wenigstens ins Kinderzimmer schleichen und ihren Töchtern und Söhnen noch einen Kuss auf die Stirn geben, auch wenn die schon schliefen. Das konnte er nicht. Denn Pauline lebte mit ihrer Mutter und deren neuem Lebensgefährten in Hamburg – und er saß hier draußen auf dieser winzigen Insel, hundertfünfzig Kilometer entfernt und nur mit der Fähre oder dem Flugzeug zu erreichen.

Sicher, er hatte sich die Abgeschiedenheit hier selber ausgesucht. Und er liebte die Insel auch für ihre Eigenart, für ihren herben Charme und durchaus auch für ihre Weltferne. Aber manchmal hätte er sich auch gewünscht, mal eben ins Auto zu springen und ruckzuck bei seiner Tochter zu sein und sie in den Arm zu nehmen. Ja, sie fehlte ihm. Und er hoffte, dass auch er ihr fehlte. Zumindest ein bisschen. Tatsächlich gab es neue Bilder: Pauline am Strand. Sie waren nach Mallorca geflogen. Pauline mit einem riesigen Eis und einer viel zu großen Sonnenbrille. Pauline auf einem Esel. Wie gerne wäre er dabei gewesen.

Nach einem weiteren Glas Wein warf sich Paul Freitag wieder aufs Bett. Der Schlaf kam schnell. Zu schnell, um einen Gedanken noch festzuhalten, der ihm plötzlich durch den Sinn ging. Eine Idee, wen man wegen des Jungen fragen könnte.

»Ich möchte, dass Sie eine Übung machen«, sagte Frau Geest mit ruhiger Stimme. Sie sah Anna tief in die Augen. »Es wird schwer für Sie werden. Aber wenn Sie das schaffen, dann können Sie den Schmerz überwinden.«

»Nämlich?« Anna spürte eine leise Angst, die in ihr keimte. »Was soll ich tun?«

»Sie müssen diesen Augenblick heraufbeschwören. Ganz gezielt. Und zwar immer dann, wenn der Schmerz kommt.«

»Ich soll an damals denken, wenn die Migräne einsetzt?«

»Nicht einfach an damals. An genau den Zeitpunkt, genau den Ort und vor allem: genau diesen Geruch. Ich möchte, dass Sie ihn buchstäblich riechen.«

»Ich weiß nicht, ob ich das kann …«

Sie selbst. Inmitten von medizinischen Geräten. Auf einem Stuhl, die Beine mit Gurten gefesselt. Ihre Mutter mit verkniffenem Mund. Der Arzt: Sein Gesicht ist hinter der Maske nicht zu sehen, aber sie kennt ihn ja, jeder kennt jeden auf der Insel. Die Sprechstundenhilfe, die sie mit großen Augen ansieht. Der Geruch nach Terpentin, scharf und fies. Und die Musik. »Legen Sie eine CD ein, Frau Keller.« – »Bach? Mozart?« – »Was Beruhigendes.« Bach. Das Air. Ein wunderschönes Stück, wenn du nicht auf einem Stuhl gefesselt liegst und sie ein Kind in deinem Bauch zerstückeln und rauskratzen und das Blut dir hinunterläuft und deine Tränen niemanden interessieren und alle nur froh sind, dass es weg ist, und in deinem Kopf plötzlich etwas zu bohren beginnt, was nie da gewesen ist und auf einmal dein ganzes Gehirn in einen Schraubstock nimmt und zerquetscht. Und du liegst da und riechst diesen stechenden Geruch und hörst diese Musik, die so langsam in deinen Geist dringt, wie der Schmerz in deinem Kopf beginnt, das Gehirn zu sezieren, Scheibe für Scheibe, Windung um Windung, sich mit kalter Klinge in dein Bewusstsein bohrt, um dich nie wieder zu verlassen. Und du ahnst es. Du weißt es. Du bist hilflos, machtlos, ausgeliefert. Und willst nie wieder in deinem Leben ausgeliefert sein.

»Ich sehe, dass Sie es können«, sagte Frau Geest ganz leise, ganz behutsam und nickte mit einem verständnisvollen Lächeln. »Es wird hart für einige Zeit.«

»Wie lange?«

»Ich weiß es nicht. Ein paar Tage. Vielleicht ein paar Wochen. Sie müssen versuchen, wann immer der Schmerz kommt, diesen Moment, diesen Geruch heraufzubeschwören. Am besten wäre noch, Sie würden es tatsächlich riechen, sodass er sich mit dem Schmerz zu einer Einheit für Sie verbindet. Füllen Sie sich ein Fläschchen ab und riechen Sie daran, sobald der Schmerz kommt!«

»Und dann? Wird der Schmerz weg sein, wenn ich den Geruch nicht mehr rieche?«

Frau Geest hob die Hände. »Das ist der Plan«, sagte sie. »Manchmal funktioniert er, manchmal auch nicht. Immerhin ist es eine Chance.«

»Danke«, flüsterte Anna. »Danke, dass Sie mir helfen.«

»Na ja, ich versuche es.«

»Dass Sie es versuchen.«

»Gerne.«

Zwei Minuten später war Anna draußen auf der Straße. Stalin hatte sich tatsächlich etwas zurückgezogen. Der Wind hatte nachgelassen. Es war eine laue Nacht. Eine Nacht für Liebespaare.

Anna ging nicht direkt nach Hause, sondern machte noch einen Abstecher auf den Friedhof. Zu lange schon war sie nicht mehr bei Leo gewesen. Sein Grab lag im Mondschatten der Kirche. Es war so dunkel, dass sie weder das Kreuz richtig erkennen konnte noch die Blümchen, die sie hingelegt hatte und längst verwelkt waren. »Wenn ich dich nicht hätte...«, flüsterte sie in die Dunkelheit. »Ich weiß auch nicht, warum das mit mir nichts wird. Eigentlich dachte ich, dass ich diese Migränesache im Griff hätte. Aber jetzt ... Es läuft nicht gut auf der Insel. Zwei Tote. Und ein kleiner Junge verschwunden. Was soll man da tun? Und wir spielen Polizei und sind völlig machtlos. Unfälle sind das angeblich. Aber irgendwie kommt mir das schon sehr seltsam vor. Erst stirbt ein Junge, dann sein Vater, dann verschwindet der Bruder ... Die denken natürlich alle, dass ich deinetwegen paranoid bin, wenn ich mit Verdacht auf Verbrechen komme. Aber mal ehrlich: So was passiert doch nicht in einer einzigen Familie so kurz hintereinander.« Obwohl ja auch ihre Vergewaltigung und Leos Tod kurz hintereinander geschehen waren. Und ein paar Wochen später dann noch die Abtreibung. »Aber auch das waren doch keine Unfälle. Das ist ja alles absichtlich geschehen. Ich meine: Wer sagt uns, dass nicht auch hier jemand im Hintergrund verantwortlich für das alles ist.« Sie schwieg. Versuchte, Leos Bild vor ihrem inneren Auge heraufzubeschwören. Stalin hatte sich schlafen gelegt, zum ersten Mal seit vielen Tagen. Er schwieg völlig, und Anna fragte sich, ob das tatsächlich schon mit ihrem Besuch bei Frau Geest zusammenhängen mochte. Trotzdem gelang es ihr in jener Nacht nicht, in Leos Augen zu blicken. Es blieb dunkel, auch in ihr. »Ich geh dann mal. Vielleicht kann ich ja noch ein, zwei Stunden schlafen, bis ich wieder rausmuss.« Sie schickte ihm eine Kusshand und wandte sich um. Und zuckte zusammen. Mit riesigen Augen, den Mund schreckgeöffnet, bleich und wankend, dass sie dachte, er würde jeden Moment umkippen, stand er vor ihr: der Junge der Michelsens. Nils' Zwillingsbruder. Peter. Der Schreck war so groß, dass sie sich unwillkürlich ans Herz griff. »Du?«, keuchte sie und spürte, wie es sie eisig durchfuhr. Doch er antwortete nicht, er stand nur da und starrte sie aus seinen aufgerissenen Augen an.

Paul meldete sich nicht. Nach dem vierten Läuten ging die Mailbox ran. Anna hatte in einem Moment der Schreckstarre verharrt, doch der Junge war nicht weggelaufen. Er stand da und wirkte wie weggetreten, obwohl er mit seinem Blick direkt in ihr Innerstes zu zielen schien. »Peter? Du bist doch Peter, nicht wahr?«

Keine Antwort.

»Ist alles in Ordnung mit dir?«

Ein leichtes Zucken der Augenlider, nichts weiter.

»Du musst keine Angst haben, hörst du?« Vorsichtig trat Anna einen Schritt auf ihn zu. Ein Schatten lief über sein Gesicht. Jeden Augenblick würde er weglaufen. Anna hielt inne, hob die Hände und zeigte sie ihm: Schau, ich bin unbewaffnet, ich will dir nichts Böses. Ein kleiner Schritt zur Seite. Die Augen des Jungen folgten ihr nicht. Er starrte nur weiter geradeaus. »Peter? Hörst du mich? Ich bin Anna.« Verdammt, es war ja auch mitten in der Nacht. Sie standen auf einem Friedhof! Was mochte der Junge in den zurückliegenden Stunden durchgemacht haben, wenn er hier und jetzt plötzlich auftauchte? »Hör mal, Peter, ich bin Polizistin, ich bin da, um dich zu beschützen«, probierte sie es erneut. Doch von Peter Michelsen kam keine Reaktion. Er stand stumm und reglos schräg vor ihr, die Augen immer noch aufgerissen, als hätte er den Leibhaftigen gesehen. Anna fiel auf, dass sein Atem stoßweise ging. Sie war jetzt ganz nah, überlegte, ob sie ihn am Arm nehmen konnte. Würde er wieder weglaufen? Sollte sie ihn mit Handschellen an sich binden, damit er ihr nicht wieder entkam? Doch das wäre keine gute Idee. Erstens durfte sie es aus rechtlichen Gründen nicht, und zweitens wäre dann jedes Vertrauen von vornherein zerstört. »Wollen wir zu deiner M…« Schlagartig wurde Anna bewusst, dass sie mit ihm nicht einfach zu seiner Mutter gehen konnte. Die Frau lag in der Klinik, stand unter Schock und konnte sich vielleicht noch nicht um den Jungen kümmern. »Hast du schon mal eine Polizeistation von innen gesehen?«, versuchte sie es, ohne aber auch nur irgendwie erkennbar von ihm wahrgenommen zu werden. Sie war jetzt bei ihm und legte ihm die Hand auf die Schulter. Ein Zucken, mehr nicht. Er lief nicht weg. Er sagte nichts. Vielleicht ging sein Atem etwas ruhiger.

Mit der anderen Hand holte Anna noch einmal ihr Handy hervor und war im Begriff, Pauls Nummer zu wählen, doch dann verwarf sie den Gedanken. Es war fast drei Uhr morgens, Paul würde schlafen, und das sollte er auch. Sie musste sich jetzt selber um den Jungen kümmern. Behutsam legte sie den Arm um ihn und zog ihn etwas an sich. Er ließ es geschehen. Auch als sie ihn umdrehte und sich mit ihm ein paar Schritte auf den Ausgang zubewegte, ging er mit. Mechanisch. Wie ein Roboter. Immer noch starrten seine Augen geradeaus. Offenbar stand auch Peter unter Schock. Hatte er vom Tod seines Vaters erfahren? Hatte er seine Mutter gesucht? Was war in den zurückliegenden Stunden, seit Anna ihn im Hotel knapp verpasst hatte, geschehen?

Das Hotel! Doch was sollte sie dort mit ihm, er war ja in der gegenwärtigen Situation allein. Sollte sie ihn bis zum Morgen mit zu sich nehmen? Auch den Gedanken verwarf Anna rasch wieder. In dem Moment ging im Pfarrhaus Licht an, zuerst im Obergeschoss, dann im Erdgeschoss. Jemand war aufgewacht. »Die Kirche hier«, sagte Anna, um irgendetwas zu sagen, »das ist Sankt Nicolai. In der Kirche bin ich getauft worden. Und hier daneben, das ist das Pfarrhaus. Siehst du die Lichter? Da ist es jetzt hell geworden.« Langsam bewegte sie sich mit Peter auf das Gebäude zu, das trotz der drei erleuchteten Fenster in der Finsternis dieser Nacht riesig und bedrohlich aussah. Pastor Willemsen war Anfang des Jahres gestorben. Jetzt lebte hier Pastor Berger, der irgendwo aus der Nähe von Frankfurt stammte, Anna wusste nicht mal genau, von welchem Frankfurt, jedenfalls als Landratte von den Halundern nicht wirklich ernst genommen wurde. »Wir läuten da jetzt mal«, flüsterte Anna. »Dann stelle ich dir Pastor Berger vor. Der ist ein sehr netter Mensch.« Erst jetzt wurde Anna klar, dass der Junge den Pastor ja schon kannte oder doch zumindest kennengelernt hatte. Bei der Trauerfeier für seinen Bruder. Gerade als sie sich entschieden hatte, lieber doch nicht zu klingeln, öffnete sich die Tür, und der Schatten eines großen, hageren Mannes fiel auf den Kiesweg, auf dem die beiden standen. Anna spürte, wie Peters ganzer Körper sich versteifte und er kurz zur Seite zuckte. Sie zog ihn fester an sich. »Pastor Berger?«

»Wer ist denn da?«, hörte sie die Stimme des Pfarrers. »Es ist spät. Brauchen Sie Hilfe?«

»Ja«, sagte Anna und trat mit dem Jungen ins Licht. »Das brauchen wir. Anna Krüger«, stellte sie sich vor. »Ich bin …«

»Wir kennen uns doch, Frau Krüger.« Der Blick des Pastors fiel auf den Jungen. »Und dich kenne ich auch, junger Mann …« In dem Moment riss Peter Michelsen sich los und stürzte Richtung Kirchstraße davon. Doch Anna hatte damit gerechnet und war mit zwei langen Sätzen bei ihm und packte ihn fest, ging neben ihm auf die Knie und schlang beide Arme um ihn. »Bleib hier, Peter«, keuchte sie, ganz nah an seinem Ohr, sie konnte seine Haare in ihrem Gesicht fühlen. »Bleib hier. Ganz ruhig. Niemand tut dir was. Ich passe auf dich auf. Ehrlich.« Sie spürte ihn zittern. Vielleicht war es auch ein wenig ihr eigenes Zittern, als ihr bewusst wurde, dass sie einen Menschen im Arm hielt, wie sie seit zehn Jahren kaum mehr jemanden gehalten hatte. Körperliche Nähe verursachte bei ihr Panik. Niemand durfte ihr zu nahe kommen seit den Ereignissen damals. »Komm mit mir. Ich passe auf. Du musst nichts fürchten.« Sie stand auf, lockerte den Griff ein wenig, spürte, dass er keinen Widerstand übte, ließ ihn schließlich ganz los und nahm dann nur seine Hand, die sie fest in ihrer hielt, während sie zurück zum Pfarrhaus gingen. Pastor Berger trat zur Seite und ließ sie ein. »Bitte«, sagte er. »Es macht nichts, dass Sie so spät kommen. Gottes Wege …«

»Sind unergründlich«, murmelte Anna und schob den Jungen über die Schwelle. »Wir brauchen einen Raum, in dem wir sprechen können«, erklärte sie. »Ich glaube, Peter hat einige schreckliche Stunden hinter sich. Er ist verstört, und wir müssen jetzt überlegen, was wir tun können.«

»Wäre es nicht sinnvoll, ihn schnellstens zu seiner Mutter zu bringen?«

»Unter anderen Umständen, ja, Herr Pfarrer. Aber leider ist das im Augenblick nicht möglich.« Anna musterte den Pastor, der in seinem Pyjama, unter dem er offenbar nicht mal eine Unterhose trug, nicht sehr vergeistigt aussah. »Sie können gerne wieder schlafen gehen, ich spreche zuerst einmal mit ihm alleine.«

»Vielleicht ist es besser, wenn ich dabei bin«, entschied der Pfarrer und deutete auf eine Tür, hinter der ein schmaler dunkler Raum lag.

Er war sofort hellwach. Das Klingeln an der Tür war so penetrant, dass er sich nicht die Mühe machte, sich anzuziehen. Stattdessen lief er in Shorts die Treppe runter und riss die Tür auf. Saskia.

»Hey. Hübscher Empfang hier«, sagte die Kollegin und lächelte süffisant. »Ich hoffe, ich störe dich nicht gerade bei etwas.«

Paul zögerte kurz, dann entschied er sich für einen sachlichen Ton. »Es muss was Wichtiges sein, wenn du hier Sturm läutest«, stellte er fest, ohne auf ihre Anzüglichkeit einzugehen.

»Ist es.« Ohne auf eine Einladung zu warten, ging sie an Paul vorbei in sein Haus. »Anna hat den Michelsenjungen gefunden.«

»Den …«

»Nicht den, der bei der Regatta aus dem Boot gefallen ist«, präzisierte Saskia. »Sondern den anderen. Seinen Bruder.«

»Den Zwilling.« Paul kam hinter ihr ins Wohnzimmer, wohin die junge Kollegin spaziert war.

»Hübsche Aussicht hast du hier.«

»Und wie geht es ihm?«

»Er lebt.«

»Immerhin.« Saskia konnte richtiggehend hören, wie ihm ein Stein vom Herzen fiel. Sie drehte sich zu ihm um. »Trotzdem solltest du dir was anziehen.«

»Tut mir leid, wenn ich nicht in Uniform schlafe«, erklärte Paul leicht angesäuert.

»Hab ich dich geweckt? Das tut mir leid. Aber auf Anrufe hast du nicht reagiert.«

Paul griff sich sein Handy von der Küchentheke. Tatsächlich: dreimal Anna, und zwar mitten in der Nacht. Zweimal Saskia vor ein paar Minuten. »Sorry. Ich hatte offenbar auf lautlos gestellt. Und die Vibration hat mich nicht geweckt.«

»Die Vibration. Soso. Also, schnapp dir ein paar Sachen und lass uns gehen. Der Kleine ist mit Anna in der Klinik.«

Paul ließ Saskia im Wohnzimmer stehen und lief mit ein paar großen Sätzen die Treppe hoch ins Schlafzimmer. »Was fehlt ihm denn?«, rief er von oben, während er in die Hose von gestern stieg und ein Hemd aus dem Schrank suchte.

»Schock«, sagte Saskia, die lautlos in der Tür erschienen war und sich sehr unbefangen in seinem Schlafzimmer umsah. »Er sagt kein Wort.«

Paul streifte sich das Hemd über und knöpfte es mit nervösen Fingern zu. »Überhaupt nichts?«

»Nope.«

»Scheiße. Wissen wir, ob er schon was vom Tod seines Vaters erfahren hat?«

»Nope. Nada.«

»Okay. Wie geht es der Mutter? Ist die wieder im Vollbesitz … du weißt schon.«

»Keine Ahnung, Paul. Ich würd ja gerne noch ein bisschen hier mit dir plaudern.« Bei diesen Worten ließ sie einen vielsagenden Blick über sein zerwühltes Bett gleiten. »Aber im Anbetracht der Umstände sollten wir besser zusehen, dass wir jetzt rübergehen und die stellvertretende Dienststellenleiterin unterstützen.« Den Ausdruck benutzte sie öfter, wenn sie in Annas Abwesenheit über sie sprach. Paul konnte diese Sticheleien nicht leiden. Sie vergifteten auf Dauer nicht nur das Betriebsklima, es setzte auch irgendwie eine Art Schutzreflex bei ihm ein, wenn es um Anna ging. Sie hatte schon so viel mitgemacht. Wenn er die Möglichkeit hatte, sie vor weiterem Ärger zu schützen, war er der Erste, der sich für sie einsetzte. »Anna ist schwer in Ordnung, Saskia. Ich weiß nicht, was du gegen sie …«

Saskia hob die Hand. »Anna *ist* schwer in Ordnung, Paul. Es fällt nicht besonders auf, aber ich bin sicher, sie ist auch eine gute Polizistin. Musst mir keinen Vortrag halten.« Sie zwinkerte ihm zu und war im nächsten Augenblick die Treppe runter verschwunden. Paul schlüpfte noch in ein Paar Socken, dann hastete er hinterher. Irgendetwas war mit Saskia. Und er würde auch noch rausfinden, was da los war.

12. April, 14.10 Uhr, Haus von Conrad Michelsen, Oberland

Dass Michelsen eine Funkantenne auf seinem Dach hatte, fiel nicht weiter auf, schließlich war er Funker. Nur ein Funkgerät durften private Haushalte seit Kriegsbeginn nicht mehr haben. Das hatten sie ihm abgenommen, bevor er in den Marineeinsatz geschickt worden war. Als Funker. Die Antenne hätten sie auch abmontiert, wenn er sie nicht als Fahnenmast benutzt hätte. Deshalb wehte auf seinem Dach seit fünf Jahren die Hakenkreuzfahne. Michelsen war kein überzeugter Nazi. Nie gewesen. Aber er wusste, wie man ohne Scherereien durchs Leben kam.

Die Antenne war der Hauptgrund gewesen, weshalb sie ihn angesprochen hatten. Ihm wäre lieber gewesen, sie hätten es nicht getan. Der Krieg war sowieso bald zu Ende, wozu sollte man sich so kurz vor Schluss noch in Gefahr bringen? Aber gut, nun musste er die Sache so passabel zu Ende bringen, wie es eben ging. Immerhin war er als Funker nicht Teil des bewaffneten Kommandos. Denn ohne Waffen ging es natürlich nicht.

Es war überhaupt erstaunlich, wer alles mitmachte. Dabei kannte Michelsen die meisten nicht einmal. U-Bootkommandanten. Das konnte man sich denken. Sie liefen ja praktisch nur noch aus, um sich versenken zu lassen. Fregattenkapitäne. Das überraschte Michelsen viel mehr. Klassische Marine wurde vom Feind immer besonders ehrenvoll behandelt. Hatte er mehrfach mitbekommen. Sie hatten sogar selbst schon Matrosen aus dem Meer gefischt, nachdem sie deren Schiffe versenkt hatten. Engländer und Iren. Einige von ihnen hatten überlebt und waren in den Baracken im Unterland untergebracht, drüben am Kriegshafen. Zwangsarbeiter. Solange man sie eben brauchte.

Durch das Dachfenster konnte Michelsen Knaup die Straße raufkommen sehen. In Uniform. Immer gut. Auf Knaup war Verlass. Der gab sich keine Blöße. Er machte die Luke zu und lief nach unten, wo es keine zwei Minuten später klopfte.

»Heil Hitler, Kamerad Michelsen!« Knaup konnte das so zackig, dass sie ihn als Kadettenausbilder hätten einsetzen können.

»Heil Hitler! Komm rein, Knaup.« Michelsen trat einen Schritt zurück und ließ den Besucher durch. Kaum hatte sich die Tür geschlossen, nahm Knaup seine Kappe ab und blickte Michelsen tiefernst an: »Jetzt müssen wir es durchziehen, Conrad.«

»Was ist passiert?«

»Die Engländer haben den Inselkommandanten schon mehrfach aufgefordert, die Insel zu übergeben.«

»Sagt wer?«

»Sagt jemand, der es wissen muss.«

»Das heißt, wir haben jemanden beim Kommandanten sitzen?«

»Natürlich haben wir jemanden beim Kommandanten sitzen. Sonst hätten wir doch gar keine Chance!«

»Und?«

»Und das bedeutet, dass die Geduld der Engländer zu Ende ist. Wenn sie die Insel nicht so bekommen, dann werden sie sie sich holen.«

»Du denkst, sie werden hier landen?«

»Unsinn. Dafür sind wir hier doch viel zu unbedeutend. Es genügt völlig, uns zu vernichten.«

11

Sie hatten den Kleinen in Doktor Bauses Büro gesetzt, vermutlich weil es dort nicht so nach Klinik aussah. Auf der Fensterbank stand ein großes Modellschiff, ein Dreimaster mit grünem Rumpf, der Anna an die Rickmer Rickmers im Hamburger Hafen erinnerte. An den Wänden hingen Stiche von Windjammern. Doch der Junge guckte nur geradeaus und wackelte ganz leicht – man musste genau hinsehen – auf seinem Stuhl wie ein dementer alter Mensch. Anna hätte am liebsten gar nicht zu ihm geschaut, es graute ihr, wenn sie dieses Kind so sah. Aber sie wollte und musste Peter im Auge behalten. Wer unter Schock stand, war unberechenbar. Und dass es ein Schock war, war offensichtlich. Sie blickte auf die Uhr. Nun saßen sie schon fast zwanzig Minuten hier, ohne dass der Arzt aufgetaucht wäre. Was verständlich war, weil er ja operierte und die OP nicht gut unterbrechen konnte. Trotzdem zerrte die Situation an Annas Nerven. Immer mal wieder versuchte sie, den Jungen aus seiner Apathie zu reißen, indem sie scheinbar unbefangen redete. Als sei nichts gewesen. Als hätte Peter Michelsen mit seinen zehn Jahren keine anderen Probleme. »Hunger? Ich könnte uns was zu essen holen.« Keine Reaktion. Anna war nicht einmal sicher, dass er es gehört hatte. »Hast du schon das tolle Schiff da am Fenster gesehen? Ich bin sicher, das hat Doktor Bause selber gebastelt.« Er nahm sie gar nicht wahr. »Ich hab gehört, du spielst gerne Spiele auf dem Smartphone. Was magst du denn da so am liebsten?« Schweigen. Schweigen mochte er offenbar am liebsten. »Segelst du auch? So wie Nils?« Ein Zucken. Anna hätte sich ohrfeigen können. Den Jungen an seinen toten Bruder zu erinnern, wenn er sowieso schon unter Schock stand, war vollkommen bescheuert. Man musste keine Medizinerin sein, um das zu wissen.

Und dann ging endlich die Tür auf. Aber es war nicht Doktor Bause, der hereinkam, sondern Paul. Und Saskia, die ihre Sonnenbrille trug und damit aussah wie vom NYPD. Paul kam sehr behutsam näher, Saskia blieb an der Tür stehen. »Und?«, fragte er mit sanfter Stimme. »Wie geht es ihm?«

Anna seufzte. »Er spricht leider nicht. Komm mal.« Sie nahm Paul am Arm und schob ihn vor den Jungen. »Schau mal, Peter, das ist Paul. Paul Freitag. Er ist ein guter Freund.« Die Augen des Jungen schienen eine Winzigkeit zur Seite zu wandern, allerdings weg von Paul und Anna. Ein leichtes Flackern, mehr nicht. »Er ist bei der Polizei, wie ich. Wir sind da, um auf dich aufzupassen. Und natürlich auch auf alle anderen. Sprichst du mit uns? Peter?« Nichts. Peter Michelsen blieb stumm und starr. Und immer noch schien der Schrecken in seinem Kopf zu schweben. Anna blickte auf Paul und sah, wie er schlucken musste. Er dachte offenbar genau dasselbe wie sie: als hätte der Kleine in die Hölle geschaut. Was mochte ihn nur so verstört haben?

»Wir warten immer noch auf Doktor Bause«, erklärte Anna ihren Kollegen. »Er ist im OP. Ich hoffe, es dauert nicht mehr allzu lange.«

»Okay. Danke, Anna. Ich schlage vor, dann übernehmen wir jetzt hier. Du hast dir schließlich die halbe Nacht um die Ohren geschlagen.«

»Na ja, ich …«

»Nein, im Ernst, Anna. Ich brauche dich fit. Ruh dich aus. Leg dich für ein paar Stunden aufs Ohr und komm dann in die Station, wenn du erholt bist.«

Anna nickte. »Na gut.« Sie ging vor dem Jungen in die Hocke und blickte ihm in die Augen, die unverändert durch sie hindurchstarrten. »Ich gehe jetzt, Peter. Mach dir keine Sorgen. Es ist alles in Ordnung. Du bist in Sicherheit, und du bist bei Freunden. Wir passen auf dich auf. Und wir helfen dir.« Sacht berührte sie seine Hand und machte sich dann auf den Weg nach draußen.

An der Tür drehte sie sich noch einmal um. »Paul?«

»Ja?«

»Wo habt ihr sein Handy gefunden?«

»Jemand hatte es in den Postkasten am Binnenhafen geworfen.«

»Seltsam, oder?«

»Na ja. Jemand hat es gefunden und dachte, so würde es vielleicht seinem Besitzer wieder zugestellt.«

»Hm. Vielleicht.« Ehe sie das Klinikum verließ, wollte Anna aber doch noch einmal nach der Mutter des Jungen sehen. »Frau Michelsen?«, fragte die Frau am Empfang. »Liegt jetzt auf einhundertsiebzehn. Es ist aber keine Besuchszeit.«

»Für mich schon«, beschied Anna und nickte ihr freundlich zu. Einhundertsiebzehn. War das nicht das Zimmer, auf dem der alte Mann gelegen hatte, den sie hier hatte einliefern lassen? Und schon wieder die Siebzehn …

Sie hatten die Vorhänge zugezogen. Cornelia Michelsen lag im Halbdunkel und atmete ruhig. Sie schlief. Kurz überlegte Anna, ob sie sie wecken sollte, doch dann entschied sie sich dagegen und drehte sich wieder zur Tür. Gerade als sie sie hinter sich schließen wollte, hörte sie die Stimme der Frau: »Wie geht es meinem Sohn?«

Anna hielt inne, holte Luft und betrat wieder das Zimmer. »Peter? Er ist ... wir haben ihn gefunden.«

Die großen dunklen Augen der Frau starrten Anna an. Im Dämmerlicht des Zimmers wirkten sie noch größer, beinahe unwirklich. »Gefunden«, flüsterte sie.

»Es geht ihm ... Ihm fehlt nichts«, murmelte Anna. Körperlich, dachte sie. Körperlich ist er offenbar unversehrt. Doch sie sagte es nicht. Sie wollte nicht riskieren, dass die Frau, die offenbar den Schock überwunden hatte, sofort ins nächste Trauma fiel. Andererseits war es eine Lüge. Und eine Mutter hatte doch das Recht, zu erfahren, wie es um ihr Kind stand. Oder?

Frau Michelsen schien nicht zufrieden mit Annas Aussage. »Was meinen Sie damit, ihm fehlt nichts?« Sie richtete sich im Bett auf und war im Begriff, die Beine über die Kante zu schieben. »Warten Sie«, sagte Anna und trat auf sie zu. »Wir sollten die Schwester rufen.«

»Warum? Denken Sie, ich kann nicht aufstehen?«

»Sie stehen unter Schock«, erklärte Anna. »Da ist es nicht falsch, wenn man es langsam angehen lässt.« Schon hatte sie die Hand am Klingelknopf, doch Cornelia Michelsen hielt sie zurück. »Wo war mein Sohn?«

»Ich ... wir wissen es nicht.«

»Haben Sie ihn nicht gefragt?« Mit plötzlicher Energie stand sie aus dem Bett auf und stand nun vor Anna, einen halben Kopf größer und mit einem Blick, der erstaunliche Autorität ausstrahlte. Das Haar stand ihr wirr vom Kopf, was zusätzlich beeindruckend wirkte. Ihre grauen Augen durchbohrten Anna. Trotz des schwachen Lichts im Raum waren ihre Pupillen winzig. Vielleicht lag es an den Medikamenten.

»Er ist jetzt hier«, sagte Anna. »Und ich denke, es wäre vielleicht gut, wenn Sie mit mir kämen.«

»Hier? In der Klinik? Warum ist er dann nicht bei mir?« Cornelia Michelsen packte Anna am Arm. »Fehlt ihm irgendetwas? Was haben Sie mit meinem Sohn gemacht?«

Mit ruhigem, kräftigem Griff nahm Anna die Hand der Frau und entfernte sie von ihrem Arm. Stalin begann wieder zu rebellieren. »Ich habe ihn gesucht«, sagte sie sehr leise. So leise, dass die Mutter des Jungen erschrocken zurückwich. »Gesucht. Und gefunden. Wie ich schon sagte.«

»Und nun? Was ist mit ihm? Wo haben Sie ihn gefunden? Warum war er weg?«

»Ich kann Ihnen nicht sagen, warum er weg war. Ich kann Ihnen nur sagen, dass es Glück war, dass ich ihn gefunden habe. Auf dem Friedhof. Und dass er nicht mit mir spricht.« Sie hob die Arme in einer friedlichen, hilflosen Geste. »Mit niemandem, um genau zu sein. Aber ich hoffe, dass Sie ihn zum Sprechen bringen.«

Als sie Doktor Bauses Büro betraten, wirkte die Szenerie gespenstisch: Der Arzt hatte sich vor dem Jungen aufgebaut, links und rechts standen Paul und Saskia. Und in der Mitte saß, klein und verloren, Peter Michelsen, den Rücken so gerade, als wäre er an die Lehne gefesselt. Unwillkürlich musste Anna an einen elektrischen Stuhl denken. Ein Schluchzen entrang sich der Brust seiner Mutter. »Peter!«, rief sie und lief zu ihm hin, um ihn zu umarmen. Doch der Junge reagierte auch auf sie nicht.

»Wer hat …?«, setzte Doktor Bause mit all seiner Autorität an, doch Paul hob die Hand. »Anna? Ich brauche dich doch noch. Übernimmst du jetzt bitte die Wache?« Der Ton, in dem er es sagte, machte klar, dass er darüber nicht diskutieren würde. Anna nickte und verließ den Raum wieder. Sie glaubte ohnehin nicht, dass Peter etwas sagen würde. Er war ganz in sich verschlossen, als hätte sich seine Persönlichkeit in sein Innerstes zurückgezogen, um sich zu schützen. Die Frage war, wovor?

Plötzlich spürte Anna eine extreme Müdigkeit. Ihr ganzer Körper schien nach Schlaf zu schreien. Mühsam ging sie den Klinikflur hinab Richtung Ausgang. Neben ihr hielt ein Aufzug, die Türen glitten auf, und eine Trage wurde herausgeschoben, darauf ein Mensch – und wie Anna erst im letzten Moment erkannte: ein Mensch, der ganz mit einem grünen Tuch bedeckt war, eine Leiche. Die Stimme mit ihrem ausgeprägten schleswigschen Akzent kam Anna bekannt vor. »Sie sind noch da?« Einer der Männer von der Spurensicherung trat hinter dem Krankenpfleger, der die Trage schob, aus dem Lift.

»Wir sind so weit durch mit ihm. In einer Stunde geht unser Flug. Und Sie?«

»Auf dem Weg rüber zur Station. Ich meine, zur Polizeistation.« Sie versuchte ein Lächeln, was ihr schwerfiel angesichts der Tatsache, dass sie mit dem Kollegen aus Kiel hinter der Leiche von Nils Michelsen senior. herlief. Da lag er. Vorgestern hatte sie noch mit ihm gesprochen. Heute war er ein Gegenstand für forensische Untersuchungen. »Und? Haben Sie noch was rausgefunden?«

Der Mann schüttelte den Kopf. »Nee. Und wenn Sie mich fragen, kommt da auch nichts mehr raus. So ein Sturz kann das perfekte Verbrechen sein. Wenn man sich nicht erwischen lässt … Aber meist ist er eben doch bloß ein Selbstmord. Und dazu hatte der Gute ja genügend Anlass.«

»Finden Sie?«

»Das Kind tot. Die Frau macht ihn dafür verantwortlich …

Er selbst fühlt sich schuldig … Es haben sich schon Leute wegen weniger von der Klippe gestürzt.«

Anna seufzte. »Mag sein, ja.«

»Und dann gibt es ja auch immer noch die dritte Möglichkeit.«

»Ein Unfall.«

»Richtig. Der Mann ist mit dem Gelände nicht vertraut. Er tut einen falschen Schritt. Vielleicht hat er was getrunken …«

»Hatte er?«

»Nicht viel. Aber eben auch nicht nichts.«

»Und was geschieht jetzt mit dem Leichnam?«

»Nun.« Der Mann blieb stehen und zückte sein Handy. »Da es leider keinen Kühlraum für Leichen hier im Klinikum gibt, haben wir beschlossen, dass wir ihn ins Pathologische Institut der Uniklinik Kiel überführen. Was den Vorteil hat, dass wir dort auch gleich unsere weiteren Untersuchungen vornehmen können.«

»Nämlich was zum Beispiel?« Anna beobachtete, wie er eine Nummer tippte. Mit den Fingern, mit denen er vor Minuten noch eine Leiche untersucht hatte. Gepflegte Hände. Schöne Hände. Wie mochte sich seine Frau fühlen, wenn er sie streichelte, wenn er sie an den intimsten Stellen berührte? Mit diesen Händen, mit denen er …

»Spuren, die auf eine tätliche Auseinandersetzung hinweisen.«

»Die sprichwörtlichen DNA-Reste unter den Fingernägeln?«

»Zum Beispiel …« Er gab ihr mit einem Zeichen zu verstehen, dass er nun telefonieren müsse, und wandte sich von ihn ab. »Ja«, sagte er. »Schöller hier. Es geht um den Transport unseres Toten von Helgoland …«

Der Tote von Helgoland. Eigentlich der zweite Tote, dachte sie, innerhalb von drei Tagen. Das durfte, das konnte nicht sein. Sie war schon an der Tür, als sie sich noch einmal umwandte und an die Trage trat. Ihr war etwas eingefallen. Der Krankenpfleger musterte sie etwas befremdet. »Kann ich was für Sie tun?«

»Ja«, sagte Anna mit Blick auf seine Hände, die in Latexhandschuhen steckten. »Würden Sie bitte mal das Tuch für mich vom Gesicht heben?«

»Ich weiß nicht … Der Typ da …« Er deutete auf den telefonierenden Kollegen von der Spurensicherung.

»Aber *ich* weiß«, erklärte Anna. »Sie machen das jetzt. Das ist eine polizeiliche Aufforderung.«

»Okay«, sagte der Krankenpfleger lang gezogen und schielte noch mal zu dem Kriminalisten hin. Nachdem der aber ganz von seinem Telefonat absorbiert war, klappte er etwas widerwillig das Tuch zur Seite. Nils Michelsen hatte seinen Frieden gefunden. Wenn man von der Blässe absah, die wie von Papier wirkte, konnte man denken, er schliefe. Anna atmete durch. Sie hätte nicht zu sagen vermocht, was sie erwartet hatte, aber sicher Schlimmeres. Sie ging etwas näher ran und musterte das Gesicht des Verstorbenen. Dann sagte sie: »Und jetzt die Augen.«

Kielhorn stand mit zwei Rucksäcken an der Gangway und wartete darauf, dass die Passagiere endlich einsteigen durften. Hätte er nicht seine weiße Seglerkappe getragen, hätte Anna ihn aus der Ferne gar nicht erkannt. So aber war es wie ein Signal für sie. Ein Signal, das offenbar zum richtigen Zeitpunkt kam. Mit schnellen Schritten eilte sie auf die Fähre zu und erreichte Kielhorn gerade noch rechtzeitig, ehe er an Bord ging. »Entschuldigen Sie, könnten Sie bitte noch mal mit mir auf die

Polizeistation kommen?«, sagte sie statt einer Begrüßung, und es war mehr als deutlich zu hören, dass die Frage nicht als solche gemeint war.

»Hören Sie, ich bin am Einsteigen. Die Fähre legt in ein paar Minuten ab. Das ist jetzt kein guter Zeitpunkt«, erklärte der Regattaveranstalter unwirsch. »Außerdem habe ich Ihnen schon alles gesagt, was ich weiß.«

»Bestimmt finden wir noch ein paar Informationen, die für uns neu sind. Also bitte?«

»Tut mir leid, ich habe jetzt wirklich keine …«

»Mir tut es leid, Herr Kielhorn«, sagte Anna scharf und machte eine eindeutige Geste Richtung Polizeistation. »Sie werden eine andere Fähre nehmen müssen.«

»Wollen Sie mich etwa festnehmen? Dies ist ein freies Land!« Einige der anderen Passagiere beobachteten die Szene voller voyeuristischer Neugier.

»Das ist es, Herr Kielhorn. Und damit das so bleibt, müssen wir unsere Arbeit tun. Ungern würde ich Sie offiziell vorladen. Oder festnehmen …« Annas Stimme war leise geworden, Kielhorn blickte in ihre schmalen Augen und schien zu überlegen, welche Reaktion die für ihn positivste wäre. Dann seufzte er etwas zu theatralisch, ehe er seine beiden Rucksäcke über die Schulter warf und vor Anna her Richtung Polizeistation trabte.

»Warum wollen Sie uns denn schon verlassen?«, fragte Anna, als sie an ihrem Schreibtisch saßen.

»Brauche ich einen Anwalt?«

»Denken Sie, dass Sie einen brauchen?«

»Ich wüsste nicht, weshalb.«

»Dann sind wir schon zwei. Also: Warum wollten Sie uns schon verlassen?«

Kielhorn warf die Hände in die Luft und schnaubte vernehmlich. »Soll ich etwa auf dieser Möchtegerninsel bleiben? Ich habe noch ein paar andere Verpflichtungen ...«

»Die hätte Herr Michelsen auch gehabt.«

»Hören Sie, es tut mir leid, was da passiert ist. Aber ich kann nichts dafür und wüsste nicht ...«

»So kurz nach Herrn Michelsens Tod die Insel zu verlassen, das sieht schon seltsam aus, finden Sie nicht?« Anna nahm eine Akte zur Hand, irgendeine, die gerade in Reichweite lag, und klappte sie auf, als stünden darin bemerkenswerte Informationen, die mit dem Fall zu tun hätten.

»Wollen Sie damit andeuten, ich hätte was mit seinem Tod zu tun?«

»Sie wissen also, dass er ums Leben gekommen ist?«

»Ich, äh ... Jeder weiß das. Das ist doch rumgegangen. Ich bin doch nicht taub.« Kielhorn gab seine vorgeblich entspannte Haltung auf seinem Stuhl auf und setzte sich kerzengerade hin, ganz Konzentration, gemischt mit einer ordentlichen Portion Empörung.

»Vielleicht«, sagte Anna. »Vielleicht auch nicht. Es ist ja erst ein paar Stunden her. Wann haben Sie ihn denn zum letzten Mal gesehen?«

»Michelsen?« Kielhorn blies die Backen auf und ließ die Luft langsam heraus. »Vorgestern irgendwann.«

»Geht das genauer?«

»Vorgestern Abend.«

»Sicher, dass es nicht in der Nacht war?«

Kurz sah es aus, als wollte Kielhorn aufbrausen, doch dann zuckte er nur die Achseln und erklärte: »Es war auf jeden Fall vor dem Abendessen. Also vielleicht sechs Uhr.«

»Und wo war das?«

»Das war drüben am Nordosthafen. An der Stelle, an der wir die Weste gefunden hatten.«

»Was haben Sie dort gemacht?«

»Ich … Das geht Sie nichts an.«

»Und Herr Michelsen?«

»Was?«

»Was hatte er dort zu tun? Wissen Sie das?«

Kielhorn lächelte schräg. »Ich würde ja sagen, fragen Sie ihn das lieber selber. Aber das geht ja nun leider nicht.«

»Nein. Leider.« Anna stand auf. Sie klappte die Akte zu und ließ sie lässig auf ihren Schreibtisch fallen. Dann ging sie hinüber Richtung Teeküche. »Möchten Sie ein Glas Wasser?«, fragte sie den Veranstalter, der plötzlich zu schwitzen angefangen hatte.

»Nein, danke. Ich würde lieber gehen, wenn wir hier fertig sind.« Er drehte sich um und versuchte zu erkennen, ob die Fähre schon abgelegt hatte.

»Die ist weg«, sagte Anna, als sie wieder an ihren Schreibtisch trat. Es war immer gut, bei einer Befragung dem Gegenüber das Gefühl zu geben, man könne seine Gedanken lesen. Ihr Ausbilder auf der Polizeischule hatte dieses Talent zur Kunst erhoben und Anna gelegentlich ermutigt, doch eine Karriere bei der Kripo ins Auge zu fassen. Angesichts der Vorkommnisse auf dieser vermeintlich verschlafenen Insel war es wohl ein Fehler gewesen, diesem Ratschlag nicht zu folgen. »Nun«, sagte sie. »Erzählen Sie mir von Ihrem Treffen mit Herrn Michelsen. Was haben Sie besprochen? Worum ging es?«

»Für mich ist die Frage eher: Worum geht es hier?« Kielhorn war ungehalten und hatte Mühe, sein Temperament im Zaum zu halten.

»Hier geht es darum, dass es unsere Aufgabe ist, den Fall aufzuklären. Auch wenn es ein Selbstmord gewesen wäre, müssten wir die näheren Umstände eruieren. Ebenso bei einem Unfall. Also interessiert es mich, wie Herr Michelsen seine letzten Stunden zugebracht hat, was ihn beschäftigt hat und wer ihn zuletzt gesehen hat. Und in welchem Zustand.«

Seufzend lehnte Kielhorn sich wieder zurück. »Okay. Als ich ihn gesehen habe, war er ziemlich aufgeräumt. Ich meine, hey, er hatte gerade zwei Tage zuvor sein Kind verloren. Dafür sah er meiner Meinung nach ziemlich gefasst aus.«

»Und hat auch so gesprochen?«

»Doch, ja. Schon.«

»Worüber?«

»Hören Sie, das weiß ich doch heute nicht mehr.«

Anna lehnte sich vor und sah ihm genau in die Augen. »Doch«, sagte sie. »Das wissen Sie durchaus. Sie müssen bloß wollen. Dann können Sie sich auch erinnern. Also? Sie haben sich vermutlich begrüßt. Und dann?«

»Dann hab ich ihn gefragt, wie es ihm geht.«

»Und was sagte er?«

Kielhorn grinste verhalten. »Er sagte: Fragen Sie mich nicht.«

»Haben Sie ihn gefragt, was er am Hafen macht?«

»Er hat mich gefragt, wo genau wir die Rettungsweste gefunden haben.«

»Und Sie haben ihm die Stelle gezeigt?«

»Klar. Wir standen praktisch direkt davor.«

»Hm.« Anna zögerte kurz. »War er zuerst da, oder waren Sie zuerst vor Ort?«

»Er war zuerst da.«

»Er stand schon an der Stelle, die Sie ihm zeigen sollten?«

»Mja, gut, das war natürlich Zufall.«

»Zufall. Vermutlich.« Eine kleine Pause. »Wie hat er reagiert?«

»Er hat sich die Stelle angesehen. Ist in die Hocke gegangen und hat auf die Felsen geguckt. Und geschwiegen.«

»Und dann?«

»Dann hat er mir die Hand gegeben und ist gegangen.«

»Ohne Gruß?«

»Keine Ahnung, echt. Wer kann sich denn an so was erinnern.« Kielhorn schüttelte den Kopf.

»Dafür, dass Sie behauptet hatten, Sie könnten sich an gar nichts erinnern, war das doch schon eine ganz gute Geschichte.« Anna musterte Kielhorn und lächelte leise. »Seine Frau war nicht dabei?«

»Frau Michelsen? Nein. Keine Ahnung, wo die war.«

»Haben Sie ihn danach noch einmal gesehen?«

»Nein.«

»Und seine Frau?«

Kielhorn schüttelte den Kopf. Hatte er gezögert? Anna ließ eine kurze Zeit verstreichen, ehe sie fragte: »Und seinen Sohn?« Da war nur eine kurze Irritation Kielhorns, die zeigte – oder zeigen sollte –, dass er bei der Frage nicht automatisch an Peter dachte, sondern an den verunglückten Jungen. »Sie meinen den anderen«, sagte der Veranstalter leise. »Nein. Den habe ich wohl auch nicht mehr gesehen.«

»Wohl?«

Kielhorn schien in sich hineinzuhorchen. »Es gab da einen Augenblick … Ich war am Vorhafen, wo wir unser Material verladen haben, um noch ein paar letzte Dinge zu erledigen …«

»Und?«

»Da dachte ich kurz, ich würde Nils zwischen zwei Booten sehen, die dort vor Anker lagen.« Kielhorn schüttelte den Kopf. »Was natürlich Unsinn war, denn der Junge ist zweifellos tot. Aber vielleicht war's ja sein Bruder. Wie heißt er noch mal?«

»Peter.«

»Richtig. Wer nennt heute noch seinen Sohn Peter.«

»Haben Sie ihn angesprochen?«

»Den Jungen? Nein. Ich hatte zu tun. Weshalb sollte ich ihn ansprechen.« Kielhorn faltete die Hände. »Sind wir langsam fertig?«

»Wir sind fertig, Herr Kielhorn«, sagte Anna und stand auf. »Ich hätte nur noch eine Bitte.«

Auch der Veranstalter erhob sich und griff nach seinen Rucksäcken. »Und zwar?«

»Ich hätte gerne alle Bilder und Filme, die Sie von der Regatta gemacht haben. Und auch die Mitglieder Ihrer Crew.«

»Im Ernst jetzt? Die sind mein Privateigentum.« Kielhorn schüttelte ungläubig den Kopf. »Ich brauche die auch! Wir arbeiten schließlich damit und …« Plötzlich schien ihm etwas einzufallen. »Sie können sich viele davon auf unserer Facebookseite anschauen. Oder auf der Homepage.«

»Das werde ich, Herr Kielhorn. Aber alles, was dort nicht ist und bei Ihnen vielleicht noch existiert, bräuchte ich ebenfalls.«

»Ich habe meine Zweifel, ob Sie das überhaupt dürfen.« Kielhorn blickte sie herausfordernd an.

»Zu Recht, Herr Kielhorn, zu Recht. Aber darum geht es nicht.«

»Ach so? Sondern?«

»Sondern darum, ob Sie uns behilflich sind, die beiden schrecklichen Vorfälle aufzuklären. Und ich bin sicher, Sie werden uns behilflich sein. Denn es wäre ganz schlechte Publicity für Sie, wenn Sie es nicht wären.«

17. April, 23.01 Uhr, Nordosthafen

Gewitterwolken hingen über der Insel. Den ganzen Tag schon. Jetzt waren sie nicht zu erkennen, aber man konnte sie förmlich spüren. Die Boote der Biologischen Anstalt waren schwer auszumachen gegen das schwarze Meer. Es wäre leichter gewesen, wenn auf der Düne Lichter gebrannt hätten. In der absoluten Finsternis der Verdunklung aber lag Helgoland – und damit seine Häfen – so unsichtbar in der Nordsee, dass es selbst auf dem Felsen kaum möglich war, die eigene Hand vor Augen zu sehen. Der Vorteil war, dass Trönjes ebenso unsichtbar blieb.

Zwei Boote. Und zwar die ganz außen, ganz vorne an der Mole. Das hatte zwar den Nachteil, dass Trönjes das Zeug weiter schleppen musste. Aber so war er auch weiter weg von den Gebäuden, und niemand würde ihn hören oder das Licht seiner Taschenlampe sehen, die er nun einmal brauchte, um die Sache überhaupt erledigen zu können.

Als er davor stand, war die Hafenmole deutlicher zu erkennen. Fast schon zu deutlich. Wenn er die Umrisse der Mauer so klar sah, dann konnte man auch seine Umrisse deutlich sehen. Trönjes blickte nach oben. Gebe Gott, dass die Wolken nicht aufbrachen. Mondlicht wäre wahrscheinlich sein Tod gewesen. Er hatte hier nichts zu suchen, absolut nichts. Er überlegte, ob er sich auf den Boden legen und zu den Booten hinrollen sollte. Aber mit seiner Ausrüstung würde das nichts. Außerdem dauerte es zu lange. Nein, es musste schnell gehen.

Und schnell ging es. Nachdem er die Schuhe ausgezogen und hinter einem Poller verborgen hatte, huschte er völlig lautlos und blitzschnell über den Kai und kauerte sich dann beim vorletzten Boot zusammen, sodass man ihn aus der Ferne für einen Holzpflock halten mochte, falls jemand wirklich überhaupt bis hierhin schauen konnte. Gerne hätte er die Kennung des Bootes geprüft, doch es war einfach zu dunkel. Mit zitternden Knien stieg er hinüber auf den Kahn, ein zwölf Meter langes Holzboot, das in seiner Grundform den Börtebooten glich, mit denen bis zum Ausbau des Hafens in den letzten Jahren Besucher der Insel von ihren Schiffen angelandet waren. Trönjes duckte sich und tastete sich bis zur Tür der Kabine vor, dann nestelte er die Schlüssel aus seiner Tasche. Schon beim ersten Versuch, das Schloss zu öffnen, fiel ihm der Schlüssel runter und war weg. Innerlich fluchend, kniete Trönjes sich hin und suchte die Planken Zentimeter für Zentimeter ab. Doch der Schlüssel blieb unauffindbar.

Am Hafen blitzte ein Licht auf. Jemand trat aus einem der Häuser. Er trug eine Lampe mit sich. Ging an der inneren Hafenmauer entlang und blieb dann am Ende des Kais stehen. Drehte sich um. Blieb abermals nach wenigen Schritten stehen und kam zurück. Trat auf die Mole und kam zögernd ein Stückchen auf Trönjes' Position zu. Doch dann leuchtete er mit seiner Lampe auf den Boden – und entfernte sich wenige Augenblicke später, um schließlich wieder in dem Haus zu verschwinden, aus dem er gekommen war. Trönjes ließ die Luft aus seinen Lungen entweichen und wischte sich über die schweißnasse Stirn. Das war gerade noch einmal gut gegangen. Er zog vorsichtig einen Schraubenzieher aus seiner Jackentasche und setzte ihn an der Kabinentür an. Mit einer Hand packte er den Türgriff, mit der anderen zwang er das Werkzeug in den Spalt. Im nächsten Moment war der Zugang zur Kabine frei, und Trönjes kletterte hinein.

12

Die Besprechung verlief in gedämpfter Stimmung. Paul schien noch immer von dem Termin im Klinik-OP deprimiert, Saskia hatte sich entschieden, zu schweigen und literweise Kaffee zu trinken. Annas Bericht von ihrem Gespräch mit Kielhorn stieß auf Skepsis. »Denkst du wirklich, wir sollten hier die Kriminalisten rauskehren?«, fragte Paul mit Blick auf die Notizen, die ihm Anna hingeschoben hatte.

»Dazu müssen wir keine Kriminalisten sein. Wenn der Verdacht besteht, dass eine Straftat vorliegt …«

Der Dienststellenleiter seufzte. »Ich finde, du zäumst das Pferd von hinten auf. Hier liegt offensichtlich ein tragisches Unglück vor, dem ein weiterer tragischer Todesfall gefolgt ist: Der Junge ist verunglückt, worauf sich der Vater das Leben genommen hat. Im Ernst, wo soll da die Straftat sein? Es gibt einfach keinen Hinweis auf irgendeine Unregelmäßigkeit. Und das ist hier Helgoland, nicht Bogotá. Und auch kein Sherlock-Holmes-Krimi.«

Anna nickte. »Stimmt«, sagte sie. »Und ich bin die Erste, die sich darüber freut, wenn wir nichts rausfinden. Aber die Kollegen von der Kripo hätte ich nicht gerne hier. Nur weil wir unseren Job nicht gemacht haben.«

»Hm.« Das schien Paul einzuleuchten. »Das wäre natürlich unangenehm«, murmelte er. »Dann hätten wir auch noch die Presse am Hals.« Die Vorstellung schien ihn am meisten zu schockieren. Anna konnte es ihm nachfühlen. Die Erfahrungen der kleinen Polizeidienststelle Helgoland mit der Presse waren nicht die positivsten gewesen – und sie hatten sich auf einen Fall bezogen, in den sie beide, Anna und Paul, involviert gewesen waren. Ein paar Monate war das her, und es hatte zu einer unangenehmen Prominenz geführt. So etwas wie Katastrophentourismus hatte sich auf der Insel eingefunden, und mehr als einmal waren die beiden vor der Station fotografiert worden, getreu dem Motto: mein Selfie mit der beinahe ermordeten Polizistin.

»Also?«

»Gut«, stellte Paul fest und reichte ihr die Notizen zurück. »Du übernimmst das.«

»Ich übernehme was?«

»Den Fall. Als Ganzen. Du sprichst mit den Leuten und klärst die näheren Umstände. Schreibst einen Bericht und bringst die Sache zu einem Ende.«

Das kleine Glucksen der Kollegin mit dem Kaffee konnten beide nicht überhören. »Saskia unterstützt dich, wo du sie brauchst«, ergänzte Paul. Saskia Bernekings Grinsen erstarb.

Die Hitze schlug ihr wie eine Faust ins Gesicht. Seit gestern wehte auch kein Wind mehr. Die totale Windstille machte die Sonne vollends unerträglich. Am liebsten wäre Anna an Ort und Stelle aus ihren Kleidern geschlüpft und ins Wasser gesprungen. Eigentlich verrückt, umgeben vom Meer zu leben und kaum jemals zu schwimmen. Praktisch nie. Seit sie wieder hier war, war sie kein einziges Mal an den Strand gegangen – außer in Uniform und in dienstlicher Angelegenheit.

Am Hafen wimmelte es von Touristen. In diesen Tagen ging es der Wirtschaft auf Helgoland gut, und das war wichtig, denn in einigen Wochen schon würde das Klima wieder rauer und die Besucherzahlen würden rapide abnehmen. Wer auf der Insel sein Geld mit dem Tourismus verdiente – und das waren, von den öffentlichen Einrichtungen abgesehen, so gut wie alle –, der musste jetzt Kasse machen, um übers Jahr zu kommen.

Anna schlug den Weg nach Hause ein. Sie musste sich umziehen, ihre Dienstkleider waren völlig durchgeschwitzt. Sie wählte die Nummer von Nele Steenkamp an. »Dora hier«, meldete sich die Mailbox mit lasziver Stimme. »Du kannst mir gerne eine Nachricht hinterlassen. Mach es mir nach dem Pfeifton.«

»Hübsche Ansage«, sprach Anna auf Band, ohne den Sarkasmus in ihrer Stimme zu unterdrücken. »Ich dachte, wir gehen vielleicht zusammen was essen. Wenn du magst.« Sie zögerte. »Und wenn du nicht besetzt bist.«

Sie steckte das Handy weg und stapfte den Klippenrandweg hoch zum Oberland. Sie würde sich noch einmal die Stelle ansehen, an der Nils Michelsen senior zu Tode gekommen war. Hatte eigentlich jemand Fotos gemacht?

Die Grasbüschel auf dem roten Felsen waren völlig von der Sonne verbrannt. Was noch an Leben in den traurigen Resten war, trampelten die Touristen tot. Anna wischte sich den Schweiß von der Stirn, blieb kurz stehen und lauschte auf Stalin, der sich irgendwo in den Hinterkopf zurückgezogen hatte und auf einen neuen großen Auftritt lauerte. Das Handy klingelte.

»In einer halben Stunde bei Henry?«, fragte Nele.

»Ich weiß nicht. Ihr seid ein bisschen anstrengend, ihr beide.«

Nele lachte, und Anna konnte hören, wie sie den Rauch ihrer Zigarette dabei stoßweise durch ihre Lippen blies. »Keine Sorge«, sagte sie hörbar amüsiert. »Der ist jetzt wieder für einen Monat oder so bedient.«

»Hm. Okay. Ich geh mich rasch duschen, dann komm ich hin.«

»Fein. Ich auch.«

Als Anna den Anruf beendete, trat sie wieder auf die Stelle zu, an der das Unglück geschehen war. Hier war Nils Michelsen in die Tiefe gestürzt und ums Leben gekommen. Gab es Spuren, die irgendeinen Schluss zuließen? Die rote Erde, auf der sie stand, war bröckelig, die Grasbüschel dürr. Ein paar Federn hatten sich darin verfangen, Mauser von den vielen Seevögeln, die in den Klippen nisteten. Anna machte ein paar Aufnahmen von den vier oder fünf Quadratmetern rund um die mutmaßliche Absturzstelle. Eigentlich gab es hier einen Zaun, der aber nur aus zwei dünnen Stahlseilen bestand und einem kippenden Körper nicht unbedingt den nötigen Widerstand bot, um einen Sturz zu verhindern. Fahrlässig. Wenn man zu nah an den Rand trat … Anna schob sich ganz nach vorne, beugte sich ein wenig über das Seil, blickte in den Abgrund. Unten konnte sie noch die Absperrbänder erkennen, mit denen der Fundort von Michelsens Leiche gesichert worden war. Ein paar kleine Steinchen kullerten über die Kante und fielen in die Tiefe. Wenn er unfreiwillig gefallen wäre, hätte er dann nicht geschrien, dachte Anna. Und wenn er geschrien hätte, hätte ihn dann jemand gehört? Morgens um drei oder vier Uhr? Oder war er bereits bewusstlos, als er fiel? Hätte er geschrien, wenn er absichtlich gesprungen wäre? Oder wäre er schweigend gefallen? Diese und unzählige weitere Fragen gingen Anna durch den Kopf, während sie in der brütenden Mittagssonne stand und versuchte, Nils Michelsens Tod nachzuvollziehen.

Von jenseits des Leuchtturms kam eine einsame Gestalt auf sie zu. Anna versuchte zu erkennen, wer es war. Touristen kamen normalerweise in Gruppen, wenigstens zu zweit, oft auch in ganzen Rudeln. Ein einzelner Dünenwanderer war in der Regel ein Insulaner. In dem Fall jedoch hatte sie sich getäuscht: Sie kannte den Mann nicht, nicht einmal vom flüchtigen Sehen. Er trug eine Umhängetasche und beschattete sein Gesicht mit einem Strohhut. In einiger Entfernung blieb er stehen und sah zu ihr herüber. Anna wartete einige Augenblicke, doch er kam nicht näher. Eine eingehende Textnachricht lenkte sie ab: *Bin in zehn Minuten da. Nele.* Als sie wieder aufblickte, war der Mann verschwunden.

»Und du hast ihn *wo* gefunden?«

»Auf dem Friedhof.«

»Wie gruselig.« Nele Steenkamp schüttelte sich.

»Das war es wirklich«, sagte Anna, den Südhafen im Blick, in dem einige Boote dümpelten. Es war inzwischen so windstill, dass die Segler alle drinnen blieben. Mit dem Motor durch die Deutsche Bucht zu tuckern, machte keinen Spaß, wenn man einen Mast über dem Deck hatte. Das Bild des Jungen schob sich vor ihr inneres Auge. Sein starrer Blick, der offene Mund. »Er sah aus, als hätte er … ich weiß nicht … das Haupt der Medusa erblickt.«

»Das Haupt der Medusa? Bist du jetzt unter die Dichterinnen gegangen?« Anfangs hatte Anna den spöttischen Zug gehasst, der Neles Lippen öfter umspielte. Doch inzwischen war ihr dieser Gesichtsausdruck irgendwie sympathisch geworden. Er war so ungekünstelt, so frei. Keine Diplomatie. Nur eine ehrliche Reaktion. »Kennst du die Geschichte? Medusa war ein Ungeheuer mit Schlangenhaaren und Feueraugen. Wer sie ansah, wurde zu Stein. So ungefähr jedenfalls.«

Nele Steenkamp nickte. »Kennt man, die Geschichte. Der Junge war also … ja was … paralysiert?«

»Ja, vielleicht war er das.« Anna trank ihr Glas in zwei großen Zügen leer und schenkte sich nach.

»Heute kein Bier?«

»Für mich nicht. Mich macht die Hitze gerade etwas fertig. Da kann ich keinen Alkohol brauchen.«

»Sehr vernünftig«, stellte die Hure fest und hob ihr Glas auf die Freundin. »Da bleib ich mit meinem Bier allein.« Sie schob das Gemüse auf ihrem Teller ein wenig hin und her. »Aber von Appetit kann bei den Temperaturen auch keine Rede sein.« Sie blickte auf Annas Teller. »Möchtest du meinen Knieper?«

»Lass mal, ich bin satt.«

»Und was machst du jetzt?«

»Wenn's nach Paul geht, machen wir Dienst nach Vorschrift.«

»Heißt?«

»Wir sprechen mit ein paar Leuten, schreiben ein paar Berichte, schicken sie nach Pinneberg und Kiel und schließen dann die Akte.«

»Wie jetzt, schließen?« Nele Steenkamp richtete sich auf ihrem Stuhl kerzengerade auf. »Der Fall stinkt doch zum Himmel.«

»Tut er das? Vielleicht hat Paul recht. Ein Junge kommt bei einem tragischen Unfall ums Leben. Sein Vater ist verzweifelt und bringt sich nach zwei Tagen um.«

»Und der andere Junge?«

»Steht unter Schock. Ist das nicht verständlich?«

Nele Steenkamp schob ihren Teller zur Seite und beugte sich vor. »Und das alles geschieht in einer einzigen Familie. Innerhalb von ein paar Tagen. Und es gibt keine Zeugen. Keiner hat gesehen, was mit dem ersten Jungen geschehen ist. Keiner hat gesehen, was mit dem Vater passiert ist. Keiner hat gesehen, was mit dem anderen Jungen war … Und du sagst, das ist verständlich? Im Ernst jetzt? Und morgen fällt die Mutter tot um, und das ist dann auch verständlich, oder?«

»Deshalb untersuchen wir es ja.«

»Mit Dienst nach Vorschrift.«

»Du kannst sicher sein, dass ich keinen Dienst nach Vorschrift mache.«

»Was du über Paul gesagt hast, klingt für mich aber genau danach.« Sie lehnte sich wieder zurück und verschränkte die Arme unter ihren ziemlich spektakulären Brüsten. Vom Nachbartisch glotzten ein paar Touristen zu ihnen herüber.

»Nicht so laut, Nele, bitte«, flüsterte Anna mit einem unauffälligen Blick zur Seite.

»Keine Angst. Wenn die mich ansehen, hören die gar nicht mehr, was ich sage.« Die Hure holte ihre Zigaretten aus der Tasche und steckte sich eine an. »Was habt ihr eigentlich mit dem Jungen gemacht?«

»Mit Peter? Der ist in der Klinik. Doktor Bause kümmert sich um ihn.«

»Bause? Sag, dass das nicht wahr ist.«

»Wieso? Der Junge steht unter Schock. Er braucht Betreuung. Und der Klinikchef hat sich bereit erklärt, bis zum Eintreffen einer Kinderpsychologin …«

»Er betreut den Jungen? Persönlich? Bause?«

»Du sagst das, als wäre es …«

»Ist es!«, unterbrach Nele Steenkamp ihre Freundin. »Ist es, Nele. Es ist eine Katastrophe. Du kannst doch Bause nicht einen kleinen Jungen anvertrauen. Noch dazu einen, der an einem Trauma leidet.«

»Aber wieso …«

»Weil er ein Psychopath ist.«

»Bause?«

»Ein gemeingefährliches Arschloch.« Wieder guckten die Männer vom Nebentisch. Diesmal schienen sie durchaus die Worte wahrgenommen zu haben.

»Hör mal, das kannst du doch nicht …«

»Und ob ich das kann, Anna. Du hast ja keine Ahnung, wie gut ich den Typen kenne.« Ihre Augen funkelten über den Tisch.

»Bause? Du meinst, du kennst ihn, weil …« Anna beendete den Satz nicht, und Nele Steenkamp musste sie auch nicht unterbrechen. Das Unausgesprochene stand beredt zwischen ihnen. Die Hure nickte nur ganz leicht und blies den Rauch in die Luft. »Allerdings«, sagte sie dann leise, und ihr Blick sprach von Dingen, die sie lieber nicht in Worte fassen wollte.

17. April, 23.38 Uhr, Nordosthafen

Die Lampe verbreitete eine ungeheure Hitze unter dem schwarzen Überwurf. Trönjes hatte seine dunkelste Jacke genommen und sie über sich selbst und das Funkgerät gebreitet. Die Teile waren gut verbaut auf den Booten, standen nicht nur da und konnten einfach so mitgenommen werden. Natürlich, sie sollten ja gesichert sein und nicht beim ersten stärkeren Seegang durch die Kabine fliegen. Trotzdem wünschte Trönjes, er hätte mehr Zeit und vor allem besseres Licht gehabt. Aber es ging auch so. Auch wenn es sich anfühlte, als hätte er die ganze Nacht da drinnen geschraubt, war er kaum zwanzig Minuten später mit der kompletten Anlage wieder auf Deck, zerlegt in zwei Teile, die er nun nur noch unbemerkt rüber zu Hagedorn bringen musste. Der hatte einen Teil des Kohlenkellers leer geräumt und hinter einem Vorratsregal verborgen. Zwar konnten kaum zwei ausgewachsene Männer in dem geheimen Winkel stehen, doch für ihre Zwecke genügte es. Vor allem mussten sie jetzt schnell machen. Erstens, weil sie den Engländern zuvorkommen mussten. Zweitens, weil jede Minute, die sie länger an ihrem Plan arbeiteten, die Minute sein konnte, in der sie entdeckt wurden.

Trönjes war nicht besonders gläubig. Aber als er wieder auf die Mole sprang, unter jedem Arm eines der Bauteile der Funkanlage, schickte er innerlich ein Stoßgebet gen Himmel. Und es wurde erhört. Er stürzte nicht ins Wasser, und auch die Gerätschaften fielen nicht zu Boden. Er schlug sich lediglich beide Knie auf, als er mit dem gesamten Gewicht nach vorne kippte. Aber das war es wert. Alles war es wert: sogar dass sie ihn erwischten und aufhängten – solange nur der Plan gelang. Die Insel musste den Engländern in die Hände fallen; sie musste! Denn wenn es einen Frieden gab und die Insel unter der Herrschaft der Nazis blieb, würden sie alle genauso als Hochverräter verurteilt und hingerichtet werden. Und vorher würde ihnen die Gestapo bei lebendigem Leib die Haut vom Leib ziehen. Trönjes hielt inne: Hatte er ein Husten gehört? Er blieb stehen und lauschte. Da! Schritte. Jemand kam auf ihn zu. Es mussten zwei Menschen sein. Trönjes sah sich um, doch da war nichts, was ihm hätte Schutz bieten können. Dann war es wieder still. Bis auf einmal, ganz nah bei ihm, jemand sagte: »Drehen wir lieber um, bevor wir noch ins Wasser fallen. Es ist ja wirklich stockfinster heute.«

»Ja«, pflichtete eine zweite Stimme bei. »Das passt zur ganzen Situation.«

»Höre ich da Defätismus raus?«

»Da muss es erst mal was zu zersetzen geben. Aber das ganze Reich ist doch längst ein Scherbenhaufen. Ich warte nur noch, dass uns der Engländer ins Jenseits bombt.«

»Warum sollte er das tun? Helgoland ist keine Gefahr.«

»Die U-Boote?«

»Laufen schon gar nicht mehr aus. Und der Rest der Flotte ist entweder versenkt oder nicht mehr einsatztauglich.«

»Ob die das wissen?«

»Die wissen vermutlich mehr, als wir glauben.« Die Stimmen entfernten sich langsam wieder. »Aber du hast schon recht, nach allem, was die Nazis den Engländern angetan haben, würde es mich nicht wundern, wenn sie mal ein bisschen Rache nehmen.«

»Das waren nicht nur die Nazis, mein Lieber. Das waren die Deutschen, ob du willst oder nicht. Und es wird meiner

Meinung nach nicht bei einem bisschen Rache bleiben. Gnade uns Gott.«

»Behalte du mal deine Meinung lieber für dich, bis das alles hier vorbei ist …«

Trönjes wartete ein paar Minuten, dann ging er zügig, aber nicht hastig über den Kai und blieb neben dem ersten Poller stehen, um seine Schuhe wieder anzuziehen. Doch die waren verschwunden.

13

Kielhorn hatte geliefert. Schneller, als Anna erwartet hätte. Als sie ihre E-Mails abrief, waren gefühlt eine Million Bilddateien eingegangen. Nicht nur von Kielhorn. Auch – und vor allem – von dem von ihm beauftragten Fotografen. Wobei Kielhorns eigene Schnappschüsse wesentlich interessanter waren als die Action- und Abenteuerfotos des Profis. Letztere waren auf Hochglanz getrimmt. Überall lachende Gesichter oder Jungs mit funkelnden Augen oder zusammengebissenen Zähnen, wie sie den Wellen trotzten. Kleine Helden, gemacht für den Stolz von Eltern. Die Bilder von Kielhorns Handykamera dagegen zeigten vor allem allgemeine Szenen. Die Kinder mit den Booten beim Wassern, die Eltern beim Anfeuern, Helfer im Einsatz. Selfies mit dem Gewinner. Mit dessen Eltern. Mit dem Bürgermeister. Impressionen vom Hafen. Blick hinüber zur Düne. Das Fallersleben-Denkmal. Der Leuchtturm mit dem Funkturm im Hintergrund. Bilder von der Regatta. Begleitboote, weiße Segel im Wind, begeisterte Zuschauer auf der Landungsbrücke. Ein paar alte Fischerboote, vermutlich längst nicht mehr im Dienst. Zwei Fotos von Saskia … Anna hielt inne. Was hatte ihre Kollegin in den Handyfotos von Kielhorn zu suchen? Das waren auch keine Schnappschüsse, auf denen sie zufällig drauf war oder doch zumindest ohne es zu wissen. Sie lachte in die Kamera mit ihren blendend weißen Zähnen, das blonde Haar im Wind, als würde sie für ein Segler-Magazin posen. Anna notierte sich die Nummer der Fotos und klickte sich weiter voran, um noch ein paar Bilder von der Siegerehrung zu sehen – und eine ganze Menge Aufnahmen von der Suche nach Nils. Die Fotos hatten plötzlich einen anderen Charakter. Sie waren ganz offensichtlich nicht mehr in einem Zustand von Euphorie aufgenommen worden, wie so vieles andere, sondern um etwas festzuhalten, was auf diffuse Weise wichtig war.

Anna ging alle Dateien noch einmal rückwärts durch. Auf acht Bildern war auch Nils Michelsen drauf. Auf vier, fünf weiteren Aufnahmen meinte Anna, das Boot des Jungen zu erkennen, war sich aber nicht sicher. Einmal lag es so schräg über dem Wasser, dass die Kennzeichnung des Boots nicht auszumachen war. Aber der Haarschopf, die Schuhe … das mochte der kleine Michelsen sein. Und auf einem der Fotos kam eine der Schaluppen gerade hinter einem alten Fischerboot hervor. Man sah nur den Bug und einen Zipfel des Segels, aber Anna war sich sicher, dass es Nils war, der hier in der Zielgeraden lag. Das hieß: wenn er in der Situation überhaupt noch in seinem Boot saß. Denn mehr oder weniger genau zum Zeitpunkt dieser Aufnahme musste der Junge verschwunden sein. Kielhorn kann schon mal nichts damit zu tun haben, schoss es Anna durch den Kopf, sonst hätte er nicht gleichzeitig das Foto machen können. Sie verscheuchte den Gedanken: Niemand konnte den Jungen entführt haben, jedenfalls nicht aus seinem Boot. Denn das war gerade mit ordentlichem Tempo auf der Nordreede zwischen der Hauptinsel und der Düne unterwegs und schoss Richtung Zieleinfahrt. Nein, das Geheimnis von Nils' Verschwinden musste andersgeartet sein. Anna hatte nur keine Idee, wie.

Sie speicherte alle Bilder ab, die ihr irgendwie interessant erschienen – und die beiden Fotos von Saskia. Schon interessant, dass er sie fotografiert hatte … Auch diesen Gedanken schob

Anna beiseite. Unwichtig. Außerdem ging es sie nichts an. »Und? Schon eine heiße Spur vom Regattamörder?«, fragte Saskia, die plötzlich neben ihrem Tisch stand und ihr über die Schulter blickte.

»Klar«, sagte Anna. »Hier ist er.« Sie konnte es sich nicht verkneifen und rief eins der Bilder von ihrer Kollegin auf.

Tatsächlich hatte es der jungen Kollegin für einen Moment die Sprache verschlagen. Doch dann sagte sie lässig: »Nettes Bild. Schick es mir.«

»Das sind Aufnahmen, die wir dienstlich zur Verfügung gestellt bekommen haben, Saskia.« Anna machte es Spaß, sie ein wenig zu reizen. »Ich kann die nicht einfach fürs private Fotoarchiv überlassen.«

»Ich bin drauf, oder? Also ist es mein Foto. Schon mal was vom Recht am eigenen Bild gehört?« Mit Bürokratismus konnte man Saskia auf die Palme bringen. Gut zu wissen, dachte Anna. »Schon mal was von Urheberrecht gehört?«, erwiderte sie und schloss die Datei. »Und jetzt stör mich nicht weiter, ich bin am Sichten und Bewerten.«

Saskia schob ab, wobei sie den charakteristischen Hüftschwung nicht vergaß. Klar, sie sah besser aus als Anna und so ziemlich jede andere Frau auf diesem winzigen Eiland. Aber Anna hatte damit eigentlich kein Problem. Es war eher die Art, wie Saskia es sich raushängen ließ und damit umging. Vermutlich war es nicht einmal das. Vermutlich war es ... Anna zwang sich, sich wieder auf die Arbeit zu konzentrieren. Es gab auch noch ein paar kurze Videosequenzen in Kielhorns Dateien. Auf einer waren die Zuschauer am Zieleinlauf zu sehen. Einige davon erkannte Anna wieder: Doktor Strecker mit seiner neuen Frau, Henry, Frau Geest (ohne ihren alten Vater), Kollege Wachtholz vom Zollamt, mit dem sie einmal im Monat eine Pokerrunde abhielten, Diana Franzen mit ihren

Zwillingen, der Bürgermeister natürlich, auch Michelsen senior (wenn er es denn war), einmal mehr Saskia, auf der die Kamera kurz stehen blieb, Hektor Franken, der Schuldirektor, der Wirt vom »Inselschuppen« und – vielleicht – sogar Annas alter Englischlehrer Doktor Rückert … Dann war die Aufnahme verwackelt und zu Ende. Anschließend noch eine kurze Szene von der Siegerehrung, auf der auch Kielhorn selbst zu sehen war. Er musste sein Handy jemand anderem für die Aufnahme überlassen haben. Aber wem? Die Kamera zoomte auf Kielhorn und den kleinen Sieger, der es irgendwie nicht schaffte, ein fröhliches Gesicht aufzusetzen. Daneben vermutlich der überstolze Papa, der den Arm um den Jungen gelegt hatte. Und dahinter, schwer erkennbar, ein Mann, der sich wie ein Schatten durchs Bild bewegte. Er trug einen Hut und machte eine Bewegung mit dem Arm, als hielte er dem Preisträger von hinten eine Pistole an den Kopf. Anna versuchte, das Bild schärfer zu bekommen, womit sich ihr Rechner aber als überfordert erwies. Sie machte ein paar Stills und speicherte sie ab. Vielleicht konnte eine Bildbearbeitung die Umrisse dieses Menschen etwas schärfer machen.

»Und?« Diesmal war es Paul, der sie unterbrach. »Was ist mit Feierabend?«

Anna blickte auf die Uhr. Schon nach sieben. »Ich dachte nicht, dass es schon so spät ist«, sagte sie. »Kannst gerne vor mir gehen. Ich werde hier noch ein bisschen forschen und dann absperren.«

»Alles klar.« Paul sah sie mit seinen schönen dunklen Augen an, als müsse er irgendein Geheimnis suchen. »Aber mach nicht zu lange, ja? Du solltest ein bisschen ausruhen. Die letzten Tage waren ziemlich anstrengend.«

»Und du?«

»Hm?«

»Was machst du heute Abend noch?« Sie hatte nicht fragen wollen. Weiß der Himmel, warum sie es getan hatte. Aber jetzt war es geschehen.

»Ich geh nach Hause«, antwortete Paul langsam. Ihm war nicht entgangen, wie die Frage gestellt war. Ohne dass Anna es beabsichtigt gehabt hätte, war darin eine zweite Frage mitgeschwungen. »Nehm ein Bad und mach es mir gemütlich.« Er blickte zu Boden.

»Guter Plan«, sagte Anna schnell. »Das mach ich auch. Also, bei mir, meine ich.«

Paul musste grinsen. »Ja, tu das.« Er stockte. »Ich meine, nicht dass du müsstest oder so …«

Nun war es Anna, die grinsen musste. »Doch, schon, wenn ich ehrlich bin«, sagte sie. »Aber es ist nett, wenn wir das nicht näher erörtern.« Sie zwinkerte Paul zu, obwohl Zwinkern nicht zu ihren ganz großen Talenten zählte. Er verstand es, zwinkerte zurück, nicht missverständlich, sondern wie ein guter Freund, und beide wussten, dass darin eine stillschweigende Übereinkunft lag, dass Saskia nichts zwischen ihnen verändert hatte. Sie waren Freunde. Gute Freunde. Nichts weiter. Aber eben doch auch: wirklich gute Freunde. Auch wenn Anna manchmal … Aber auch diesen Gedanken wischte sie beiseite und richtete ihre Aufmerksamkeit wieder auf das Bild mit der Schattengestalt im Hintergrund. Wer zum Teufel war das?

Obwohl es schon gegen halb neun am Abend war, war die Hitze immer noch unerträglich. Anna hatte das Gefühl, kaum Luft zu bekommen. Sie fühlte sich elend. Stalin hielt sich zwar weiterhin etwas zurück, aber der wenige Schlaf zehrte an ihren Kräften. Und die Nerven taten ihr Übriges. Fieberhaft arbeitete in ihr, was in den letzten Tagen vorgefallen war und was sie bisher darüber erfahren hatte. Das Kuriose war, dass, je länger sie sich damit befasste und je weniger wahrscheinlich ein konkreter Hinweis auf eine Straftat wurde, ihr Verdacht sich verstärkte, dass bei der Regatta und vielleicht auch beim Tod von Nils' Vater nicht alles mit rechten Dingen zugegangen war.

Sie nahm den Weg am Klinikum vorbei und überlegte kurz, ob sie noch einmal bei Peter Michelsen vorbeischauen sollte. Was Nele angedeutet hatte, ließ bei ihr die Alarmglocken schrillen. Natürlich hatte Nele nichts Konkretes gesagt, ja sie hatte nicht einmal erwähnt, woher sie ihr Insiderwissen hatte. Aber perverse Veranlagungen – denn so hatte es für Anna geklungen –, von denen eine Hure nähere Kenntnis hatte … Man musste nicht besonders fantasiebegabt sein, um sich auszumalen, wie das zusammenpasste. Wie es allerdings mit einem Jungen von zehn Jahren zusammenpasste, das erschloss sich Anna nicht automatisch. Denn ein Mann, der pädophil veranlagt ist, wird nicht unbedingt eine Hure aufsuchen. Jedenfalls keine, die aussieht wie Nele Steenkamp, deren weibliche Reize nun ganz klar das typisch-männliche Hetero-Beuteschema darstellten. Andererseits konnte Anna nicht einfach Feierabend machen und die Hinweise ihrer Freundin übergehen, als sei alles in bester Ordnung. Wenn Doktor Bause ein dunkles Geheimnis hatte, dann war er wohl nicht gerade das, was Peter Michelsen in seinem Zustand brauchte.

Immer noch rang Anna mit sich selbst, als sie bereits auf dem Oberland angekommen und an ihrer alten Schule vorbeigegangen war. Dort drüben auf dem Kirchhof von Sankt Nicolai hatte sie den Jungen gefunden. Oder vielmehr: Er hatte sie gefunden. Auch wenn das ebenfalls nicht ganz stimmte. Denn er hatte sie ja nicht gesucht. Oder doch? Hatte er – bewusst oder intuitiv – die Polizei gesucht und sie in Anna gefunden? Sie überlegte, ob sie ihre Uniform angehabt hatte. Aber ja, das hatte sie. Obwohl die Temperaturen mörderisch waren, hatte sie die Sachen ja seit dem Unglück des kleinen Nils nicht mehr abgelegt. Wenn es denn ein Unglück gewesen war.

Zu ihrer Überraschung war die Kirchenpforte noch offen. Ohne zu zögern, trat Anna ein und war sogleich umfangen von einer unglaublich tröstlichen Kühle, die in dem hohen Raum herrschte. Es brannten nur einige wenige Kerzen vorne am Altar. Die Luft war eine Wohltat für Haut und Lungen. Seufzend ließ sich Anna auf eine der Kirchenbänke gleiten und schloss für einen Moment die Augen. Warum war sie in den letzten Wochen nicht ab und zu hierhergekommen? Wer nicht gläubig war, konnte es werden.

Irgendwo hörte sie Schritte, die im Kirchenschiff widerhallten. Doch als sie sich umsah, konnte sie niemanden entdecken. Vielleicht ein Echo aus der Sakristei.

Paul! Sie musste Paul von Bause erzählen. Natürlich würde er wissen wollen, was genau sie wusste. Und woher. Sinnlos. Obskure Andeutungen von einer Hure, wer würde darauf etwas geben. Und vielleicht war der Junge ja auch längst wieder bei seiner Mutter. Vielleicht hatten sie … Das war die Idee. Sie nahm ihr Handy und rief in der Klinik an. »Guten Abend, Anna Krüger hier. Sagen Sie, der Junge, den ich heute ins Klinikum gebracht habe, Peter Michelsen: Ist der noch bei Ihnen?«

»Tut mir leid, über Patienten darf ich keine Auskunft geben«, entgegnete die Frau am Telefon trocken, die vermutlich eine Nachtschwester war.

»Wissen Sie, wer ich bin?«

»Sagten Sie nicht eben, Sie wären Frau Krüger?«

»Richtig. Anna Krüger von der örtlichen Polizeidienststelle. Ich habe den Jungen heute zu Ihnen gebracht. Persönlich. Und jetzt wüsste ich nur gerne, ob er noch bei Ihnen ist.«

»Ich weiß nicht, ob …«

»Sie dürfen!«, blaffte Anna sie an und hörte ihre eigene Stimme von den Wänden des Kirchenraumes widerhallen. »Sie dürfen«, wiederholte sie etwas leiser. »Was Sie nicht dürfen, ist polizeiliche Ermittlungen behindern.«

»Ermittlungen?«, stotterte die Frau am Kliniktelefon. »Vielleicht rufen Sie doch besser bei Herrn Doktor B…«

»Den habe ich bereits angerufen. Der wusste es nicht.«

»Er wusste es nicht? Aber er hat den Jungen doch mitgen… Also, Entschuldigung, ich kann Ihnen nichts sagen.«

»Kein Problem«, sagte Anna. »Sie haben mir sehr geholfen.« Sie beendete das Telefonat und atmete tief durch. Bause hatte den Jungen mitgenommen? Zu sich nach Hause? Warum?

Abermals glaubte Anna, ein Geräusch zu hören, diesmal eindeutig hinter sich. Sie drehte sich um und starrte ins Dunkel. Eine vage Bewegung seitlich der Tür. Sie lauschte, tastete nach ihrer Dienstwaffe, die sie natürlich nicht bei sich hatte. Spannte all ihre Sinne. »Wer sind Sie?«, fragte sie in die Schatten hinein. Schweigen. »Hallo? Kommen Sie doch hierher, wo etwas Licht ist.« Nichts. Sie wartete einen Moment, lauschte. Schloss kurz die Augen, um ihre Pupillen noch mehr zu weiten. Und starrte abermals in die Finsternis. Rechtzeitig, um einen Schatten sich vor die von den letzten Resten der Dämmerung schwach erleuchtete Pforte schieben zu sehen. Ein Mann. Er trug etwas in der Hand und war im nächsten Augenblick verschwunden. Anna raffte sich auf und folgte ihm mit schnellen Schritten nach draußen. Doch er war bereits verschwunden.

Am westlichen Himmel glühte ein schmaler Streifen Licht übers Meer, während die Insel bereits unter funkelnden Sternen lag. Auch wenn die Temperatur außerhalb der Kirche immer noch um etliche Grade höher lag, spürte Anna, wie der Druck nachließ, den der sengende Tag auf den Felsen ausgeübt hatte. Bause hatte das Kind mitgenommen. Bause mit dem Gewaltproblem? Bause mit der sexuellen Störung? Bause mit seinen perversen Abgründen? Anna spürte, wie sich ihr der Magen umdrehte. Mit schlechten Gefühlen schleppte sie sich die paar Meter zur Kirchstraße hinüber und in ihre Wohnung hoch. Mechanisch zog sie sich aus, stieg unter die Dusche, streifte ihre leichteste Bluse und eine Leinenhose über, die sie vom letzten Hamburg-Trip mitgebracht hatte, und setzte sich an den Küchentisch, um zu überlegen. Doch wie sehr sie auch auf eine Eingebung hoffte, ihr Geist schien in einer Endlosschleife gefangen: das Kind, der Schock, Bause und seine dunkle Seite.

Schließlich stand sie auf und griff zum Telefon. Sie wählte Paul an, auch wenn er sich einen ruhigen Abend verdient hatte. »Freitag.«

»Paul, ich bin's.«

»Anna? Alles in Ordnung bei dir?« Dass er besorgt klang, rührte sie. Irgendwie tat es gut zu wissen, dass ihm etwas an ihrem Wohlergehen lag.

»Bei mir schon«, sagte Anna. »Es geht noch mal um den Jungen.«

»Den in der Klinik.«

»Richtig. Nur dass er da nicht mehr ist.«

»Nicht mehr da ist? Sag nicht, er ist schon wieder weggelaufen.«

»Nein, nein. Doktor Bause hat ihn mitgenommen.«

»Mitgenommen? Zu sich nach Hause?«

»Nehme ich an.«

»Hm.« Der Dienststellenleiter schwieg kurz. »Nun, er wird wissen, was er tut, oder?«

Anna atmete durch. »Ja. Vermutlich weiß er es. Aber mir wäre trotzdem wohler, wenn ich noch mal bei ihm anrufen und ihn fragen könnte.«

»Was fragen könnte?«

»Wie es dem Jungen geht.«

»Wenn du meinst.« Wieder zögerte Paul kurz. Dann mahnte er Anna: »Aber du weißt, dass du nicht rund um die Uhr im Dienst sein musst. Ich meine: Du sollst das nicht einmal. Ich brauche dich. Und zwar fit und gesund. Wenn du nicht mal abschaltest, ruinierst du dich.«

»Keine Sorge«, erklärte Anna. »Ich mach dann auch Schluss. Hast du denn eine Nummer von ihm?«

»Warte. Ich glaube, ich hab sie.« Es dauerte einen Moment, dann diktierte er ihr eine der kurzen Helgoländer Nummern durchs Telefon. »Wo wohnt er eigentlich?«, fragte Anna.

»Ach, irgendwo am Falm. Blick auf die Binnenreede.« Er lachte ein wenig. »In Hamburg wär er vermutlich an der Außenalster in irgendeiner weißen Villa.«

Anna lachte mit. In der Gegend wohnte auch Paul. Sie wusste, was sie wissen wollte. »Danke. Gute Nacht.«

»Gute Nacht, Anna. Mach Schluss, ja? Und geh bald schlafen.«

»Du auch.« Sie wartete, dass er auflegte. Und spürte ihr Herz, als sie bemerkte, dass auch er wartete. »Gute Nacht«, flüsterte sie noch einmal. Dann legte sie auf.

Ein unschöner Anblick. Vielleicht ein bisschen hart für den Kleinen. Aber daran lässt sich jetzt nichts ändern. Es ist ja für niemanden schön, die Leiche eines Kindes zu betrachten, das seit vier Tagen tot ist und achtlos in eine Ecke geworfen wurde. Das viele Blut, in dem es liegt, macht den Anblick nicht schöner. Aber umso wirksamer. »Da siehst du, was du getan hast.« *Er will schon gar nichts mehr sagen. Das ist gut. Sein Wille ist gebrochen. Aber das wird nicht reichen.* »Dafür musst du bestraft werden.« *Gut, dass es diese Batterien gibt. Sie liefern gerade die nötige Menge Strom. Nicht zu viel, nicht zu wenig. Fast, als wären sie zu medizinischen Zwecken entwickelt worden.*

Als sie das Haus gefunden hatte, war es dreiundzwanzig Uhr. Helgoland lag wie ein funkelndes Juwel in der Finsternis des Meeres. Das Haus, in dem Bause wohnte, unterschied sich in nichts von den Nachbarhäusern. Einheitsstil wie überall auf der Insel, wenn man von den Farben absah. Aber auch da hatte niemand einen eigenen Akzent gewagt. Vom Unterland her hörte Anna ein paar Männer grölen. Das waren keine Einheimischen, so viel war klar. Touristen, die über Nacht oder für ein paar Tage auf der Insel blieben und glaubten, dass dieser Außenposten der Zivilisation ein Eldorado der Sittenlosigkeit war. Was ein Witz war, weil außer der alten Disco, ein paar schrägen Kneipen und *Dora's Hotel* hier nachts absolut tote Hose war. Und natürlich auch tagsüber.

Doktor Bause öffnete die Tür in einem Morgenmantel, der aussah wie das Requisit aus einem James-Bond-Film. »Sie?«

»Guten Abend. Tut mir leid, dass ich Sie so spät noch störe. Ich wollte mich nur noch einmal kurz nach dem Befinden von Peter Michelsen erkundigen.«

»Um die Uhrzeit?«

»Wie Sie wissen, sind wir nur eine kleine Polizeistation. Da lassen sich manche Dinge nicht zu den üblichen Geschäftszeiten erledigen«, sagte Anna und trat noch einen halben Schritt näher auf die Tür zu, eine unausgesprochene, aber unmissverständliche Aufforderung, sie zum Eintreten aufzufordern.

»Nun, ich nehme an, es geht ihm den Umständen entsprechend gut.«

»Sie nehmen es an?« Annas Stimme war eine Nuance schärfer geworden. »Und was heißt: den Umständen entsprechend?«

»Ich denke nicht, dass ich Ihnen das ernsthaft erläutern muss, Frau Krüger«, sagte Bause mit versteinerter Miene. »Der Junge hat ein psychisches Trauma. Aber körperlich ist er unversehrt.«

»Ist er das?«

»Soweit wir das feststellen konnten, ja.«

»Und jetzt? Wo ist er jetzt?«

Bause zog eine Augenbraue hoch und blickte auf Anna herab wie auf ein widerwärtiges Getier. »Er ist nicht hier, falls Sie das meinen.«

»Haben Sie ihn nicht aus der Klinik mitgenommen?«

»Das habe ich«, erklärte Bause. »Und ihn zu Frau Geest gebracht, die Sie ja bereits kennengelernt haben, wie ich glaube.«

»Weshalb das?« Aber Anna kannte die Antwort. Und in gewisser Weise war sie erleichtert. »Sie ist Psychologin«, sagte Bause, der sich zu entspannen begann. »Da der Junge physisch unversehrt war, haben wir keine Notwendigkeit gesehen, ihn im Klinikum zu behalten. Im Gegenteil: Die sterile, eher kalte Umgebung hätte vielleicht sein Leiden nur verstärkt.«

»Eine gemeinsame Unterbringung mit seiner Mutter …?«

»Hätte sich aus unserer Sicht nicht empfohlen. Die Frau ist nach wie vor äußerst labil. Sie haben ja erlebt, wie sie auf die Nachricht vom Verschwinden ihres Sohns reagiert hat.«

»Verstehe«, murmelte Anna. »Das ist sehr umsichtig von Ihnen gewesen, Doktor Bause.«

»Man tut, was man kann.«

»Und ich nehme an, Sie haben das mit meinem Kollegen Freitag besprochen?« Plötzlich hatte sie wieder Neles Andeutungen im Sinn. So einfach wollte sie es Bause nicht machen.

»Mit Herrn Freitag? Ist er jetzt Mediziner? Oder Psychologe?«

»Nein. Er ist Polizeichef dieser Insel, und ich habe Ihnen den Jungen als seine Stellvertreterin zur Betreuung überlassen. Sie können ihn doch nicht einfach weiterreichen wie einen Wanderpokal. Das müssen Sie mit uns besprechen!«

»Ich habe es mit seiner Mutter besprochen«, sagte Bause und trat einen Schritt zurück. Er griff nach der Tür. »Sie ist nach meinem Wissen die Sorgeberechtigte für den Jungen. Und nicht die Polizei von Helgoland oder Herr Freitag oder Sie. Und Frau Michelsen war sehr dankbar dafür, dass wir fachliche Betreuung für den Jungen organisiert haben. Und jetzt wünsche ich eine gute Nacht.« Im nächsten Augenblick krachte die Tür vor Annas Nase zu, dass es in der ganzen Straße hallte und Stalin mit dem Stilett durch ihr Gehirn fuhr, dass sie beinahe vor Schmerz aufgeschrien hätte.

Hinter dem Vorhang stehend, beobachtete Doktor Waldemar Bause, wie die Polizistin die Straße hinabging. Schwer atmend, lehnte er sich an die Wand. Schweiß rann ihm über den Rücken. Die Hand in seiner Morgenmanteltasche zitterte so sehr, dass er kaum das Fläschchen zu fassen bekam.

Doch nach einer Weile hatte er sich wieder im Griff, zumindest so weit, um die Ampulle herauszunehmen und den Kopf abzubrechen. Wenn er gewusst hätte, dass sie läutet, ausgerechnet sie, die ihn verfolgte, seit sie auf der Insel war, und die er wegen ihrer penetranten, anstrengenden Art hasste, dann … dann hätte er das Valium vorher genommen. Sich zu beherrschen, wenn man von Dummheit und Penetranz gequält wurde, das war etwas, das Doktor Bause schwerer fiel, je älter er wurde. Kaum ein Tag, an dem ihn nicht die Wut längst aus dem Bett getrieben hatte, wenn endlich der Wecker klingelte. Kaum eine OP, bei der er nicht irgendwann Lust gehabt hätte, neben dem Blinddarm auch noch das Herz herauszuschneiden. Die Menschheit war eine Qual, und er, Doktor Waldemar Bause, fühlte sich von dieser Menschheit wie ein Stück Wild vor sich hergetrieben.

Die Krüger war weg. Die Straße lag leer und friedlich vor dem Haus. Bause atmete durch. Das Valium begann zu wirken. Er tastete mit der anderen Hand in die andere Tasche des Morgenmantels und stellte beruhigt fest, dass er noch zwei weitere Ampullen dabeihatte. Mit zitternden Fingern wischte er sich eine Träne aus dem Augenwinkel. Zeit, ins Bett zu gehen. Zeit, die Krüger auszublenden. Sie und den Jungen, die Geest, die Toten, die verunglückte Gefäß-OP am Morgen – und den Plan für den nächsten Tag, der nicht weniger Ärger und Stress und Blut und Qual versprach. Vielleicht würde er doch noch nicht ins Bett gehen. Vielleicht würde er noch …

Das Haus der Hagedorns lag im Dunkeln. In der ganzen Straße brannte kein Licht mehr. Klar, es ging auf halb zwölf Uhr zu. In vielen Häusern standen die Fenster weit offen, um die kühlere Nachtluft hereinzulassen. Von irgendwo hörte Anna das rhythmische Stöhnen einer Frau, irgendwo spielte Musik. Leise Stimmen drangen von oben auf die Straße. Es herrschte eine friedliche Stimmung auf der Insel; es war die Zeit der lauen Sommernächte, der unbeschwerten Abende, in denen sich die Einwohner und die Gäste mit einem Glas Wein zum Plaudern auf die Terrassen und Balkone setzten und sich von einem Sonnentag zum nächsten treiben ließen. Fast war es, als läge die Insel nicht in der rauen Nordsee, sondern in der Ägäis.

Und doch stand Anna vor dem Hagedorn-Haus und fröstelte. Sie zögerte. Sollte sie tatsächlich jetzt noch klingeln? Zum zweiten Mal innerhalb von zwei Nächten. War nicht die Dunkelheit und die Ruhe, in denen das Haus dalag, Hinweis genug darauf, dass es dem Jungen gut ging, dass er zumindest für die Nacht ein wenig Frieden gefunden hatte? War es das? Anna hätte sich nicht zugetraut, diese Frage voll Überzeugung zu beantworten. Auch wenn sie beruhigt war, dass der Kleine die Nacht nicht bei Doktor Bause verbrachte, hätte sie ihn doch gerne noch einmal gesehen. Sie war es, die ihn in die Klinik gebracht hatte. Dort hatte sie ihn in Sicherheit gewusst, betreut von etlichen gut ausgebildeten Krankenschwestern, die rund um die Uhr im Einsatz waren. Er war in ärztlicher Betreuung – wenn auch nicht in psychologischer.

Sie hatte geläutet, ohne mit ihren Überlegungen zu einem Ergebnis gekommen zu sein. Licht ging an. Zuerst im Obergeschoss, dann im Flur. Durch die Milchglasscheibe konnte Anna schemenhaft eine Gestalt auf sich zukommen sehen. Katja Geest, ganz ohne Frage. »Frau Krüger?« Die kräftige Frau, die nur im Nachthemd an die Tür gekommen war, blickte sie erstaunt an. »Geht es Ihnen nicht gut? Sie sehen etwas mitgenommen aus.«

»Guten Abend. Entschuldigen Sie die späte Störung, schon wieder …«, fing Anna an und stockte, weil die Migräne sie mit mehreren Salven von beiden Seiten hinter den Schläfen attackierte.

»Wieder die Kopfschmerzen?«, fragte Frau Geest mitfühlend. »Das tut mir leid. Ich würde Sie ja hereinbitten. Aber jetzt ist es gerade schlecht.«

»Kein Problem«, erwiderte Anna, die sich wieder gefangen hatte. »Wirklich, es ist nicht so schlimm. Ich wollte mich bloß nach dem Jungen erkundigen.«

»Dem Jungen?«

»Peter Michelsen. Er ist doch bei Ihnen?«

»Ähm, ja, er ist bei mir«, bestätigte Frau Geest scheinbar etwas irritiert und schob nach: »Er schläft.« Sie blickte zur Seite und dann wieder auf die nächtliche Besucherin. »Aber ich würde ihn ungerne wecken. Er ist schwer traumatisiert. Da ist Schlaf das Beste, was ihm passieren kann. Wissen Sie, Schlafen wirkt wie eine Kur fürs Gehirn …«

Anna nickte. »Sicher«, sagte sie. »Das kann ich verstehen. Also, es geht ihm gut, ja?«

»Aber ja!«, sagte Frau Geest. »Es geht ihm gut. Natürlich. Wie gesagt, er schläft.«

»Und seine Mutter weiß Bescheid?«

»Dass er schläft?«

»Dass er hier bei Ihnen ist.«

»Sicher. Doktor Bause hat das doch vorher mit ihr besprochen.«

War das nicht seltsam, dass eine Mutter ihr Kind lieber von jemand anderem betreut wissen wollte, als es selbst zu betreuen?

»Ich glaube, sie war in ihrer gegenwärtigen Situation ganz dankbar für die Unterstützung«, sagte Katja Geest, als hätte sie Annas Gedanken gelesen. »Sie steht ja selbst noch unter Schock, auch wenn die akute Phase wieder abgeebbt ist.«

»Gut. Dann … danke.« Anna versuchte ein Lächeln. »Ich schaue dann morgen wieder bei Ihnen vorbei.«

»Sehr gerne.« Katja Geest löschte das Licht im Flur und trat einen Schritt zurück. »Und denken Sie daran, was wir besprochen haben«, sagte sie. »Sie müssen das trainieren. Sonst kann es nicht dauerhaft klappen.«

»Ja«, erwiderte Anna. »Ich werde mich damit beschäftigen. Danke.« Sie sah zu, wie die Tür sich schloss und wenig später auch das Licht im Obergeschoss ausging. Eine schwache Bewegung am Vorhang, dann lag das Haus wieder friedlich da, und Anna wandte sich ab, um endlich diesen Tag zu beschließen. Ob ihr die Frau hinter dem Vorhang stehend nachblickte?

Du hättest die Augen sehen sollen, Leo. Die Augen dieses Jungen waren so voller Schrecken. Ich habe noch nie gesehen, dass jemand so schaut. Manchmal, wenn ich die Augen schließe, sehe ich seinen Blick vor mir. Und dazu dieses Seltsame, dass er den Mund offen hatte. Als würde er jeden Moment losschreien. Echt gruselig. Dass er jetzt bei Hagedorns ist, beruhigt mich auch nicht wirklich. Aber ich kann ihn schlecht mit zu mir nehmen, oder? Ich meine: Was will ich mit einem Kind? Ich bin ja selbst ein Problemfall. Wenn es blöd kommt, falle ich aus und das Kind ist auf sich selbst gestellt. Ich wüsste zu gerne, was du gemacht hättest.

Anna legte den Stift aus der Hand. Natürlich würde sie es nie erfahren. An einen Toten zu schreiben, hieß, in sich selbst hineinzuhorchen, selbst Antworten zu finden. Und das war es auch, was sie immer noch und immer wieder dazu brachte, Leo ein paar Zeilen oder manchmal auch ein paar Seiten zu schreiben. Und so lauschte sie auch diesmal, was ihre innere Stimme ihr erwidern würde.

Doch in jener Nacht war es vor allem die Erschöpfung, die ihr zurief: Mach Schluss, leg dich hin! Müde löschte sie das Licht, wankte zum Fenster und öffnete es weit. Von ihrem Schlafzimmer aus blickte sie auf Sankt Nicolai. Der Kirchturm stand schwarz und drohend vor ihr mit seiner markanten spitzen Form, die in die Nacht ragte wie eine Eisscholle auf einem Gemälde von Caspar David Friedrich. Und dahinter lag Leo. Buchstäblich.

Anna hatte schon die Hand an den Tabletten, doch dann entschied sie sich dagegen. Sie wollte es probieren mit dem Schachzug, den ihr Frau Geest verraten hatte. Es war etwas wie Meditation, die sie zwar auch schon oft genug und ohne den geringsten Erfolg versucht hatte. Doch diese Form der Meditation hatte einen Trick – und immerhin schien der Trick schon einmal gewirkt zu haben. Seufzend ließ Anna sich aufs Bett sinken, nahm ihr Smartphone, rief leise Musik auf und beschwor die Schatten ihrer Vergangenheit herauf, die bösesten Stunden, den Schmerz ihres früheren Lebens, nur um den Schmerz der Gegenwart unter Kontrolle zu bekommen.

18. April, 01.13 Uhr, Haus von Conrad Michelsen, Oberland

»Du hast die Kabel nicht mitgebracht«, sagte Conrad Michelsen und ließ das Tuch wieder auf die Anlage fallen. »Was soll ich mit einem Funkgerät ohne Kabel?«

Trönjes stemmte die Arme in die Seiten. »Was denkst du eigentlich, wie das da unten läuft? Reingehen und bestellen, was man gerade so braucht? Die Dinger sind so eingebaut, dass sie auch bei Sturm nicht durch die Kajüte fliegen. Ich habe abgebaut, was ich abbauen konnte, du Blödmann.«

Bethmann hob die Arme. »Nun beruhigt euch mal, ja? Wir dürfen jetzt nicht die Nerven verlieren.« Und an Michelsen gewandt: »Können wir nicht irgendwelche anderen Kabel verwenden?«

»Irgendwelche«, schnaubte Michelsen verächtlich. »Und wo soll ich die hernehmen?«

»Ich könnte meinen Schwager bitten, dass er uns die nötigen Leitungen dranmacht«, schlug Hagedorn vor. »Der ist schließlich Elektriker. Das heißt, er war es, ehe sie ihm Berufsverbot erteilt haben.«

Doch Bethmann schüttelte den Kopf. »Zu gefährlich. Je weniger Mitwisser, umso besser. Außerdem ist dein Schwager Kommunist. Wenn sie auf jemanden ein Auge haben, dann doch auf so einen.«

»So einen ... Du sagst das, als wenn uns die Kommunisten in die Scheiße geritten hätten!«

»Ich hab's bestimmt nicht so gemeint, Conrad.«

Knaup, der am Fenster stand, um immer wieder durch den Vorhang zu gucken, ob alles still blieb, schaltete sich ein. »Brauchen wir wirklich zwei Funkgeräte?«

»Natürlich«, erwiderte Michelsen trocken. »Wir müssen eines in Reserve haben, falls das andere ausfällt.«

»Na, das haben wir doch jetzt, oder? Ein Gerät, das ausfällt ...« Knaup grinste schräg. »Und eines, das funktioniert.«

»Dann gnade uns Gott, dass das eine tut, was es soll«, flüsterte Wilhelm Hagedorn. »Sonst weiß ich schon, wozu wir die Kabel verwenden können, an denen es hängt.«

Keiner sagte etwas. Aber alle wussten, was er für den Fall an den Kabeln hängen sah. Oder vielmehr: wen.

14

»Bause hat sich über dich beschwert«, waren die Worte, mit denen Paul seine Kollegin begrüßte, als sie die kleine Polizeistation betrat.

»Hat er das? Wegen nächtlicher Ruhestörung oder was?«

»Im Ernst, Anna, ich dachte, du gehst nach Hause. Stattdessen holst du Leute aus dem Schlaf und bringst uns hier in Verlegenheit.« Anna musste lachen. Es klang, als würde Paul es ernst meinen. »Du beschwerst dich jetzt nicht wirklich, weil ich meinen Job mache, oder?«

»Doch, das tue ich. Dass du ihn machst, geht in Ordnung. Aber es kommt immer auch darauf an, wie man ihn macht.« Paul schob ihr eine Tasse Kaffee hin. »Hier.« Anna ließ sie stehen. Es kränkte sie, dass Paul so mit ihr sprach. Schweigend ging sie zu ihrem Platz und sortierte ihre Unterlagen. Sie hatte sich Notizen gemacht, die inzwischen mehrere Seiten füllten. Dazu die Fotos und Videos von Kielhorn und dessen Fotografen. Auf ihrem Rechner waren noch ein paar Mails mit Bilddateien eingegangen, die von anderen Zuschauern der Regatta stammten. Manches davon beleuchtete eine Szenerie, die Anna schon kannte, aus einer anderen Richtung. Ein paar Gesichter, die sie bisher noch nicht gesehen hatte, waren darauf: Sehr, sehr viele Halunder und noch mehr Touristen hatten den Zieleinlauf verfolgt und der Siegerehrung beigewohnt.

»Anna!« Paul war aufgestanden und zu ihr rübergekommen. Sie sah auf. »Wusstest du, dass Bause ein Gewaltproblem hat?«, fragte sie ihn.

»Woher weißt du das?«

»Willst du nicht wissen.«

Paul schüttelte den Kopf und blickte auf sie, als wollte er sagen: Was mache ich bloß mit dir? »Und warum sollte uns das interessieren?«, fragte er schließlich.

»Er hat den Jungen mit nach Hause genommen.«

»Den kleinen Michelsen?« Er schien zu überlegen. »Nach Hause?«

»Nicht zu sich. Er hat ihn mitgenommen und zu Katja Geest gebracht.« Anna stand auf und holte sich den Kaffee von Pauls Schreibtisch. »Ich meine: Das hätte er doch mit uns besprechen müssen, oder?«

»Was heißt das: ein Gewaltproblem?«, wollte Paul wissen, während er ihr zu seinem Schreibtisch folgte.

Anna zuckte die Achseln. »Tut mir leid, Genaueres weiß ich auch nicht.«

»So. Aber du weißt, dass er *ein Gewaltproblem* hat.«

»Ja.«

Es war offensichtlich, dass sie nicht mehr sagen wollte. »Von wem? Ich bin dein Chef, ja? Mir *darfst* du das nicht nur sagen, mir *musst* du es sogar sagen.«

»Von Nele.«

»Steenkamp?«

Anna nickte.

»Sie ist deine Quelle?« Er schwieg kurz, dann wandte er sich ab. »Dann spielt es für uns keine Rolle.«

Als Stalin zur ersten Attacke des Tages ansetzte, zog sich Anna auf die Toilette zurück und knipste das Licht aus. Kein Fenster erhellte den winzigen Raum, und das war gut so. Nur ein schwacher Lichtstrahl drang unter der Tür hindurch, gerade genug, um die Umrisse von allem zu sehen.

Sie ließ sich auf den Klodeckel nieder und lehnte den Kopf an die Wand, holte tief Luft und zählte. Langsam. Rückwärts. Und mit jeder Zahl ging sie einen Schritt weiter zurück in die Abgründe ihrer Vergangenheit, arbeitete sich voran und lockte ihre Erinnerungen aus den sicheren Kammern der Verdrängung. Es war ein Spiel mit dem Feuer, das war klar. Aber die Alternative wäre gewesen, dass sie sich irgendwann selbst von der Klippe gestürzt hätte. Denn auf Dauer wäre der Schmerz nicht zu ertragen gewesen. Also holte sie die Qualen ihrer Jugend wieder hervor aus den entlegensten Bereichen ihres Gedächtnisses, um Stalin mit ihnen zu verknüpfen. Mit der Stimme des Arztes. Mit dem Blick seiner Helferin. Mit dem Schluchzen ihrer Mutter. Mit der Musik. Mit …

»Zieh dich aus und setz dich auf den Stuhl.«

Es ist kein Stuhl. Es ist ein erschreckendes Gebilde, das aus einem Stuhl gemacht worden ist und dessen schräge Ausläufer wie die Zangen eines Riesenkraken nach Anna zu greifen scheinen.

»Hörst du nicht? Zieh dich aus! – Nicht das Hemd. Das kannst du anbehalten. Mach dich untenrum frei und setz dich auf den Stuhl.«

Der Arzt zieht sich einen grünen Kittel über, während Anna ihre Jeans öffnet und widerstrebend runterschiebt. »Nun mach schon, Kind«, drängt ihre Mutter mit einem Blick, als fürchte sie nichts mehr, als dass der Doktor die ganze Aktion abbrechen könnte. Aus den Augenwinkeln sieht Anna, wie er sich die Handschuhe reichen lässt. Die Sprechstundenhilfe ist auch da. Sie blickt nicht zu Anna. Sie sieht aus, als versuchte sie, möglichst gar nicht anwesend zu sein. Statt die Handschuhe zu nehmen, packt der Arzt Anna plötzlich an den Oberarmen und schiebt sie zu dem Riesenkraken hin, nicht brutal, aber mit kräftigen Händen, sodass Annas Po an die Stuhlkante stößt. »Nehmen Sie ihr das Höschen ab«, weist er die Mutter an, die eilfertig nach Annas Slip greift und ihn ihr hinabzerrt, bis sie nackt in diesem kalten Kellerraum steht, ausgeleuchtet vom eisigen Licht der Neonröhren. Wenige Augenblicke später liegt sie auf dem Ungetüm, die Beine an den Auflagen festgeschnallt, sodass sie sich nicht mehr bewegen kann, die Hände an die Lehnen gekrallt – und der Arzt beginnt, das erste seiner kalten Instrumente in ihren Bauch zu schieben, während sie den fiesen Terpentingeruch dieses Raumes einatmet, sich auf das Flackern einer der Neonleuchten konzentriert und während Bachs »Aire« erklingt.

Sie weiß nicht, welcher Schmerz schrecklicher ist: der körperliche, den sie zwischen ihren Beinen erduldet, oder der Schmerz der Scham und der Kränkung. Doch dann weiß sie es: Es ist der Schmerz, der nach wenigen Augenblicken ihren Schädel packt und ihn wie ein Schraubstock zusammenpresst, dass er beinahe zu zerspringen droht.

»Wollen wir ein Stück spazieren?«, fragte Carsten Behrend und stellte seinen Besen weg, mit dem er in einer Ecke des Schulhofs gekehrt hatte.

»Klar.« Anna war nicht gerne hier. Es war die Schule, auf die sie einst selbst gegangen war und auf der sie den mittleren Abschluss gemacht hatte, um dann endlich von der verdammten Insel zu verschwinden. Da war ihr Leben schon in Trümmern gewesen. Zwei Jahre hatte sie noch durchhalten müssen. Zwei Jahre, die Behrend aber noch nicht Schulhausmeister gewesen war. »Waren Sie auch hier auf der Schule?«, fragte er sie folgerichtig. Und Anna nickte nur kurz und legte dann ein ordentliches Tempo vor, um von hier wegzukommen und die Initiative zu ergreifen. »Ich wollte noch einmal mit Ihnen sprechen wegen des Todesfalls an der Klippe.«

»Was wollen Sie wissen.« Behrend hastete einen halben Schritt hinter ihr her. »Könnten wir etwas langsamer gehen? Ich bin ... mein Meniskus.«

»Oh ja, sicher. Entschuldigung.« Sie verlangsamte ihren Schritt, das Schulgelände lag auch schon hinter ihnen, und sie stiegen gerade den Pfad Richtung Leuchtturm hoch, wo sich zu beiden Seiten die Bombentrichter abzeichneten. Wenn tausend Flugzeuge drei Tage lang den Tod auf ein so kleines Eiland regnen lassen, wie viele Explosionen mochte das ergeben, dachte Anna. Heute werden ganze Straßenzüge evakuiert, wenn bloß mal eine Fünfzigkilobombe gefunden wird. Auf Helgoland hatten sie sogar Fünftausendkilobomben fallen lassen. »Waren Sie als Erster vor Ort?«

»Nein. Olaf war vor mir da. Olaf Reuter. Er arbeitet bei der Wetterwarte.« Der Mann, den sie nicht namentlich kannte, der Dritte, der vor Ort gewesen war. Anna nahm ihren Notizblock heraus und schrieb sich den Namen auf. »Und dann kamen Sie dazu? Warum eigentlich?«

»Ich war hier nur auf einem Spaziergang unterwegs«, erklärte der Schulhausmeister.

»Um die Uhrzeit?«

»Ich bin Hobby-Ornithologe. Früher Späher fängt den Vogel.« Er zwinkerte ihr zu, Anna lächelte gequält. »Sie sind also von wo gekommen?«

»Von den Lummenfelsen drüben.« Behrend deutete nach Norden. »Eigentlich noch ein bisschen weiter. Ich setze mich gerne in der Morgendämmerung bei der Langen Anna hin und beobachte, wie die Natur erwacht. Wissen Sie, als Schulhausmeister hat man sich so ans frühe Aufstehen gewöhnt, dass man manchmal gar nicht anders kann, als bei Morgengrauen aus den Federn zu springen.«

Sie waren an der Unglücksstelle angekommen. »Sie kamen also von dort oben hierher. Und haben dann was gesehen oder bemerkt?«

»Na, ich habe hier den Olaf stehen sehen.« Behrend zögerte kurz. »Eigentlich schon von drüben.« Er deutete wieder zu den Lummenfelsen hin. »Hab ihn mit dem Feldstecher schon gesehen und dann hier getroffen.«

»Und was haben Sie gesehen, als Sie ihn durch Ihr Fernglas gesehen haben?«

»Na, dass er hier steht.«

»Und dann dachten Sie, Sie spazieren mal vorbei und plaudern mit ihm?«

Behrend schüttelte den Kopf, während er hinaus aufs Meer blickte, wo in einiger Entfernung ein riesiger Frachter vorbeizog. »Nein, eigentlich nicht. Ich musste sowieso hier lang. Das ist der Weg zur Schule, und ich wohne ja auch da. Außerdem muss ich um sieben Uhr meinen Dienst antreten.«

»Und haben Sie sich nicht gewundert, warum Herr Reuter schon so früh hier draußen unterwegs war?«

»Ich dachte, es ist ein anderer Vogelkundler.«

»Also wussten Sie gar nicht, ob es Herr Reuter war?«

»Nein, zuerst wusste ich das natürlich nicht«, erklärte Behrend und sah Anna erstaunt an. »Erst als ich hierherkam, habe ich erkannt, dass es Olaf war. Ich meine, Herr Reuter.«

»Und in der ganzen Zeit zwischen der ersten Entdeckung und dem Zusammentreffen hier hatten Sie ihn genau im Auge?«

Verwirrt und etwas betreten blickte der Schulhausmeister zu Boden. »Also, ähm, nein. Ich hab ihn nicht die ganze Zeit, während ich herlief, angesehen. Sie meinen, es hätte auch jemand anderes sein können?«

»Was hat denn Herr Reuter getan oder gesagt, als Sie ihn hier angetroffen haben?«

Behrend sah auf. Es war ihm deutlich anzumerken, dass er mit ihrer Art zu fragen überfordert war. So hatte er sich das Gespräch mit der Polizei nicht vorgestellt. Plötzlich erschien alles in einem anderen, in einem seltsamen Licht. »Er hat mir zugerufen, dass einer über die Klippe gestürzt ist. Das weiß ich noch genau, denn ich dachte erst, ich hab mich verhört. Und dann bin ich die letzten paar Meter gerannt.«

»Und Herr Reuter? Was hat der gemacht?«

»Der hat sein Handy rausgeholt und bei der Polizei angerufen.«

Anna nickte. Paul hatte Dienst gehabt. Der Anruf hatte ihn erreicht, und er hatte sich dann bei ihr gemeldet. Ohne sie zu erreichen. »Als ich dazugestoßen bin, war noch ein dritter Mann bei Ihnen.«

»Ja«, sagte Behrend. »Der Bodo Feddersen vom Zollamt. Der ist mit seinem Hund Gassi gegangen.«

Der Hund. Tatsächlich war es nicht Feddersens Hund, sondern der von Marten David Weber, Annas ehemaligem Kollegen und Beinahe-Mörder, der jetzt in Hamburg saß und immer noch auf seinen Prozess wartete, weil ihn die Psychiatrie nicht für verhandlungsfähig erklärte. Feddersen hatte das Tier übernommen, weil er offenbar als einer von sehr wenigen auf der Insel ein Herz für Hunde hatte: Allgemein waren Vierbeiner hier nicht beliebt und unterlagen sehr strenger Beobachtung, was natürlich mit der Sorge um die einzigartige Fauna zu tun hatte. Die Vögel waren nicht nur ein Naturwunder, sie waren auch Kapital, das es zu schützen galt. »Warum waren Sie drei noch da, als ich kam?«, wollte Anna wissen und steckte den Stift und den Block weg.

»Tja, das hab ich mich auch schon ein paarmal gefragt, wissen Sie. Aber wenn so ein Unglück passiert und man ist vor Ort … Ich weiß nicht: Man kann irgendwie nicht weggehen. Man kann einfach nicht so tun, als wäre alles andere wichtiger. Also mir geht es jedenfalls so. Ich hätte ja in die Schule gemusst. Aber ich hab das einfach nicht geschafft. Ich würd ja gerne sagen, dass ich mich nützlich machen wollte. Aber wenn ich ehrlich bin, wüsste ich nicht, womit ich das hätte tun können. Wahrscheinlich war ich einfach neugierig.«

»Verstehe.« Anna blickte hinab in die Tiefe, in die Nils Michelsen gestürzt war. Immer noch flatterten dort die polizeilichen Absperrbänder. Sonst war von hier aus nichts mehr von dem grausigen Fund zu erkennen. »Wussten Sie, wer der Tote war?«

»Feddersen hat es uns gesagt.«

»Ah ja? Und woher wusste der es?«

»Das müssen Sie ihn fragen.«

Sie traf Feddersen am Vorhafen. Zu seinen Aufgaben gehörte auch die Überprüfung von Ladungen. Stimmten die in den Papieren ausgewiesenen Waren mit den tatsächlich ein- oder ausgeführten überein? Traf die Typenbezeichnung zu, war die Menge korrekt angegeben, gab es Verdachtsmomente auf Zollbetrug, auf Umgehung von Ausfuhrgenehmigungen, wurden Waren befördert, die einem Embargo unterlagen oder die Gefahrgut darstellten? Mancher kleine Waffen- oder Drogenschmuggler hatte die scheinbar unbedeutenden Häfen als willkommenes Durchgangstor entdeckt, die großen Zollbehörden in Hamburg oder Rotterdam zu umgehen. Mit Helgoland allerdings würde er nicht glücklich werden. Die Insel war so unbestechlich wie stur in ihrem Trotz gegen das Verbrechen und gegen die raue See.

Zumindest ansatzweise stimmte das für den ersten Teil. Anna hatte genügend Erfahrungen mit dem Verbrechen auf diesem kleinen Eiland gemacht, um sich hierzu noch Illusionen hinzugeben. »Herr Feddersen?« Der Zollbeamte stand in einem der Hafencontainer und studierte Papiere.

»Ja?«

»Anna Krüger …«

»Ich weiß.« Feddersen legte seine Stapel weg und war im Begriff herauszukommen, doch Anna gab ihm ein Zeichen, doch drinzubleiben. Sie war froh, wenn sie der stechenden Sonne entfliehen konnte. Doch in dem Container war es wie in einem Brutkasten, sodass sie, kaum dass sie ihn betreten hatte, selber vorschlug: »Gehen wir doch besser nach draußen und suchen uns einen schattigen Platz.«

Sie stellten sich ein paar Meter weiter zwischen zwei Stückgutcontainer, wo es nicht nur schattig war, sondern auch ein leichter Zug herrschte. »Sie kommen wegen des Todesfalls an den Klippen«, stellte Feddersen fest. Er war ein feister Mann, dessen schlechte Kleidung seinem fröhlichen Auftreten keinen Abbruch tat.

»Richtig. Ich wollte Sie noch ein paar Dinge fragen«, sagte Anna, während sie beobachtete, wie die Flecken unter seinen Achseln wuchsen. Feddersen wartete nicht, sondern schilderte von sich aus die Ereignisse: »Ich gehe ja jeden Tag früh mit dem Hund raus. Sie wissen vielleicht, dass ich den Hund von Ihrem Arbeitskollegen …«

»Ehemaligen Kollegen.«

»Von Ihrem ehemaligen Kollegen zu mir genommen habe.« Er machte eine entschuldigende Handbewegung. »Damit er nicht ins Tierheim muss. Ich hab halt ein Herz für Tiere. Jedenfalls machen wir dann immer etwa die gleiche Runde. Ich wohne ja im Unterland. Wir gehen also den Klippenrandweg hoch und hinter dem Funkturm vorbei, meistens bis hinten zur Anna.«

Anna nickte. Der Felsen war nun einmal der markanteste Punkt auf der ganzen Insel.

»Dort werfe ich unseren Ball, und Hasso holt ihn. Na ja, und dann meist denselben Weg wieder zurück, man hat ja nicht so viel Zeit, nicht wahr? Gestern also seh ich auf dem Rückweg, wie Behrend und Reuter an der Klippe stehen und aufgeregt mit den Händen wedeln. Und dann erzählt mir Reuter ...«

»Moment«, unterbrach ihn Anna. »Auf dem Hinweg haben Sie die beiden nicht gesehen?«

»Nein. Nein, auf dem Hinweg nicht. Aber da sind wir ja auch nicht an der Stelle vorbeigekommen.«

»Ich dachte, Sie hätten denselben Weg zurück genommen.«

»Gestern nicht«, erklärte Feddersen, und die Flecken unter seinen Achseln dehnten sich beinahe bis zum Rand seines Gürtels aus. »Da sind wir über die Treppe hochgegangen und vom Falm her gekommen. Und dann querfeldein zur Langen Anna.«

»Hm. Das hatte ich eben ganz anders verstanden.«

»Da habe ich mich ungeschickt ausgedrückt, tut mir leid.«

»Und dann?«

»Und dann haben sie mir erzählt, was passiert war.«

»Was war denn passiert?«

»Na, der Mann war runtergesprungen.«

»Haben sie das so gesagt?«

»Ich denke schon, ja.«

»Und wer hat das gesagt? Behrend? Oder Reuter?«

»Tja, also so genau weiß ich das nicht mehr. Leider.«

»Was haben Sie denn daraufhin getan?«

»Ich habe sofort die Polizei angerufen.« Feddersen strahlte

die ganze Selbstzufriedenheit eines braven Bürgers aus, als er das sagte.

»Das war sehr richtig.« Einen Moment überlegte Anna. Dann fiel ihr etwas ein: »Was haben Sie eigentlich mit dem Hund gemacht?«

»Was meinen Sie damit? Wo er jetzt ist?«

»Nein. Wo er gestern war. Als ich zu Ihnen gestoßen bin, waren Sie alle drei noch da. Aber ich habe keinen Hund gesehen.«

»Ach so, das«, lachte Feddersen, aber es klang etwas bemüht. »Na ja, den habe ich zwischendurch schnell drüben beim Funkturm angebunden. Und bin dann wieder rüber zu den anderen beiden, um mich vielleicht nützlich zu machen.«

Anna nickte. Auf ihrem Weg zur Polizeistation war ihr kein Hund aufgefallen – und sie war am Funkturm vorbeigekommen. Sie machte sich ein paar Notizen und steckte dann ihr Büchlein wieder weg. »Vielen Dank, Herr Feddersen. Sie haben mir sehr geholfen.«

»Da nicht für«, erwiderte der Zollbeamte und wollte die schützende Zone zwischen den Containern schon wieder verlassen, da schob Anna noch eine Frage hinterher: »Wer ist dann eigentlich von Ihnen zuerst gegangen?«

»Das war dann wohl ich«, sagte Feddersen und blickte angestrengt. »Glaube ich.« Anna machte ihm ein Zeichen, dass er gehen durfte. Also spazierten sie wieder hinüber zu dem Dienstcontainer. »Kannten Sie ihn?«, fragte Anna, als sie ihm die Hand gab, statt einer Verabschiedung.

»Kannte ich wen?«

»Den Verstorbenen.«

»Nein«, sagte Feddersen.

»Aber Sie wissen, wer er war.«

Feddersen schluckte. »Ich glaub, das weiß jeder.«

»Vermutlich.«

»Tut mir echt leid um ihn.«

Tat es das?

An den Südkajen lagen die Boote dicht an dicht, einige größere Kaliber drängten die kleineren Jachten beiseite. Wegen der ruhigen See und der Windstille durften hier vorne in diesen Tagen auch Boote liegen, die sonst in die Binnenreede gemusst hätten oder zumindest in den Südhafen. Auf einem alten Fischerboot erkannte Anna Fritjof Hagedorn, der an Deck herumräumte. »Moin!«, rief sie. Sie freute sich, dass es dem Alten so gut ging.

»Moin!«, rief er zurück. Erkannte er sie? Vielleicht.

»Anna Krüger von der Polizei«, erklärte Anna, als sie an der Mole auf ihn zukam. »Wie geht es Ihnen.«

»Ging mir nie besser«, sagte Hagedorn in seinem breiten norddeutschen Akzent, der irgendwo zwischen Platt und Hamburgisch lag.

»Schön, dass Sie wohlauf sind.« Anna blinzelte gegen die Sonne. »Ihr Boot?«

»Jawoll! Seit über fünfzig Jahren.«

»Und noch im Einsatz?«

»Nee, das nich. Ist ein oller Kahn. Fast ein Museumsschiff. Damit kann man nur noch zum Hobby rausschippern. Und mit Fischfang ist heute kein Geschäft mehr zu machen. Nicht hier. Und nicht mit so einer ollen kleinen Nussschale.«

»Verstehe.« Anna betrachtete den alten Mann, wie er stolz an der Reling stand und auf sie herabblickte. Das Wetter war schön, kein Sturm weit und breit. Eigentlich die perfekten Bedingungen für ihn. »Ich hab Sie neulich in die Klinik gebracht«, erklärte Anna.

»Ah ja, Sie waren das.« Der Alte nickte. »Dann sach ich mal Danke.«

»Da nicht für.«

»Wollen Sie mal an Bord kommen?«

»Gerne«, sagte Anna. »Aber besser ein andermal. Ich muss wieder …«

»Klar. Immer gerne. Geben Sie mir einfach Bescheid.«

»Das mache ich. Sie liegen immer hier mit der …« Anna schielte auf die Kennzeichnung, die in weißen Lettern auf der dunkelblauen Bootswand stand. »Lisa 2?«

»Is unterschiedlich. Manchmal hier, manchmal drüben im Binnenhafen. Oder im Nordosthafen.«

»Alles klar. Dann mal einen schönen Tag noch.«

»Ebenso!« Er tippte sich mit der Hand an die Schifferkappe und wandte sich dann wieder seinen diversen Gerätschaften auf dem Deck zu, während Anna sich auf den Weg rüber zum *Hochsee-Hotel* machte. Frau Schneider hatte einen Termin mit Frau Michelsen für sie gemacht, die die Klinik wieder verlassen hatte. Henry saß vor seiner Hummerbude und betrachtete den Hafen. Anna winkte ihm zu, er schickte ihr eine Kusshand. Kein Einheimischer. Offensichtlich. Mit leisem »Pling« traf eine Textnachricht von Paul ein:

Obduktion hat Barbiturate im Blut ergeben. Sonst nichts Auffälliges.

18. April, 01.30 Uhr

Sie hatten sich auf ihre Posten begeben. Die Kontaktaufnahme mit den Briten würde von Michelsens Dachkammer aus erfolgen. Die Waffen würden, sobald die Aktion losging, im Keller von Hagedorns Gasthaus ausgegeben werden. Die Signale empfing und gab Bethmann, dessen Zollhaus strategisch günstig an der Landungsbrücke lag, die von fast allen Stützpunkten der Aktion aus gesehen werden konnte. Der Code war denkbar einfach. Licht an: Bleibt wachsam und bereitet euch vor! Licht aus: Alle Mann auf ihre Plätze! Licht wieder an: Die Kommandantur ist genommen, alle Mann an die Waffen und die Schaltstellen übernehmen!

Sie hatten die Hälfte der Flakbatterien sicher. Sie hatten einen exakten und klugen Plan, das Hauptquartier der SS zu nehmen. Die Marine würde augenblicklich überlaufen, wenn sie diese Schaltstellen eingenommen hatten. Von dem Zeitpunkt an war auch die Gestapo kein Problem mehr. Das alles setzte voraus, dass der Handstreich in der Kommandantur gelang. Aber dafür hatten sie den Stellvertreter des Inselkommandanten auf ihrer Seite. Und sie hatten Zugriff auf die Stromversorgung des Gebäudes. Außerdem hatten sie Knaup, der als Stabsoffizier des Inselkommandanten als einer der Ersten mitbekommen würde, wenn sie in Gefahr waren, entdeckt zu werden. Was außer Hagedorn und Michelsen niemand wusste: Sie hatten ein Boot im Nordosthafen, das zur Flucht bereitlag.

15

Das *Hochsee-Hotel* war in diesen Tagen gut gebucht. Dennoch herrschte wohltuende Ruhe und dank Klimaanlage angenehme Kühle in dem Haus. Anna meldete sich am Empfang für Frau Michelsen an. Aus dem Augenwinkel sah sie, dass ein Mann hinter ihr das Hotel betrat. Er nahm seinen Hut nicht ab, sondern setzte sich in einer Ecke in die Lobby und holte sein Smartphone heraus. Aus irgendeinem Grund fühlte sich Anna von diesem Gast alarmiert. Doch gerade als sie sich entschlossen hatte, ihn anzusprechen, gab der Portier Bescheid: »Frau Michelsen wäre jetzt für Sie zu sprechen, Frau Krüger.« Und sie ging hinauf zu Michelsens Zimmer im ersten Stock.

Wie immer war die Frau ganz in Schwarz gekleidet, und Anna fragte sich, ob sie das schon vor den Unglücksfällen so gehalten hatte oder ob das Trauerkleidung war. Cornelia Michelsen hatte eine befremdende Ausstrahlung. Sie war so blass, dass sie wie weiß geschminkt wirkte. Die grauen Augen starrten mit einer Eiseskälte, die Anna frösteln ließ. Trotz der Hitze. »Frau Michelsen, ich hatte um das Gespräch gebeten, weil es zu unseren Aufgaben gehört, alle eventuell noch offenen Fragen in Bezug auf den Tod eines Menschen zu klären.«

Cornelia Michelsen wartete mit einer Antwort. Sie blickte Anna unverwandt an und saß wie versteinert auf der Sofakante in ihrem Hotelzimmer. Lediglich ein leichtes Beben der Nasenflügel ließ erkennen, dass sie innerlich aufgewühlt war. Oder unbeherrscht. »Sie sprechen von meinem Sohn? Oder von meinem … Mann?« Anna hatte das kurze Zögern wohl gehört. »Von beiden«, sagte sie. »Leider.«

»Verstehe.« Es schien die Frau Überwindung zu kosten, überhaupt zu sprechen. »Und nun wollen Sie mich wegen beiden quälen.«

»Niemand will Sie quälen, Frau Michelsen, seien Sie dessen versichert. Sie können sich vorstellen, dass diese Art von Aufgaben zu den unbeliebtesten zählt, die man sich im Polizeidienst vorstellen kann.« Anna bemerkte das leere Glas auf einem Beistelltischchen, daneben zwei kleine Flaschen aus der Minibar.

»Sie haben mein ganzes Mitgefühl«, erklärte Cornelia Michelsen. Der Spott in ihrer Stimme war so beißend, dass Anna sich unwillkürlich verletzt fühlte. »Nun gut«, sagte sie etwas weniger feinfühlig. »Bringen wir es hinter uns.«

»Bitte. Was wollen Sie wissen?« Frau Michelsen bot ihr nichts an, nicht einmal ein Glas Wasser, das bei diesen Temperaturen das Mindeste gewesen wäre. Aber konnte man das einer trauernden Frau und Mutter, deren Familie innerhalb von achtundvierzig Stunden zerstört worden war, in irgendeiner Weise verdenken? »Ihr Mann«, sagte Anna, »wann ist er aus dem Haus gegangen? Also, ich meine, aus dem Hotel?«

»Das kann ich Ihnen leider nicht sagen. Als ich aufwachte, war er bereits tot.«

Anna nickte. »Das heißt, Sie haben geschlafen, als er das Hotel verließ?«

»Vermutlich. Ich weiß es nicht.«

»Ich verstehe nicht, Frau Michelsen …«

»Er war nicht … Wir haben nicht im selben Zimmer gewohnt. Er hat sich ein eigenes Zimmer genommen.«

»Oh. Verstehe. Sie hatten zwei separate Zimmer hier im Hotel, richtig?«

»Ja.« Cornelia Michelsen blickte zur Seite aus dem Fenster, irgendwo in weite Ferne. »Ich wollte nicht mit ihm in einem Zimmer sein.« Sie zögerte. »Nach allem …« Der Rest blieb unausgesprochen. Ein leichtes Zittern der Hände. Ein Malmen der Backenknochen. Was ging in der Frau vor? »Wann haben Sie denn das letzte Mal mit Ihrem Mann gesprochen?«

»Das war am Abend vorher. Spät. Nach Mitternacht.«

»War er hier bei Ihnen?« Anna machte eine Geste in den Raum.

»Nein. Wir waren drüben am Hafen.«

»Und hat er irgendetwas gesagt, dass er …« Es war nicht einfach, in solchen Situationen die richtigen Worte zu finden. »Dass er nicht mehr weiterleben kann?« Sie hatte es kaum ausgesprochen, da durchfuhr sie die Erinnerung wie ein Blitz. Ihr selbst hatte Michelsen es gesagt! Ihr: Anna Krüger! Als sie ihn auf den Klippen angetroffen hatte. *Ich könnte mich auf der Stelle hier runterstürzen.* Das war es, was er gesagt hatte. *Ich bin schuld.* Wie hatte sie das vergessen können!

Cornelia Michelsen betrachtete die Polizistin unverwandt. »Was ist los?«

»Nichts«, sagte Anna. »Ich hatte Sie etwas gefragt.«

Die Frau schüttelte den Kopf. »Nein, zu mir hat er nichts gesagt. Jedenfalls habe ich nichts gehört. Um ehrlich zu sein, habe ich gar nicht über ihn nachgedacht. Jedenfalls nicht so.« Sie schloss kurz die Augen. »Ich dachte nur immer, das ist der Mann, der mein Kind umgebracht hat.«

»Umgebracht, weil …«

»Weil er ihn unterstützt hat bei dieser Seglerei. Er hat ihn angetrieben, wollte, dass Nils bei dieser verfluchten Regatta mitfährt!« Sie stand auf und trat ans Fenster, wo sie aufs Meer hinausblickte, als würde ihr verlorener Sohn am fernen Horizont segeln. »Das war seine Idee. Weil er das Segeln liebte.

Und weil sein Vater schon ein leidenschaftlicher Segler war. Und weil das hier seine Insel war und … Ach, ich weiß auch nicht. Sie fanden dieses Rennen einfach großartig. Beide. Nur dass mein Mann eben der Erwachsene war. Er hätte es besser wissen müssen. Er hätte wissen müssen, dass es ein Risiko ist. Dass etwas passieren kann. Ich meine, sehen Sie sich die Jungs doch an! Kinder sind das! Die meisten sind gerade mal zehn oder elf Jahre alt. Und die lässt man hier auf hoher See segeln. Ich verstehe das einfach nicht.« Sie blieb stehen und starrte Anna aus ihren eisgrauen Augen an. »Das habe ich ihm übel genommen. Und das werde ich ihm auch übel nehmen bis zu meinem Tod. Egal, ob er dafür mit seinem Leben bezahlt hat.«

Anna legte ihren Stift und den Notizblock weg und schwieg eine kleine Weile. Dann sagte sie betont ruhig: »Das kann ich gut verstehen, Frau Michelsen. Ein Kind zu verlieren, das ist das Schrecklichste, was einem Menschen passieren kann. Um das zu wissen, muss man keine Mutter sein. Ich vermute, der Tod Ihres Mannes ist trotzdem ein schwerer Schlag für Sie gewesen.« Auch wenn es nicht als Frage formuliert war, antwortete die Frau: »Es ist ein schwerer Schlag. Und wissen Sie warum? Ich hatte einen Tag und eine Nacht Zeit, darüber nachzudenken. Und ich habe es herausgefunden. Bis gestern früh gab es jemanden, den ich für Nils' Tod verantwortlich machen konnte. Es gab jemanden, der für meinen Zorn da war. Den gibt es jetzt nicht mehr. Mein Mann hat mich hängen lassen, er hat mich allein gelassen in dieser Situation. Mit meinem anderen Jungen. Ganz allein.« Sie wandte sich ab. Anna erhob sich und packte ihre Sachen ein. »Es gab vermutlich vorher keine Selbstmordversuche Ihres Mannes? Früher, meine ich?«

Die Frau schüttelte den Kopf. Es war offensichtlich, dass sie die Maske der Gefasstheit nur noch mit allergrößter Mühe aufrechterhielt. Endlich schien hinter der Fassade der gefühlskalten Frau so etwas wie Verletzlichkeit aufzuschimmern.

»Hat er Medikamente genommen? War er von irgendetwas abhängig?« Sie blickte zu dem Tischchen mit den leeren Schnapsflaschen hin, lang genug, damit die Frau es bemerken konnte, wenn sie wollte. Doch Cornelia Michelsen schüttelte nur den Kopf. »Nein«, sagte sie. »Nichts. Mein Mann war sportlich und gesund.« Sie zögerte. »Und sehr von sich überzeugt.«

»Wissen Sie, ob er auf der Insel zu irgendjemandem besonderen Kontakt hatte?« Anna trat neben Cornelia Michelsen und folgte ihrem Blick nach draußen, dorthin, wo das Fallersleben-Denkmal stand. »Sie sagten doch, das sei seine Insel gewesen. Wie haben Sie das gemeint?«

»Die Familie hat hier früher gelebt«, erklärte die Witwe. »Aber das ist inzwischen viele Jahre her.«

»Auch Ihr Mann?«

»Sie sind weggezogen, als er noch klein war. Fünf Jahre alt vielleicht.«

»Aber er war öfter hier?«

»Nein. Eigentlich nicht«, sagte Cornelia Michelsen mit hohler Stimme. »Aber Sie können mich fragen, was Sie wollen: Ich kenne ihn eigentlich gar nicht. Das ist mir erst heute Nacht klar geworden. Ich kannte ihn nie. Mein Mann ist ein Fremder. Immer gewesen.«

Anna verabschiedete sich. Sie war schon an der Tür, als ihr einfiel: »Ihr Sohn, Peter, wie geht es ihm?«

»Er wird damit klarkommen.« Die Stimme war nur ein Flüstern. »Er ist stark. Und er bekommt Hilfe.«

»Waren Sie bei ihm, seit Sie … seit Sie die Klinik verlassen haben?« Es blieb Anna unerklärlich, dass die Frau ihren Sohn nicht bei sich hatte.

»Nein. Ich würde das jetzt nicht aushalten.«

Anna folgte dem Blick der Frau an die gegenüberliegende Wand: Ein paar Bilder hingen dort. »Hat er das gemalt?« Sie trat näher und besah sich die Zeichnungen. Nein, eigentlich keine Zeichnungen, sondern vielmehr … »Collagen«, sagte Cornelia Michelsen. »Sie stammen von Nils. Er macht sie aus Tieren.«

»Aus … Tieren?«

»Aus der Haut von Fischen. Aus Würmern. Irgendwelchen Teilen, die er präpariert, wenn er irgendwo ein totes Tier findet. Er hat da ein Talent.« Alle Trauer war jetzt aus den Augen der Frau verschwunden. Stattdessen blickten ihre winzigen Pupillen wie hypnotisiert auf die Bilder. Die Polizistin, die neben ihr stand, schien die Frau vergessen zu haben.

Nach Behrend und Feddersen fehlte noch Olaf Reuter auf Annas Liste. Der dritte Mann, der am Morgen am Absturzort von Nils Michelsen senior gewesen war. Er arbeitete am Funkturm. Nachdenklich machte sich Anna auf den Weg dorthin. Sie nahm den Fahrstuhl ins Oberland, um ihre Kräfte zu schonen, die Hitze machte es einmal mehr unerträglich, weite Strecken zu gehen. Ein Mann mit Hut stellte sich neben sie, und es dauerte einen Augenblick, bis ihr klar wurde, woher sie ihn kannte. Doch ehe sie ihn ansprechen konnte, klingelte sein Telefon. Er meldete sich nur mit »Hallo«. Dann lauschte er, gab einige wenige Laute der Zustimmung von sich, und als die Aufzugtür sich öffnete, trat er nach draußen und stellte sich wenige Meter weiter an die kleine Mauer am Falm, von wo aus man weit übers Unterland, die Hafenanlagen und hinüber zur Düne sehen konnte. Anna zögerte noch einen Moment, doch dann marschierte sie los Richtung Funkturm.

Reuter war ein kleiner, gedrungener Mann mit dünnem

Haar und rauer Stimme. Er war Anna auf Anhieb unangenehm. Sie kannte ihn flüchtig, hatte aber bisher nie mit ihm zu tun gehabt. »Und jetzt machen Sie einen Mord daraus?«, fragte er bissig.

»Wenn etwas kein Mord war, ist es kein Mord, egal, was ich mache. Und wenn es einer war, dann bleibt es einer. Mir geht es nur darum, unsere Informationen zu vervollständigen.«

»Was wissen Sie denn noch nicht?« Reuter kratzte sich am Kinn und musterte Anna, als wollte er abschätzen, ob sich ein kleiner Seitensprung mit ihr lohnen könnte. Die Atmosphäre in dem Gebäude unter dem Funkturm machte es Anna schwer, sich zu konzentrieren. Der Kopfschmerz hatte sich wieder gemeldet. Praktisch in dem Moment, in dem sie hier durch die Tür gekommen war. Vielleicht war es die Strahlenbelastung? Vielleicht die Luft, die hier drin zu vibrieren schien? Vielleicht war es auch eine Mischung aus beidem. »Schießen Sie los!«, forderte Reuter sie auf und lehnte sich gemütlich in seinem Stuhl zurück, ohne Anna anzubieten, sich auch hinzusetzen. Sie nahm ihren Notizblock heraus und einen Stift, sah sich demonstrativ in dem Raum um, in dem ein Großteil des Funkverkehrs nicht nur der Insel, sondern der ganzen Deutschen Bucht koordiniert wurde. Es war ein eindrucksvolles, für Anna aber völlig undurchschaubares Gewirr von Pulten, Displays und Skalen, Servern, Transistoren oder was auch immer. »Gibt es hier irgendwann Feierabend?«

»Nein. Wir senden rund um die Uhr.«

»Das heißt, die Station ist immer besetzt?« Anna versuchte, den stechenden Schmerz hinter beiden Augen zu ignorieren.

»So ist es.«

»Und Sie teilen sich in Schichten, nehme ich an.«

Reuter grinste. »Die Alternative wäre, dass einer von uns ebenfalls rund um die Uhr arbeitet.«

»Welche Schicht haben Sie zurzeit?«

»Ich bin hier ab sieben Uhr morgens bis Mittag.«

»Auch vorgestern?«

»Klar. Den ganzen Monat.«

»Erzählen Sie mir, was vorgestern geschehen ist, als Sie zur Arbeit gekommen sind.«

»Na, das haben Sie doch selbst gesehen: Der Typ ist die Klippe runtergefallen.«

Anna ließ die Worte absichtlich ein wenig im Raum stehen. Man musste von einem Menschen, der zu Tode gestürzt war, nicht unbedingt als »der Typ« sprechen. »Herr Michelsen«, sagte sie dann und betonte den Namen, »ist die Klippe hinuntergestürzt, ja. Aber haben Sie das gesehen?« Die Migräne zog sich jetzt durch den ganzen Schädel, von den Wangenknochen bis hinter die Ohren. Stalin wetzte die Messer.

»Nee, das hab ich natürlich nicht. Wie er gestürzt ist, meinen Sie? Nee.«

»Also haben Sie *was* gesehen?«

»Wie er unten lag.«

»Sie sind also auf die Klippe zugegangen, ganz nach vorne, weil … ja, warum eigentlich? Und dann haben Sie runtergeguckt, und da lag der Körper dieses Mannes. War das so?« Während sie redete, war Anna auf Olaf Reuter zugegangen, der sich prompt etwas aufrechter hingesetzt hatte und sie jetzt von unten wie ein Kaninchen anblickte, das auf den Wolf starrte. »Nein, so können Sie das auch nicht sagen.«

»Dann sagen Sie's mir doch, verdammt noch mal!«, rief Anna und zwang den Mann, noch etwas strammer zu sitzen. Inzwischen säbelte sich Stalin durch Annas Gehirn, dass ihr fast schwarz vor Augen wurde. Der Druck, den dieser Raum auf sie ausübte, war unmenschlich. Das Grinsen war aus Olaf Reuters Gesicht verschwunden. Er blickte sich nervös um und griff dann nach seinen Zigaretten. »Also, ich bin einfach nur ganz normal den Klippenrandweg hochgekommen«, erklärte er, während er eine Zigarette aus der Packung fummelte. »Ich wohne ja im Unterland. Und ich war ein bisschen früh dran.« Er räusperte sich. »Also dachte ich, da kann ich ja noch eine rauchen, nicht wahr? Und das mach ich gerne so auf der Klippe mit Blick aufs Meer. Ich meine, hallo, wozu lebt man schließlich auf diesem gottverlassenen Flecken.«

»Sie stecken sich also eine Zigarette an und dann?«

Reuter suchte nach seinem Feuerzeug. »Dann steh ich da und denke mir, dass dieser lächerliche Zaun, den sie da hingestellt haben, ziemlich verbogen ist. Ich meine, es sah einfach schon so aus, als wäre da einer runtergefallen.« Er hatte das Feuerzeug gefunden, doch Anna hob die Hand. »Legen Sie doch bitte das Feuerzeug weg. Sie können rauchen, wenn wir fertig sind.«

»Moment mal«, wollte sich Reuter aufregen. »Ich arbeite hier. Sie sind hier nur …«

»… der Gast, Herr Reuter. Ich bin der Gast.« Sie lehnte sich unauffällig gegen einen Stuhl, denn der Schmerz wurde nahezu unerträglich. »Und den fragt man, wenn man rauchen möchte. Und wenn Sie mich fragen: Ich hätte es gerne, dass Sie jetzt nicht rauchen, sondern wir dieses Gespräch zuerst zu Ende bringen.«

»Also gut.« Er legte das Feuerzeug auf seinen Schreibtisch und die Zigarette daneben, atmete tief durch und suchte nach Worten. »Ja, also, wie gesagt, äh … der Zaun. Sie kennen den ja, das sind nur ein paar so windige Seile, die da gespannt sind. Und die sahen ziemlich schlapp aus. Ich glaube gar nicht, dass ich irgendwie groß was gedacht habe. Mir kam das nur komisch vor. Dann hab ich eben runtergeguckt und den Typen … den Toten … entdeckt.«

»Na gut«, sagte Anna, die wieder begonnen hatte, sich Notizen zu machen. »Sie haben Herrn Michelsen also gefunden. Und was haben Sie dann gemacht?«

»Dann sind erst mal nacheinander Feddersen und Behrend aufgetaucht.«

»Wer zuerst?«

»Also, ich glaube, zuerst war Behrend da. Und dann Feddersen. Auf so was achtet man ja nicht, wenn man gerade eine Leiche gefunden hat.«

»Dachten Sie da schon, dass er tot wäre?«

Reuter lachte, wenn auch etwas unsicher. »Also wenn eine Sache sicher ist, dann ist es die, dass tot ist, wer da runterfällt. Ich meine, hallo, das sind ja vierzig Meter oder so. Die überlebt keiner.«

»Und Sie haben vorher niemanden gesehen? Oder auch nachher? Jemand anderen, der auf den Klippen gewesen wäre?«

Reuter schüttelte den Kopf. »Nee. Niemanden außer Feddersen und Behrend«, sagte er. »Und dem alten Hagedorn.«

Draußen stellte sich Anna in den Schatten des Gebäudes und atmete einige Male tief durch. Langsam ließ der Schmerz nach. Nur ein starker Schwindel blieb und ließ sie verzweifelt um Haltung ringen. Sie blickte nach oben. Der Turm. Er war zu so etwas wie einem neuen Wahrzeichen der Insel geworden. Höher und größer als alle Türme, die es jemals auf Helgoland gegeben hatte, ein Stahlgerüst von erstaunlicher Feinheit, wenn man bedachte, welchen Wetterextremen die Konstruktion hier draußen ständig ausgesetzt war. Und ein Mordwerkzeug der leisen Art. Die Strahlung im unmittelbaren Umfeld musste gewaltig sein, so wie Stalin darauf angesprungen war.

Froh, diesen Ort der Folter verlassen zu können, wankte Anna über die karge Steppe des Oberlands. Nur ein paar

Meter weiter lag der Ort des Unglücks. Sie würde noch einmal hingehen, um zu prüfen, ob die Geschichten, die sie gehört hatte, alle so richtig sein konnten.

Als sie der Absturzstelle näher kam, hob sich vor dem blassen Meer eine hagere Gestalt ab, ein Mann mit Hut, der auf die See hinaus blickte, nein, landeinwärts, wie sie bei genauerem Hinsehen feststellte: Er stand mit dem Rücken zum Meer und schaute in Annas Richtung. Nicht nur in die Richtung, er fixierte Anna geradezu, wie sie erkannte, als sie nur noch einen Steinwurf von ihm entfernt war. Und da erkannte sie auch ihn: Es war der Mann, der mit ihr im Aufzug gefahren war. Der in der Kirche hinter ihr gestanden hatte. Der ihr auch vorher schon irgendwo aufgefallen war – auch wenn ihr nicht mehr einfiel, wo das gewesen sein mochte.

Sie zückte ihren Polizeiausweis und hielt ihn ihm hin, während sie auf ihn zutrat. »Anna Krüger, Polizei«, sagte sie. »Bitte weisen Sie sich aus.«

Der Mann musterte sie mit einer undurchsichtigen Miene, zögerte einen Moment, dann griff er in sein Sakko. Anna hatte die andere Hand in die Nähe ihres Pistolenholsters bewegt. Diesmal war sie ordnungsgemäß ausgerüstet, auch wenn es auf der Insel nicht gern gesehen wurde, dass die Polizei bewaffnet unterwegs war. »Lassen Sie nur stecken«, sagte der Mann mit ironischem Lächeln. »Wenn ich Sie umlegen wollte, hätte ich es längst getan.« Er nahm eine Geldbörse hervor und zog eine kleine Karte heraus: einen Presseausweis, wie Anna auf den ersten Blick erkannte. »Als amtlichen Lichtbildausweis kann ich das nicht anerkennen«, sagte sie trocken.

»Natürlich. Ich wollte nur, dass Sie wissen, mit wem Sie es zu tun haben.« Es folgte sein Personalausweis, den Anna zur Hand nahm und untersuchte: Ulrich Weikert, geb. 14.10.1978. Sie wählte die Nummer der Polizeistation und diktierte Frau

Schneider die Ausweisnummer, wartete den Abgleich ab und reichte dem Mann sein Dokument zurück. »Weshalb sind Sie auf Helgoland, Herr Weikert?«

»Beruflich.«

»Sie recherchieren?«

»Ich bin Ihnen zu keinerlei Auskunft verpflichtet.«

»Weshalb verfolgen Sie mich?«

Abermals zeichnete sich ein überhebliches Lächeln auf seinen Zügen ab. »So dürfen Sie das nicht sehen«, sagte er. »Man läuft sich auf einem so kleinen Flecken Erde doch zwangsläufig öfter über den Weg.«

»Sie sind mir ein paarmal zu oft über den Weg gelaufen, als dass ich an Zufall glauben würde. Also, was soll das? Was wollen Sie?«

Weikert steckte seine Geldbörse wieder weg, blickte in den Himmel, blinzelte in die Sonne und sagte: »Tatsächlich könnten Sie etwas für mich tun. Ich hätte gerne ein Interview.«

»Ein Interview? Worüber? Weshalb?«

»Nun, das ist doch offensichtlich, oder? Sie hatten hier mysteriöse Todesfälle. Das interessiert die Menschen und deshalb auch die Presse.«

»Ich wüsste nicht, was an den Todesfällen mysteriös sein soll«, versuchte Anna auszuweichen. Doch der Journalist lachte heiser. »Allein die Tatsache, dass Sie offenbar genau wissen, von welchen Todesfällen ich spreche, beweist doch, dass Sie sie selbst für seltsam halten.« Und als Anna nichts erwiderte, fügte er hinzu: »Ich wüsste gerne, wie der Stand der Ermittlungen ist.«

»Sie haben den Artikel im *Hamburger Express* geschrieben, richtig?« Anna spürte, wie ihr der Schweiß den Rücken hinabrann. Es war so heiß wie all die Tage. Nur dass endlich auch der Wind zurückzukehren schien.

»Und ich gedenke es wieder zu tun«, sagte Weikert und deutete eine leichte Verbeugung an. Arrogant, das war es. Arrogant wirkte er. Aber auf eine eigenartige Weise auch attraktiv. Das mochte an seiner Selbstüberschätzung liegen. Er hielt sich selbst für so toll, dass es etwas Beeindruckendes hatte. Ein bisschen wie bei James Bond, dachte Anna und sagte: »Das ist Ihr gutes Recht.«

»Ich weiß. Aber ich möchte auch nichts Falsches schreiben.« Er zuckte lässig mit den Schultern. »Sie wollen das auch nicht.«

»Trotzdem werden Sie verstehen, dass ich Ihnen nichts sagen kann, was für die Ermittlungen relevant ist.«

»Es gibt also Ermittlungen?«

»Jeder außergewöhnliche Todesfall muss untersucht werden. Daran ist nichts Besonderes.«

»Welche Kripo ist denn für den Fall zuständig?« Weikert sagte es leichthin.

»Kripo? Wer sagt denn, dass sich die Kripo mit dem Fall beschäftigt? Dazu müsste es erst einmal Anlass geben, an ein Verbrechen zu denken.«

»Nun«, sagte der Journalist, »das gibt es ja wohl zur Genüge.«

»Tatsächlich? Vielleicht sollten Sie mir ein wenig erzählen, was Sie bisher recherchiert haben.«

Der Mann hob entschuldigend die Arme. »Tut mir leid, Quellenschutz. Außerdem ist es nicht meine Aufgabe, Ihre Arbeit zu tun.« Er beugte sich ein klein wenig zu Anna vor. »Aber wenn ich Ihnen einen Rat geben darf: Sie sollten sich die Familie mal etwas genauer ansehen.«

Vielleicht ist es ganz gut, dass du ohnmächtig geworden bist. Aber du darfst nicht zu lang schlafen. Das ist Teil der Behandlung. Nur nicht die Hoheit aufgeben. Fünf Minuten noch, nicht mehr. Sollst du fünf Minuten den Horror verarbeiten. Die Bilder, den Geruch, die nagende Schuld. Dann wird dich ein wohldosierter Stromstoß wecken und alles unauslöschlich in dein Gehirn einbrennen.

Das Boot lag verlassen im Hafen. Fritjof Hagedorn war nirgends zu sehen. Anna rief ein paarmal in der Hoffnung, er wäre womöglich nur unter Deck. Doch es folgte keine Reaktion. Andererseits war er ein alter Herr. Wer wusste schon, wie gut er überhaupt noch hörte. Ein ungutes Gefühl beschlich Anna. Sie sah sich um, entdeckte zwei andere Skipper, die Hagedorn beide gesehen hatten. Allerdings hatte keiner mitbekommen, dass er gegangen wäre. »Danke«, sagte Anna und rief in der Polizeistation an. »Haben wir die Telefonnummer von Fritjof Hagedorn?«, fragte sie Frau Schneider.

»Nicht dass ich wüsste. Aber ich kann sie gerne für Sie herausfinden.«

»Das wäre nett.«

Die Gangway lag noch da, ein schmaler Steig, nur auf einer Seite mit einem kümmerlichen Handlauf versehen: einem Seil, das Anna auf fatale Weise an den sogenannten Sicherheitszaun auf den Klippen erinnerte. Sie fasste sich ein Herz und ging mit wenigen großen Schritten hinüber auf das Boot.

Wenn man darauf stand, wirkte es viel größer. Erstaunt nahm Anna zur Kenntnis, dass dies hier eben keine Nussschale war, wie Hagedorn vorhin behauptet hatte, jedenfalls nicht, wenn man das Fischerboot mit den Schaluppen verglich, die in der Nähe lagen. Es war schwer und wuchtig, massiv, ein kleines Schiff, auch wenn Hagedorn es offenbar nur noch als nostalgisches Spielzeug verwendete.

Anna sah sich auf dem Deck um. Ein Traum für maritime Romantiker. Überall lagen – auch jetzt noch – Taue und

Planen, sogar ein altes Netz mit Schwimmern in einer offenen Truhe. Die Planken waren rot gestrichen und hätten eine Auffrischung brauchen können. Aber es war unschwer vorstellbar, dass der Alte dafür nicht mehr die Kräfte hatte und sich außer ihm niemand damit befassen wollte. Im hinteren Teil fand sich sogar noch eine alte Harpune, wenn auch ohne Pfeil. Dazu Kescher, Reusen und etliches an Material, von dem Anna nicht einmal wusste, was es sein mochte. Sie schlenderte zurück zum Vorderdeck und besah sich durch das Fenster die kleine Kabine, in der die Technik untergebracht war, die überraschenderweise moderner aussah, als Anna erwartet hätte. Und natürlich das Steuerrad. Eine Luke führte nach unten. Anna drückte auf die Klinke, doch die Kabine war abgeschlossen. Damit war ihr auch der Zugang zur Luke verwehrt. Sie blickte sich um. Auch auf dem Deck, eher im hinteren Teil, gab es eine Luke. Sie stand einen Spaltbreit offen. Anna öffnete sie ganz und streckte den Kopf hinein. »Hallo?«, rief sie. »Jemand da?« Nichts. Sie setzte vorsichtig einen Fuß vor den anderen. Die Treppe war extrem steil. Gerade als sie die Mitte erreicht hatte, klingelte ihr Handy. »Ja?«

»Ich habe die Nummer von den Hagedorns, Frau Krüger.«

»Wunderbar. Geben Sie sie mir durch?« Schweigen. »Frau Schneider?« Nichts. »Hallo?« Die Verbindung war abgebrochen. Offenbar isolierte das Boot die Strahlen ziemlich gut. Sie steckte das Handy weg und versuchte, im Dunkeln etwas zu erkennen. Ein fieser Geruch schlug ihr entgegen. Streng, muffig, aggressiv. Klar, dachte sie, der Lagerraum. Hier haben sie jahrelang oder jahrzehntelang den gefangenen Fisch gebunkert, bis sie ihn von Bord bringen konnten. Sie zückte noch einmal das Smartphone und machte die Taschenlampe an. Im fahlen Licht erstreckte sich der Raum so weit, als wäre es eine Halle. Nur niedrig war es, so niedrig, dass Anna kaum aufrecht stehen konnte. Was, wie sie rasch feststellte, damit zu tun hatte, dass es noch ein weiteres Unterdeck gab. Denn in der Mitte des Lagerraums befand sich nochmals eine Luke. Diese aber war mit einem Vorhängeschloss gesichert.

Seit das Boot nicht mehr in Benutzung war, war es offenbar für allerlei Krempel als Stauraum genutzt worden. Diverse Gerätschaften waren an der hinteren Wand verschnürt. An der vorderen standen zwei Kästen, die offenbar mit der Bordtechnik zu tun hatten. Daneben Kabelsalat, Eimer, alte Gummistiefel, ein Werkzeugkasten.

Ein Geräusch ließe Anna aufhorchen. War jemand an Bord? Sie lauschte. Dann hörte sie es deutlich: Schritte auf Deck! Erschrocken flog ihr Blick zur Treppe, die den einzigen Ausgang darstellte. Ein Streifen grellen Lichts erhellte eine Ecke des Lagerraums, wodurch der Rest nur noch finsterer erschien. Anna rührte sich nicht, sondern versuchte zu erahnen, woher die Laute gekommen waren. Ein Rumpeln. Etwas schabte über den Boden, scheinbar direkt über ihr. Dann erneut einige Schritte. Dann wieder Stille. Vorsichtig schlich sich Anna näher an die Luke heran. Sie war so oder so in einer misslichen Situation. Denn ohne akuten Noteinsatz war das hier ganz klar Hausfriedensbruch, egal, ob sie eine Polizistin war oder nicht. Obwohl: Konnte man auf einem Schiff Hausfriedensbruch begehen? Vorsichtig setzte sie einen Fuß auf die Treppe. Plötzlich meldete sich ihr Handy mit glockenhellem »Pling«. Anna hielt den Atem an. Alles war still. Ein Blick auf das Display zeigte: Frau Schneider hatte ihr die Nummer der Hagedorns geschickt. Anna steckte das Handy wieder weg und zog sich an der Treppe nach oben. In dem Moment klappte die Luke über ihrem Kopf zu.

17. April, 07.50 Uhr, Gasthaus Hagedorn, Unterland

Als er die Treppe hinunterging und in den Gastraum trat, spürte er es gleich. Kein »Guten Morgen«, kein »Beeil dich!«, kein »Mach nicht solchen Krach!«. Nichts. Die Eltern schwiegen. Obwohl sie alle beide da waren. Der Vater war gerade aus dem Keller hochgekommen und schaute Hannes so erschrocken an, dass der Junge selbst erschrak. Die Mutter stand mit verkniffener Miene hinter der Theke und räumte Getränke ein. Sie hatte jeweils ein Glas Milch und ein Brot für Hannes und für seinen kleinen Bruder auf den Tresen gestellt. Echte Butter! Seine Freunde – die wenigen, die noch auf der Insel waren – beneideten ihn. Echte Butter, das gab es kaum noch. Aber als Gastwirte hatten seine Eltern eine Sondererlaubnis für viele Dinge, die es sonst kaum mehr gab. Auch weil sich die SS-Männer gerne am Abend im Gasthaus Hagedorn trafen. Und die sollten bekommen, was sie wollten. Dafür sorgten sie schon selbst, indem sie dem Wirt die entsprechenden Sachen verschafften. Hannes hatte es mehr als einmal mitbekommen, wenn der Vater nach der Sperrstunde noch mit dem einen oder anderen SS-Offizier zusammensaß und über Lieferungen sprach. Auch dann herrschte eine eigenartige Stimmung im Gastraum.

Aber heute war es anders. Seine Eltern sahen aus, als erwarteten sie jeden Augenblick ein Unglück. Mutter blickte immer wieder zur Tür hin, Vater versperrte den Keller, was er doch sonst niemals tat. Keiner von den beiden sah ihn an. Keiner antwortete, als er »Guten Morgen« murmelte. Verunsichert nahm er eines der Brote und ein Glas und setzte sich an einen Tisch. Er brachte es kaum hinunter.

Der Vater verschwand nach oben. Die Mutter wischte die

Theke, die doch schon blitzsauber war. Dann kam sie, um seinen Teller und das leere Glas wieder mitzunehmen. Sie war schon im Begriff, sich umzudrehen, da hielt sie inne, stellte die Sachen noch einmal ab und trat ganz nah an Hannes heran. Ohne ein Wort zu sagen, nahm sie seinen Kopf in die Hände und drückte ihn fest an ihre Brust. Sie beugte sich herab und küsste ihn auf den Kopf. Da wusste Hannes Hagedorn, dass etwas ganz Schlimmes vor sich ging.

16

Dunkelheit. Nicht einmal der kleinste Lichtstrahl drang von draußen herein. Die Schritte hatten sich wieder entfernt. Vom gelegentlichen Schwappen kleinerer Wellen gegen die Bordwand abgesehen herrschte absolute Stille in Annas Verließ. Orientierung gab ihr nur das fahle Licht der Handylampe. Doch die wollte sie lieber nicht zu lange einsetzen, um den Akku nicht allzu schnell zu verbrauchen. Stattdessen versuchte sie, einen Platz zu finden, an dem sie Empfang hatte. Doch wohin sie auch ging in diesem Lagerraum: Nirgendwo schien Funkkontakt mit der Außenwelt möglich. Mehrere Nachrichten, die sie abzusetzen versuchte, gingen nicht raus. Das Telefonnetz blieb unerreichbar.

Die Luke war nicht einfach verschlossen, sie war verriegelt. Zuerst hatte Anna gerufen. »Hallo? Hallo! Hören Sie mich? Hier unten ist jemand! Bitte aufmachen!« Und für ein paar Augenblicke waren von draußen jedenfalls keine Schritte zu hören gewesen. Höchstwahrscheinlich hatte, wer immer dort war, ihr Rufen gehört. Und sich dagegen entschieden, die Luke nochmals zu öffnen. »Ich bin Anna Krüger von der Polizei! Hallo? Herr Hagedorn? Sind Sie das?« Aber nichts. Keine Reaktion. Das hieß: doch. Eine Reaktion, wenn es denn eine war, gab es schließlich: Wer immer da draußen war, entfernte sich. Schritte, die leiser wurden, ein Schleifen … Anna dachte über das Geräusch nach und stellte sich vor, dass jemand die Gangway weggezogen hatte.

Mehrmals stieg Anna die Treppe hoch und klopfte von unten an die Luke, um sich bemerkbar zu machen. Das hier war ein Hafen, da waren Menschen, da musste doch zwangsläufig mal jemand vorbeikommen, der sie vielleicht hörte. Sie trat mit dem Fuß gegen die Bordwand, was aber praktisch überhaupt keinen Effekt hatte – außer dass ihr Knöchel schmerzte. Hätte es irgendwo hier unten einen Gegenstand gegeben, mit dem sie hätte klopfen können, dann wäre es einfacher gewesen, den nötigen Lärm zu erzeugen. Eine Zange, die sie im Werkzeugkasten fand, brachte nichts. Ein paar Kabel, mit denen sie auf die Planken einschlug, erst recht nichts. Niemand außerhalb des Bootes würde sie hören. Anna war allein – wenn man von Stalin absah.

Mit einer gewissen Erleichterung fiel ihr ein, dass sie ihre Waffe bei sich trug. Es würde eine Art Ultima Ratio sein, die Luke damit in Stücke zu schießen, um nach draußen zu kommen. Vorausgesetzt natürlich, das gelang überhaupt. Dann wäre das hier freilich nicht nur Hausfriedensbruch, sondern auch noch Sachbeschädigung geworden. Keine guten Aussichten.

Anna beschloss, einige Zeit vergehen zu lassen. Sie setzte sich an den Rand des Lagerraums und dachte nach. Arbeitete daran, Stalin zurückzudrängen, und dachte nach über alle Informationen, die sie in den zurückliegenden Tagen gesammelt hatte. Versuchte, sich zu vergegenwärtigen, was alles sie gesehen und gehört hatte. Ging im Geiste ihre Notizen und Listen, ihre Fragen und die Antworten durch, die sie bekommen hatte. Schritt die Wege ab, die sie gegangen war. Doch immer wieder drängte sich das Bild des Jungen vor ihr inneres Auge. Sein Blick. Der Schrecken, der darin lag. Immer noch und immer wieder zog es ihr das Herz zusammen, wenn sie an ihn dachte. Wie mochte es ihm gehen? Wo war er wohl jetzt?

Immer noch bei Katja Geest? Oder wieder in der Klinik? Wieder bei seiner Mutter? Oder auf dem Weg zum Festland, um eine bessere psychologische Betreuung zu bekommen? Ein Blick auf die Uhr ihres Handys: Die Fähre war bereits wieder ausgelaufen.

Der Kopfschmerz war penetrant und hinderte sie am Denken. Gerne hätte sie eine Tablette genommen, doch sie war völlig ausgetrocknet und wollte nicht wieder ohne Flüssigkeit und auch nicht auf leeren Magen ein oder zwei Pillen hinunterwürgen. Sie würde es auch so durchstehen. Es konnte ja nicht ewig dauern.

Es dauerte ewig. Zumindest fühlte es sich so an. Doch irgendwann – sie war müde und zugleich zornig über ihr eigenes Missgeschick und über die unsinnige Neugier, die sie auf den Kahn getrieben hatte –, irgendwann waren sie wieder da, die Schritte über ihrem Kopf. Jemand hatte das Boot betreten. »Hallo?«, schrie sie. »Hören Sie mich?« Sie trommelte mit den Fäusten gegen die Wand, stolperte zur Treppe und kletterte bis knapp unter die Luke, um so heftig wie möglich mit der Kneifzange darauf einzuschlagen. Und dann merkte sie, dass jemand sich an der Öffnung zu ihrem Verlies zu schaffen machte.

Als die Sonne durch die sich öffnende Luke hereinfiel und ihr direkt in die Augen stach, verlor sie ihr Gleichgewicht und stürzte die Treppe hinunter, wo sie mit schmerzendem Rücken und pochendem Schädel liegen blieb. Der Junge, das Grauen im Blick, beugte sich über sie und starrte sie an. »Hallo?«, flüsterte sie, dann wurde sie ohnmächtig.

»Haben Sie was von Frau Krüger gehört?« Paul nahm ein frisches Hemd aus seiner Schreibtischschublade und blickte irritiert zu Annas Platz hin. Elsbeth Schneider schüttelte den

Kopf. »Tut mir leid, Herr Freitag«, sagte sie und lief hinter ihm her zum WC, um vor der Tür stehen zu bleiben, während er sich drinnen frisch machte und das Hemd wechselte. »Das Einzige, was ich weiß, ist, dass sie die Telefonnummer von Herrn Hagedorn haben wollte.«

»Hm«, tönte von drinnen Pauls Stimme. »Hat sie gesagt, wozu?«

»Ich nehme an, sie wollte dort anrufen?«, schlug Frau Schneider vor. Und als Paul nicht antwortete: »Ich wollte sie ihr durchgeben. Aber wir wurden unterbrochen.«

»Unterbrochen?«

»Die Verbindung war weg.«

»Und sie hat sich nicht mehr gemeldet?«

»Nein. Ich habe ihr die Nummer per Kurznachricht geschickt.«

»Verstehe«, sagte Paul, der wieder herauskam. Er hatte sich frisiert und sah wieder einmal umwerfend aus, wie Frau Schneider fand. Dass Paul Freitag ihr Chef in der kleinen Polizeistation war, war ein Glücksfall. Sie hatte vorher für das Bürgeramt gearbeitet, wo man vor lauter Bürokratismus einen Passierschein beantragen musste, um mal auf die Toilette zu gehen. Hier war alles etwas lockerer, was auch damit zusammenhing, dass die Mannschaft in den letzten paar Jahren komplett erneuert worden war. Zwei Pensionierungen und ein unrühmlicher Abgang des ehemaligen Polizeimeisteranwärters Weber hatten für frischen Wind gesorgt. Wobei mit Saskia Berneking für Frau Schneiders Geschmack vielleicht ein wenig zu viel Wind aufs Revier gekommen war.

»Und Frau Berneking?«

»Hat an der Binnenreede zu tun.«

»So.« Paul Freitag sah nicht zufrieden aus. Er erwartete Besuch vom Festland, zwei Kollegen von der Kripo Kiel, die angesichts der jüngsten Ereignisse den Vermisstenfall Nils Michelsen junior und den Todesfall Nils Michelsen besprechen wollten, um zu entscheiden, ob Untersuchungen eingeleitet werden sollten. Weiter reichende Untersuchungen als die Obduktion des bedauernswerten Vaters des Jungen. »Rufen Sie sie bitte an und sagen Sie, ich brauche sie in ein paar Minuten hier. Nein, sagen Sie, ich brauche sie in fünf Minuten hier.« Er setzte sich an den Schreibtisch und suchte seine Sachen zusammen. »Und versuchen Sie, Frau Krüger zu erreichen. Wenn Sie sie erwischen, sagen Sie ihr, ich brauche sie sofort hier.«

»Gerne, Herr Freitag. Möchten Sie vielleicht einen Kaffee oder eine Karaffe Wasser?«

»Seit wann haben wir Karaffen?«

»Seit heute. Ich habe uns zwei mitgebracht, als ich mir selber welche gekauft habe.«

Paul schenkte ihr ein Lächeln. »Das ist sehr nett, danke. Dann würde ich mich über eine Karaffe freuen. Mit drei Gläsern.«

Elsbeth Schneider nickte. »Erwarten Sie die Herren schon so früh? Die nächste Fähre kommt doch erst in ein paar Stunden.«

»Die Herren kommen mit dem Flugzeug«, erklärte Paul. »Und ich weiß nicht einmal, ob es Herren sind.«

»Natürlich.« Frau Schneider ging hinüber in ihr Büro und rief bei Saskia Berneking an und versuchte es abermals – und abermals erfolglos – bei Anna Krüger. Dass jemand über einen längeren Zeitraum auf der Insel nicht erreichbar war, war völlig untypisch. Es sei denn natürlich, Frau Krüger hätte ihr Handy ausgemacht. Kopfschüttelnd stand die Sekretärin wieder auf und füllte die Karaffe mit Wasser, stellte drei Gläser dazu und brachte alles mit einem Tablett zu ihrem Chef, der sich auch noch die Unterlagen von Frau Krüger geholt hatte und sie mit gerunzelter Stirn studierte. Die Kollegen von der Kripo hatten sich verdammt kurzfristig angekündigt. Er blickte auf die Uhr. Sie würden in höchstens einer halben Stunde hier sein. Und er hatte es nicht nur viel zu spät erfahren, er war vor allem überhaupt nicht vorbereitet und viel zu wenig im Thema. Dass er diese Sache allein an Anna delegiert hatte, ärgerte ihn. Und dass sie jetzt nicht erreichbar war und nicht auftauchte, ärgerte ihn noch viel mehr. Was dachte sie sich bloß, mitten am Tag und im Dienst auf Tauchstation zu gehen! »Frau Schneider?«, rief er der Sekretärin hinterher.

»Ja?«

»Haben Sie es auch mal bei Frau Krüger zu Hause probiert?«

»Natürlich, Herr Freitag.«

»Auch bei ihrer Vermieterin, wie heißt sie?«

»Frau Hovekamp. Nein, das habe ich noch nicht. Kann ich aber gerne machen.« Wieder blätterte er den unstrukturierten Wust an Aufzeichnungen durch, den Anna auf ihrem Schreibtisch liegen gelassen hatte. Zettel. Protokolle. Wahrscheinlich hatte sie das meiste sowieso auf ihrem Rechner. Doch an die Daten kam er natürlich ohne ihr Passwort nicht ran, was auch an sich ganz richtig war. Nur eben fatal, wenn man ein paar Profis von der Kripo gegenübersaß, die nicht nur hochsubventioniert und spezialisiert waren, sondern so einen kleinen Polizeiposten im Nirgendwo von vornherein für eine Lachnummer hielten. Zu gerne hätte Paul Freitag ihnen gezeigt, dass sie hier gute und seriöse Arbeit machten. Nur dass das verdammt schwer war, wenn man nichts, aber auch gar nichts an der Hand hatte, womit man das belegen konnte.

»Hi, Paul, was liegt an.« Mit der größten Lässigkeit trat Saskia durch die Tür. Aus irgendeinem unerfindlichen Grunde schien ihr das Wetter absolut nichts anzuhaben. Sie sah ständig perfekt gestylt aus. Die Sonnenbrille hielt ihre blonde Mähne auf attraktive Weise aus der Stirn, das Hemd war vielleicht einen Knopf zu weit geöffnet, aber wer hätte das bei den Temperaturen beanstandet. Kein Schweißfleck, kein Knitter. »Wir bekommen Besuch von der Kripo Kiel«, erklärte Paul. »Ich wollte, dass du dabei bist.«

»Geht es um Michelsen?«

»Klar. Zwei Todesfälle, beide kurz hintereinander, beide außergewöhnlich, da müssen die prüfen, ob sie eine Untersuchung einleiten sollten.«

»Nicht, dass es mich nicht interessieren würde. Aber hattest du das nicht Anna übertragen?«

»Hatte ich. Aber die ist spurlos verschwunden.«

Ein süffisantes Lächeln umspielte Saskias Lippen. »Tatsächlich. Wer hätte gedacht, dass Frau Krüger auch mal für eine Überraschung gut ist? Dann wollen wir mal hoffen, dass sie rasch wieder auftaucht.«

Keine drei Minuten später standen die Kollegen von der Kripo Kiel in der Tür: zwei Männer, wie sie unterschiedlicher nicht hätten sein können. Einer von ihnen trug Jeans und Polohemd (der Vorgesetzte, wie sich herausstellte), der andere einen viel zu warmen Anzug mit Hemd. Zugleich war er derjenige, der auf sehr joviale Art die Gesprächsführung an sich riss, während sein Chef missmutig in sein Smartphone starrte und nur gelegentlich den Kopf hob und die Anwesenden einem inquisitorischen Blick unterzog. »Dann wollen wir mal!«, sagte der Anzugträger und klatschte in die Hände, während er mit den Blicken Saskia verschlang, die es ihm mit hinter dem Kopf verschränkten Händen leicht machte. »Die Leichenschau hat ja nichts wirklich Interessantes ergeben …«

Paul blätterte in seinen Unterlagen. »Barbiturate«, merkte er an. »Finden Sie das uninteressant?«

»So wie's aussieht, waren das Mengen, wie sie jeder Mensch im Blut hat, der sich abends zum Einschlafen ein, zwei Zopiclon oder Noctamid einwirft«, sagte der Anzugträger, während sein Vorgesetzter lediglich eine Augenbraue hob und dann wieder auf sein Display sah. »Wenn man die Umstände betrachtet – Kind verschwunden, Frau macht ihm die Hölle heiß –, dann darf man davon ausgehen, dass er nicht gerade wie ein Baby geschlafen hat.«

»Verstehe«, murmelte Paul. »Aber hätte er dann nicht schlafen müssen, statt sich draußen auf den Klippen rumzutreiben?«

»Offensichtlich nicht. Oder denken Sie, jemand hat ihn hingetragen?«

Paul schüttelte den Kopf. »Nein.« Er räusperte sich. »Die äußerlichen Befunde geben ja keinen Aufschluss darüber, ob es eine Gewalteinwirkung gab, bevor er die Klippe runterstürzte. Wollen Sie sich den Fundort ansehen?«

Der Anzugträger wandte sich zu seinem Vorgesetzten, der nur ein Brummen von sich gab und kaum merklich nickte. »Machen wir nach der Besprechung. Haben Sie Protokolle angefertigt?«

Paul seufzte. »Das haben wir eigentlich.«

»Eigentlich?«, fragte nun der Chef der beiden und sah auf.

»Unsere Kollegin Krüger ist mit dem Fall beauftragt. Aber die ist leider gerade nicht erreichbar.«

»Wieso ist sie nicht hier, wenn sie die zuständige Mitarbeiterin ist?«

»Sie haben sich sehr kurzfristig angekündigt, und wir … wir hatten keine Gelegenheit mehr, uns hier zu koordinieren.«

Der Griesgrämige schüttelte nur den Kopf und widmete sich wieder seinem Handy, während der Anzugträger sich von Saskias Anblick losriss. »Tja, das macht es nicht leichter, was? Aber Sie können uns sicher die Sachlage kurz zusammenfassen?«

»Wir haben natürlich mit allen Betroffenen Gespräche geführt«, erklärte Saskia zu Pauls Erstaunen. »Das fing ja nicht erst mit dem Tod von Nils Michelsen senior an. Natürlich hatten wir zuerst mit ihm gesprochen. Dann mit seiner Frau, die ja erst nach dem Tod des Kindes ...«

»Dem Tod?«, warf der Anzugträger ein.

»Dem Verschwinden«, korrigierte Saskia und lächelte ihn an, während der Höherrangige die beiden musterte und die Augen ein wenig zusammenkniff. »Sie kam erst nach dem Verschwinden des Jungen auf die Insel.«

»Es gibt noch einen Bruder«, ergänzte Paul.

»Der Frau?« Der jüngere Kripobeamte grinste. »Oder des Mannes?«

»Des Jungen«, sagte Paul und es hätte beinahe nach einem Knurren geklungen. »Er ist zurzeit in psychologischer Behandlung.«

Nun schaltete sich der ältere Kripomann ein: »Können wir jetzt bitte wieder zur Sache kommen? Haben Sie Anhaltspunkte gefunden, die auf eine Fremdeinwirkung bei dem Absturz des Vaters schließen lassen? Verdächtige Aussagen, Motive für einen Mord, Indizien für die Anwesenheit eines Dritten am Unglücksort, irgendwas?«

»Nein, das haben wir nicht«, sagte Paul. »Wir haben natürlich auch Bilder und Filme gesichtet ...«

»Es gibt Bilder und Filme von dem Sturz von den Klippen?« Nun richtete sich der Ältere der beiden auf.

»Nein. Von der Regatta, bei der der Junge ...«

Der Kripomann winkte ab. »Der Junge interessiert uns nicht. Der Fall ist ja wohl offensichtlich. Niemand hätte auch nur theoretisch an seinem Verschwinden beteiligt sein können. Wir hinterfragen nur den Fall des Vaters.«

»Fall in doppeltem Sinne«, murmelte der Jüngere und zwinkerte Saskia unauffällig zu, die ein klein wenig die Lippen schürzte und die Lider eine Nuance schloss. Paul spürte, wie sich seine Neurodermitis meldete. »Nun gut«, sagte er. »Wie schon beschrieben, haben wir zwar alles getan, was wir konnten, um etwas Licht in den Fall zu bringen. Aber es ist dabei nichts zutage getreten, was uns verdächtig erschienen wäre. Wir haben es im Grunde mit einem Familiendrama zu tun: Der Sohn verunglückt und geht verschollen, der Vater nimmt sich daraufhin das Leben.«

»Warum ist der Bruder in psychologischer Behandlung?«, wollte der Chef der beiden Männer wissen.

»Er leidet an einem Trauma«, sagte Saskia. »Er ist der Zwillingsbruder des verschwundenen Nils. Peter. Es muss ihn extrem getroffen haben, dass sein Bruder weg ist. Ich denke auch, dass er reif genug ist, zu verstehen, dass es keine Chance mehr gibt, dass Nils wieder zurückkehrt. Und dann der Tod des Vaters …«

»Lassen Sie uns den Unfallort besichtigen«, sagte der Ältere. »Ihre Unterlagen schicken Sie uns dann zu, sobald sich Ihre Kollegin mal wieder zur Arbeit bequemt hat. Wenn Sie mich fragen, wäre angesichts der Umstände eine Disziplinarmaßnahme angemessen.«

Paul nickte. »Ich denke darüber nach.« Tatsächlich aber spürte er zunehmend, dass etwas nicht stimmte. Anna war keine Kollegin, die sich mal eben eine kleine Auszeit gönnte. Im Gegenteil: Es konnte ihr kaum so schlecht gehen, dass sie nicht dennoch zum Dienst erschien. Und er hatte ein ungutes

Gefühl. Während Saskia die Kollegen von der Kripo nach draußen führte, ging er nochmal hinüber in Frau Schneiders Büro. »Sagen Sie, wissen Sie, was Frau Krüger von den Hagedorns wollte?«

»Tut mir leid, Herr Freitag.«

»Rufen Sie bitte mal dort an, ob sie vielleicht dort ist? Oder dort war? Danke.« Anna Krüger war schon einmal vom Erdboden verschwunden – und das hätte beinahe ein tödliches Ende genommen.

»Frau Krüger?« Die Stimme kam von weit weg. »Frau Krüger?« Weißes Licht schoss in ihre Augen, dass es schmerzte. Was keinen Unterschied machte –, denn ihr Schädel dröhnte. Anders als sonst. Es war ein breites, nicht lokalisierbares Pochen – und nun war sie auch noch geblendet. Reflexartig riss sie die Arme vors Gesicht. Zugleich presste sie die Augen zusammen und hörte sich selbst stöhnen.

»Frau Krüger, ist alles in Ordnung mit Ihnen?« Sie kannte die Stimme, konnte sie aber nicht einordnen. Konnte sich selbst nicht einordnen. Wo war sie? Was war hier los?

Das Licht verschwand von ihrem Gesicht, und langsam nahm ihr Gegenüber Konturen an. »Frau Geest?«

»Wer war das?«, fragte Katja Geest.

»Wer …« Das Sprechen, ja das Denken fiel ihr unendlich schwer. »Wer war was?«

»Der Mann, der vorhin weggelaufen ist.«

»Ich …« Trocken. Ihre Kehle war so trocken, dass sie kaum sprechen konnte. »Ich weiß nicht.«

»War er eher groß oder eher klein?« Katja Geest half ihr, sich aufzurichten. Das Pochen in Annas Schädel nahm noch zu.

»Eher groß«, keuchte sie.

»Aber Sie kannten ihn nicht?«

»Nein. Nein, ich habe ihn gar nicht richtig gesehen.«

»Ich auch nicht. Nur die dunkle Kleidung. Er war nicht mit Ihnen hier unten?« Sie griff ihr unter die Achseln und half ihr, sich hinzustellen. Anna spürte einen massiven Schwindel, der sie wieder nach unten ziehen wollte.

»Nein, er war nicht hier unten.«

»Langsam«, sagte die Frau. »Ganz langsam. Sie müssen jetzt nicht sprechen. Ich glaube, wir bringen Sie besser rüber in die Klinik. Denken Sie, Sie schaffen es die Treppe rauf?«

Anna schluckte. Sie hatte das Gefühl, als müsste sie sich gleich übergeben. Atmete tief durch, nah an der Hyperventilation. »Ruhig«, sagte Katja Geest mit sanfter Stimme. »Ganz ruhig. Das wird schon. Ich vermute, Sie haben eine Gehirnerschütterung.«

»Ich … bin … die Treppe runtergestürzt«, stotterte Anna und blickte der Frau dankbar in die Augen. »Ich war schon fast oben, als …«

»Er hat sie runtergestoßen?« Frau Geest schüttelte den Kopf. »Sie hätten sich das Genick brechen können.« Sie musterte sie nachdenklich. »Glauben Sie, die Knochen sind noch heil?«

Anna nickte und bereute es sofort. »Ja, ich glaube.«

»Wenn ich das gewusst hätte, wäre ich ihm hinterher. Aber ich dachte nur, auf dem alten Kahn gibt es sowieso nichts zu holen. Wollte nur nachsehen, ob alles in Ordnung ist. Gott sei Dank, dass ich Sie gefunden habe.«

»Ja«, flüsterte Anna. »Zum Glück.« Und dann erbrach sie sich doch.

Paul steckte das Handy weg. »Und?«, wollte Saskia wissen. »Wo ist sie?«

»Tut mir leid«, erklärte Paul den Herren von der Kripo, die sich einige Notizen und ein paar Fotos vom Unfallort gemacht hatten, nun aber eher gelangweilt herumstanden. »Die Kollegin Krüger hatte leider einen kleinen Unfall und ist jetzt in der Klinik. Wahrscheinlich nur eine Gehirnerschütterung und ein paar Prellungen.«

»Sehe schon, das ist eine ziemlich gefährliche Insel hier«, erklärte launig der Anzugträger. »Ein Unglück jagt das nächste.«

»Sieht zumindest so aus«, murmelte Paul und zuckte die Achseln. »Wie wollen Sie nun weiter verfahren?«

»Wir verbleiben wie besprochen«, sagte der Ältere der beiden. »Sie schicken uns die Akte – und zwar möglichst schnell und möglichst vollständig.«

»Und bis dahin?«

»Bis dahin sehen Sie zu, dass Ihre Mannschaft wieder voll einsatzfähig ist. Und dass nicht noch weitere Unfälle passieren hier.«

Paul nickte. »Wir tun unser Bestes.« Er konnte hören, wie der vorgesetzte Kripomann murmelte: »Ist anscheinend nicht genug.« Im Grunde fühlte er sich hin- und hergerissen. Einerseits ärgerte er sich über Anna, denn ihm war klar, dass sie mal wieder nicht vorsichtig genug gewesen war. Andererseits war er froh, dass ihr nichts Ernsthaftes passiert war. »Übernachten Sie auf der Insel?«, fragte er den Älteren, während er dem Jüngeren dabei zusah, wie er Saskia über einen Betonbrocken hinweghalf. Ganz Gentleman und Jäger. »Wo denken Sie hin? Das ist hier kein Betriebsausflug. Wir sehen zu, dass wir Land gewinnen. In Kiel wartet echte Arbeit auf uns.«

Einmal mehr wühlte es in Paul, dass die Festlandskollegen sie hier nicht ernst nahmen. Sie hielten Helgoland für ein Kaff am Ende der Welt, auf dem nichts Ernsthaftes passieren konnte. Eigentlich ein Luxus, sich an einem solchen Unort eine eigene Polizeidienststelle zu leisten. Klar rechnete der Kripohaudegen sich aus, dass er für die Kosten, die das hier erforderte, locker fünf weitere Planstellen hätte besetzen können. Fünf Kollegen, die nicht nur Strafzettel für Hundehaufen verteilten und sich um versoffene Touristen bemühten, sondern die echte Verbrechen aufklärten und echte Fälle lösten: echte Arbeit taten. »Sie wissen, dass wir hier Anfang des Jahres einen ziemlich grausamen Mordfall hatten?«, fragte er deshalb.

Der Ältere nickte. »Soweit ich das mitbekommen habe, hat Ihre Kollegin, die uns heute versetzt hat, in dem Zusammenhang auch nicht eben eine rühmliche Rolle gespielt.«

Paul blieb stehen. »Im Gegenteil!«, rief er, und es fiel ihm nicht leicht, die Empörung in seiner Stimme zu unterdrücken. »Anna Krüger war die Heldin dieses Falles!«

»Kommen Sie weiter«, ermahnte ihn der Kripomann. »Wir haben nicht ewig Zeit. Was ich gelesen habe, war sie in die Sache verstrickt. Egal. Merken Sie sich eines, Herr Kollege: In unserem Fach gibt es keine Heldinnen. Und auch keine Helden. Das Verbrechen ist immer schmutzig. Und wir müssen uns auch die Hände schmutzig machen. Wer glaubt, ein Mord könnte nach der Methode Sherlock Holmes aufgeklärt werden, lebt im neunzehnten Jahrhundert. Nein, unser Alltag ist ein Fischen in trüben Gewässern. Und unsere Ausbeute sind traurige Fänge. Immer.«

Der Wind trug ein Lachen von Saskia zu ihnen, die mit dem Anzugträger inzwischen ein gutes Stück voraus war. War das so? War man am Anfang dieser Karriere ein optimistischer junger Mensch mit Idealen und Spaß an der Arbeit – und am Ende ein enttäuschter Zyniker, der von den Menschen nichts Gutes mehr erwarten zu dürfen glaubte? »Sie wird es auch noch erkennen«, sagte der Alte, als hätte er Pauls Gedanken gelesen. Doch auch er konnte nicht ahnen, wie sehr sich seine Prophezeiung bewahrheiten sollte. Und wie bald.

Als Paul einige Stunden später ins Klinikum kam, traf er vor dem Krankenzimmer, in dem Anna untergebracht worden war, Katja Geest an. »Sie haben Sie gebracht?« Die Frau nickte. »Wie geht es ihr?«

»Ich denke, sie braucht einfach ein bisschen Ruhe. Aber Sie müssen sich keine Sorgen machen.«

»Ist sie wach?«

»Sie können rein.«

Paul hatte die Hand schon an der Klinke, als ihm noch etwas einfiel. »Wie geht es eigentlich dem Jungen? Ist er noch bei Ihnen?«

»Ich habe ihn heute Vormittag wieder zu seiner Mutter gebracht«, erklärte Katja Geest. »Ein bisschen Normalität müsste ihm guttun.«

»Hm. Ich hoffe, dass er die bei seiner Mutter bekommt. Ich meine, unter diesen Umständen …«

»Ich weiß, was Sie meinen. Aber ihn dauerhaft in fremder Umgebung unterzubringen, hindert ihn daran, zurück zur Normalität zu finden.«

»Das heißt, er steht immer noch unter Schock?«

»Kann man so sagen, ja. Das Trauma, was immer es ist, ist nicht überwunden. Leider. Obwohl wir ziemlich gearbeitet haben.«

»Daran habe ich keinen Zweifel, Frau Hagedorn«, sagte Paul. »Und ich bin Ihnen sehr dankbar.«

»Keine Ursache, Herr Freitag.« Sie sah über den kleinen Fehler beim Namen hinweg. »Wir müssen alle unseren Teil beitragen. Es ist ja alles schrecklich genug.«

»Da haben Sie recht.« Behutsam öffnete Paul die Tür und steckte den Kopf hinein. »Anna?«

»Ach, Paul«, seufzte Anna. »Es tut mir so leid.« Sie versuchte, sich im Bett aufzurichten, was ihr schwerfiel. Ihr Kopf fühlte sich an wie in der Achterbahn. Paul trat neben sie und legte ihr die Hand auf die Schulter. »Bleib liegen«, sagte er sanft. »Du brauchst Ruhe.«

Anna spürte, wie Tränen in ihre Augen traten. »Ich bin so unendlich blöd, Paul.«

»Was war denn überhaupt los?« Sie sah schrecklich aus. Blass, zerzaust, mit Ringen unter den Augen. Paul war hin- und hergerissen zwischen Mitleid und Zorn. Anna hatte das problematische Talent, sich in Schwierigkeiten zu bringen.

»Ich war auf dem Boot von Fritjof Hagedorn.«

»Und was wolltest du da?«

»Ich ...« Wie sollte sie das in Worte packen? Sie wusste es ja selbst nicht. »Ich habe mich umgesehen. Nach Hagedorn gesucht. Der war aber nicht da.« Sie atmete durch. »Und dann ...«

»Und dann ...«

»Dann war ich im Lagerraum.«

»Du warst unter Deck?«

»Ja. Es war niemand dort. Gerade als ich wieder hochwollte ...«

Die Tür ging auf, und Katja Geest kam herein. »Ich wollte mich nur verabschieden«, sagte sie. »Es wird Zeit, dass ich nach Hause gehe. Mein Vater, wissen Sie.«

Paul nickte. »Sicher. Danke, dass Sie so lange da waren.«

»Danke, Frau Geest«, meldete sich auch Anna zu Wort. »Ich bin froh, dass Sie mich gefunden haben. Es tut mir leid, dass ich auf das Boot bin. Eine Schnapsidee. Ich hoffe, Sie nehmen es mir nicht übel.«

»Ach was, machen Sie sich darüber keine Gedanken. Hauptsache, Sie schnappen den Kerl, der Ihnen das angetan hat.« Sie zeigte in Richtung von Annas Kopf, dem äußerlich nichts anzusehen war.

»Den Kerl?«, fragte Paul nach.

»Der sie die Treppe runtergestoßen und eingesperrt hat«, erklärte Frau Geest. »Ich hab ihn nur noch von fern wegrennen sehen.«

»Ach.« Paul setzte sich auf die Bettkante und betrachtete seine Kollegin. »Konntest du ihn erkennen?«

Das Kopfschütteln war nur angedeutet. »Nein. Nicht richtig. Nur, dass er groß war. Und etwas Dunkles trug. Aber sonst …«

»Denkst du, es war Absicht? Hat er dich gesehen?«

»Das ganz sicher. Ich war auf der Treppe nach oben, konnte die Luke schon fast mit der Hand berühren. Er muss mich auf jeden Fall gesehen haben.«

»Verstehe.« Paul nickte Frau Geest zu. »Danke. Sehr nett, dass Sie geholfen haben.«

»Gerne. Alles Gute, Frau Krüger.«

»Danke, Frau Geest. Viele Grüße an Ihren Vater.«

Katja Geest nickte und verließ den Raum. Paul betrachtete kopfschüttelnd seine Kollegin. »Anna. Ich weiß nicht, was du dir dabei gedacht hast.«

»Nichts, Paul.« *Nichts.* Es gab nichts, was sie zu ihrer Rechtfertigung hätte sagen können. Vielleicht war das das Frustrierendste an der ganzen Sache. Dass die Aktion mit zunehmender Entfernung immer dümmer erschien. Das alles war so beschämend, dass Anna es nicht aushielt, Paul anzusehen, sondern stattdessen aus dem Fenster blickte.

»Sind die Untersuchungen abgeschlossen? Ich meine, deine medizinischen Untersuchungen?«

»Ja«, sagte Anna. »Gehirnerschütterung. Prellung am Hinterkopf. Verstauchter Knöchel.«

Paul schwieg und folgte ihrem Blick. Dort draußen herrschten immer noch mörderische Temperaturen. Aber es war Wind aufgekommen. Endlich. Das linderte den Hitzeterror etwas. »Wie lange wirst du ausfallen?«

»Ausfallen?« Dachte er etwa, sie würde jetzt hier liegen bleiben und einen auf Erholung machen? »Ich falle nicht aus, Paul. Ich warte jetzt noch die Besprechung mit dem Arzt ab und komme dann wieder rüber aufs Revier.«

»Hatte ich mir schon gedacht, dass du das denkst. Aber so machen wir das nicht, tut mir leid. Du bist ein Dickschädel, Anna. Nur tust du diesmal, was ich sage. Und ich sage, du bist so lange krankgeschrieben, wie Doktor Bause es sagt.«

»Ich bin bei Doktor Wuest. Und die sagt, ich kann gehen, wann ich will.«

»So. Sagt sie das. Wir werden sehen.« Er stand auf. »Ich muss los«, sagte er. Es fiel ihm schwer, seinen Ärger zu unterdrücken. Die Sorge hatte ihn hierhergetrieben. Aber die Wut trieb ihn nun davon. Anna war einfach unmöglich. Wenn sie so weitermachte, würde sie sich ruinieren. Er konnte und wollte das nicht zulassen. Aber er fühlte sich auch machtlos. Anna zu beherrschen war, wie einen Sturm beherrschen zu wollen: ein Ding der Unmöglichkeit. An der Tür drehte er sich noch einmal zu ihr um. »Pass auf dich auf, Anna. Bitte.«

»Klar«, sagte sie. Sie hatte sich zurückgelegt und die Augen geschlossen. »Du kennst mich doch.«

»Eben.« Er musste lachen. Und sie kannte ihn. Ganz offensichtlich. Wusste, dass er ihr nicht wirklich böse sein konnte.

»Paul?«

»Ja?«

»Was haben die Kollegen von der Kripo gesagt?«

Er seufzte. »Wenn du die Zusammenfassung hören willst: nichts.«

»Verstehe. Und die Langversion?«

»Besagt auch bloß, dass wir hier ein Haufen Stümper am Arsch der Welt sind und dass sie wirklich was Besseres zu tun haben, als Leuten hinterherzuermitteln, die zu dämlich sind, nicht über die eigenen Füße zu fallen.«

Anna musste lächeln. »Schon klar«, sagte sie. »Wir haben hier Inselidylle. Verbrechen ist woanders.«

»Tja, Anna. Ehrlich gesagt hoffe ich, sie haben recht.«

Die Medikamente wirkten schnell. Dass Paul Freitags Intervention gewissenhaft berücksichtigt wurde, trug dazu bei, dass Anna Krüger einige Stunden länger in tiefem Schlaf lag als bei gebräuchlicher Medikation üblich. Es waren erholsame Stunden. Stunden, in denen auf der Insel manches im Verborgenen geschah. Stunden, in denen wertvolle Zeit verrann. Stunden, in denen Dinge gesagt und getan werden konnten, die zu verhindern so wichtig gewesen wäre. Doch es waren auch Stunden, die der Erinnerung halfen, sich neu zu sortieren, Wichtiges von Unwichtigem zu trennen, Richtiges von Unrichtigem. Stunden, die Anna Krüger der Wahrheit näherbrachten, als sie vielleicht sonst gekommen wäre.

Genug geschlafen, mein Junge. Es wird Zeit, so leid es mir tut. Aber bald haben wir es geschafft. Besser, wir drehen es noch ein wenig hoch, jetzt bist du ja schon einiges gewöhnt. Und vielleicht legen wir es mal woanders an, sodass es nachhaltiger wirken kann.

17. April, 09.20 Uhr, Gasthaus Hagedorn, Unterland

»Was sagen die Briten?«

»Sie wollen, dass wir loslegen.«

»Wie stellen sie sich das vor? Wir sind noch nicht so weit.«

»Jeder Tag mehr bedeutet noch größeres Risiko.«

»Ja«, sagte Trönjes. »Aber für uns und nicht für die Tommys.«

»Spielt es eine Rolle?«

»Für uns schon, Michelsen«, erklärte Bethmann. »Wie viel Zeit geben uns die Briten noch?«

»Keine.« Trönjes hob in einer hilflosen Geste die Hände. »Ich habe keine Zusage mehr, dass sie noch warten.«

Hagedorn rutschte auf seinem Stuhl hin und her. »Du meinst, sie könnten uns jeden Augenblick bombardieren?«

»So sieht es aus.«

Bethmann stand auf und blickte in die Runde. »Dann muss es sein. Heute. Was haben wir schon zu verlieren? Wenn sie losschlagen, bevor wir unser Unternehmen erledigt haben, sind wir auf jeden Fall vernichtet.«

»Ich glaube nicht, dass sie die Bunker brechen können«, murmelte Bürger, der erst zum zweiten Mal an den Treffen teilnahm, aber schon lange zum Kreis der Beteiligten gehörte. »Trotzdem hast du recht, Bethmann. Wir müssen losschlagen.«

»Sind wir uns einig?«, fragte der Zollmeister. Die Männer nickten. »Gut. Dann begibt sich jeder auf seinen Posten. Michelsen, Trönjes, ihr gebt den Engländern Bescheid, dass es losgeht. Vielleicht geben sie uns noch die paar Stunden. Kommt etwas dazwischen, sorgt Knaup dafür, dass wir alle wieder zusammenfinden. Gott steh uns bei.«

»Gott steh uns bei«, murmelten alle anderen düster. Es war nicht der Augenblick für Euphorie. Denn wenn sie in den kommenden Stunden versagten oder das Schicksal sich ihnen in den Weg stellte, dann würde dies der letzte freie Tag für sie alle gewesen sein. Vielleicht auch der letzte Tag überhaupt.

17

Der Schrei zerriss die Nacht wie ein Messer, das in einen Leib fährt. Schlagartig war Anna Krüger hellwach. Ihr Herz pochte so laut, dass sie es im ganzen Körper spüren konnte. Und es nahm kein Ende. Der Schrei schien endlos lang zu dauern. Er war wie der wahr gewordene Albtraum. Binnen Sekunden stand Anna neben ihrem Bett und suchte ihre Kleider zusammen. Eine Hose würde reichen und ein Oberteil. Sie konnte nicht in diesem nur vorne geschlossenen Klinikkittel durch die Gänge rennen. Noch einmal ein Schrei, ein sehr kurzer nur diesmal. Sie stand in ihrer Hose, hatte sich den Kittel vom Leib gerissen und ihr Unterhemd übergestreift. Das musste reichen. Im nächsten Moment war sie draußen auf dem Flur.

Woher, das war die Frage. Wer hatte geschrien. Und wo! Warum! Der Schrei hatte kaum etwas Menschliches an sich, aber es war doch klar der Schrei eines Menschen. Einer Frau. Oder eines … eines Kindes! Anna rannte Richtung Stationszimmer. So laut sie den Schrei gehört hatte, konnte er nicht von der anderen Seite der Klinik gekommen sein, sondern musste irgendwo in der Nähe ausgestoßen worden sein. »Schwester?« Die Frau schien die Ruhe selbst zu sein. Guckte sie nur an mit Augen, groß wie die einer Kuh. »Was war das für ein Schrei?«

»Ich habe keine Ahnung. Sie sollten ins Bett, Frau Krüger. Sie dürfen noch nicht …«

»Wer so schreit, braucht Hilfe.«

»Ich bin sicher, die Schwestern von Station zwei haben sich schon darum ...«

Was die Schwester sonst noch zu sagen hatte, interessierte Anna nicht mehr. Sie machte kehrt und rannte Richtung Station Nummer zwei, die auf der gleichen Etage lag. Durch eine Glastür. Noch eine. Dann rechts ab und den Flur hinunter. Dort gab es ebenfalls ein Schwesternzimmer. Auch dieses hell erleuchtet. Wie spät mochte es sein? Jedenfalls war es mitten in der Nacht. Dort! Eine Zimmertür stand offen. Anna rannte hin, steckte den Kopf hinein. Doch es war leer. Sie sah sich um. Eine Schwester trat aus dem Schwesternzimmer. »Hallo? Schwester? Wer hat da geschrien?«

»Was machen Sie auf unserer Station?« Die Frau, die locker das Doppelte an Gewicht auf die Waage brachte wie Anna, stellte sich ihr in den Weg.

»Polizei!«, keuchte Anna, von einer Schwindelattacke gebremst. Sie musste sich an der Wand abstützen. »Was war das für ein Schrei?«

»Hören Sie, wir haben alles im Griff«, sagte die Schwester und trat noch einen Schritt weiter auf sie zu. Fasste sie am Arm, den Anna ihr sogleich entriss. »Es hatte nur jemand einen Albtraum.«

»Wer?«

»Das kann ich Ihnen nicht sagen. Das wissen Sie doch.«

»Sie!« Anna zeigte mit dem Finger auf die Frau, die nun wieder einen Schritt zurückwich. »Ich mache Sie dafür verantwortlich, wenn hier jemandem etwas passiert!«

»Niemandem passiert hier etwas. Wir sind ein Krankenhaus und ...«

»Es war cin Kind, richtig?«

»Es war ein Patient. Aber das geht Sie nichts ...«

»Peter Michelsen, habe ich recht?«

Die Schwester schwieg. Was Aussage genug war. »Wo ist er?« Anna packte sie an den Schultern und schüttelte sie. »Wo ist er jetzt?«

»Wir haben ihn nach unten gebracht. Zu seiner eigenen Sicherheit.«

»Nach unten?«

»Hören Sie …« Aber Anna war schon weg. Sie nahm die Treppen, nicht den Aufzug, was ihr Kopf mit heftigem Schmerz quittierte. Aber es ging schneller. Zwei, drei Treppen auf einmal, dann eine Tür und … eine Stahltür. »Scheiße!«, schrie sie, drehte sich um die eigene Achse, als gäbe es irgendetwas zu entdecken, was ihr in dieser Situation helfen könnte. Dann rannte sie wieder hoch. Doch auch die Tür zurück zu den oberen Stationen war vom Treppenhaus nicht zu öffnen. Sie schlug mit der Faust gegen die Glastür, hämmerte mit dem Fuß dagegen. Endlich – es schien ihr, als wären Minuten vergangen – tauchte die Schwester wieder auf, die sie zuerst getroffen hatte, und ließ sie ein. »Was machen Sie da draußen?«

»Wo finde ich Peter Michelsen?«, fragte Anna, und ihr Blick war offenbar eindrucksvoll genug, um der Schwester Beine zu machen. »Kommen Sie mit«, sagte sie tonlos, drehte sich um und ging mit zügigen Schwesternschritten den Flur hinab, während Anna ihr folgte. Sie nahmen den Aufzug ins untere Stockwerk, wo sie nach wenigen Metern vor einer Tür landeten, in der ein gläsernes Bullauge den Blick nach drinnen erlaubte. »Warten Sie«, sagte die Schwester, und Anna nutzte die Gelegenheit, den Aufruhr in ihrem Kopf halbwegs unter Kontrolle zu bekommen, während die Schwester hineinging, um Doktor Bause, der im Morgenmantel dort stand, zu informieren. Er sah zum Bullauge hin, und sein Blick traf Annas. Es war keine Freundlichkeit in diesem Blick. Kein Verständnis. Ja, nicht einmal eine Art Gelassenheit. Vielmehr wirkte

Bauses Blick feindselig und berechnend. Dann zeigte sich ein kleines Grinsen in seinem Gesicht, und er winkte Anna mit knapper Geste herein. »Sie machen sich Sorgen um unseren kleinen Patienten?«, fragte er statt einer Begrüßung. »Es geht ihm gut.« Er deutete hinter sich, wo Anna auf einer Trage den schmalen, zerbrechlichen Körper eines Jungen liegen sah. Peter. Seine Arme waren festgeschnallt, die Beine wurden von einem Krankenpfleger gehalten, als hätte der eben noch mit dem Kind gerungen. Die Augen aber waren geschlossen. »Er schläft«, sagte Bause. Voll Verachtung fügte er hinzu: »Und Sie sollten auch wieder schlafen.«

Den nächsten Tag verbrachte Anna Krüger tatsächlich im Bett im Inselklinikum. Sie hatte sich ihr Smartphone geben lassen und recherchierte. Es gab in Norddeutschland ein paar Dutzend Tageszeitungen. Acht davon hatten über den Opti-Cup berichtet, fünf mit einem oder mehreren Bildern. Die Quelle waren eine große Nachrichtenagentur und ein Fotograf aus Cuxhaven. Über die Todesfälle auf der Insel hatten zwei Zeitungen geschrieben. Einen der Artikel kannte Anna schon. Der andere war eigentlich nur eine kleine Notiz auf der Seite mit den Randnotizen aus der Region. Und dann – sie hatte sich gerade mehrere Alerts eingerichtet, um jeweils die neuesten Meldungen mitzubekommen – ploppte plötzlich der jüngste Artikel des Journalisten vom *Hamburger Express* auf:

Insel der Ahnungslosen

Helgoland. – Nachdem bei der Regatta Opti-Cup vor wenigen Tagen ein zehnjähriger Junge spurlos verschwunden ist, hat sich ein seltsamer Todesfall auf der Insel in der Deutschen Bucht ereignet. Der Vater von

Jens F. (Name von d. Red. geänd.)ist unter mysteriösen Umständen von den Klippen gestürzt und auf grausame Weise ums Leben gekommen. Die Mutter und der Bruder des Kindes stehen unter Schock.

Den Behörden erscheinen beide Fälle nicht außergewöhnlich. Bei Jens F. habe es sich um einen erfahrenen Segler gehandelt, so der Leiter der örtlichen Polizeidienststelle, Paul Freitag. Man darf sicher fragen, wie erfahren ein Zehnjähriger sein kann, um auf offener See in einem Boot von gerade einmal 1,5 Quadratmetern Fläche zu segeln. Die Veranstalter standen zu dieser Frage nicht für eine Stellungnahme zur Verfügung.

Bis heute wurde von Jens F. keine Spur gefunden. Die Suche nach dem Jungen wurde bereits nach zwei Tagen abgebrochen. »Selbst bei den aktuellen Wassertemperaturen hat ein guter Schwimmer keine Chance, länger als höchstens zwei bis drei Stunden im Meer zu überleben«, sagte der Leiter der Helgoländer Seenotrettung dieser Zeitung.

Der zu Tode gestürzte Vater des Kindes hatte dem Vernehmen nach erhebliche Medikamentenprobleme. Es gibt aber auch Hinweise auf Auseinandersetzungen mit den Veranstaltern der Regatta und auf Eheprobleme. Dass die zuständige Kripo Kiel dennoch bisher keine Ermittlungen aufgenommen hat, wirft Fragen auf. *uw*

UW. Ulrich Weikert. Sie googelte die Zeitung, fand Weikerts E-Mail-Adresse und schrieb ihm:

Sehr geehrter Herr Weikert, bitte rufen Sie mich an. Wir sollten sprechen. Anna Krüger

Dann hängte sie ihre Handynummer an und schickte die Mail ab. Es dauerte keine zwei Minuten, bis das Telefon klingelte. »Sie sind schnell«, sagte Anna.

»Sie haben meinen Artikel gelesen«, erwiderte Weikert.

»Ja. Und das war kein Vergnügen.« Sie konnte ihn förmlich grinsen sehen. »Allerdings nicht in dem Sinne, wie Sie das gerne verstehen möchten.«

»Wollen Sie mir einen Tipp geben, wie ich es verstehen sollte? Ich meine: Ihrer Meinung nach.«

»Ihr Artikel ist banal. Was Sie da auf einer Spalte Länge schreiben, hätte in zwei Sätze gepasst. Sie schwafeln. Und wenn mich mein bisschen Verständnis von Journalismus nicht täuscht, ist Schwafeln so ungefähr das Letzte, was Sie sollten.«

»Danke für das Seminar. Wenn ich mich richtig erinnere, waren Sie bei unserem letzten Zusammentreffen nicht sehr gesprächig.«

»Ich möchte genau das vermeiden: mich über Dinge zu verbreiten, die ich selbst noch nicht richtig durchblicke.«

»Immerhin, ehrlich sind Sie«, erklärte Weikert und klang mit einem Mal sehr neugierig. »Aber deshalb rufen Sie mich nicht an.«

»Sie haben mich angerufen.«

»Weil Sie mich um ein Gespräch gebeten haben. Also, was wollen Sie?«

Anna wartete einen Augenblick, überlegte und entschied dann, das Falsche zu tun, weil es richtig war: »Ich möchte Sie um Zusammenarbeit bitten.«

»Ihnen ist klar, dass wir nicht Erfüllungsgehilfen der Polizei sind. Oder wollen Sie mir einen Maulkorb verpassen, damit ich Sie unterstütze?«

»Herr Weikert, Sie schreiben viel, obwohl Sie wenig wissen. Aber Sie stellen die richtigen Fragen. Ich erwarte nicht, dass Sie mir etwas sagen, was dem Quellenschutz unterliegt. Aber ich glaube, dass Sie auf zielführende Weise recherchieren. Das gefällt mir nicht nur, das wäre auch sehr nützlich für uns.«

»Ich werde nicht Ihre Arbeit machen.«

»Das sollen Sie auch nicht. Sie machen Ihre Arbeit, wir machen unsere. Sie wollen gute Informationen für gute Geschichten, wir wollen gute Informationen, um die Sache aufzuklären. Wenn wir Ihnen unsere Informationen geben und Sie uns Ihre …«

Weikert lachte. »Sie sind naiv!«, rief er. »Das ist ja geradezu rührend, was Sie mir da vorschlagen.«

»Ich weiß«, sagte Anna. »Aber es wird funktionieren. Sind Sie noch auf der Insel?«

»Hm. Ja. Bin ich. Bis morgen.«

»Gut. Wir sehen uns heute Abend um dreiundzwanzig Uhr auf der Polizeistation.«

»Elf Uhr nachts? Bin ich Deep Throat?«

»Das müssen Sie selber wissen. Ich werde da sein.«

»Ich auch. Aber nicht auf dem Revier, sondern am Fallersleben-Denkmal.«

»Ach kommen Sie, das …« Anna brauchte nicht weiterzusprechen, Weikert hatte aufgelegt. Gut, dachte sie, ein wichtiger Schritt, um Licht in die Sache zu bringen.

Es klopfte. »Ja, bitte?« Anna legte ihr Handy weg und blickte zur Tür. Die sympathische, etwas rundliche Ärztin trat ein, die sie gestern behandelt hatte. »Frau Krüger, wie geht es Ihnen?«

»Danke, ich bin sehr erholt.«

»Trotz Ihres nächtlichen Ausflugs über die Klinikflure?« Die Ärztin musterte Anna nachdenklich.

»Wie geht es dem Jungen?«

Frau Doktor Wuest zuckte die Schultern. »Soweit ich weiß, ist er wieder auf der Station. Das ist immerhin ein gutes Zeichen.«

»Was war denn da los, letzte Nacht?«

»Können wir uns darauf einigen, dass ich Sie nicht nach Ihren Dienstgeheimnissen frage und Sie mich nicht nach meinen?«

»Das können wir«, sagte Anna lächelnd. Sie mochte die Ärztin. Auch wenn Frau Doktor Wuest noch sehr jung schien, kaum älter als sie selbst.

»Setzen Sie sich mal auf, bitte.« Die Ärztin maß ihren Puls, leuchtete ihr mit einer winzigen Taschenlampe in beide Augen, klopfte an verschiedenen Stellen ihren Körper ab, betastete ihren Kopf. »Wir hätten Sie röntgen sollen«, sagte sie leise.

»Warum haben Sie nicht?«

»Keine Ahnung. Soll ich mal fragen, ob wir rasch in die Radiologie können?«

Anna schüttelte den Kopf. Immerhin, das ging schon besser als gestern. »Nein, lassen Sie. Ich mache Fortschritte, das ist die Hauptsache. Röntgen ist mir unheimlich.«

»Kann ich verstehen. Aber es ist sehr nützlich.« Die Ärztin machte sich ein paar Notizen in der Krankenakte. »Ich denke, wir behalten Sie erst einmal bis übermorgen hier und …«

»Bis morgen, Frau Doktor Wuest. Dann mache ich es mir lieber zu Hause gemütlich.«

»Wie Sie möchten. Brauchen Sie was gegen die Schmerzen?«

Anna lächelte. »Sie werden lachen, die sind für mich überhaupt kein Problem. Ich bin Migränepatientin. Kurioserweise bin ich in der Hinsicht seit dem Unfall völlig schmerzfrei. Und das bisschen Brummschädel durch die Gehirnerschütterung ist kein Vergleich.«

»Interessanter Zusammenhang«, sagte die Ärztin. »Wenn es denn einer ist.«

»Was soll es sonst sein?«

»Zufall?«

»Vielleicht.«

»Möchten Sie was zum Schlafen für heute Nacht?«

Anna winkte ab. »Nicht nötig. Ich bin jetzt schon so müde«, sagte sie. »Wenn Sie mir jetzt noch eine Pille geben, dann müssen Sie mich morgen früh wiederbeleben.«

»Dann lassen wir das lieber«, entgegnete die Ärztin lachend und packte ihre Sachen.

»Sagen Sie …«

»Ja?«

»Als der kleine Michelsen gestern Nacht so schrie …«

»Ich war leider nicht da. Meine Schicht endet diese Woche um neunzehn Uhr.«

»Das heißt, Sie gehen jetzt dann bald in Feierabend.«

»So ist es.«

»Dann hoffe ich nur, dass der Kleine heute Nacht nicht wieder alleine bleibt.«

»Allein? Aber er war doch nicht alleine.«

»Heute Abend schon was vor?« Saskia lehnte in der Tür und blickte auf Paul herab, der vor seinem Computer saß und versuchte, mit den astronomischen Informationslücken im Fall Michelsen zurechtzukommen. Einerseits wollte er, dass Anna sich die Zeit nahm, die sie brauchte, um vollständig wiederhergestellt zu sein. Andererseits fehlte sie ihm hier. Sie war auf angenehme Weise der Gegenpart zu ihm, wie er immer wieder feststellte, wenn sie nicht da war. Sie sah einfach vieles anders als er. Das nervte, klar. Aber es war eben auch nützlich, denn niemand war allwissend, und niemand hatte für alles das richtige Konzept. »Paul?«

»Entschuldige«, seufzte er und rieb sich die Augen. »Bin schon ganz verblödet.«

»Da könnte eine gute Flasche Wein helfen«, schlug Saskia vor. »Wie wär's?«

»Warum nicht.« Er blickte auf die Uhr und fuhr den Computer herunter. Es war sowieso schon wieder viel später als nötig. Er würde zwar Bereitschaft übernehmen heute Nacht. Aber das hieß nicht, dass er hier sitzen musste. »Bin gleich so weit.« Er ging rasch hinüber in Elsbeth Schneiders Büro und programmierte die Anrufweiterschaltung bis Mitternacht auf sein Handy, für die Zeit danach auf Saskias. Der Notruf wurde sowieso von Pinneberg aus koordiniert und würde direkt bei ihm landen, wenn er für die Bereitschaft eingeteilt war. »So«, sagte er. »Alles geregelt. Lass uns gehen.«

Er ging nicht oft mit Saskia zum Essen. Zum einen hatte sie auch schon wenige Tage nach ihrem Eintreffen auf Helgoland erstaunlich viele Kontakte und traf alle möglichen Leute hier, zum anderen nervte ihn genau das. Mit Saskia auszugehen, bedeutete, ständig angeglotzt zu werden. Die Frau sah einfach zu gut aus. Ganz objektiv. Jeder sah das. Auch er. Selbst wenn sie gar nicht unbedingt »sein Typ« war. »Du siehst gestresst aus«, sagte sie. »Du musst mal runterkommen. Was nimmt dich so mit? Die Michelsen-Sache? Oder dass Anna auf den Kopf gefallen ist.« Das war es, was ihn am meisten nervte: diese ewigen Sticheleien gegen Anna. Klar, Anna war eine komplizierte Frau. Und Saskia kannte ihre Geschichte nur vom Hörensagen, hatte die höllischen ersten Tage der Kollegin auf der Insel nicht miterlebt. Trotzdem kam Paul mit diesen fiesen kleinen Spitzen gegen Anna nicht klar. »Beides«, knurrte er, ohne weiter darauf einzugehen. »Können wir die beiden Themen für diesen Abend ausklammern?«

»Gute Idee!«, rief Saskia und hakte sich bei ihm unter, als wären sie ein Paar. Paul zuckte zusammen. »Stört dich das?«

»Nein. Aber es könnte falsch rüberkommen. Ich meine, wenn uns jemand sieht.«

Sie warf ihr Haar zurück und meinte leichthin: »Sollen die Leute doch denken, was sie wollen. Wir haben Feierabend und dürfen tun und lassen, was wir wollen, oder?«

Wo sie recht hatte, hatte sie recht. Dennoch war Paul unwohl bei dem trauten Erscheinungsbild, das sie abgaben. »Eigentlich wundert mich, dass du nicht mit jemandem zusammen bist«, sagte Paul und ärgerte sich, dass er dieses Thema angeschnitten hatte. Sie konnte es gut und gerne falsch auffassen. Als Interesse seinerseits zum Beispiel. »Ach«, sagte sie. »Das würde mir zurzeit gar nicht so gut in den Kram passen.«

»Hm.«

»Soll heißen?«

»Bitte?«

»Wenn du so *hm* machst, was willst du damit sagen?«

»Schätze, das heißt so viel wie: Ich verstehe nicht wirklich, was du damit meinst.«

»Ich meine, das Leben ist schön, es gibt so viele Möglichkeiten. Man muss ja nicht in Askese leben, nur weil man nicht mit jemandem zusammenwohnt, oder? Also gut, du scheinst dich ja dafür entschieden zu haben. Aber was mich betrifft, ich versuche, das Leben zu genießen.« Sie zog ihn Richtung Süderstraße und von dort aus in die Mitte des Unterlands, wo sich um diese Uhrzeit im Hochsommer alles tummelte, was ein wenig Leben auf die Insel brachte und sich amüsieren wollte. Wenige Minuten später saßen sie in der »Insel-Bodega«, wo es zwar nichts Vernünftiges zu essen gab, dafür aber eine Weinkarte, die an die Gutenbergbibel erinnerte. Saskia suchte einen Tisch in der Mitte aus, wo die Stimmung ziemlich ausgelassen war, bestellte eine Flasche Rioja und beugte sich zu Paul, der überrascht feststellte, dass sie offenbar keinen BH trug. »Mal schauen, ob wir dich nicht doch ein bisschen aus deinem Schneckenhaus holen können, Paul Freitag.«

Die Klinikflure lagen im Halbdunkel der Nachtbeleuchtung. Niemand war zu sehen oder zu hören. Anna hatte sich angezogen, ihr Handy in die Hosentasche gesteckt und dann den Patientenkittel einfach verkehrt herum – das hieß: mit der Öffnung nach vorne – wieder übergestreift, sodass sie zumindest von fern und in dem Dämmerlicht für eine Ärztin gehalten werden konnte. Peter Michelsen lag auf Station zwei. Und wenn sie ihn nicht in ein anderes Zimmer verlegt hatten, dann wusste sie auch, wo genau er lag.

Irgendwo ging eine Tür. Anna duckte sich hinter ein Bett, das abgedeckt im Flur stand, und hielt den Atem an. Lauschte. Blickte vorsichtig um die Ecke. Wartete. Nichts. Sie stand wieder auf und huschte weiter. Noch zwei Türen. Dann war sie da. Sie hatte schon die Hand auf der Klinke, da überlegte sie es sich doch noch einmal und drückte zuerst einmal das Ohr an die Tür. Gestern Nacht war der Junge nicht allein gewesen. Wie war es heute? Saß auch heute jemand neben seinem Bett? Es war nichts zu hören. Vorsichtig öffnete sie nur einen winzigen Spaltbreit. Lauschte wieder. Nichts. Sie drückte die Tür etwas weiter auf und hielt erneut inne. Absolute Stille. War Peter überhaupt hier? Vorsichtig streckte sie den Kopf ins Zimmer, in dem es etwas dunkler war als auf dem Flur, aber auch nicht ganz dunkel. Sie konnte zwar das Fußende des Bettes sehen, aber nicht, ob jemand darin lag.

Lautlos schlich Anna in das Zimmer und drückte die Tür wieder hinter sich zu, ohne sie aber einrasten zu lassen. Dann bewegte sie sich mit angehaltenem Atem durch den kurzen Flur, in dem der Zugang zum Badezimmer lag. Ja, es lag jemand in dem Bett, sie konnte die Füße sehen, die Beine, die Hände, die auf der Decke lagen, den Brustkorb, der sich langsam hob und senkte. Und dann: das Gesicht. Beinahe hätte sie aufgeschrien. Peter Michelsen lag mit offenen Augen in seinem Bett und starrte an die Decke, nein, starrte ins Nichts. Wie eine lebende Leiche glotzte er geradeaus. Ein Schauder jagte über Annas Rücken, sie spürte, wie sich die Härchen an ihren Armen aufstellten.

Er musste bemerkt haben, dass etwas anders war, denn plötzlich atmete er schneller. Anna sah sich im Zimmer um. Niemand sonst war hier. Heute war der Junge allein. Schnell huschte sie noch einmal zur Tür und schloss sie ganz, dann nahm sie einen Stuhl und stellte ihn neben das Bett. Sie hatten Peter eine Infusion gelegt, durch die langsam, aber stetig eine klare Flüssigkeit tropfte. Der Name der Lösung sagte Anna nichts. Vorsichtig schob sie ihre Hand unter Peters und wartete dann wieder einige Augenblicke. Sie wollte ihn nicht erschrecken, wollte ihn nicht überfordern, vor allem wollte sie vermeiden, dass er noch einmal so schrie wie letzte Nacht. Aber vielleicht hatte er da auch keine Infusion gehabt. Wer wusste schon, womit sie den Jungen vollpumpten, damit er Ruhe gab.

»Peter, wir kennen uns«, sagte sie. »Ich bin Anna. Wir sind uns schon einmal begegnet. Ich habe dich hierhergebracht. Kannst du dich erinnern?«

Nichts. Der Junge reagierte nicht, sondern starrte an die Decke. Vielleicht flackerten seine Augen ein klein wenig. Vielleicht bildete sich Anna das aber auch nur ein. »Wie geht es dir?« Natürlich würde er darauf nicht antworten. Vermutlich würde er überhaupt nicht antworten. Aber darum ging es Anna in dem Moment nicht. Die Frage war: Was war mit dem Jungen?

»Wenn du mich verstehen kannst, drück meine Hand.«

Er drückte nicht. Hieß das, er konnte sie nicht verstehen? Oder hieß es, er konnte seine Hand nicht bewegen? Oder wollte er das bloß nicht? »Du bist hier in Sicherheit, Peter. Die Schwestern und Ärzte kümmern sich um dich, das ist doch gut, oder? Und ich passe auch auf dich auf.« Sie überlegte sich ihre Worte genau, dann sagte sie: »Ich weiß, dass du etwas Schlimmes erlebt hast. Wir müssen darüber sprechen, damit alles wieder gut wird. Ich glaube auch, dass ich alles wiedergutmachen kann, Peter. Aber du musst mir helfen. Ich kann dir nur helfen, wenn du mir hilfst, verstehst du das? Drückst du meine Hand?«

Wieder blieb die Hand des Jungen völlig reglos. Sein Hals schien sich zu bewegen. Als wollte er schlucken? Als wollte er etwas sagen? »Ja, Peter?« Doch er blieb stumm. Völlig stumm. Und starrte ins Nirgendwo.

»Es hat mit Nils zu tun, richtig?«

Wieder diese Bewegung des Halses. Das Flackern der Augen.

»Weißt du, wo Nils ist? Hast du ihn gesehen?«

Vielleicht war da auch ein kleines Zittern der Hand. Ein Druck? »Verstehst du mich, Peter?« Anna drückte seine Hand. Wartete. Fühlte seine warme, kleine Hand. Hoffte. Doch nein, da war keine Antwort.

Auf dem Flur waren Schritte zu hören, die sich näherten. Schnell stellte Anna den Stuhl so leise wie möglich wieder an seinen Ort und huschte ins Badezimmer. Keine Sekunde zu früh. Sie konnte sich gerade noch hinter die Tür drücken, da öffnete sich die Zimmertür, und jemand trat herein. Ohne ein Wort zu sagen, ging die Person an Anna vorbei an das Bett des Jungen. Anna lauschte. Jemand hantierte. Vielleicht mit der Infusion. Vielleicht mit etwas anderem. Dann näherten sich die Schritte wieder, zögerten kurz … und machten das Licht im Badezimmer an. Anna sah schon die Hand einer Frau und einen Fuß, als sie ein Piepen hörte. Die Krankenschwester blieb stehen, drehte sich um und löschte das Licht wieder. Im nächsten Moment hatte sie das Zimmer verlassen und eilte mit schnellen Schritten den Flur hinab, weg von Peter Michelsens Zimmer. Der Beeper hatte Anna gerettet.

Vorsichtig ging sie wieder zu dem Jungen und entschied sich, es mit einer anderen Methode zu versuchen. Sie nahm ihr Handy und suchte das Bild von Nils Michelsen, Peters Bruder, das sie von der Akte abfotografiert hatte. »Schau mal, Peter«, sagte sie mit sanfter Stimme. »Das ist Nils. Erinnerst du dich an deinen Bruder?« Sie hielt das Foto direkt über seine Augen.« In dem Moment drehte er den Kopf zur Seite und starrte Anna direkt ins Gesicht. Und sie konnte nicht anders. Sie musste schreien.

17. April, 09.34 Uhr, Gasthaus Hagedorn, Unterland

Er war nicht zum Unterricht gegangen. Stattdessen versteckte er sich in dem kleinen Hohlraum neben der Kohlenschütte. Das war ihr gemeinsames Versteck. Er wusste, dass Fritzi hierherkommen würde, sobald er nach draußen kam. Von dem Hohlraum aus konnte man alle sehen, die die Straße herabkamen, blieb aber selber unsichtbar. Knaup kam ins Gasthaus, das wunderte Hannes. Denn Knaup war ein hohes Tier bei den Nazis. Die kamen immer erst abends und blieben oft bis spät in die Nacht. Das hieß: In letzter Zeit war immer schon früh Zapfenstreich, weil ja Verdunklung war und die Soldaten meist auf ihre Stellungen mussten. In zwei oder drei Jahren würde Hannes auch endlich als Flakhelfer arbeiten, dann durften sich die Tommys aber warm anziehen! Er würde sie reihenweise vom Himmel holen. Schon weil seine Oma gestorben war im letzten Oktober. Sie hatten sie einfach mit ihrem Haus zerbombt. Wenn er an seine Oma dachte, dann spürte Hannes immer, dass sich ihm der Hals ein bisschen zuschnürte. Er musste dann schnell an etwas anderes denken.

Der Zollmeister kam auch. Und zwei Offiziere. Alle so mitten am Tag, das wunderte den Jungen. Endlich tauchte Fritzi auf. »Weißt du, was da los ist?«

»Wieso los?«, fragte Fritzi und zwängte sich zu ihm ins Versteck. Für zwei war es eigentlich ein bisschen zu eng. »Musst du nicht in die Schule.«

»Muss ich nicht«, sagte Hannes und schob seinen kleinen Bruder etwas in die Ecke. »Was wollen die alle bei uns? Sitzen die in der Gaststube?«

»Wer?«, fragte Fritzi und packte seine Steinschleuder aus.

»Guck mal. Die hab ich gestern mit Ole getauscht gegen ein Brötchen.«

Hannes verdrehte die Augen. »Mensch, Fritzi, du kapierst auch gar nichts. Überleg doch mal: Da kommen eine Menge Männer zu Vater. Mitten am Tag. Ohne Grund.«

»Aber die wollen doch bestimmt was essen«, sagte Fritzi. »Oder trinken.«

»Aha. Und waren sie in der Gaststube?«

»Wer?«

»Die Männer!«

»Nö.«

»Siehste?«

Aber Fritzi schien das nicht komisch zu finden. Er war eben noch zu doof. Hannes grübelte. Wenn seltsame Dinge passierten – das hatte er längst verstanden –, dann war das immer gefährlich. Er wollte gerade wieder rausklettern, da hörte er, wie jemand die Treppe am Haupteingang herunterkam. Vorsichtig zog er den Kopf zurück und lauerte. Es war Michelsen. Den kannte er ganz gut, weil der oft zu Gast war in der Wirtschaft. Michelsen war eigentlich Fischer. Aber in letzter Zeit war er zu einem wichtigen Mann bei der Flakabwehr geworden. Er diente drüben bei der Flakbatterie Jacobsen, einem Gefechtsstand mit Dreizehn-Zentimeter-Geschützen, der zur Festung über dem Hayshorn gehörte. »Bleib du mal hier«, flüsterte Hannes seinem kleinen Bruder zu und huschte hinter dem kräftigen Mann in der blauen Marineuniform her. Michelsen sah sich immer wieder um, als er durch die Gassen hinüber an die Westklippen ging, gerade so, als hätte er etwas zu verbergen. Hannes hatte es ja geahnt, es war was im Busche. Und er war schlau: Geschickt hielt sich der Junge eng an den Hauswänden und hinter Mauerbiegungen, sodass er immer in Deckung war, wenn Michelsen über die Schulter blickte. Bis sie militärisches Gebiet erreichten. Unauffällig verbarg sich der Junge hinter einer Sperrmauer und beobachtete, wie Michelsen zu seinem Einsatzkommando marschierte. Der Posten ließ ihn natürlich passieren, und dann war Michelsen verschwunden.

18

Paul Freitag war verheiratet. Immer noch. Warum auch immer, seine Frau und er hatten es bisher nicht geschafft, sich scheiden zu lassen. Vielleicht war es wegen ihrer kleinen Tochter Pauline und wegen des Gefühls, dass das Familienleben, das sie schon lange nicht mehr hatten, dann endgültig für Pauline verloren sei. Dabei hatte Claudia längst einen Neuen. Und der Kerl war besser als Paul, das stand völlig außer Frage, für alle Beteiligten. Auch wenn Paul ihn dafür hasste. Denn Paul Freitag hätte seine Frau jederzeit zurückgenommen, auch wenn sie es gewesen war, die sich letztlich von ihm getrennt hatte. Er hätte sie unter allen Umständen wieder gewollt, wenn sich diese Frage jemals gestellt hätte. Das war es auch, was ihm durch den Kopf ging, als er hinter Saskia kniete und sich die Seele aus dem Leib pumpte. Wäre sie nur die Richtige gewesen. Wäre er nur nicht ein solcher Idiot gewesen! Sein ganzer Zorn trieb ihn an, dass er Saskia ritt wie ein Wahnsinniger. Die Frau hatte keine Ahnung, dass er sie aus purem Selbstzerstörungstrieb niedervögelte. Als er kam, stöhnte auch sie auf und warf sich nach vorne. Und er drückte sie nieder und zuckte noch eine Weile in ihr, bis er nicht mehr konnte.

»Wow«, keuchte Saskia heiser. »Das hätte ich nicht erwartet.« Sie lachte ein wenig schmutzig und zwängte sich unter ihm hervor. Ihre Leiber waren völlig verschwitzt, das Bett feucht und klebrig. »Du bist ja eine Gefahr für die öffentliche

Sicherheit«, sagte sie und schien ihn in einem völlig anderen Licht zu sehen. Ja, diesen Paul hatte sie nicht gekannt. Und sie kannte ihn auch jetzt nicht, wusste nicht, wie es wirklich um ihn stand, wusste nicht, dass er sie für diesen Fick hasste – und sich selbst noch viel mehr. Paul schloss die Augen und rollte sich zur Seite. Er bekam kaum Luft. »Kannst du mal das Fenster aufmachen?«

Saskia stand auf, ging nackt zum Fenster und öffnete es weit. Doch es kühlte kaum ab. Über der Insel hing die brütende Luft wie in einer Glocke. Am Horizont flackerte es. »Sieht nach Gewitter aus.«

»Gott sei Dank.« Paul lag mit ausgebreiteten Armen auf dem Bett. »Ist auch dringend nötig.« Er sah zu der Frau hinüber, die immer noch am Fenster stand und mit ihrer Unbefangenheit vermutlich seinen Nachbarn gerade eine ungeahnte Freude machte. Über ihre linke Flanke erstreckte sich ein Drachentattoo, das auf der Mitte ihrer Pobacke endete. Wer das wohl schon alles zu sehen bekommen hatte? »Willst du zuerst ins Bad?«

»Sag bloß, wir sind schon fertig«, erwiderte Saskia grinsend.

»Also soweit es mich betrifft …«

Sie hob die Arme und lachte. »Okay«, sagte sie. »Was mich betrifft, auch. Das war hart genug für eine ganze Nacht.«

Auch für zwei oder mehr, dachte Paul, sagte aber nichts, sondern sah ihr zu, wie sie ins Badezimmer ging. Sie war wirklich unglaublich schön. Und kannte nicht die geringsten Hemmungen. Der Traum eines jeden Mannes. Außer Paul. Im Grunde war er gegen Saskias Reize vollkommen immun. Er war nur offenbar vollkommen verblödet. Denn was um alles in der Welt sollte das! Als Vorgesetzter mit seiner Untergebenen zu schlafen? Er schloss die Augen und stöhnte. »Alles in Ordnung?«, hörte er sie aus dem Badezimmer fragen.

»Alles bestens, Saskia, danke. Ich bin nur seltsamerweise ein bisschen erschöpft.«

»Komisch, ja.« Sie lachte wieder, während sie unter die Dusche stieg und die Tür schloss. Dann rauschte das Wasser, und Paul stellte sich vor, da drüben stünde jetzt Claudia. Und nebenan schliefe Pauline unter ihrer Sternenlampe, die er ihr schon über das Bett geschraubt hatte, als sie noch ein Baby gewesen war. Und er wäre abends zu Hause wie andere Ehemänner und würde morgens ins Büro gehen und einer harmlosen Arbeit nachgehen und sich auf den Feierabend freuen. Doch das war in Hamburg nicht möglich gewesen. Kein bisschen. Ein fieses Schicksal hatte es gewollt, dass er praktisch ständig im Einsatz war, wenn sein Einsatz zu Hause gefordert gewesen wäre. Irgendwann hatte Claudia gesagt: »Ich kenne dich nicht mehr. Wenn wir dich brauchen, bist du auf Streife oder bei einer Demo oder musst zu einer Lagebesprechung oder … ach, egal. Ich weiß gar nicht mehr, wozu wir noch zusammenleben. Denn du lebst ja sowieso nur noch dein eigenes Leben.« Seinen Vorschlag, aufs Land zu ziehen, hatte sie abgelehnt. Vielleicht war es so, wie sie sagte: Das war nur vorgeschoben, in Wirklichkeit wollte er das gar nicht. Vielleicht war es aber auch nur, dass sie ihre eigene Arbeit in einem großen Hotel nicht aufgeben wollte. Egal. Am Ende war er ausgezogen. Und dann hatte er von der Stelle hier auf der Insel erfahren. Hier konnte er seine Wunden lecken. Aber natürlich war das auch der Todesstoß für jede Chance gewesen, noch einmal zurück zu einem Familienleben zu finden.

»Hey. Du warst klasse!« Saskia hatte sich ein Handtuch um den Kopf gewickelt und zum Turban aufgetürmt. Sie lief wie eine Raubkatze an ihm vorbei mit ihren perfekten Formen und ihrem absoluten Selbstbewusstsein. Er wusste, dass er jetzt auch ein Kompliment hätte loswerden müssen. Aber er brachte es nicht über sich. Was auch immer es war, Claudia stand jedem Neuanfang im Weg. Claudia. Und Anna.

»Sag mal.« Saskia beugte sich ein wenig über ihn. »Weinst du?«

Die Schwester war so schnell vor Ort, dass Anna gar keine Gelegenheit mehr hatte, darüber nachzudenken, wohin sie flüchten konnte, um sich zu verstecken. Die einzige Flucht, die jetzt noch möglich war, war die nach vorn. »Gut, dass Sie endlich kommen!«, rief sie, während sie die zuckenden Arme des Jungen zu beherrschen versuchte. Sie hatte Panik, dass er sich mit der Nadel in seinem Arm verletzen könnte, dass er aus dem Bett fallen und sich wehtun könnte, dass er … was auch immer. Die Schwester blieb einen Augenblick lang irritiert in der Tür stehen und versuchte, die Szenerie zu begreifen. »Kommen Sie schon!«, rief Anna. »Ich schaffe das nicht alleine.«

Im nächsten Moment war die Schwester da und drückte Peters Oberkörper zurück aufs Bett. »Was machen Sie denn hier?«, presste sie hervor.

»Was wohl«, zischte Anna. »Ich versuche zu helfen. Haben Sie nicht gehört, wie er geschrien hat?«

»Doch, natürlich. Deshalb bin ich ja da. Was war denn los?« Die Schwester angelte nach einem Gurt, der unterhalb des Bettes angebracht war, und schlang ihn dem Jungen um den Arm.

»Keine Ahnung. Ich habe nur den Schrei gehört und bin sofort hierher.« Und auf den verständnislosen Blick der Schwester: »Ich war auf dem Flur, hab es nicht mehr ausgehalten in meinem Zimmer.«

»So. Nehmen Sie mal!« Die Schwester reichte Anna das andere Ende des Gurts und bedeutete ihr, ihn auf der gegenüberliegenden Seite festzumachen. Der Junge keuchte immer noch.

Schweiß stand ihm auf der Stirn. Aber sein wildes Zappeln war jetzt in eine Art Zittern oder Schütteln übergegangen, wie es Epileptiker haben mochten oder Parkinsonkranke. Die Schwester prüfte die Infusion. »Immerhin«, sagte sie. »Sie ist noch drin.«

»Keine Gefahr, dass er sich mit der Nadel verletzt hat?«

»Mit der Nadel? Ach so, nein, da ist keine Nadel drin, sondern nur ein ganz dünner Schlauch, die Gefäße kann er sich damit nicht verletzen.«

»Gott sei Dank.« Anna blickte auf Peter herab. Es tat ihr so unendlich leid, dass er jetzt wieder fixiert war. »Was werden Sie machen?«

»Zuerst einmal rufe ich Doktor Bause.« Die Schwester war bereits dabei, seine Nummer zu wählen. »Und dann bekommt er was zur Beruhigung.«

»Denken Sie, dass der Arzt vorbeikommt?«

»Herr Doktor Bause?« Sie hatte ihn schon am Apparat. »Schwester Birgit. Unser junger Patient hatte wieder einen Anfall. Ja. Danke.« Sie blickte Anna an. »Er ist in zwei Minuten da. Glück, dass er gerade am Hafen war.«

Anna überlegte, was in der Situation das Beste war. Für sie. Für Peter. Sie beobachtete, wie Schwester Birgit eine Spritze aufzog und sie in den Schlauch injizierte, der von der Infusion in den Arm des Jungen führte. »Was ist das?«, fragte sie.

»Ein ganz leichtes Beruhigungsmittel.«

»Haben Sie nicht Angst, dass ihm das schaden könnte? Ich meine, wenn er dauernd Psychopharmaka bekommt?«

»Psychopharmaka? Dann ist eine Schlaftablette auch ein Psychopharmazeutikum.« Die Schwester blickte ein wenig spöttisch auf Anna. »Sie können jetzt gehen.«

»Was hat er im Gesicht?«

Die Schwester blickte zur Seite, ohne zu antworten. Stattdessen nestelte sie ein Blutdruckgerät aus ihrer Kitteltasche.

»Er hat eine Verletzung im Gesicht«, insistierte Anna. »Können Sie mir sagen, wie er zu der Verletzung gekommen ist?«

»Das besprechen Sie besser mit Doktor Bause.« Aber Anna wollte sich nicht vertrösten lassen. »Es sieht aus wie eine Verbrennung.«

»Was sieht aus wie eine Verbrennung?«, tönte von der Tür her die vertraute Stimme des Chefarztes des Klinikums.

»Peter hat eine Verbrennung im Gesicht«, sagte Anna und deutete auf den Jungen, der sich langsam zu beruhigen begann.

»Ein bedauerlicher Vorfall, in der Tat«, sagte Doktor Bause und trat ans Bett, wobei er mit seiner massigen Gestalt Anna zur Seite drängte. Sie spürte, wie er innerlich kochte. »Wie ist der Blutdruck?«

»Hundertfünf zu hundertdreißig«, antwortete die Schwester und hielt ihm das Display ihres Blutdruckgeräts hin.

»Haben Sie ihm was gegeben?«

»Wie ist er zu dieser Verbrennung gekommen?«, fragte Anna. »Als ich ihn hier eingeliefert habe, hatte er die nicht.«

»Frau Krüger!«, erhob Doktor Bause die Stimme. Auf seiner Stirn stand Schweiß, seine Hände zitterten leicht. »Sie haben ihn ja wohl gerade erlebt. Ein Mensch, der sich so verhält, bringt sich nun einmal ständig in Gefahr. Und wir können nicht alles verhindern.«

»Aber eine Verbrennung?«

Der Arzt drehte sich zu ihr um. »Zu unserer Aufsichtspflicht gehört es auch, dass wir den Patienten vor der Außenwelt schützen. Dass unbeteiligte Dritte in diesem Zimmer sind, kommt aus medizinischer Sicht überhaupt nicht infrage. Sie …«, zischte er.

»Ich habe geholfen«, sagte Anna und blickte dem Arzt fest in die Augen. »Ich war die Erste vor Ort. Hätte ich nicht eingegriffen, wer weiß, was ihm noch zugestoßen wäre.« Gott sei Dank konnte er ihr Herz nicht klopfen hören. Schweißnass waren sie in dieser drückend-schwülen Nacht alle. Der Arzt musterte Anna, dann gab er ein leises Knurren von sich und wandte sich wieder dem Patienten zu. »Wir lassen ihn vorsichtshalber fixiert«, sagte er. Inzwischen war noch eine weitere Krankenschwester ins Zimmer getreten. »Sie!«, sagte Bause, als wüsste er ihren Namen nicht. »Rufen Sie Frau Geest an, sie soll schnellstens hierherkommen.« Die Schwester entfernte sich wieder. Der Arzt fühlte den Puls des Jungen. »Morgen früh …«, sagte er, doch dann hielt er inne. Auf der anderen Seite des Bettes stand Schwester Birgit. »Sagen Sie, Schwester, als Sie hierhergekommen sind …« Der Arzt richtete sich auf, und seine Stimme wurde schneidend. »War die Tür zu diesem Zimmer offen, oder war sie zu?«

»Die Tür? Sie war natürlich zu«, sagte Schwester Birgit unsicher.

»Obwohl Frau Krüger hier hereingestürmt ist, um den Jungen zu schützen? Da haben Sie tatsächlich zuerst die Tür geschlossen, Frau Krüger, bevor Sie zu ihm ans Bett sind?« Er drehte sich um. »Frau Krüger?« Doch Anna war verschwunden.

Für einen kurzen Augenblick hatte er gedacht, er hätte Anna auf der Landungsbrücke gesehen. Aber auf die Entfernung hätte es jede Frau sein können. Saskia war gegangen, er hatte ihr nicht angeboten, sie nach Hause zu bringen, vermutlich hätte sie es auch abgelehnt, chauvinistisch gefunden, bestenfalls altmodisch. Und er war froh. Es war nicht so zu Ende gegangen, wie sie sich das vermutlich vorgestellt hatte. Dafür fehlte Paul ganz einfach die Veranlagung. Er war nicht der Typ für den One-Night-Stand. Nie gewesen und heute weniger denn je. Ein Abenteuer wie das mit Saskia führte ihm im Grunde bloß vor Augen, dass er genau das nicht wollte: belangloses Gevögel mit irgendjemandem, den er nicht liebte. Claudia fehlte ihm. Oder das, wofür Claudia stand, er wusste es selbst nicht.

Paul schloss das Fenster und kippte es, es war jetzt etwas windiger geworden, die Luft kühlte ab. Dann griff er zum Handy und wählte Saskias Nummer. Sie war beim ersten Läuten dran. »Ja?«

»Wollte nur fragen, ob du gut heimgekommen bist.«

»Keine Sorge. Alles bestens. Ciao.« Und weg war sie. Klar, sie verübelte ihm, dass er ihr den Spaß verdorben hatte mit seiner Miesepetrigkeit. Er legte das Handy neben sein Bett, um etwaige Anrufe sicher zu hören.

Von ihrem Haus am Rekwai würde sie über die Südtreppe zum Klinikum kommen. Anna verbarg sich hinter einer Kuppe und blickte vorsichtig über die Grasnarbe hin zum Klinikeingang. Es dauerte nur Augenblicke, bis Katja Geest den Weg vom Oberland herangeeilt kam. Sie trug eine Tasche über der Schulter und sah weder nach links noch nach rechts. Anna fragte sich, wo genau in dem Gebäudekomplex das Zimmer liegen mochte, in dem Peter untergebracht war. Die Orientierung spielte ihr einen Streich. Egal, sie konnte sowieso nicht hineinsehen. Nachdem die Psychologin in dem Krankenhaus verschwunden war, beeilte sich Anna, nach Hause zu kommen. Sie brauchte richtige Kleidung – und den Schlüssel für die Polizeistation. Denn langsam wurde ihr klar, was auf der Insel in den letzten Tagen vor sich ging. Und wenn es stimmte, was sie sich dazu überlegt hatte, dann durfte sie keine Zeit mehr verlieren. Denn es konnte absolut sein, dass Nils Michelsen senior nicht das letzte Opfer war.

Getrieben von der Angst, sie könnte die letzten Puzzleteile zu spät finden, und beflügelt von dem Gefühl, endlich auf der richtigen Spur zu sein, hastete sie den Invasorenpfad hoch, dann die Leuchtturmstraße entlang bis zur Kirchstraße, wo sie wohnte. Jetzt erst fiel ihr ein, dass sie keinen Schlüssel für ihre Wohnung dabeihatte. Sie musste Frau Hovekamp rausklingeln. Wenn die alte Dame sie denn hörte.

Erst als im Nachbarhaus das Licht eingeschaltet wurde, öffnete sich die Tür in Annas Haus: Die schwerhörige Vermieterin hatte endlich mitbekommen, dass seit Minuten an der Tür Sturm geklingelt wurde. »Frau Hovekamp, Gott sei Dank!«

»Anna! Was ist denn passiert? Hast du deinen Schlüssel vergessen?« Die Alte hatte es sich angewöhnt, Anna wieder beim Vornamen zu nennen, sie kannte sie schließlich seit Kindeszeiten.

»Ja. Genau. Schlüssel vergessen«, rief Anna und rannte an ihr vorbei die Treppe zu ihrer Wohnung hoch. In aller Eile zog sie sich um. Die Migräne bohrte jetzt wieder konstant in ihrem Hinterkopf. Schmerzhaft, ja, aber nicht so schlimm, dass es sie beeinträchtigt hätte. Anna hatte sich angewöhnt, den Schmerz als eine Art Triebfeder zu nehmen, wenn der Stress wieder überhandnahm. Das funktionierte meist, aber nicht immer.

Sie war schon bei der Tür, als ihr das Foto von Leo ins Auge fiel. »Er ist viel jünger, Leo. Viel jünger, als du warst, und auch jünger, als ich war. Und ich habe Angst um ihn.« Zärtlich fuhr sie mit den Fingerspitzen über das Glas, hinter dem Leos Bild im Rahmen war. Wie schön er gewesen war. Wie schön ihr Leben hätte sein können. Aber das war natürlich eine Illusion.

Hätten sie damals weiterhin ein Paar sein dürfen ... Wäre Leo nicht von der Klippe gestürzt, hätten sie ihn nicht umgebracht und sie ... sie ... Wer wusste schon, wie lange die Freundschaft gehalten hätte. Eine erste Liebe. Wunderschön. Aber meist doch nur ein kurzes Spiel. Sie lächelte ihm zu. »Ich muss los. Vielleicht kann ich ihn retten.«

Dann war sie wieder aus der Tür und lief die Kirchstraße runter Richtung Falm und Treppe zum Unterland.

Was hast du getan! Das war nicht der Plan gewesen. Junge, wie konntest du nur. Sieh an, was du angerichtet hast. Das wirst du nie wieder los. Nie wieder. Und dann noch mitten im Gesicht. Zweiten Grades. Mindestens. Fast schon dritten Grades. Sie werden es in der Klinik behandeln müssen. Natürlich werden sie Fragen stellen. Sie stellen ja immer Fragen. Ein Überbrückungskabel ist etwas sehr Gefährliches, wenn es nicht sachgerecht bedient wird. »Der Herd, Junge. Der Herd.« *Wenn doch nur einer da wäre.* »Hast du den Herd nicht gesehen? Wir gehen jetzt hoch, und du siehst ihn dir an. Ganz genau siehst du ihn dir an, verstanden?« *Ja, das ist die Lösung. Verbrannt ist die Stelle sowieso. Da kommt es auch nicht mehr darauf an.*

Wo um alles in der Welt war Frau Michelsen? Der Nachtportier zuckte die Achseln. Anna kannte ihn nicht, er war Saisonarbeiter, eine Landratte, die mal für ein paar Monate hier aushalf. »Haben Sie sie weggehen sehen?«

»Tut mir leid, Frau Krüger. Ich habe gegen neun meinen Dienst angetreten. Da war sie schon weg.«

»Jemand, den Sie anrufen und fragen könnten? Den Portier von der vorhergehenden Schicht?«

»Keine Ahnung, wie ich den erreichen soll. Leider.«

»Okay. Passen Sie auf: Wenn Frau Michelsen wieder auftaucht, dann sagen Sie ihr, sie soll mich anrufen, ja? Zu jeder Tages- und Nachtzeit.«

»Sicher. Sehr gerne.« Der Portier notierte sich ihre Nummer, und Anna verließ das Hotel Richtung Binnenhafen. Sie zückte ihr Handy und schrieb eine Nachricht an Paul:

Bist du noch wach? Kannst du mich anrufen?

Sein Anruf kam unmittelbar. »Du solltest längst schlafen, Anna«, sagte er. »Du brauchst Ruhe.«

»Nachher, Paul. Jetzt gibt es Wichtigeres zu tun.«

»Zu tun? Sag nicht, du bist nicht in der Klinik.«

»Ist eine längere Geschichte.« Sie hörte ihn seufzen. »Pass auf, Michelsens Tod war kein Zufall.«

»Anna, es gibt keine Anzeichen …«

»Nicht für die Pathologie. Aber es gibt absolut Anzeichen. Und ich glaube, auch der Tod des Jungen war kein Zufall.«

»Anna, du solltest in die Klinik zurück! Wo bist du? Ich hole dich ab, und wir gehen zusammen …«

»Hör auf, Paul, ich bin nicht verrückt. Ich bin auch nicht paranoid. Ich habe nur meinen Job gemacht. Und dabei sind mir ein paar Dinge aufgefallen, die einfach zu gut zusammenpassen, um Zufall zu sein.«

»Hm. Trotzdem. Ich finde, wir können das auch sehr gut morgen auf dem Revier besprechen. Du solltest versuchen …«

»Morgen kann es zu spät sein, Paul«, fiel Anna ihm wieder ins Wort. Sie mochte Paul. Aber sie hasste es, wenn er den väterlichen Ton auflegte. Sie spürte, wie Stalin sich langsam nach vorne arbeitete.

»Anna?«

Sie blieb stehen. Vor ihr lag der Musikpavillon, rechts ging's zum Südstrand. Der Himmel war jetzt bedeckt. Sie hätte etwas trinken sollen vorhin. Die Uhr zeigte nach elf. »Okay,

Paul, hör mir zu: Geh bitte zur Klinik und nimm den Jungen mit. Peter Michelsen. Er ist jetzt wieder dort. Aber nimm ihn mit. Und nimm ihn am besten mit zu dir.«

»Und die Mutter …«

»Die Mutter ist nicht auffindbar, Paul. Du kannst sie gerne anrufen und mitnehmen. Aber geh auf jeden Fall auch selbst hin und schick nicht einfach sie.« Und in die Pause hinein, die Pauls verständnisloses Schweigen bildete, flüsterte sie: »Er ist in Gefahr. Wenn du ihn siehst, wirst du das erkennen. Bitte.«

Paul seufzte. »Wenn das alles nur Hirngespinste sind, Anna, dann …«

»Dann kannst du mich feuern. Dann quittiere ich selbst meinen Dienst. Dann gib es von mir aus an die Presse: *Polizistin auf Helgoland verrückt geworden.* Aber es ist nicht so, Paul. Ich weiß es, ich *spüre* es.« Dann unterbrach sie kurzerhand das Gespräch.

17. April, 09.51 Uhr, Flakleitstand Jacobsen, Westklippen

Die Batterie Jacobsen war nicht die größte auf der Insel, aber für Hannes die beeindruckendste. Möglich, dass das damit zusammenhing, dass hier mehrere ältere Brüder von Mitschülern von ihm Dienst taten. Sie waren seine Helden. In jener Nacht im letzten Oktober, als Hunderte von englischen Fliegern über die Insel gezogen waren, hatten sie todesmutig gekämpft und viele feindliche Maschinen vom Himmel geholt. Zu gerne wäre Hannes dabei gewesen, hätte er es gesehen, wie sie sie mit ihren gewaltigen Scheinwerfern ins Fadenkreuz nahmen und dann ihren Feuerstrahl in den Nachthimmel schickten. Wie die Flieger heulend herabfielen und im Meer verglühten. Wenn er daran dachte, spürte er, wie sein Herz schneller schlug. Kurt Feist arbeitete auf der Jacobsen, fiel ihm ein. Hannes war mit seinem Bruder befreundet. Er könnte ihn ja mal besuchen ... Zögernd trat er aus seiner Deckung, von Michelsen war längst nichts mehr zu sehen. Er musste etwa fünfzig oder hundert Meter über freies Feld gehen, um zum Posten zu gelangen. »Na, Kleiner, was willst du denn hier?«, fragte ihn auch prompt einer der beiden Soldaten, die den Zugang zur Batterie schützten. Sie waren selber noch sehr jung, vielleicht fünfzehn, sechzehn Jahre alt.

»Ich will zu meinem Freund Kurt Feist.«

»Und was willst du von ihm?«

»Ich habe eine Nachricht für ihn«, log Hannes und hoffte, dass man ihm den Schwindel nicht ansah. Nun, wo er schon hier war, wollte er doch unbedingt mal die Jacobsen von innen sehen.

»Dazu brauchst du einen Passierschein«, erklärte der andere Wächter mit wichtiger Miene. Doch der erste winkte ab. »Komm, lass ihn. Ich kenne ihn«, sagte er. »Der macht nichts.«

Mit einem Murren trat der andere einen Schritt zur Seite und ließ Hannes Hagedorn durch. So einfach war das! Wenn er das mal früher gewusst hätte! Er sah sich um. Die Geschütze waren in riesigen Betonfestungen halb in die Erde gegraben, sodass man zuerst einmal ein paar Treppen abwärtsgehen musste. Dann gelangte man in ein Labyrinth von Gängen, die den Jungen verwirrten. Links entlang? Oder rechts?

19

Schon einmal hatte sich Anna in Schwierigkeiten gebracht, die tödlich hätten enden können. Sorgenvoll blickte Paul aus dem großen Wohnzimmerfenster übers Unterland, das sich jenseits der Klippe erstreckte, und über die Hummerschere der beiden großen Molen, die die Insel nach Süden hin ins Meer streckte. Was hatte sie entdeckt, was hatte sie sich für eine Theorie zusammengesponnen, was hatte sie vor? Er wählte ihre Nummer, um noch einmal mit ihr zu sprechen, doch es meldete sich nur die Mailbox. Er wählte die Nummer von Cornelia Michelsens Hotel. Doch in ihrem Zimmer ging niemand ans Telefon. Natürlich nicht. Es war schließlich mitten in der Nacht. Sie würde auf lautlos gestellt haben.

Fluchend stieg er in seine Hose und zog sich ein T-Shirt über. Mehr brauchte es in diesen warmen Nächten nicht. Zum Klinikum war es nicht weit. Natürlich würde man ihm den Jungen nicht mitgeben, dafür gab es überhaupt keine Rechtsgrundlage. Zur Sicherheit schnappte er sich doch seine Dienstjacke. Das machte Eindruck und trug vielleicht zur Vermeidung schwieriger Diskussionen bei. Er hatte gerade die Tür hinter sich zugezogen, da meldete sein Handy eine Nachricht. Nur ein Wort, aber er musste doch lächeln. Sie kannte ihn besser, als ihm manchmal lieb war: *Danke.*

Niemand. Der Platz am Fallersleben-Denkmal war leer. Die ganze Hafenpromenade war leer. Ganz vorne auf der Landungsbrücke, jenseits des Flachbaus, schien jemand zu stehen, doch das konnte auch der Schatten eines Bootes sein, das in der Richtung etwas vor der Insel lag. Anna hatte den falschen Kittel in einen Papierkorb am Hafen geworfen. Ihre Sachen hatte sie nicht mehr aus dem Zimmer holen können. Immerhin hatte sie ihr Handy dabei gehabt. Sie setzte sich auf eine der Bänke für Fährpassagiere und atmete tief durch. Wie viel Grad mochte es noch haben, jetzt, kurz nach elf am Abend, vielleicht auch schon halb zwölf. Fünfundzwanzig? Achtundzwanzig? Selbst die leichte Brise, die wieder eingesetzt hatte, brachte kaum Kühlung. Verrückt. Das war nicht das Helgoland, das sie kannte. Sie blickte zum Himmel, konnte aber keine Sterne entdecken. Der Himmel war offenbar inzwischen bedeckt. Ob es doch Regen geben würde? Nach Wochen wäre das so dringend nötig gewesen.

Weikert war nirgends zu entdecken, weder auf dieser noch auf der anderen Seite des lang gezogenen Gebäudes. War er schon wieder gegangen? Verspätete er sich? Sie wählte seine Nummer. Vorne an der Landungsbrücke leuchtete etwas bläulich auf. »Kommen Sie zu mir«, sagte Weikert ohne Begrüßung. Das blaue Licht bewegte sich etwas hin und her. Okay, offenbar war der Schatten tatsächlich der Journalist vom *Hamburger Express*. »Wir hatten uns auf Ihren Wunsch hin am Denkmal verabredet«, sagte Anna. »Kommen Sie zu mir.«

»Ich möchte Ihnen etwas zeigen.« Weikert wartete nicht auf Annas Antwort, sondern unterbrach die Verbindung. Mit sehr gemischten Gefühlen ging Anna den Kai entlang. Hier spürte sie endlich wieder den Wind etwas stärker, den geliebten Wind, der die Insel sonst meist kräftig umwehte. Sie blickte zurück. Der Ort lag friedlich auf dem Felsen, die meisten Häuser waren bereits dunkel, in manchen brannte noch Licht. Wie eine Hummerschere ragten die Kaie des großen Hafenbeckens ins

Meer. Von hier aus konnte man freilich nur die Ostmole sehen. Auf der anderen Seite der Binnenreede lag die Polizeistation, die man von hier aus nicht sehen konnte, weil dazwischen noch einige Gebäude standen. Dahinter bemerkte Anna jetzt wieder das Flackern am Horizont. Draußen auf See gab es irgendwo ein Gewitter. Sie hätte nicht zu sagen vermocht, ob das hundert Kilometer weit entfernt war oder zwanzig.

»Sie sind spät«, stellte Weikert fest, als Anna ihn endlich erreicht hatte.

»Je später der Abend … Wo haben Sie Ihren Hut gelassen?«

»Es wird regnen, da trägt man keinen Hut.«

»Verstehe.« Anna blickte auf den Hafen, wo die Boote zunehmend in Bewegung gerieten. »Sie haben mich auf den Klippen und in der Kirche beobachtet, richtig?«

»Nun, beobachtet würde ich es nicht unbedingt nennen …«

»Und Sie haben mich zum Haus von Frau Geest verfolgt, als ich vor zwei Nächten dort war, richtig?«

»Nein«, sagte Weikert. »Ich war schon dort.«

Sie wandte sich ihm zu und sah ihm fest in die Augen. »Zufall? Das glaube ich nicht.«

»Die Insel ist klein.«

»Nicht so klein.«

»Gut. Ich war auf dem Weg zu Ihnen. Dass wir uns dort begegnet sind, war tatsächlich Zufall.«

»Hm. Ist Ihnen sonst noch jemand begegnet in der Nacht?«

Weikert überlegte kurz. »Nun, der Junge. Der war auch unterwegs. Ich erinnere mich, weil es mich gewundert hat.«

Anna trat noch einen Schritt näher auf den Journalisten zu. »Wo haben Sie ihn gesehen?«

»In der gleichen Straße«, erklärte Weikert. »Kurz vorher.«

Anna nickte und schwieg einen Augenblick. »Was wollen Sie mir zeigen?«, fragte sie dann.

»Zuerst Sie«, sagte der Journalist. »Sie wollten mich treffen. Jetzt müssen Sie auch liefern.«

»Okay«, sagte Anna. »Das geht für mich in Ordnung, wenn Sie mich nicht zum Narren halten.«

»Keine Sorge. Dieses Treffen findet sowieso nicht statt.«

»Welches Treffen«, erwiderte Anna und sah ihm in die Augen, die in der schlechten Beleuchtung des Hafens kaum auszumachen waren. »Es geht um Nils und seinen Bruder.«

»Peter.«

»Ja.« Sie nahm ihr Smartphone zur Hand und rief die Fotos auf. Das Bild, das sie vorhin dem Jungen im Krankenhaus gezeigt hatte, war immer noch obenauf. »Sehen Sie sich dieses Foto an. Die Augen.«

»Hm. Was ist mit ihnen?«

»Beschreiben Sie, was Sie sehen.«

»Gut, das sind die Augen eines Jungen, von dem wir wissen, dass er zehn Jahre alt ist und einen Zwillingsbruder hatte. Die beiden waren eineiige Zwillinge. Ich nehme deshalb an, dass sie die gleiche Augenfarbe hatten …«

»Stopp.«

»Stopp?«

»Mehr müssen Sie gar nicht sagen.«

Weikert schüttelte langsam den Kopf. »Und was soll ich damit anfangen?«

»Das müssen Sie jetzt selbst herausfinden.« Sie sah Weikerts zweifelnden Blick. »Keine Sorge, das schaffen Sie. Ist gar nicht so schwer.« Sie steckte ihr Handy in die Hosentasche und sah ihn herausfordernd an. »Und was haben Sie für mich?«

»Ich weiß zwar nicht, ob ich Ihnen trauen kann«, sagte der Journalist. »Aber immerhin sind Sie gekommen, und ich glaube nicht, dass Sie in einem solchen Fall fahrlässig handeln.«

»Nun?«

»Sehen Sie.« Er deutete aufs Wasser Richtung Düne. »Ich habe mir den Wetterbericht vom Tag der Regatta angesehen. Dazu die Strömungskarten der Insel und ihrer Umgebung. Als die Opti-Kinder am Nordosthafen vorbeikamen, waren sie noch vollständig. Als sie hier die letzte Kehre fuhren, fehlte Nils Michelsen.« Er machte eine Pause.

»Und?«

»Und die Rettungsweste wurde drüben am Nordosthafen gefunden«, stellte Weikert fest.

»Woher wissen Sie das?«

»Das von der Weste? Oder wo sie gefunden wurde?«

»Beides.«

»Nun, ich habe meine Quellen. Und Sie haben es mir eben freundlicherweise bestätigt.«

»Sie wissen, dass Sie mich nicht zitieren dürfen!«

»Keine Sorge. Ich schütze meine Quellen.«

»Wer hat Ihnen das erz…«

»Wie gesagt«, fiel ihr der Journalist ins Wort. »Ich schütze meine Quellen.«

Anna schwieg. Überlegte. Dann nickte sie. »Gut. Damit kann ich leben.« Sie musterte Weikert. »Wenn ich Sie richtig verstehe, passt der Fundort der Weste nicht zu Wind und Strömung am besagten Tag.«

»Sieht so aus.« Weikert deutete Richtung Ort und tat einen ersten Schritt, um zurückzugehen. Anna nahm zögernd den Weg auf. »Das hieße …« Das hieße, dass die Jacke nicht natürlicherweise dorthin gekommen war, sondern dass jemand sie dort absichtlich hingebracht, ja vielleicht sogar deponiert hatte. Jemand, der die Jacke woanders gefunden hatte. Die Jacke – und den Jungen? »Interessante Beobachtung«, sagte sie schließlich. »Und warum haben Sie das noch nicht in einem Ihrer Artikel untergebracht?«

Weikert blieb kurz stehen und zündete sich eine Zigarette an. »Das ist noch keine Story. Da muss noch mehr Fleisch ran.«

Anna nickte. »Hätte ich gar nicht erwartet, dass Sie so skrupulös sind.«

»Nicht skrupulös«, erklärte der Journalist. »Nur seriös.«

»Umso besser.«

»Vor allem: umso wichtiger, als in der Geschichte noch eine ziemlich unschöne Affäre steckt.«

Nun war es Anna, die stehen blieb. »Eine Affäre? Von Nils Michelsen?« Das warf ja plötzlich ein ganz neues Licht auf alles.

Weikert spuckte einen Tabakbrösel ins Meer. »Nö«, sagte er. »In dem Fall geht es nicht um *Herrn* Michelsen.«

»Ach.« Verwundert betrachtete Anna den Mann, der ihr so schillernd wie geheimnisvoll erschien. »Dann ist es Frau Michelsen, die ihren Mann betrogen hat?« Das Flackern am Horizont schien stärker zu werden. »Zusammen mit meiner Entdeckung ergibt das einen ganz neuen Sinn … Wissen Sie auch, wer derjenige ist … «

Zum Glück hatte Anna sich die wichtigsten Notizen im Handy abgespeichert. Mit schnellen Schritten lief sie die große Treppe hoch auf den Falm, wo das Hotel Störtebeker lag mit perfektem Blick über die Insel und Preisen für die etwas betuchteren Besucher Helgolands. Natürlich war inzwischen abgeschlossen, und Anna klingelte den Nachtportier heraus. »Frau Krüger? Gibt es ein Problem?«

»Nein, Herr Schneider, alles in bester Ordnung, ich muss nur mit einem Ihrer Gäste sprechen.« Anna war froh, dass es der Mann der Polizeibürokraft war, der hier Dienst schob.

»Um die Uhrzeit? Ich weiß nicht, ob …«

»Das geht schon in Ordnung, Herr Schneider, machen Sie sich da mal keine Sorgen. Sie müssten mir nur rasch die Zimmernummer sagen.«

»Tja, also, eigentlich …« Der Portier murmelte etwas Unverständliches, bewegte sich dann aber doch zum Empfang. Zwei Minuten später hatte Anna, was sie brauchte. Sie nahm die Treppe ins erste Obergeschoss und hielt vor der Tür inne. Lauschte. Überlegte kurz, ob sie gerade das Richtige tat. Andererseits war das die ideale Situation, um Klarheit zu schaffen in einer Frage, die für den Fall von erheblicher Bedeutung sein konnte.

Sie sah auf die Uhr. Kurz vor Mitternacht. Ein schmaler Lichtstreifen unter der Tür zeigte an, dass er noch wach war. *Sie* noch wach waren, wenn stimmte, was der Journalist vermutete. Sie lauschte. Nichts zu hören. Oder doch? Aber das konnte auch aus dem Nebenzimmer kommen. Leise Geräusche, vielleicht ein Gespräch, vielleicht der Fernseher. Also klopfte sie. Nicht zu heftig, aber mit der nötigen Autorität. Es dauerte vielleicht eine halbe Minute: lang für die Strecken, die es in einem Hotelzimmer zurückzulegen gab. »Ja?«, drang von drinnen gedämpft eine männliche Stimme.

»Anna Krüger«, sagte Anna. »Polizei. Ich würde Sie gerne sprechen.«

Langsam öffnete sich die Tür, und ein verwuschelter Kopf kam zum Vorschein. Kielhorn sagte: »Um die Uhrzeit?«

»Sie sind offenbar noch wach, da sollten wir es lieber rasch erledigen«, erklärte Anna. »Darf ich?« Sie machte einen Schritt auf die Tür zu.

»Moment!« Er hob die Hand, fixierte sie mit offen feindseliger Miene. »Ich glaube nicht, dass ich Sie reinlassen muss, oder?«

»Das müssen Sie nicht«, sagte Anna. »Wir können uns zu

unserem Gespräch auch in die Hotelhalle setzen. Aber dann könnte natürlich jeder mithören, was Sie und ich zu besprechen haben. Und Frau Michelsen.«

»Wenn Sie Ihre Kollegin suchen, die hat sich vorhin auf die polnische Art verabschiedet.«

Ein Spruch, den Paul nicht kannte und den er nicht mochte. Aber er mochte ja auch Bause nicht. »Eigentlich bin ich nicht wegen Frau Krüger hier«, sagte er, verwundert, dass der Chefarzt um die Uhrzeit in der Klinik war.

»Sondern?« Bause sah aus, als wäre ihm schon klar, was nun kommen würde. Und so war es offenbar auch. »Wegen des Michelsen-Jungen.« Ein verächtliches Schnauben des Arztes. »Denken Sie nicht, dass das ziemlich verrückt ist? Erst schleicht sich Ihre Kollegin in sein Krankenzimmer und erschreckt den Jungen zu Tode. Und jetzt tauchen Sie auf und torpedieren unsere Heilungsversuche?«

Auch wenn Bause durchaus das aussprach, was Paul dachte, hielt er dagegen. »Das müssen Sie schon unsere Sorge sein lassen. Auch uns geht es um das Wohlergehen des Kindes.«

»So. Und wie wollen Sie das gewährleisten, wenn Sie hier mitten in der Nacht hereinplatzen und ihn aus dem Schlaf reißen?«

Paul hob die Hände in einer beruhigenden Geste. »Das will ich gar nicht«, log er. »Ich würde nur gerne rasch einen Blick in sein Zimmer werfen.«

»Und wozu, wenn ich fragen darf?«

»Dienstgeheimnis. Aber ich darf doch davon ausgehen, dass Sie nichts zu verbergen haben?«

»Zu verbergen? Erlauben Sie mal, was unterstehen Sie sich!« Bause war laut geworden. Die Schwester, die neben ihm stand, zuckte zusammen. Paul erwiderte nichts, sondern blieb so souverän stehen wie möglich. Und tatsächlich atmete Bause hörbar aus und deutete den Flur hinab: »Bitte. Folgen Sie mir. Ich habe Ihr Wort, dass Sie sich ruhig verhalten.« Paul machte eine vage Geste und ging hinter Bause her zu Station zwei, als die Schwester ihnen nachkam und einwarf: »Aber Peter Michelsen ist nicht mehr da, Herr Doktor.«

»Wie?«, sagte Bause. »Nicht mehr da.«

»Frau Geest hat ihn mit zu sich genommen.«

Einen Augenblick wirkte es, als wüsste Bause nicht, ob er sich darüber ärgern oder freuen sollte. Dann blickte er auf Paul, hob die Hände und sagte: »Sie hören es selbst. Er ist gar nicht mehr bei uns.«

Während es Kielhorn offenbar äußerst peinlich war, von der Polizei gewissermaßen aus dem Bett geholt worden zu sein, ließ sich Cornelia Michelsen zumindest nicht das Geringste anmerken. Im Gegenteil: Sie saß in Hotelbademantel und mit übergeschlagenen Beinen auf der Bettkante und blickte Anna mit einer Arroganz an, die beinahe etwas Verletzendes hatte, während Kielhorn Anna den Stuhl am Schreibtisch überlassen hatte und selbst am Fenster lehnte. Ein erstaunlich kleines Zimmer für einen Mann mit so großem Ego, dachte Anna. Aber vielleicht war das ja auch nur eine Notlösung, weil er ihretwegen länger hatte auf der Insel bleiben müssen. »Wissen Sie, wo Ihr Sohn ist?«, fragte Anna und sah zu, wie die Miene der Frau ein wenig unsicherer wurde.

»Er ist in guten Händen«, sagte sie.

»Sind Sie da sicher? Haben Sie Peter seit vorgestern gesehen?«

»Gestern …«

»Haben Sie sein Gesicht gesehen?«

»Ich habe gehört …«

»Ich habe Sie gefragt, ob Sie es *gesehen* haben!«

»Nein«, sagte die Frau leise. »Noch nicht. Ich …«

»Aber *ich* habe es gesehen.«

»Er … Er hatte einen Unfall«, stammelte Cornelia Michelsen, von der alle Gefasstheit abzufallen schien.

»So wie Nils? Und wie Ihr Mann? Nur dass es diesmal kein tödlicher war?«

»Also hören Sie mal!«, mischte sich jetzt Kielhorn ein. Er trat zwischen Anna und die Mutter des Jungen. »Sie haben kein Recht, so mit einer Frau zu sprechen, die ihr Kind und ihren Mann verloren hat. Sie haben keine Ahnung, was Frau Michelsen in den letzten Tagen durchgemacht hat.«

»*Ihr* Kind, Frau Michelsen? Ist das so?« Anna sprach so ruhig, dass Kielhorn wieder einen Schritt zur Seite trat.

»Was wollen Sie damit andeuten?«, fragte er unsicher.

»Vielleicht mag uns das Frau Michelsen erklären.«

Die Frau im Bademantel ließ den Kopf in die Hände sinken und verbarg ihr Gesicht. »Na und?«, sagte sie und es war deutlich zu hören, dass sie mit den Tränen kämpfte. »Denken Sie, dass man ein adoptiertes Kind nicht genauso lieben kann wie eines, das man selbst zur Welt gebracht hat?«

Also doch, dachte Anna. »Es sind also auch nicht die Kinder Ihres Mannes?«

»Nein. Sie stammen aus seiner ersten Ehe. Seine damalige Frau hatte sie mitgebracht. Sie waren erst drei, als ich … als wir …«

»Und die leibliche Mutter?«

»Tot. Ein Autounfall.«

»Kannten Sie Ihren Mann da schon?«

Cornelia Michelsen schüttelte den Kopf.

Kielhorn starrte seine Geliebte an. »Adoptiert?«, murmelte er. »Wie sind Sie darauf gekommen?«, fragte er Anna.

»Die Augen. Die Jungs hatten … haben braune Augen. Aber Nils Michelsen hatte blaue. Und Sie …« Sie blickte auf Cornelia Michelsen herab. »Sie haben hellgraue. Sie können also gar keine gemeinsamen Kinder mit braunen Augen haben. Jedenfalls wäre es extrem außergewöhnlich.

Sie haben die Zwillinge also an Kindes statt angenommen.« Anna hielt kurz inne. »Weiß Peter, dass er adoptiert ist?«

Die Frau sah auf. »Nein.« Sie bemühte sich, ihre Fassung wiederzuerlangen. »Nein, das weiß er nicht.«

»Schade«, sagte Anna. »Es könnte ihm das Leben retten.«

Ein falscher Schritt, ein Stolpern würde reichen. In dem Zustand würde es ganz schnell gehen. Er könnte sich gar nicht retten. Vielleicht würde er versuchen, die Kaimauer zu erreichen. Aber von dort aus wäre es ein Kinderspiel, seinen Kopf unter Wasser zu drücken. Ein paar wenige Augenblicke nur. Dann wäre es schon vorbei. Du würdest es kaum merken, man ist viel zu sehr mit der Panik beschäftigt, als dass es einen quält. Und dann kommt schon die Ohnmacht. Alles andere geht dann ganz leicht. Und schmerzlos. Das hast du dir verdient. Die letzten Tage waren ja nicht leicht für dich. Andererseits würde das vielleicht doch zu verdächtig aussehen? Nein, es ist schon besser, so wie es ist, nicht wahr?

Fluchend sperrte Paul Freitag die Polizeidienststelle auf und ließ die Tür wieder hinter sich zufallen. Alles dunkel. Anna war nicht hier. Er hatte gehofft, dass sie sich mal wieder eine Nacht an ihrem Schreibtisch um die Ohren schlug, wie sie es schon manches Mal getan hatte, wenn eine Sache ihr keine Ruhe ließ. Doch sie war wohl nicht einmal hier gewesen. Er knipste die Lampe an seinem Schreibtisch an und setzte sich. Ihre Worte klangen ihm noch im Ohr, natürlich taten sie das:

Michelsens Tod war kein Unfall. Was hatte sie herausgefunden, worauf war sie gestoßen? Hatte sie *Unfall* gesagt oder *Zufall*? Wenn es kein Unfall war, dann war es auch kein Zufall. Dann war es Absicht. Und Absicht konnte nur bedeuten: Selbstmord oder Mord.

Paul fuhr den Computer hoch und rief die Akte Michelsen auf. Unschöne Bilder. Zuerst der Sohn, dann der Vater. Hier die zerfetzte Jacke, dort der zerschundene Körper. Paul hätte nicht zu sagen vermocht, was ihn tiefer traf. Oft war es ja gerade das Schreckliche, das man nicht sah, sondern sich nur vorstellte, in dem das wahre Grauen steckte. Ein Kind von zehn Jahren. Was mochte ihm geschehen sein, dass die Rettungsweste so zerstört war? *Fundort Nordosthafen* stand daneben. *Zwischen den Wellenbrechern.*

Paul sah sich das Bild des Jungen an. Ein hübscher Bursche. Eher zierlich. Kein Raubein, kein Seemann, trotzdem ein angeblich – wenn man der Akte glaubte – *guter Segler.* Er sah seinem Vater nicht sehr ähnlich. Eigentlich gar nicht. Aber was hatte das schon zu besagen. Pauline sah ihm auch nicht ähnlich. Trotzdem war er sicher, nein, wusste er, dass er der Vater war. Dass Pauline in jeder Hinsicht seine Tochter war. Was hätte aus dem Jungen noch alles werden können. Stattdessen fraßen gerade die Fische an ihm – wenn überhaupt nach den paar Tagen im Meer noch etwas von ihm übrig war. Manchmal war es ja seltsam, wie lange Zeit nach einem Unfall noch Leichen angeschwemmt wurden. Sicher hatte das auch etwas damit zu tun, dass im Meer keineswegs überall große Fischbestände existierten. Da konnte man auch auf hundert Quadratkilometern keinem einzigen Exemplar begegnen. Aber so in unmittelbarer Nähe der Insel und so relativ nahe zum Festland … Nein, wahrscheinlich war nicht mehr viel übrig von Nils Michelsen junior. Und das war auch gut so: Es war besser, wenn der Junge nicht mehr auftauchte. Der Anblick wäre zu grausam für die Eltern. Für die Mutter. Er musste Anna schreiben.

Wo bist du?

Die Antwort kam unmittelbar: *Hast du den Jungen?*

Nein. Er war nicht mehr da.

Sondern wo?

Frau Geest hat ihn mitgenommen.

Bin unterwegs zu ihr.

Katja Geest wohnte einen Steinwurf vom Hotel entfernt. Der erste Blitz zuckte über die Insel, als Anna gerade über den Mittelweg hastete. Plötzlich schlug ihr ein heftiger Wind entgegen. Aber noch hielten die Wolken ihre Last zurück. Das Haus lag im Dunkeln. Anna hatte keine Zeit, sich zu wundern. Sie klingelte. Klingelte noch einmal. Heftig. Oben leuchtete ein Fenster auf. Jemand öffnete und schaute heraus. »Hallo?«

»Herr Hagedorn? Krüger von der Polizei.«

»Ja? Was gibt es?«

»Ist Ihre Tochter zu Hause? Frau Geest?«

»Sicher ist sie da. Sie wird schlafen. Wie spät ist es denn?«

»Sehr spät«, sagte Anna. »Es tut mir leid. Ist der Junge bei Ihnen?«

»Welcher Junge?«

»Peter Michelsen. Der schon einmal hier war die Tage.«

Ein unverständliches Brummen. Dann schloss sich das Fenster wieder. Anna wartete, ob er noch einmal öffnen würde. Stattdessen sah sie durch das Milchglas, wie im Flur das Licht angemacht wurde und jemand auf die Haustür zukam. Es war der alte Fritjof Hagedorn. »Nett, dass Sie aufmachen«, sagte Anna, doch sie sah gleich, dass etwas nicht stimmte.

»Sie ist gar nicht da«, erklärte der alte Mann und wirkte dabei etwas verstört.

»Ihre Tochter?«

»Ja. Sie ist nicht da.«

»Aha. Ist denn der Junge da?«

»Michelsen, sagen Sie? Nein. Das müsste ich doch wissen, oder?« Sein Blick hatte etwas Flackerndes.

»Sollen wir vielleicht einmal nachsehen?«

Der Alte trat einen Schritt zurück. »Nachsehen?«, sagte er und war schon im Begriff, die Tür wieder zu schließen. »Da brauchen wir nicht nachsehen. Das wüsste ich, wenn hier jemand im Haus wäre.«

Anna nickte. »Natürlich, Herr Hagedorn«, sagte sie. »Natürlich. Hm. Sie haben aber nur dieses Haus? Ich meine, Ihre Tochter könnte nicht woanders ... übernachten?«

Fritjof Hagedorn zuckte die Achseln. »Wenn Sie meinen, ob sie mit jemandem zusammen ist, also davon ist mir nichts bekannt. Wir leben hier. Und außer dem Haus und dem Boot haben wir nichts, wo wir uns aufhalten.«

Das Boot, dachte Anna, und spürte augenblicklich, wie sich der Kopfschmerz meldete. Das Boot. Sie glaubte fast, den Geruch der alten Planken und des Schiffsdiesels in der Nase zu spüren. Nein, sie hatte keine guten Erinnerungen daran. Aber das war jetzt auch nicht wichtig. »Liegt es noch an der Südmole?«

»Mein Boot?« Der Alte schüttelte den Kopf. »Nein. Das liegt jetzt im Nordosthafen. Ist auch besser, wo es gerade ein bisschen heftiger wird.« Er blickte in den Himmel. Schien zu überlegen. »Wollen Sie vielleicht doch lieber reinkommen? Es könnte jeden Moment ziemlich ungemütlich werden.« Aber Anna war bereits losgestürmt.

Nie zuvor hatte sie Bause mit so beschissener Laune erlebt. Schon als er in der Tür stand, hatte sie geahnt, dass das kein angenehmer Job werden würde. Obwohl, das war es mit Bause nie. Der Mann war ein Ekelpaket. Nach außen hin der Biedermann, aber innerlich ein Schwein. Seine Gewaltfantasien brauchten eigentlich eine Psychiaterin. Oder zumindest eine Spezialistin. Es war nicht so, dass Nele Steenkamp die Klaviatur der erotischen Gewalt nicht beherrscht hätte. Sie konnte austeilen, nicht zu knapp, auch wenn sie dabei immer im Auge behalten musste, dass der Kunde keine ernsthaften Schäden davontragen durfte. Und sie konnte auch einstecken. In Maßen. Aber Bause hatte dieses Maß jedes Mal, wenn er sie besuchte, ein Stückchen weiter ausgedehnt. Beim letzten Mal hatte sie abgebrochen und ihn nur mit Mühe davon abhalten können, dennoch weiterzumachen. Dieses Mal, das merkte sie sofort, würde es noch schwieriger werden. Am liebsten hätte sie ihn wieder weggeschickt. Doch Doktor Waldemar Bause war kein Mann, der sich die Tür weisen ließ. Und, ja, auch das war Teil der Wahrheit: Er zahlte gut. Sehr gut sogar.

Nele Steenkamp trug ihre schwarze Korsage, in der die Brüste besonders gut zur Geltung kamen. Dazu einen Stringtanga und sehr hohe rote Stilettos. Dass sie das Haar heute auch noch hochgesteckt hatte, war Zufall, denn sie hatte keinen Termin mit Bause vereinbart. Er war einfach ohne Anmeldung gekommen. Und nun stand er in ihrem Schlafzimmer und riss sich – innerlich kochend – die Krawatte aus dem Kragen. Sie konnte ihn atmen hören. Seine Laune war auf dem Tiefpunkt. »Warst du heute nicht brav?«, hörte Nele Steenkamp sich selbst sagen. Aber sie wusste schon in dem Augenblick, in dem sie es aussprach, dass sie damit nicht durchkommen würde. Er wollte nicht bestraft werden. Nicht an diesem Abend. Er wollte *bestrafen*. Hier und jetzt und so hart wie möglich. Als sie sah, wie er einen Fünfhunderteuroschein auf die Kommode legte, musste sie schlucken.

17. April, 09.59 Uhr, Flakleitstand Jacobsen, Westklippen

Hannes sah sich um, hörte Stimmen, ging in die Richtung – und blieb stehen, als er wenige Schritte entfernt Michelsen wieder sah, der mit einem anderen Mann in einem ansonsten leeren Raum stand, in dem nur ein Tisch und ein paar Stühle waren. »Aber lassen Sie mich aus dem Spiel«, raunte Michelsen dem anderen zu.

»Wie soll das gehen!«

»Schschsch …«

»Wie soll das gehen? Wenn ich meine Quelle nicht nenne, denken sie, ich wäre selber einer von euch.«

»Was heißt da einer von euch? Ich hab ja schließlich nur zum Schein mitgemacht.«

»Ist das so?« Der andere Soldat betrachtete Michelsen mit schmalen Augen. »Oder wartest du einfach ab, wohin sich das Fähnchen wendet, und schlägst dich dann auf die Seite der Sieger?«

»Auf der Seite der Sieger bin ich längst, Oberleutnant! Das ist die Seite des Führers. Und der Partei. Und des siegreichen Deutschlands!«

»Nun mach mal halblang, Michelsen. Vielleicht ist das so. Vielleicht bist du auch nur ein Oberschlauer.« Er schwieg einen Moment, dann sagte er: »Wer hängt da mit drin? Ich will alle Namen.«

Michelsen sah sich um, hastig zuckte Hannes zurück und presste den Rücken an die Wand. Gedämpft hörte er, wie Michelsen ein paar Namen nannte, die ihm nichts sagten. Aber dann sprach er auch von Trönjes und Bethmann. Von Knaup – und von seinem Vater, Wilhelm Hagedorn.

»Das sind nicht alle«, stellte der Oberleutnant trocken fest.

»Das sind alle, die ich kenne.«

»Wer sagt mir, dass du nicht jemanden schützen willst, Michelsen?«

»Wenn ich jemanden schützen wollte, wäre ich nicht zu Ihnen gekommen, Oberleutnant«, erklärte Michelsen. Vermutlich sollte es feierlich klingen, aber es klang kläglich, als er hinzufügte: »Ich will das Vaterland schützen und unseren geliebten Führer.«

»Soso. Nun gut. So viel kann ich dir sagen, Michelsen, du hast den Kopf ziemlich tief in die Schlinge gesteckt. Aber vermutlich wird es dir den Hals retten, dass du zu mir gekommen bist und gesungen hast.«

Einen Moment herrschte wieder Stille. »Und jetzt?«, fragte Michelsen schließlich.

»Und jetzt sagst du zu keiner Menschenseele mehr ein weiteres Wort. Niemandem, verstehst du? Wenn auch nur einer erfährt, dass die Aktion aufgeflogen ist, dann bist du der Erste, der hängt.«

Der Offizier wandte sich um, und Michelsen reckte den rechten Arm über seinen Hinterkopf. Es sah so komisch aus, dass Hannes sicher gelacht hätte, wäre er nicht zu Tode erschrocken gewesen. Sein Vater. Sein Vater war an irgendetwas beteiligt, was Michelsen verraten hatte. Hannes hörte die Stimme seiner Mutter, wie sie verzweifelt fragte: Was ist mit den Jungen? Was ist mit mir, wenn sie euch erwischen? Zitternd tastete sich Hannes Hagedorn an der Wand entlang zurück. Verwirrt fragte er sich, wo der Ausgang war. Er hörte Schritte hinter sich. Michelsen. Gleich würde er ihn sehen. Hastig stolperte der Junge voran. Und dann hörte er seine Stimme: »Du da! Bleib stehen! Sofort!«

Er wäre gerannt. Bestimmt wäre er gerannt. Aber er konnte einfach nicht.

20

Der Wetterdienst hatte eine Sturmwarnung herausgegeben. Innerhalb weniger Augenblicke war die Windstärke von Beaufort 3 auf Beaufort 8 gestiegen. Gerade noch hatten die Halunder eine sanfte Brise genossen, die die schwüle Luft wegzutragen begonnen hatte. Die Kühle, die sich plötzlich breitmachte. Und dann – wie aus dem Nichts – ein halber Orkan. Mit aller Wucht schlug der Wind auf die Insel und wirbelte alles auf, was nicht festgeschraubt war. Tücher und Klappstühle flogen draußen herum, Flipflops und Pappaufsteller. Die Laternen am Hafen wankten gewaltig, und von einem Augenblick auf den anderen peitschte die Gischt gegen die Molen. Die Seenotrettung war mit allem draußen, was sie hatte, um das Schlimmste zu verhindern.

Einer Eingebung folgend, rief Anna noch einmal im *Hochsee-Hotel* an. Vielleicht rannte sie ja nicht nur gegen den aufziehenden Sturm, sondern auch gegen ein Hirngespinst an. Zum Glück: Die Verbindung kam zustande. »Hallo? … Hallo? Spreche ich mit dem Portier? Können Sie mich hören? … Ja? Eine Frage! Wissen Sie, ob der Michelsen-Junge im Hotel ist? Ist er auf seinem Zimmer? – Hallo? Ja? – Nicht da? Sicher? – Okay, danke.«

Inzwischen brannten Annas Muskeln, und ihr Herz klopfte so schnell, dass sie fürchtete, sie könnte jeden Augenblick zusammenbrechen. Doch wenn es nicht der Horror vor dem war, was womöglich gerade passierte, dann war es Stalin, der

Anna über die Insel trieb, erbarmungslos die Treppe runter zum Unterland und hinüber Richtung Kurhaus, wo der Nordosthafen lag. Sie stolperte, fing sich, hastete weiter, wich umherfliegenden Gegenständen aus. Währenddessen wählte sie wieder. Paul. Doch es meldete sich nur die Mailbox. »Paul? Hast du den Jungen? Bei Hagedorns war er nicht. Ich bin Richtung Nordosthafen!«

Und weiter, während erste Tropfen fielen.

Die Anrufweiterschaltung war auf Saskias Nummer gelegt. Seit Mitternacht hatte sie Bereitschaft. Sie hörte das Klingeln erst beim dritten Anruf; zu laut war inzwischen die Macht der Elemente, die über der Insel tobten. »Polizeinotruf Helgoland?«, meldete sie sich, unsicher, ob man sie wohl am anderen Ende der Leitung verstand.

»Sie müssen mir helfen!«, hörte sie eine Frauenstimme. »Bitte kommen Sie schnell in die Friesenstraße, Ecke Schifferstraße!«

»Was ist denn passiert?«, fragte Saskia, während sie bereits in ihre Schuhe stieg.

»Ich habe Angst, dass er aufwacht!« Saskia kannte die Stimme. Sie kannte die Frau. Und sie kannte die Adresse. »Und ich habe noch mehr Angst, dass er es nicht mehr tut …«

Die leichte Müdigkeit, die ein paar Gläser guten Rotweins und ein kräftiger Fick in Saskia erzeugt hatten, war ebenso verflogen wie der Unmut auf Paul und sein bescheuertes Verhalten. Eigentlich hätte Saskia Berneking jetzt nackt in ihren Laken gelegen und Energie für den nächsten Tag getankt. Doch stattdessen stolperte sie durch die Wohnung und stieg in ihre verstreuten Kleider, suchte ihre Dienstjacke, die Dienstpistole, die sie als Bereitschaft bei sich hatte, und warf noch einmal einen schnellen Blick auf die Inselkarte, die sie neben der Tür aufgehängt hatte. Friesenstraße, Ecke Schifferstraße. Ein Katzensprung von ihrer Wohnung aus. Sie schlüpfte in die Schuhe und wählte Pauls Nummer, während sie in den Sturm hinauslief. Das Getöse um sie herum war so laut, dass sie nicht verstand, ob sie ihn an der Leitung hatte oder ob nur die Mailbox angesprungen war. »Paul? Notruf von Frau Steenkamp in der Friesenstraße, Ecke Schifferstraße«, keuchte sie. »Bin unterwegs dorthin. Offenbar Gewaltdelikt. Ein Verletzter, vielleicht sogar ein Toter.« Der Wind wirbelte ihr Haar ins Gesicht, sodass sie kaum noch sehen konnte. »Bitte medizinische Unterstützung!« Mit zitternden Fingern tippte sie noch eine Nachricht hinterher: *Akuter Notfall in der Friesenstraße.* Dann stopfte sie das Handy in die Hosentasche und rannte. Es waren nur zwei, drei Häuser, dann einmal nach links und dann noch mal links. Die Insel war in Aufruhr, die Häuser stemmten sich finster gegen das Wetter.

Ein Blitz krachte so nah über Saskia hinweg, dass sie sich gegen eine Hauswand warf und den Kopf einzog. So was war sie vom Festland nicht gewohnt. Trotz der engen Gassen hatte man hier das Gefühl, als wäre man mit einem Boot auf See und der Sturm würde ringsumher toben. War Helgoland bisher für Saskia Berneking vor allem ein hübsches, etwas langweiliges Fleckchen Erde gewesen, über das sie sich lustig machte, so erkannte sie jetzt, dass es so verschlafen war wie ein Vulkan – bevor er ausbrach.

Der Nordosthafen war ein wankendes Brett, auf dem sich die Boote hoben und senkten. Das schöne Wetter der letzten Wochen hatte viele Bootsbesitzer leichtsinnig gemacht. Der Mangel an Befestigung rächte sich jetzt. Anna versuchte zu erkennen, wo Hagedorns Schiff lag. In der Dunkelheit war das schwer auszumachen. Die Hafenbeleuchtung kam gegen die

Regenschauer, die nun über die Insel jagten, kaum an. Das Flackern der Blitze, die in immer größerer Zahl – und vor allem immer näher – den Himmel erhellten, war zu unstet und zu irritierend, als dass eine sinnvolle Orientierung möglich gewesen wäre. Sie musste also den Pier entlanglaufen und hoffen, dass es zufällig die richtige Seite war.

Es war die richtige Seite. Allerdings entdeckte sie Hagedorns Boot ganz am Ende des Kais. Fluchend rannte sie noch schneller über die glitschigen Steinplatten und stürzte beinahe ins Meer. Zum Glück hatte der Alte seine *Lisa 2* hier herübergebracht. Drüben an den Westkajen wäre sie jetzt von meterhoher Gischt umspült und praktisch unbetretbar gewesen. Obwohl Anna sich auch so fragte, wie sie unter diesen Umständen auf das Boot kommen sollte. Alles war in ständiger Bewegung. Ein falscher Schritt und sie würde ins Wasser stürzen. Bei dem Seegang, bei dem Regen und Wind war das ein Todesurteil.

Entgegen jeder Wahrscheinlichkeit und gegen jede Regel war die Gangway ausgelegt. Leichtsinn! fuhr es Anna durch den Kopf. Aber vielleicht war es auch nur der Versuch, ein wenig Restsicherheit zu haben: Wenn etwas passierte, war es leichter, sich an Land zu retten. Sie ist also da, dachte Anna und sprang auf die Gangway, um mit zwei großen Schritten hinüber aufs Boot zu gelangen. Die *Lisa 2* schaukelte wie verrückt. Anna musste sich an der Reling festklammern, um nicht unmittelbar ins Wasser gekippt zu werden. Sie konnte sich kaum auf den Beinen halten, was auch an den rutschigen Planken lag. Fluchend kämpfte sie sich zur Kajüte vor, wo sie einen schwachen Lichtschein zu erkennen glaubte. Eine lose Klappe knallte ihr an die Brust, sodass sie kurz um Atem ringen musste. Mit eingezogenem Kopf und eine Hand schützend vor sich gestreckt, wankte sie zur Tür und stieß sie auf. Tatsächlich brannte eine einsame Leuchte über der Truhe, die als Tisch diente. Eine Zeitung lag aufgeschlagen darauf, und Anna wunderte sich, dass sie nicht längst zu Boden gerutscht war. »Frau Geest?«, rief sie. »Hallo?«

Nichts.

»Krüger hier! Frau Geest?« Aber wo sollte sie auch sein? Die Kajüte war klein, die Vorhänge zu den Kojen waren alle zurückgezogen. In der Kiste würde sie wohl kaum sitzen. Annas Blick fiel auf die Zeitung: Es war der Artikel von Weikert. *Insel der Ahnungslosen.* Einen Moment lang dachte Anna, die Frau könnte über Bord gegangen sein, und sie wusste nicht, ob sie das fürchtete oder ob sie es hoffte. Doch dann war ihr klar, wo sie sie finden würde.

Als Saskia bei *Dora's Hotel* ankam, war die Straßenbeleuchtung ausgefallen. Das Haus aber war hell erleuchtet. Sie läutete Sturm und sah sich nach Paul um. War er schon drinnen? Hatte er ihren Anruf gehört? Er musste vom Oberland runterkommen. Andererseits konnte er über die Treppe schnell da sein. Der elektrische Türöffner summte. »Oben!«, rief eine Stimme, dann sah Saskia schon die Silhouette einer Frau im Bademantel am Ende der Treppe stehen. »Hier hoch, bitte.«

Er lag auf der Seite. Ein entwürdigendes Bild. Die Augen verbunden, die Hände auf den Rücken gefesselt. Nackt. Um seine Genitalien war ein Lederriemen straff gezogen, sodass die abgebundenen Teile prall abstanden. »Ich dachte erst …«, begann die Frau stockend. »Na ja, dass er mich …«

»Haben Sie das hier gemacht?« Blöde Frage. Natürlich hatte sie das. Saskia wusste schließlich, mit wem sie es zu tun hatte. »Lebt er noch?«

»Im Moment schläft er einen Rausch aus.«

Saskia deutete auf einen Stuhl neben dem Bett, über dem

seine Kleider hingen. »Sie setzen sich jetzt dorthin.« Dann ging sie in die Hocke und hielt zwei Finger an den Hals des Mannes. Der Puls war deutlich. Innerlich war sie erleichtert, auch wenn sie von der Szenerie trotzdem schockiert war. Sie betrachtete den Körper. Das Gesäß war von roten Striemen überzogen. An den Brustwarzen waren Blutergüsse erkennbar. Ein Speichelfaden tropfte vom halb offen stehenden Mund auf den Teppich, und er stank entsetzlich nach Alkohol. »Was haben Sie ihm gegeben, Frau Steenkamp?«

»Nur Schnaps«, sagte die Hure. »Aber fast eine ganze Flasche.«

»Dann müssen wir ihm den Magen auspumpen, schnell! Wenn der ganze Alkohol in sein Blut wandert, kann er immer noch sterben.« Sie zerrte dem Mann die Binde von den Augen und versuchte, ihn aufzurichten. »Wo ist das Badezimmer?«

»Gleich hier.«

»Machen Sie seine Hände frei und helfen Sie mir, verdammt!«

Gemeinsam schleppten sie Bause hinüber und wuchteten ihn über die Kante der Badewanne. Dann packte Saskia ihn um die Hüften und presste seinen Bauch mehrmals heftig zusammen, während sie Nele Steenkamp anwies, einen Finger in den Mund des Arztes zu stecken. Das Ergebnis ließ nicht lange auf sich warten. Nach einigen spastischen Zuckungen erbrach sich Bause in hohem Bogen und stöhnte, während er verzweifelt versuchte, selbst auf die Beine zu kommen. Schließlich ließen sie ihn wieder auf den Boden und in Ohnmacht sinken. Saskia sank neben ihn hin und rang ihrerseits einen Brechreiz nieder, während Nele Steenkamp das Erbrochene mit der Brause von der gekachelten Wand und den Badewannenrändern wegspülte.

»Sie dachten *was*?«

»Ich dachte«, sagte Nele, als sie sich erschöpft und angewidert an die Wand lehnte, »dass er ... nein, erst dachte ich, er wird mich schlagen.«

»Wieso sollte er sie schlagen.«

»Er war sehr großzügig«, erklärte die Hure. »Und er hat diese Macke. Sogar ziemlich ausgeprägt.«

»Aha. Und dann?«

»Dann wollte er aber, dass ich ihn schlage. Und fessle. Und .... Na ja, was man eben so macht.« Sie schloss für einen Moment die Augen. »Bis er dann ...«

»Bis er dann *was*?«

»Bis er gewürgt werden wollte. Nicht nur ein bisschen. Sondern immer fester. Und da ... da wusste ich ...« Tränen tropften auf den kalten Badezimmerboden.

»Wussten Sie *was*?«

»Dass ich ihn umbringen sollte.«

»Ihn umbringen? Das glauben Sie doch selbst nicht. Wieso sollte er wollen, dass Sie ihn umbringen?«

»Fragen Sie ihn am besten selber. Zum Glück lebt er ja noch.«

»Und das kam wie?«

»Ich habe ihm vorgeschlagen, dass wir Waterboarding machen. Sie wissen schon: Wie es die Amerikaner mit ihren Häftlingen machen.«

»Das ist Folter.«

Nele lachte freudlos. »Was denken Sie, dass das hier war?« Sie atmete tief durch und erklärte: »Jedenfalls habe ich Whisky genommen. Er konnte nichts mehr sagen. Ich habe ihn einfach abgefüllt, bis er in Ohnmacht gefallen ist.«

»Und dann haben Sie mich gerufen.«

»Eigentlich wollte ich Paul bitten ... Aber dann waren Sie dran.«

Draußen zerfetzte ein Blitz die Luft, dem ein ohrenbetäubender Donnerschlag folgte. Ein Zucken ging durch Bauses Leib.

Akuter Notfall in der Friesenstraße. Bitte sofort kommen. Saskia

Einen Moment lang stand Paul unschlüssig am Fuß der Treppe, die Ober- und Unterland miteinander verband. Zu *Dora's Hotel* ging es schräg rechts, an den Nordosthafen links. Inzwischen wirbelte nicht nur ein kräftiger Sturm die Insel durcheinander, es hatte auch begonnen zu regnen. Noch nicht sehr stark, aber das würde kommen. Bis jetzt waren die Regentropfen im heftigen Wind noch wie einzelne Nadelstiche, die sich in die Haut bohrten. Paul fluchte, dass er sich nicht den Südwester übergezogen hatte. Er steckte das Handy weg und entschied sich für *Dora's Hotel*, auch wenn sein Herz für die andere Lösung schlug. Anna kannte er, Anna traute er zu, sich selbst zu helfen. Bei Saskia war er da nicht so sicher. Sie war die unerfahrenere Kollegin – und sie war womöglich die noch risikofreudigere. Dass ihr Notruf aus dem Inselbordell kam, wunderte ihn nicht einmal wirklich. Außerdem lag *Dora's Hotel* deutlich näher.

Zweihundert Meter weiter und ziemlich durchnässt war er da. Die Tür war nur angelehnt. Instinktiv griff er nach seiner Waffe, die er aber natürlich nicht dabeihatte, er war ja von zu Hause gekommen. »Scheiße!«, fluchte er und drückte vorsichtig, halb Deckung suchend, die Tür auf. Oben brannte Licht. Leise trat er ein, obwohl das bei dem Lärm, den der Sturm verursachte, kaum nötig gewesen wäre. Er sah sich um und griff nach einem Stockschirm, der neben dem Eingang in einer Bodenvase stand. Dann schlich er sich die Treppe hinauf ins Obergeschoss.

Stimmen waren zu hören. Saskia. Nele. Und eine männliche Stimme, die … Jemand schien dort oben außer sich. Ein Mann. Paul versuchte, die Stimme einzuordnen. Als er oben angekommen war, fand er das Schlafzimmer leer vor. Das Bett war zerwühlt. Auf dem Boden lagen Gegenstände, unter anderem eine Peitsche und eine Reitgerte. Einige Lederriemen. Objekte, die Paul nichts sagten, außer dass sie offenbar für irgendwelche sadomasochistischen Spiele gedacht waren. Die Stimmen kamen aus dem Badezimmer. Mit schnellen Schritten war Paul dort. Er hielt den Schirm an der Spitze, um mit dem hölzernen Griff zuschlagen zu können, falls nötig.

Das Bild, das sich ihm bot, war bizarr: Auf dem Boden lag ein nackter Mann mit entwürdigendsten Fesselungen, auf dessen Beinen die Inselhure im Bademantel und mit schwarzer Korsage saß, während auf seiner Brust, den sich wild Wehrenden mit beiden Händen an den Schultern niederdrückend, Saskia kniete. »Paul! Endlich. Er tickt völlig aus.«

Jetzt erkannte Paul auch, um wen es sich handelte. »Bause? Ich glaub es nicht. Was habt ihr mit ihm gemacht?«

»Wie bitte?«, ächzte Saskia, deren Kräfte zu schwinden begannen. »Was denkst du eigentlich. Der Typ ist völlig irre. Wir versuchen hier, das Schlimmste zu verhindern.«

»Okay. Moment.« Während er sich fragte, was das Schlimmste wohl in dem Fall bedeuten sollte, lief Paul hinüber ins Schlafzimmer und schnappte sich einige der Lederriemen vom Boden. Dann kehrte er zu dem absurden Trio zurück und fesselte Bauses Hände und Füße, ehe er Saskia und Nele ein Zeichen gab, von ihm abzulassen. »Was um alles in der Welt ist hier passiert?«

»Er wollte, dass ich ihn umbringe«, erklärte Nele Steenkamp mit zittriger Stimme.

Saskia klammerte sich erschöpft an das Waschbecken. Paul blickte auf den am Boden Liegenden herab. »So kann er jedenfalls nichts mehr anstellen«, sagte er.

»Ich hab es verdient«, schluchzte Bause. »Bringt mich um. Lasst mich sterben.« Er lallte mehr, als er sprach. So nackt, ohne Brille, dreifach gefesselt auf dem Boden liegend, war er ein erbarmungswürdiger Mensch. Paul ging in die Hocke und sprach leise zu ihm: »Herr Doktor Bause. Das hier wird alles vergehen. Beruhigen Sie sich. Wir werden nicht zulassen, dass Sie sich etwas antun. Aber glauben Sie mir, es wird alles wieder gut.«

Bause warf den Kopf zur Seite, er wollte Paul nicht ansehen. »Nichts wird gut«, krächzte er. »Nichts. Ich habe alles versaut. Und der Junge ... Er wird ... Er wird nie wieder ...« Ein Schluchzen hinderte ihn am Weiterreden.

»*Was* wird er nie wieder?«, fragte Paul, von der plötzlichen Ahnung befallen, dass all die Geschehnisse der letzten Tage am Ende doch miteinander zusammenhängen könnten.

»Sie haben ihn gesehen, oder? Nein? Seien Sie froh. Und ich ... ich ... Idiot habe ihn wieder dorthin gehen lassen.«

»Wohin haben Sie ihn gehen lassen?«

»Zu der ... Hexe.«

»Zu wem, Doktor Bause? Mann, sprechen Sie gefälligst!«

Die Stimme des Arztes war nur ein Flüstern. »Zu Frau Geest. Ich ... ich hätte es gleich erkennen müssen. Aber dann ... dann war es schon passiert, und ... ich wollte ... wollte nicht ...«

»Sie hat den Jungen wieder abgeholt, ja? Sie haben ihn ihr mitgegeben, richtig?«

»Ja.« Einen Moment schien der Arzt sich besinnen zu müssen. »Das heißt: nein. Ich habe ihn ihrem Vater mitgegeben. Er hat ihn abgeholt.«

Paul spürte, wie ihm eine eisige Hand ins Genick griff. Der Alte hatte den Jungen geholt. Fritjof Hagedorn. »Du läufst zum Nordosthafen«, wandte er sich an Saskia. »Und ich versuche, das Schlimmste zu verhindern.« Ohne ein weiteres Wort zu verlieren, stürmte er aus dem Badezimmer, rannte die Treppen hinunter und sprintete in den Regen hinaus. Das war der Moment, in dem Saskia spürte, dass ihre Pistole aus dem Holster gezogen wurde.

17. April, 23.04 Uhr, Landungsbrücke, Unterland

Das Zollhaus lag am Anfang der Landungsbrücke. Die Wahrscheinlichkeit, auf dem Weg dorthin entdeckt zu werden, war entschieden größer als die Wahrscheinlichkeit, unentdeckt zu bleiben. Vor allem die letzten Meter, auf denen kein Gebäude mehr stand, waren ein Problem. Wäre nur die Ausgangssperre nicht gewesen! Knaup zögerte, die Deckung zu verlassen, die die Schatten der Gasse ihm boten. Andererseits war es nicht weniger gefährlich, noch länger hier zu stehen und sich nicht zu bewegen. Wenn ihn jemand bemerkte, würde das Verdacht erwecken. Mit zusammengekniffenen Augen beobachtete er das Zollhaus. Warum, verdammt, hatte Bethmann das Licht gelöscht? An seinem Haus glühte eines der wenigen Positionslichter, die aus militärischen Gründen auch bei völliger Verdunklung zu leuchten hatten, solange nicht Fliegeralarm herrschte. Doch die Lampe war aus, die Fenster waren abgedichtet, das Gebäude lag in Finsternis, nur vom Mondlicht gespenstisch angeleuchtet. Knaup fröstelte. Er fasste sich ein Herz und ging mit festem Schritt, zügig, aber nicht so schnell, dass er Verdacht erregt hätte, falls ihn jemand sah, hinüber. Auf dem Weg hierher hatte er sich überlegt, was er sagen würde, falls ihn eine Patrouille aufgabelte. Er würde sagen, dass er dem Zollmeister seinen Schlüsselbund zurückbringen wollte, den der bei einem spontanen Besuch am Nachmittag vergessen habe. Und dann würde er den Bewaffneten seinen eigenen Schlüsselbund zeigen.

Aber es hielt ihn niemand an. Er gelangte unbehelligt zum Zollhaus und klopfte an die Tür. Jetzt war er dankbar für die Verdunklung, die ihn hoffentlich ebenfalls weitgehend unsichtbar machte von der anderen Seite der Binnenreede oder vom Südstrand her. Nachdem sich zunächst nichts regte, klopfte er nochmals, diesmal etwas fester. Doch auch darauf antwortete niemand. Bethmann kam nicht zur Tür. Falls er überhaupt da war. Knaup versuchte zu erkennen, ob hinter den Vorhängen, die die Fenster verdunkelten, irgendwo ein Lichtschein zu entdecken war, den man von weiter weg nicht sah. Doch es schien beinahe, als wäre das Haus tatsächlich ganz dunkel und alle Lichter wären gelöscht. Ratlos drehte Knaup sich um – und blickte einem Schäferhund in die Augen, hinter dem der schwarze Umriss eines SS-Mannes erkennbar war. Dann blendete ihn grell eine Taschenlampe.

21

Die Luke stand offen. Nur einen Spaltbreit. Aber weit genug, um zu erkennen, dass auch dort unten Licht brannte. Anna sah sich um, ob sie irgendeinen Gegenstand fand, der ihr als Waffe dienen konnte. Auf einem Windjammer hätte sie jetzt einen der Knüppel gezogen, an denen die Taue der Takelage befestigt waren. Wäre der Kutter noch im Einsatz gewesen, dann hätte sie wohl noch einen Pfeil für die Harpune finden können. Aber so war sie hilflos. Das heißt, nein! Hatte sie nicht in der Kajüte einen Kasten Bier gesehen? Eine Flasche konnte eine gefährliche Waffe sein. Sie musste noch mal zurück.

Diesmal fiel ihr der Weg noch um ein Vielfaches schwerer. Anna spürte, wie sich nicht nur das Schiff hob, sondern auch ihr Magen. Jedes Mal, wenn die *Lisa 2* sich so neigte, dass Anna schräg nach vorne stand und sich festklammerte, um nicht übers Deck zu schlittern, war sie nahe dran, sich zu übergeben. Stalin pochte in ihren Schläfen, aber die totale Konzentration seiner Geisel schien ihn im Zaum zu halten.

Endlich. Die Kajüte. Anna wischte sich mit der Hand übers klitschnasse Gesicht, dann riss sie die Tür auf und stolperte hinunter. Die letzten drei Stufen rutschte sie und kam polternd mit den Knien auf die Planken. Sie hätte vielleicht nicht geschrien des Schmerzes wegen. Aber der Schreck ließ sie aufschreien: Am Tisch saß Katja Geest und blickte sie mit funkelnden Augen an.

Durch den strömenden Regen lief Paul wieder hinauf zum Oberland. Auf der Treppe rutschte er aus und schlug sich ein Knie blutig. Er war dankbar, dass die Distanzen kurz waren auf der Insel. Mit eisigen, zitternden Fingern versuchte er, Anna am Handy zu erreichen. Doch es kam keine Verbindung zustande, was auch am Sturm liegen mochte. Er versuchte zu erkennen, ob Saskia schon auf dem Weg war. Doch die Sichtverhältnisse waren katastrophal. Egal. Sie würde den Nordosthafen übernehmen, er sich um den alten Hagedorn kümmern.

Lung Wai. Nur noch ein paar Meter, dann war er da. Er überlegte kurz, ob er seine Pistole holen sollte. Doch um noch einmal auf die Station zu laufen, dazu war es zu spät und die Notlage zu akut. Es konnte jeder Augenblick zählen, es ging hier vermutlich buchstäblich um Leben und Tod.

Mit schmerzenden Lungen langte er am Haus der Hagedorns an. Er stützte die Hände auf die Knie, versuchte, zu Atem zu kommen, und klingelte dann. Er klingelte lange. Sinnlos, auf Schritte zu lauschen, dafür herrschte allzu großes Getöse auf der Insel. Blitze zuckten über den Himmel. Immerhin stand Paul unter dem schmalen Vordach halb geschützt vor dem peitschenden Regen. Als sich die Tür öffnete, machte er einen Schritt nach vorne und stand bereits mit einem Bein im Haus. Doch statt auf Abwehr oder Empörung zu treffen, packte ihn der alte Mann am Arm und zerrte ihn hinein. »Schnell«, rief Hagedorn und schloss die Tür. »Schnell in die Keller!« Paul griff geistesgegenwärtig nach dem Lichtschalter, den er neben der Tür vermutete und auch fand. Doch Hagedorn löschte das Licht mit einer hastigen Bewegung sofort wieder, sodass es stockfinster war. Paul versuchte, sich aus dem Griff zu befreien und den Alten seinerseits zu packen. Doch der entwickelte Kräfte, mit denen Paul nicht gerechnet hätte. »Wir müssen runter. Nicht das Licht anmachen! Sonst sehen sie uns!«

»Wer sieht uns?«

»Die Flieger! Schnell!« Und er schubste Paul Richtung Kellertreppe. Unten konnte Paul einen schwachen Schimmer entdecken. »Schnell, da runter!«, rief Hagedorn. »Alle warten schon!«

»Sie zuerst!«, sagte Paul und versuchte, sich in eine vorteilhafte Verteidigungsposition zu bringen. Tatsächlich polterte der Alte vor ihm her die Treppe hinab und wartete auf ihn. »Schnell, schnell, wir müssen die Tür schließen. Wegen der Druckwellen!«

»Es gibt keinen Bombenangriff«, sagte Paul und ließ den Blick durch den Kellerraum schweifen.

»Hören Sie!«, rief Hagedorn und lauschte selbst den Blitzen, die sich in krachenden Donnerschlägen über der Insel entluden. »Hören Sie nur, wie die Bomben fallen.«

Und dann entdeckte Paul den Jungen.

»Wie geht es Ihrer Migräne?«, fragte Katja Geest mit kaltem Lächeln.

»Wo ist der Junge?« Anna klammerte sich am Tisch fest und versuchte, nicht dem Schmerz in ihrem Knöchel nachzugeben und auf den Boden zu sinken.

»Haben Sie sich wehgetan? Das tut mir leid.« Die Frau war eine gute Beobachterin, aber das hatte Anna schon vorher gewusst. »Ich würde Ihnen ja einen Eisbeutel anbieten. Aber ich fürchte, dafür ist das Boot nicht gut genug ausgestattet.«

»Ein Bier würde es auch tun«, sagte Anna einem Geistesblitz folgend. Doch Katja Geest schüttelte müde den Kopf. »Nein. Das brauchen Sie jetzt nicht. Bleiben Sie, wo Sie sind, bis ich Ihnen die Hände gebunden habe.« Mit diesen Worten stand sie auf und nahm ein paar Kabelbinder, die sie sich zurechtgelegt hatte. Ohne lange nachzudenken, warf Anna sich über die Truhe und versuchte, ihre Gegnerin zu packen. Erfolglos. Der Knöchel war weggeknickt, der Angriff kläglich gescheitert, ehe sie ihn richtig ausgeführt hatte. Stöhnend kam Anna auf dem Deckel zu liegen, und Katja Geest packte sie ihrerseits an den Haaren und riss ihren Kopf zurück. »Was soll das?«, schrie sie und knallte Annas Kopf gegen die Truhe, dass ihr schwarz vor Augen wurde. Dann schubste sie sie zur Seite, packte ihre Arme und fesselte sie an den Handgelenken, ehe Anna wieder ganz zur Besinnung kam. »Ich verstehe Sie nicht, Frau Krüger«, sagte Katja Geest halb enttäuscht, halb empört klingend. »Muss es denn so brutal sein?«

»Wo ist der Junge?«, flüsterte Anna, die versuchte, im Dröhnen ihres Schädels irgendwo Stalins Handwerk zu lokalisieren. »Wo haben Sie ihn versteckt? Unter Deck?« Sie rappelte sich auf und kämpfte sich in eine halbwegs aufrechte Position, während Katja Geest wieder auf der anderen Seite des Tisches Platz nahm und sie musterte. »Wie sind Sie draufgekommen?«, fragte die Frau und blickte neugierig auf Anna, als wäre sie ein Tier in einem Laborversuch. »Was war es?«

Jetzt erst wurde Anna der Geruch bewusst. Dieser stechende Geruch, der die Kajüte durchdrang.

»Sie gehen da rüber«, krächzte Bause und wedelte mit Saskias Dienstpistole in Richtung der Badewanne. Warum hatte sie ihn die Hände nicht auf den Rücken gefesselt?

»Hören Sie«, fing Saskia an.

Doch Bause machte mit ausgestreckten Armen einen Schritt auf sie zu und herrschte sie an: »Klappe! Halten Sie einfach die Klappe. Es ist schon viel zu viel gesprochen worden.« Die Worte kamen immer noch unscharf aus seinem Mund, sein Alkoholpegel war zweifellos beträchtlich. Saskia sah sich um, wie sie ihn überwältigen könnte. Bause hatte die Waffe entsichert. Er kannte sich also mit Schusswaffen aus. Gegen einen geübten Schützen, auch wenn er betrunken war, war jeder Frontalangriff der reinste Selbstmord. Wenn der Mann auch noch in einer psychischen Ausnahmesituation war, erst recht.

»Herr Doktor Bause …«, versuchte es Saskia noch einmal.

Doch Bause schüttelte nur den Kopf, und sie verstummte. Sein Blick war jetzt so eiskalt, dass ihr das Herz gefror. Nele hatte die Arme um ihren Körper geschlungen und drückte sich eng an die Wand. Saskia entschied sich für eine Demutsgeste und ging auf die Knie. Sie hob die Arme. Einer wehrlosen Frau, die sich unterwarf, würde er nichts tun. Vielleicht. Aber vielleicht redete sie sich das auch nur ein. Sie schloss die Augen, versuchte, ruhig zu atmen. Als sie sie wieder öffnete, hatte Bause die Pistole an seine eigene Schläfe gesetzt. Und seinerseits die Augen geschlossen. Der Lederriemen! Ohne zu zögern, warf Saskia sich nach vorne und packte den Riemen, der um Bauses Genitalien gebunden war, und riss ihn mit aller Kraft zu sich.

Als er sich zu Fritjof Hagedorn umdrehte, war alle Panik aus der Miene des Alten gewichen. Mit ernstem Gesicht blickte er auf Paul und nickte. »Es tut mir leid, dass Sie nun unter dieser Geschichte leiden müssen, Herr Freitag.«

Paul sah von dem Alten zu dem Jungen hin und dann wieder zurück. Auf Hagedorns Pistole, die direkt auf seine – Pauls – Brust zielte. »Was haben Sie mit dem Jungen gemacht?« Nun war es Paul, den die Panik durchfuhr. »Was haben Sie mit ihm gemacht, verdammt?«

»Nichts«, sagte der Alte und blickte ohne Anteilnahme auf das Kind. »Noch nichts.«

»Und das?!« Paul machte einen Schritt auf den Jungen zu.

»Ach das. Das stammt nicht von mir.« Hagedorn zuckte die Schultern. Setzen Sie sich ruhig daneben, Herr Freitag. Es ist sowieso gleich vorbei.« Er deutete mit der Pistole in die Ecke, in der der Junge war. Eine alte Mauser, dachte Paul. Die Waffe sah aus wie aus Wehrmachtsbeständen. Absicht? Zögerlich ging Paul hinüber in die Ecke, die im Halbdunkel lag, und setzte sich neben das Kind, das reglos auf einem Stuhl saß, aufrecht wie eine Puppe – und reglos wie eine Puppe. Paul fröstelte. Er spürte, wie ihm kalter Schweiß ausbrach. Wie viel Zeit blieb ihnen hier, um den Albtraum zu beenden? Reflexartig griff er nach seinem Handy. »Geben Sie das lieber mir«, sagte Hagedorn, der sofort verstand, was die Bewegung bedeutete.

Paul zerrte es aus seiner Hosentasche und machte einen Schritt auf Hagedorn zu, doch der Alte hob die Hand. »Halt! Werfen Sie es rüber.« Paul tat, wie ihm geheißen. »Und jetzt setzen Sie sich neben ihn. Keine Tricks.«

»Sie klingen wie ein Krimineller, ist Ihnen das klar?«, sagte Paul, der fieberhaft überlegte, wie er diesen Mann, den er bisher nur als harmlosen Bürger mit kleiner Gelegenheitsmacke kannte, dazu bringen konnte, dieses Spiel nicht noch weiter zu treiben. Bis hin zur Katastrophe. Aber wenn er den Jungen ansah, dann ließ sich nicht leugnen, dass die Katastrophe längst eingetreten war. »Wenn Sie das nicht waren, wer war es dann?«, fragte er und deutete auf Peter Michelsen, dessen linke Gesichtshälfte von einer grässlichen rot glänzenden Brandwunde entstellt war und der mit flackerndem Blick vor sich hin stierte.

»Wen interessiert das, Herr Freitag. Der Junge wird es bald hinter sich haben.«

»Aber warum, Herr Hagedorn? Er ist doch noch ein Kind! Was hat er getan, was *kann* er getan haben, dass Sie ihm so etwas antun? Lassen Sie ihn am Leben. Und lassen Sie ihn frei.« Ein Gedanke kam ihm, der ihn ebenso erschreckte, wie er ihm Hoffnung machte: »Nehmen Sie mich als Ersatz!«

»Ersatz«, sagte Hagedorn leise. »Ersatz.« Er gab ein Geräusch von sich, als wollte er lachen, doch sein Blick war ganz nach innen gekehrt und seine Miene versteinert. »Was hat er getan.« Es war fast ein Flüstern, als der alte Mann nun langsam auf Paul und den Jungen zukam, die Pistole halbhoch in ihre Richtung haltend. »Nichts hat er getan. *Er* doch nicht. Nein. Aber sein Vater.«

»Es waren mehrere Hinweise. Zum einen ein Foto.«

»Ah ja? Und wovon?«

»Eine Aufnahme von der Regatta. Hinter der Landungsbrücke sieht man einige Boote. Auch dieses hier. An diesen Booten kamen die Opti-Segler vorbei. Nur der kleine Michelsen tauchte nicht mehr dahinter auf.«

Katja Geest zuckte die Achseln. »Das beweist nichts, oder?«

»Nein. Es ist nur ein Indiz. Und dann natürlich Sie selbst.«

»Ich?« Die Frau lächelte amüsiert, während das Boot im aufgewühlten Wasser knarrte. »Das müssen Sie mir erklären.«

»Sie haben sich selbst verraten, Frau Geest«, sagte Anna, während sie fieberhaft überlegte, wie sie die Frau überwältigen konnte – oder wie sie wenigstens einen Notruf absetzen konnte. Doch zwischen ihnen war der Tisch, Anna war verletzt, gefesselt, und das Handy steckte in der Hosentasche – unerreichbar und auch gar nicht einsetzbar.

»Ich? Sie machen mich neugierig.«

»Ihre Hilfsbereitschaft hat mich auf die Spur gebracht.«

»Ach.« Katja Geest sah nicht so aus, als hätte sie es eilig. Mit leicht zusammengekniffenen Augen musterte sie ihre Gefangene, wobei sie kein bisschen feindselig wirkte.

»Sie haben mich dazu gebracht, mit meinen Erinnerungen zu arbeiten.«

»Aber hier gab es doch gar nichts, woran Sie sich hätten erinnern können, oder? Ich meine, die Regatta, der Junge, das alles haben Sie doch gar nicht selbst erlebt.« Ein leicht amüsierter Zug umspielte wieder ihre Mundwinkel. Sie hält sich für überlegen, dachte Anna, und erinnerte sich an ihren Ausbilder, der gerne gesagt hatte: Geben Sie dem Täter immer das Gefühl, überlegen zu sein. Es macht ihn unvorsichtig. »Sie sagen es«, erklärte Anna. »Ich habe einiges nicht erlebt. Zum Beispiel auch nicht den Überfall auf diesem Boot.«

Einen Moment schwieg die Frau. Dann setzte sie eine fragende Miene auf und erwiderte: »Aber haben Sie nicht selbst gesagt, Sie wären von einem großen, dunkel gekleideten Mann die Treppe runtergeschubst worden?«

Anna nickte. »Tatsächlich dachte ich das eine Weile …« Das Boot neigte sich heftig, und Anna musste sich am Tisch festhalten. »Tatsächlich dachte ich das wirklich. Aber es waren nicht *meine* Erinnerungen.« Jetzt war sie es, die ihr Gegenüber musterte. »*Sie* waren es, Frau Geest. Sie haben die Erinnerung behauptet. Sie haben meine Verwirrung genutzt und dann so oft wiederholt, ich hätte einen großen dunkel gekleideten Mann gesehen, dass ich schließlich selbst dachte, ich hätte ihn gesehen. Aber in Wirklichkeit hat es diesen Mann nie gegeben. Und die Erinnerung war nur eine eingebildete. In Wirklichkeit waren Sie es, die mich die Treppe hinabgestoßen hat.«

»Warum sollte ich das tun, Frau Krüger? Aus welchen Grund? Ich habe Ihnen doch geholfen, Ihre eigenen – Ihre wahren – Erinnerungen wiederzufinden.«

»Das haben Sie. Und es ist Ihnen gelungen, weil Sie es meisterhaft verstehen, das Gedächtnis Ihrer Mitmenschen zu manipulieren.«

»Sehr schmeichelhaft, wie Sie das sagen.«

»Ach, das ist Ansichtssache.« Annas Schläfen pochten wieder stärker, der Schmerz erhöhte den Druck.

»Aber selbst, wenn!«, erklärte Katja Geest ganz ruhig. »Das ist eine Sache. Eine ganz andere Sache ist, was mit dem Jungen passiert ist und mit seinem Vater.«

»Nicht zu vergessen, mit seinem Bruder.«

»Der Arme steht unter Schock, ja.«

»Und das ist ebenso wenig Schicksal wie die beiden Todesfälle.« Das Boot schaukelte jetzt deutlich. Anna stützte sich ab. »Sie haben ihn psychisch manipuliert.«

»Ich? Wenn ich Sie erinnern darf, wurde ich von medizinischer Seite gebeten, ihm zu helfen.«

Anna nickte. »Ja. Das ist eine besonders böse Ironie dieser Geschichte, dass die Ärzte, die sich um das Wohl des Kindes sorgten, ausgerechnet Sie damit betraut haben.« Sie straffte ihren Körper und schleuderte es der Frau hin: »Es gibt einen Zeugen, wie der Junge aus Ihrem Haus gekommen ist. Da war er schon zutiefst verstört.«

»Wie ich schon sagte, ich hatte ihn schließlich in Behandlung.«

»Das war, bevor Sie ihn zur Behandlung anvertraut bekommen hatten, Frau Geest. Sie haben ihm zugefügt, was sie anschließend behandeln sollten.«

»Aber weshalb sollte ich das tun?« Im Blick von Frau Geest lag alle Unschuld dieser Welt.

»Weshalb? Weil Sie nur so sicherstellen konnten, dass er Sie nicht verrät. Sonst hätten Sie auch ihn noch umbringen müssen. So wie Sie Nils Michelsen und anschließend seinen Vater umgebracht haben. Also«, sagte Anna. »Wo ist der Junge?« Sie ahnte es längst. Sie *wusste* es.

Katja Geest seufzte. »Sie wollen es unbedingt wissen, ja? Schade. Schade auch um Sie. Ich mochte Sie.«

»Sein Vater?« Paul blickte sich verzweifelt um, ob er irgendetwas zu greifen bekäme, womit er den Alten überwältigen könnte. Körperlich war er ganz klar im Vorteil. Aber gegen eine scharfe Waffe konnte er nichts ausrichten. »Was soll sein Vater getan haben, dass Sie diesem Kind das Leben nehmen? Und selbst wenn: Was kann dieses Kind für die Taten seines Vaters!« Er klang verzweifelter, als er klingen wollte – und doch nicht halb so verzweifelt, wie er war. Nichts. Nichts, was in greifbarer Nähe gewesen wäre. Nichts, was als Waffe geeignet gewesen wäre. Ein Regal mit Einmachgläsern – auf der anderen Seite von Hagedorn. Unmöglich, dorthin zu gelangen. Eine Kiste mit Kohlen: perfekte Wurfgeschosse. Aber bis er dorthin gesprungen wäre und sich ein, zwei Briketts geschnappt hätte, um sie dem Alten an den Kopf zu werfen, wäre der Junge dreimal tot gewesen. Ein Seil hinter dem Stuhl – vermutlich war Peter Michelsen damit gefesselt gewesen. Hagedorn damit dingfest zu machen, war aussichtslos. »Er ist doch noch ein Kind«, beschwor Paul den alten Mann.

»Er ist *sein* Kind«, flüsterte Hagedorn. »So wie Hannes das Kind meines Vaters war. Damals. Und sein Vater hat ihn in den Tod geschickt.«

»Peters Vater hat Ihren Bruder in den Tod geschickt?« In Pauls Kopf arbeitete es fieberhaft. Er kannte die Geschichte von Hagedorn und seinem Bruder. Aber wie war sie noch mal genau? Bisher hatte er noch nie groß darüber nachgedacht. »Ihr Bruder ist doch schon so lange tot, Herr Hagedorn.«

Der Alte kam näher, die Pistole zitterte in seiner Hand. »In die Bomben hat er ihn geschickt«, sagte er stockend. »Tausend Bomber. Kein Schutz.« Er schluchzte.

»Das war im Krieg, richtig? Herr Hagedorn?« Hörte ihn der Alte überhaupt? »Das ist schon so lange her, Herr Hagedorn, da war doch Peters Vater … der war doch noch gar nicht auf der Welt!«

»Doch«, sagte Hagedorn. »Ich habe ihn gesehen. Ich habe gesehen, wie er Hannes rausgeschubst hat. Er hat ihn festgehalten, bis die Bomber da waren. Und dann hat er ihn vor die Tür geschickt. Da waren die Bunker nicht mehr zu erreichen.« Es schüttelte den alten Mann. »Nur für mich. Ich bin noch reingekommen. Ich bin gelaufen. Und Hannes … Hannes … Er war draußen.« Ein Schrei, der Paul bis ins Mark fuhr. »Er war draußen! Weil *sein* Vater …« Er streckte die Pistole in Richtung des Jungen. »Weil sein Vater ihn in den Bombenhagel geschickt hat! Ich hab's gesehen! Ich habe Hannes gesehen. Und seinen Vater, den habe ich auch gesehen. Hab ihn genau gesehen! Und jetzt, vor ein paar Tagen, da hab ich ihn wieder gesehen. Da war er wieder da. Mit seinem Jungen. Als wäre nichts gewesen. Aber er … Er hat Hannes auf dem Gewissen! Und deswegen … deswegen …« Hagedorn presste dem Kind die Pistole auf die Stirn. Er zitterte so, dass Paul Angst hatte, er könnte jeden Moment aus Versehen abdrücken. Selbst zitternd, hob er ganz langsam die Hand und versuchte, nach Hagedorns Faust zu greifen. »Bitte, Herr Hagedorn«, sagte er so behutsam, wie es ihm nur möglich war. »Bitte tun Sie das nicht. Er kann nichts dafür. Ihn trifft doch keine Schuld.«

Blitzschnell fuhr der Alte mit seiner Hand zur Seite und zielte nun auf Paul. »Er musste zahlen.«

»Wer musste zahlen?«, fragte Paul, der zwar nicht verstand, was der Alte damit sagen wollte, aber froh war, dass die unmittelbare Gefahr, Peter Michelsen könnte erschossen werden, gebannt war.

»Michelsen«, sagte Hagedorn heiser. »Michelsen musste zahlen. Er musste mit dem Leben seines Kindes zahlen für das Leben von Hannes.«

»Herr Michelsen?« Paul versuchte, zwei und zwei zusammenzuzählen, und merkte, wie schwer es ihm fiel, überhaupt noch einen klaren Gedanken zu fassen. Dieses Kellerverlies erschien ihm mit einem Mal wie das reinste Höllenloch. Ihm war so heiß, dass ihm der brennende Schweiß in die Augen rann. »Aber er hat doch bezahlt«, sagte er, nach diesem Strohhalm greifend. »Er hat doch selbst ein Kind verloren. Bei der Regatta. Das wissen Sie doch, Herr Hagedorn!«

Etwas schien der alte Mann komisch zu finden, denn er lachte unvermittelt. »Das weiß ich doch? Natürlich weiß ich das! Er hätte tot sein müssen! Er *war* tot! Und dann war er auf einmal weg. Verschwunden! Und … und … dann … steht er plötzlich wieder vor mir …« Wieder wandte er sich Peter zu, packte ihn mit der freien Hand an der Schulter und schüttelte ihn, schüttelte ihn so heftig, dass der Junge vom Stuhl fiel und mit einem gellenden Schrei auf den Boden stürzte. Das war der Augenblick, in dem Paul Freitag all seinen Mut zusammennahm und sich auf Hagedorn stürzte.

18. April, 01.30 Uhr, Westklippen, Oberland

Bestimmt machte Mutter sich Sorgen. Außerdem hatte er solchen Hunger. Aber Fritzi wollte nicht ohne Hannes nach Hause gehen. Und Hannes war nicht wiederaufgetaucht. Zuerst hatte Fritzi seinen großen Bruder bewundert, wie er in die Batterie Jacobsen gegangen war. Einfach so. Aber dann war er nicht wieder rausgekommen. Bis jetzt! Und es war bereits dunkel. Fritzi fror. Er drückte sich fester in die Grasnarbe und zog die Jacke ganz fest um sich. Wenig später war er eingeschlafen.

Ein Geräusch weckte ihn. Ein schreckliches, hässliches Geräusch. Er kannte es. Wer es einmal gehört hatte, würde es nie wieder vergessen! Fliegeralarm. Rund um ihn heulten die Sirenen. Überall rannten plötzlich Männer über die Insel. Jeder war auf dem Weg zu seinem Gefechtsstand. Wenige Augenblicke später rannten auch andere Menschen, um Schutz in den Bunkern zu suchen. Fritzi sprang auf seine kurzen Beine und rannte ebenfalls los. Doch nach wenigen Metern hielt er inne und blickte zurück zu der Flakbatterie. Hannes war doch immer noch dort drinnen! Also lief er so schnell er konnte hinüber zur Batterie Jacobsen und versuchte, den Wächtern klarzumachen, dass sein Bruder da drinnen war. Doch niemand hörte ihm zu, und einer der Soldaten versetzte ihm schließlich einen Hieb, dass Fritzi rückwärts auf den Boden fiel. »Hau gefälligst ab!«, brüllte ihn der junge Mann an. »Kinder haben hier nichts zu suchen. Lauf zu eurem Bunker!«

Fritzi rappelte sich auf und ging unsicher ein paar Schritte von der Flak weg. »Mensch, hau ab!«, rief der Soldat noch einmal. Zögerlich stolperte der Junge über das Geröll des unbefestigten Wegs, der ins Unterland hinabführte. Immer wieder sah er sich um. Schon waren alle im Inneren der Batterie verschwunden, auch die Wachen waren nicht mehr zu sehen. Da öffnete sich noch einmal die schwere Stahltür, und ein Mann trat heraus. Michelsen! Er blickte sich nach allen Seiten um. Dann zog er jemanden hinter sich durch die Tür und schubste ihn aufs freie Feld. Hannes!

22

Bause lag bewusstlos auf dem nackten Badezimmerboden. Es war ein Wunder, dass sie ihm nicht die Eier und den Schwanz abgerissen hatte. »Sie machen ihm die Leine ab und lösen die Handfesseln. Schnell!«, rief Saskia und schnappte sich den Föhn. Mit ein paar kräftigen Tritten hatte sie das Gehäuse zerstört, riss das Kabel heraus und band dann die Hände des Arztes auf seinem Rücken mit den Fußfesseln zusammen, sodass er mit durchgebogenem Kreuz auf dem Boden lag. »Jetzt noch ein Kissen«, keuchte sie.

»Ein Kissen?«

»Oder wollen Sie, dass er sich hier den Schädel einschlägt? Der Mann ist außer sich.«

»Dann bringen wir ihn besser rüber und legen ihn aufs Bett.«

»Neben das Bett reicht.« Saskia packte Bause unter den Achseln und hob ihn etwas an, während Nele Steenkamp ihn an den Beinen aus dem Bad hinüber ins Schlafzimmer zog. Inzwischen war er wieder aus der Ohnmacht erwacht und wand sich, um Saskias Griff zu entkommen. »Lassen Sie mich los!«, schrie er. »Loslassen!« Schließlich gelang es ihm, sich aus dem Griff der Polizistin zu lösen, und er knallte mit dem Kopf gegen den Türstock. Doch außer einer Platzwunde über der Augenbraue schien ihm nichts passiert zu sein. »Sie bleiben jetzt hier liegen«, sagte Saskia und klang wesentlich ruhiger, als sie sich fühlte. »Frau Steenkamp wird auf Sie aufpassen. Wenn Sie irgendwelchen Unsinn machen, hat sie die Erlaubnis, Sie noch strammer zu fixieren.« Saskia setzte sich kurz aufs Bett. »Sie sind eine Gefahr für sich selbst. Und ich werde nicht zulassen, dass Sie sich das Leben nehmen.«

»Das werden Sie nicht verhindern können.«

»Vielleicht. Aber in meiner Gegenwart wird es Ihnen nicht gelingen«, sagte Saskia trocken. Und zu der Hure: »Sie sehen zu, dass er keinen Unsinn mehr macht. Vielleicht binden Sie ihm ja noch mal so einen hübschen Schlips um sein bestes Stück«, schlug sie vor. »Ist jedenfalls eine gute Methode, ihn ruhigzustellen.«

In diesem Augenblick stand die Welt still. Annas Herz wurde zu Stein. Sie spürte, wie ihre Beine nachgaben. Nichts war mehr wichtig, nichts spielte noch eine Rolle. Da war nur noch dieser Moment, den sie nie wieder würde vergessen können. Ein Moment, gegen den alle schrecklichen Ereignisse ihres Lebens verblassen würden. Wie in Zeitlupe setzte sie sich. Versuchte zu atmen. Versuchte, einen Gedanken zu finden. Irgendetwas zu sagen. Irgendetwas zu *tun*! Doch es gab nichts zu tun, nichts zu sagen. Dafür war es zu spät.

Katja Geest wollte den Deckel der Truhe wieder zuklappen. Ein Zucken Annas ließ sie innehalten. »Wollen Sie ihn noch länger betrachten?«

Anna versuchte zu antworten. Doch sie fand keine Worte, fand nicht die richtigen Gedanken. Sie wusste nur, dass sie nicht wollte, dass die Frau die Kiste wieder verschloss. Es durfte nicht sein. »Nein«, flüsterte sie mit rauer Stimme. »Nicht.«

Katja Geest klappte den Deckel ganz zurück und setzte sich wieder hin, auf die andere Seite der Truhe, die zwischen ihnen stand und immer zwischen ihnen stehen würde. Und Anna starrte. Starrte, dass es wehtat. Und es tat weh. Diese Augen. Dieser Blick. Blind und doch fragend. Erstaunt. Gebrochen. Warum hatten sie ihn so in die Kiste gelegt, dass sein Gesicht nach oben zeigte? Warum hatten sie ihn hierhergebracht? Langsam kamen die Fragen wieder. Immer mehr Fragen stürmten mit einem Mal durch Annas Kopf, versetzten sie in einen inneren Aufruhr, dass sie aufsprang und … Die Hände gefesselt. Sie hatte keine Chance gegen die Frau. War sie bewaffnet? Egal. »Warum?«, schrie sie unvermittelt. Brüllte sie. »Warum!«

»Das ist eine lange Geschichte«, sagte Katja Geest ganz ruhig. So ruhig, dass Anna sie am liebsten geschlagen hätte. Zitternd atmete sie durch, tief durch, versuchte, sich in den Griff zu bekommen, ihre Aufgewühltheit zu kanalisieren. Der Geruch, dieser schreckliche Geruch, der nun noch viel intensiver war, raubte ihr beinahe den Atem. Warum hatte sie ihn nicht zuvor schon wahrgenommen? »Wenn Sie glauben, dass Sie damit durchkommen, täuschen Sie sich«, sagte sie schließlich leise. Sie wollte signalisieren, dass sie Herrin ihrer Sinne war. Und Herrin der Situation. Was lächerlich war, aber das einzig Richtige. Katja Geest betrachtete sie ganz ruhig. War da sogar ein kleines Lächeln um ihre Mundwinkel? Ein bedauerndes Lächeln? »Setzen Sie sich wieder, Frau Krüger. Was Sie sagen, spielt keine Rolle mehr. Er ist tot und wird nicht wieder lebendig. Und Sie werden auch bald tot sein.«

»Er war doch noch ein Kind. Warum um alles in der Welt haben Sie ihn umgebracht?«

Katja Geest hob überrascht die Augenbrauen. »Ich? Ach so! Ich dachte, Sie hätten das besser durchblickt. Da habe ich Sie vielleicht überschätzt.«

»Wollen Sie sagen, Sie sind nicht die Mörderin von Nils Michelsen?« Anna senkte ihren Blick wieder auf das Kind, das mit verrenkten Gliedern vor ihr in der Truhe lag und in eine unbestimmte Ferne starrte.

»Also, es spielt ja nun eigentlich keine Rolle«, erklärte die Frau und stand auf. »Aber ja: Ich habe ihn nicht getötet.«

»Und doch sitzen wir hier in Ihrem Boot über seiner Leiche beisammen? Das glauben Sie doch selbst nicht. Wollen Sie mir erzählen, Sie hätten seine Leiche gefunden?«

Katja Geest nahm eine der Flaschen aus der Kiste zur Hand und öffnete sie. Es war kein Bier. Anna erkannte den Geruch sofort. »So kann man es sagen, ja. Ich habe ihn gefunden.«

»Und wo wollen Sie ihn gefunden haben?«

»Auf diesem Boot. Unter Deck, wo Sie herumgeschnüffelt haben, Frau Krüger. Da hatte ich ihn zum Glück schon entdeckt und hierhergeschafft.«

»Warum haben Sie ihn nicht einfach ins Meer geworfen?«

»Ich brauchte ihn noch.« Katja Geest warf einen bedauernden Blick auf das tote Kind. »Er war Teil meiner Behandlung seines Bruders.« Sie begann, den Inhalt der Flasche auf den Boden zu schütten. In dem Moment wusste Anna, was die Frau vorhatte. Sie schloss kurz die Augen und zog die Brauen zusammen. Als sie wieder zu Katja Geest hinblickte, schien eine gewisse Zufriedenheit in deren Miene zu liegen. »Warum machen Sie das?«, fragte Anna.

»Können Sie sich das nicht denken?«

Doch, das konnte Anna. »Wenn Sie ihn nicht getötet haben und der Junge hier auf dem Boot war, dann kann nur einer der Mörder sein.«

»Mörder ist so ein unschönes Wort, Frau Krüger.«

»Ich glaube nicht, dass Ihr Vater zu einer solchen Tat fähig wäre.«

»Ja, man kann sich das schwer vorstellen. So ein freundlicher alter Herr, nicht wahr?« Sie öffnete eine zweite Flasche und verschüttete den Inhalt ganz nah bei Anna, die an ihren Fesseln ruckte. »Aber haben Sie eine Ahnung, wie schwer ein so langes Leben sein kann wie das meines Vaters, wenn man verfolgt ist von den schrecklichsten Ereignissen, die sich denken lassen? Wenn man seine Dämonen nicht loswird.« Sie hielt kurz inne. »Doch«, sagte sie dann. »Ich denke, wenn sich das jemand vorstellen kann, müssen Sie es sein. Wenn Ihre Migräne Sie sechzig Jahre lang peinigt – und dann sehen Sie plötzlich den Augenblick der Rache vor sich: Würden Sie keine Rache nehmen? Doch, Frau Krüger, das würden Sie. Mein Vater jedenfalls hat es getan. Er hat sich gerächt für all die Albträume und Wahnvorstellungen, für die Panikattacken und die Nächte im Irrsinn.«

»Und Sie haben ihm geholfen? Ihn gedeckt?« Anna spürte, wie ihre Atmung flacher wurde. Unter den fauligen Geruch des Jungen mischte sich nun die stechende Note, von der Katja Geest wusste, dass sie die schrecklichste Wirkung auf sie hatte.

»Ich habe ihm nicht geholfen. Gedeckt? Vielleicht. Wenn man den Unfall des Vaters von diesem Jungen so betrachten will ...«

»Sie waren das? Sie haben den Vater des Jungen auf dem Gewissen?«

»Ach, nun seien Sie nicht so melodramatisch, Frau Krüger.« Und auch eine dritte Flasche nahm sie zur Hand. »Das war weder beabsichtigt noch geplant. Der Mann würde noch leben, wenn er sich in sein Schicksal gefügt hätte. Aber er musste ja unbedingt mit der Presse plaudern. Und dann anfangen, selbst herumzuschnüffeln und in der Vergangenheit zu wühlen.« Sie hob in einer hilflosen Geste die Hände. »Er hätte sich nicht mit meinem Vater frühmorgens auf den Klippen verabreden müssen. Dann wäre vielleicht alles anders gekommen.«

»Das heißt, Ihr Vater hat auch ihn ermordet?«

Katja Geest hielt inne. Sie blickte in die Ferne und machte dann weiter, indem sie auch den Inhalt der dritten Flasche in dem kleinen Raum verteilte. »Das hat er nicht, Frau Krüger. Ich habe ihn davor bewahrt. Wer weiß, was ihm Herr Michelsen vorgehalten, wer weiß, womit er ihn konfrontiert hätte. Mein Vater ist ein zerbrechlicher Mensch, verstehen Sie? Ich konnte nicht zulassen, dass ihm der Vater des Jungen noch mehr seelischen Schmerz zufügt.«

»Also haben Sie ihn die Klippe hinuntergestoßen, ehe Ihr Vater aufgetaucht ist? Jetzt erinnerte sich Anna wieder, dass einer der drei Männer, die sie am Tatort angetroffen hatte, ausgesagt hatte, er hätte Fritjof Hagedorn auf den Klippen gesehen.

Anna versuchte, die Nerven zu behalten, sich zu sammeln, was ihr zunehmend schwerfiel. »Was ich nicht verstehe: Was hat das alles mit Peter zu tun? Warum haben Sie ihm das angetan ... was immer Sie mit ihm gemacht haben?«

Katja Geest nickte, schien in sich hineinzuhorchen. »Manchmal sind es die banalsten Dinge, die komplizierte Maßnahmen nötig machen. Der Junge hatte mich beobachtet, als ich die Rettungsweste seines Bruders zwischen die Steinblöcke am Nordosthafen schob.«

»Und deshalb ruinieren Sie seine Seele?«, keuchte Anna fassungslos.

»Ja«, sagte Katja Geest und wiegte den Kopf. »Schrecklich, nicht wahr?« Sie zuckte die Achseln. »Jetzt beenden wir das aber, Frau Krüger.« Dann löschte sie das Licht. »Es tut mir leid, dass alles so gekommen ist. Sie nehmen es bitte nicht persönlich. Aber ich sehe keine andere Möglichkeit als diese.«

»Was machen Sie?«, keuchte Anna ins Dunkel. Sie versuchte, etwas zu erkennen, doch es war völlig finster. »Frau Geest, machen Sie nichts Unüberlegtes!«

»Oh, das hier ist alles gut überlegt.«

»Aber warum das Terpentin? Sie wissen doch, was es mit mir macht. Sie selbst haben es mir doch beigebracht …« Sie rang um Luft, der Geruch wurde unerträglich.

»Natürlich weiß ich das, Frau Krüger. Nicht, dass ich es Ihnen deshalb beigebracht hätte, das dürfen Sie mir glauben. Aber jetzt kommt es mir natürlich zugute.«

»Das ist doch überhaupt nicht nötig!«, versuchte es Anna.

»Oh doch! Sie sind eine kluge Frau. Sie sind jung, ich traue Ihnen einiges zu. Aber der Kopfschmerz wird schnell so unerträglich sein, dass Sie in Ohnmacht fallen. Dann sind Sie hilflos. Denn jetzt fährt keiner raus.«

»Raus? Sie wollen mich umbringen? Aber damit kommen Sie doch niemals durch! Wenn das Boot gefunden wird und … und der Junge und ich … Sie glauben doch nicht im Ernst, dass Sie … Das ist Mord! Und Sie sind die Verdächtige Nummer eins. Und Ihr Vater. Das ist hier schließlich Ihr Boot.« Eine Idee: »Wenn ich gefesselt bin, dann ist auch klar, dass ich es nicht gewesen sein kann. Hallo?«

Vielleicht bildete Anna sich das leise Lachen nur ein. »Das Boot habe ich bereits vermisst gemeldet. Irgendjemand hat es aus dem Hafen geklaut. Ich habe es vorhin bemerkt, als ich nachsehen wollte, ob es gut gegen den Sturm gesichert ist. Sie werden die Nachricht bei sich auf dem Revier vorfinden. Hab's auf Band gesprochen. Na ja, *Sie* werden das nun wohl nicht mehr vorfinden.« Schritte auf den Stufen. »Mein Vater kann es nicht gewesen sein. Der ist bei Sturm zu nichts fähig, wie jeder weiß. Und ich … tja, ich kann ja nicht einmal das Boot bedienen. Außerdem muss ich meinen Vater pflegen, wenn er wieder einen Anfall hat. Als Täterin scheide ich aus vielen Gründen aus.« Ein kurzes Schweigen. Dann: »Atmen Sie tief durch, dann geht es schneller.« Ein schwacher Lichtschein durch die sich öffnende Luke.

»Frau Geest! Tun Sie sich das nicht an! Tun Sie mir das nicht an! Bitte!«

Dann schloss sich die Luke wieder. Dunkelheit. Und der Geruch einer Leiche und von vier Flaschen Terpentin. In das unstete Grollen des Unwetters mischte sich nach wenigen Augenblicken noch ein anderes Geräusch: das Brummen des Schiffsmotors.

Es dauerte keine zehn Minuten von *Dora's Hotel* bis zum Nordosthafen. Doch unter dem Gewitter, das sich inzwischen über der Insel entlud, erschien es Saskia Berneking wie eine Ewigkeit. Blitze zuckten über ihrem Kopf, der Donner krachte, dass sie ihren ganzen Körper beben fühlte. Sie hatte ein solches Unwetter noch nicht erlebt. Mit zusammengebissenen Zähnen hastete sie von Haus zu Haus, stets Deckung suchend, um keinem Blitz als Erdung zu dienen. Und dann stand sie da, am Fuße des Piers, im Angesicht der sich aufbäumenden Boote, die dort festgemacht waren und sich wüst in jede Richtung neigten, sich aufrichteten und noch schräger wieder zurückwankten, um wie torkelnde Riesen im aufgewühlten Wasser zu taumeln. Und hier irgendwo sollte Anna sein? Verdammt, wo? Und wieso? Kein Mensch war hier draußen. Wer nur einen Funken Verstand hatte, saß zu Hause und verkroch sich hinter dicken Mauern. Saskia stolperte ein paar Schritte weiter, duckte sich, als ein weiterer Blitz über sie hinwegknisterte und prompt in die Mastspitze eines Segelboots einschlug, das nur ein paar Schritte von ihr entfernt vertäut lag. Kein Feuer! dachte Saskia. Zum Glück. Der Mast war in zwei Teile zerbrochen und hing nun schief über dem Deck, aber er brannte nicht. Wahrscheinlich Metall. Saskia wischte sich den Regen aus dem Gesicht und wandte sich schon ab, um wieder zurückzulaufen, da entdeckte sie ein Schiff, das tatsächlich aussah, als wäre es gerade aus dem Hafen ausgelaufen. Langsam bewegte es sich von der Insel weg, pflügte durch die Nordreede hinüber Richtung Düne. Oder auch haarscharf daran vorbei, das ließ sich aus dieser Perspektive nicht genau einschätzen.

Würde irgendjemand außer der Seenotrettung bei diesem Wetter rausfahren? Sicher nicht. Und die Seenotrettung war es nicht. Es sah eher aus wie ein altes Fischerboot, auch wenn gegen Regen und Dunkelheit kaum Näheres auszumachen war. Wie ein geisterhafter Schatten bewegte sich das schwarze Schiff vom Hafen weg Richtung Nordost. Saskia nahm ihr Handy aus der Tasche, doch an ein Gespräch war nicht zu denken, egal mit wem: Der Lärm, den das Gewitter verursachte, der heftige Regen, der sich inzwischen über der Insel ergoss, ihre klammen Finger … Nein, sie musste zuerst irgendwo reinkommen und dann eine Nachricht absetzen. Am besten an … ja, am besten an die Seenotrettung direkt.

Wieder zuckte ein Blitz über Saskia hinweg, und sie warf sich instinktiv auf den Boden, rappelte sich Sekunden später wieder auf und rannte, als ginge es um ihr Leben. Aber letztlich tat es das ja auch. Sie rannte hinüber zum Kurhaus und schickte ein Stoßgebet zum Himmel, dass man ihr dort öffnen würde. Um die Uhrzeit rechnete man dort garantiert nicht mit Besuchern.

Sie hatte Glück. Tatsächlich war die Tür sogar offen. Der Hausmeister stand fluchend in der Eingangshalle. »Hallo?« Saskia wartete nicht, dass sie hereingebeten wurde, sondern schob sich in das sichere Gebäude. Sie tropfte, sodass sie bei jedem Schritt eine Pfütze hinterließ. »Hallo?«

Der Hausmeister, der sie erst jetzt bemerkte, nickte ihr zu. »Was machen Sie denn hier um diese Uhrzeit? Und was machen Sie bei dem Wetter da draußen?« Er schien sie für einen Kurgast zu halten.

»Saskia Berneking von der Polizei. Entschuldigen Sie, ich müsste dringend telefonieren.«

»Das können Sie gerne probieren«, erwiderte der Hausmeister. »Aber ich habe keine Ahnung, ob das Telefon funktioniert. Wir hatten hier offenbar einen Blitzeinschlag.« Er deutete zur Decke, und erst jetzt fiel Saskia auf, dass nur ein paar schwache Lämpchen in Bodennähe leuchteten und ihr bläuliches Licht verbreiteten. »Wo finde ich denn …?«

»Gleich hier hinter dem Empfang. Einfach eine Null vorwegwählen.«

»Danke.«

»Da nicht für.«

Saskia huschte hinter die Empfangstheke und suchte im Halbdunkel das Telefon, während der Hausmeister sich wieder daranmachte, das Ausmaß des Schadens zu überprüfen.

Natürlich war in der Polizeistation jetzt niemand anzutreffen. Der zweite Anruf ging direkt an die Seenotrettung. Und die war, wie immer, einsatzbereit. »Und wo genau soll das Boot sein?«, fragte der Mitarbeiter, der ans Telefon gegangen war.

»Zwischen Hauptinsel und der Düne«, rief Saskia. Musste sie wirklich alles zweimal sagen? Es zählte doch jetzt jede Minute!

»Ein Fischerboot?«

»Keine Ahnung, Mann! Für mich sah es so aus.«

»Und für Sie sah es auch so aus, als wäre es aus dem Nordosthafen ausgelaufen?«

»Richtig.«

»Hatte es Beleuchtung?«

Das kann ich Ihnen nicht sagen. Ich glaube nicht.«

»Positionslichter?«

»Ich habe keine Lichter gesehen.«

»Nicht gesehen oder Sie können sich nicht erinnern?«

»Hören Sie, wenn ich mich nicht erinnern kann, dann ist das doch ziemlich genau das Gleiche, als wenn ich keine gesehen hätte, oder?« Sie hätte ihn unmittelbar erwürgen können.

»Absolut nicht, Frau Berne... Wenn es keine Lichter hat, kann es sein, dass es dort nur vor Anker liegt. Bei dem Seegang, den wir gerade haben, sieht praktisch jedes Boot, das auf dem Wasser liegt, aus, als würde es fahren.«

»Können Sie nicht einfach zur Sicherheit rüberfahren und nachsehen?«

Schweigen. Dann: »Sie erwarten nicht, dass wir auf Verdacht rausfahren, oder? Die Seenotrettung ist kein Selbstmordkommando. Wenn wirklich jemand in Seenot gerät, können wir nicht unterwegs auf Himmelfahrtskommando sein, klar? Wir fahren nicht bei Katastrophenwetter zum Spaß draußen herum und gucken mal.«

Saskia wusste nicht, was sie antworten sollte.

»Wissen Sie was? Gehen Sie noch mal hin und sehen Sie nach, wie die Position des Bootes jetzt ist. Wenn es wirklich fährt, müsste sich bei dem Sturm seine Position inzwischen deutlich geändert haben.«

»Ich soll noch mal raus?«, schrie Saskia. »Geht's noch?«

»Entschuldigen Sie mal«, sagte ihr Gesprächspartner ruhig. »War das nicht eben das, was Sie von uns wollten? Mit dem kleinen Unterschied, dass wir nicht durch den Regen gehen, sondern im Sturm auf See auslaufen sollten?«

»Ich melde mich in zwei Minuten«, flüsterte Saskia und legte auf. Dann rannte sie wieder zur Tür.

»Hallo? Wohin wollen Sie denn jetzt?«, rief ihr der Hausmeister hinterher. »Warten Sie doch, bis das Schlimmste vorbei ist!«

»Kann nicht«, rief Saskia zurück. »Ich muss noch mal raus und zur Düne rüberschauen.«

»Aber das können Sie doch auch von hier«, erklärte der Hausmeister und deutete zur Treppe hin. »Kommen Sie.«

Sie liefen in den ersten Stock und einen Gang entlang, dann noch eine Treppe weiter hinauf, um an einem Fenster anzulangen, hinter dem schwärzeste Nacht herrschte. »Man sieht nichts«, stellte Saskia fest.

»Normalerweise hat man von hier aus einen ganz guten Blick auf die Düne«, sagte der Hausmeister. »Auch nachts sieht man ein paar Lichter. Aber jetzt ist einfach zu viel Regen.«

»Vielleicht wenn wir das Licht hier drinnen löschen?«

»Ist ja eigentlich sowieso nur noch die Notbeleuchtung«, gab der Hausmeister zu bedenken. Dennoch verschwand er hinter einer Tür, die unschwer erkennbar zu einem Technikraum gehörte. Und dann war es ganz dunkel auf dem Flur. Diffuses Licht drang durch das Fenster. Rechts war der Schimmer der Hafenbeleuchtung auszumachen. Doch dort, wo die See lag, war alles schwarz. Tiefe Finsternis. Und im nächsten Moment: ein Blitz.

18. April, 01.32 Uhr, Westklippen, Oberland

»Hannes!«, rief Fritzi. Doch der Bruder konnte ihn nicht hören. »Hannes!!« Fritzi spürte, dass seine Hose nass wurde. Aber das war ihm egal. Denn die Flieger waren bereits zu hören. Es war ein schreckliches, wummerndes Geräusch, das die Luft erzittern ließ. Und die ersten Bomben fielen, obwohl die Flieger die Insel noch gar nicht erreicht hatten. Die Luft schien zu brennen. »Hannes!« Da sah der große Bruder zu ihm hin. Er schien nicht richtig laufen zu können. »Fritzi! Lauf nach Hause! Nein, lauf zum Bunker, schnell!«, rief Hannes, ohne aber selbst zu laufen. Jetzt erkannte Fritzi, dass sein Bruder an den Beinen gefesselt war, sodass er nur ganz kleine Schritte machen konnte. »Nein«, rief Fritzi. »Ich will mit dir gehen!« Und er lief weiter auf ihn zu. Ein Zittern fuhr durch die Insel, sodass sie beide auf die Knie fielen. Die ersten Bomben hatten getroffen. »Lauf sofort zu Mama!«, brüllte Hannes. »Ich komme nach. Du musst sofort zu Mama und auf sie aufpassen!«

Und Fritzi rannte. Er rannte den Feldweg hinunter und am Binnenhafen vorbei hinüber zu den Klippen am Falm, wo die Spirale stand, der größte Bunker. Der Bunker, in dem auch seine Familie bei Luftangriffen Zuflucht suchte. Es sah alles so anders aus im Dunkeln. Denn immer noch war es fast Nacht. Als er am Gasthaus vorbeikam, sah er seine Mutter, die voll Panik auf der Treppe stand und verzweifelt in alle Richtungen blickte. »Mama!«

»Fritzchen! Dem Himmel sei Dank! Wo ist Hannes?«

»Ich bin allein«, stammelte Fritzi. »Der Hannes ist …«

Fritzi verstand nicht, was seine Mutter noch sagte. Er spürte nur einen stechenden Schmerz, als sie ihn an der

Hand packte und mit sich riss. Wenige Augenblicke später waren sie in einem der Tunnel, und eine schwere Stahltür schloss sich hinter ihnen. »Aber der Hannes …«, stotterte Fritzi.

»Ja«, sagte seine Mutter. »Ja, Fritjof, der Hannes.«

23

Die Düne war deutlich zu sehen. Bleich wie der Tod lagen die Kaje im Wasser. Dahinter der flache Korpus der Insel. Doch das Boot war verschwunden. Weg. Saskia stand erstarrt am Fenster und blickte hinaus in die Tiefe der Nacht. Bis der nächste Blitz aufflackerte, diesmal nicht direkt über dem Hafen oder der Binnenreede, sondern irgendwo anders. Aber er gab genug Licht für die Szenerie hinter der Glasscheibe, dass Saskia sah, was sie sehen musste: Das Boot war hinausgetrieben auf die offene See. Vorbei an der Düne, Richtung Nordnordost. Es war nicht sehr deutlich zu erkennen gewesen, aber deutlich genug, um Saskia die Gewissheit zu geben, dass es sich um dasselbe Objekt handelte, das sie vorhin noch ganz in der Nähe des Nordwesthafens entdeckt hatte. Das Schiff war in Bewegung.

»Und?«, rief der Hausmeister, der plötzlich wieder neben Saskia aufgetaucht war.

»Ich hab es gesehen. Wir müssen die Seenotrettung noch mal anrufen.«

»Da ist wirklich ein Schiff draußen?«

»Eher ein Boot. Fischerboot oder so was.«

Der Hausmeister starrte in die Dunkelheit. »Ja«, sagte er. »Jetzt seh ich es auch.«

Und tatsächlich sah es auf einmal so aus, als wankten einige Lichter dort draußen im Dunkeln.

Es war die Wut. Die Wut ließ Paul Freitag vergessen, dass es lebensgefährlich war, sich auf einen bewaffneten Mann zu werfen, egal, wie alt er war. Hagedorn war zu allem fähig, das wusste Paul. Und er würde auch ihn töten, wenn er die Möglichkeit dazu hatte. Ja, nach Hagedorns Logik musste er ihn vielleicht sogar töten. Und so war die einzige Chance, hier lebend rauszukommen, dass er den Alten überwältigte. Denn mit Argumenten war ihm nicht beizukommen. Hagedorn hatte seine eigene Welt, gegen die kein gutes Zureden half. Er würde erst Paul und dann den Jungen umbringen. Vielleicht auch umgekehrt. Das alles war Paul Freitag klar, als Hagedorn für einen winzigen Augenblick überrascht war, weil der Junge vom Stuhl fiel. Er sprang auf und donnerte mit seiner ganzen Kraft und seinem ganzen Gewicht auf den Alten, der zur Seite taumelte, mit den Armen ruderte, einen Schuss abgab, der irgendwo in die Decke ging, um dann rücklings auf den Kellerboden zu knallen, wo Paul auf ihn stürzte und ihm wütend die Ellbogen ins Gesicht stieß, ehe er sich wieder aufrappelte und Hagedorn auch noch einen Tritt in die Seite versetzte, nur um schon im nächsten Moment wieder auf ihn zu springen und ihn festzuhalten. Der Alte hatte die Pistole verloren, und Paul stieß sie mit dem Fuß ein Stück weg in eine dunkle Ecke. »So«, sagte er dann und sah Hagedorn ins blutende Gesicht. »Jetzt machen wir endlich Schluss mit Ihrem grausamen Spiel, Hagedorn. Es ist aus. Verstanden? Aus!« Eigentlich sprach er mehr zu sich selbst, sich vergewissernd, dass der Albtraum zu Ende war.

»Aus ist es, wenn ich tot bin«, krächzte der Alte, der offensichtlich Schmerzen litt.

Paul sah zu dem Jungen hin. Er lag am Boden, gekrümmt und wimmernd, doch ansonsten scheinbar unverletzt. Wenn man von der grässlichen Verbrennung im Gesicht absah.

»Und jetzt will ich wissen, was Sie mit seinem Bruder gemacht haben.«

»Seinem Bruder?«

»Sie haben gesagt, Sie hätten ihn umgebracht.« Paul atmete schwer. Er spürte, dass er langsam ans Ende seiner Kräfte gelangte. »Und dann stand er plötzlich wieder vor Ihnen.« Er schüttelte den Kopf. »Das war nicht der Junge, an den Sie dachten. Dieses Kind hier ist der Zwillingsbruder.«

Ein verständnisloser Blick. Ein Stöhnen.

»Der Zwillingsbruder?« Plötzlich flackerte Erkenntnis in Hagedorns Augen auf. »Ich habe ihn doch getötet?«

»Das haben Sie. Wenn er denn wirklich tot ist?« Vielleicht gab es ja noch einen Funken Hoffnung, dass der Alte es noch nicht *getan* hatte. Dass er es nur *vorgehabt* hatte. Dass Nils Michelsen noch in irgendeinem Kellerverlies vor sich hin vegetierte und dass noch ein Rest Leben in ihm war. »Ich verstehe nur nicht, wie sie ihn überhaupt in die Finger bekommen haben. Ist er über Bord gegangen bei der Regatta? Und Sie haben ihn rausgefischt?«

»Rausgefischt trifft es.« Ein dünnes Lächeln zeichnete sich auf den aufgeschlagenen Lippen des Alten ab. »Aber über Bord gegangen ist er nicht.« Hagedorn schloss die Augen, als wollte er es noch einmal für sich selbst heraufbeschwören.

»Sondern?«

»Ich habe ihn abgeschossen.«

»Abgeschossen? Was soll das heißen?«

»Ich habe ihn harpuniert. Ein Pfeil. Ich hatte nur einen Schuss. Aber der war ein Volltreffer.« Der Alte klang plötzlich auf erschreckende Weise euphorisch. »Hab ihn direkt in die Seite getroffen. Er hing sofort an meinem Seil. Das Reinziehen war ein Kinderspiel.«

»Sie haben ihn mit der Harpune getroffen?«

»War sofort tot, der Junge.« Das Lächeln war wieder erloschen. »Gut so. Ging ja nicht um ihn. Und dann stand plötzlich dieser hier vor mir. Ich dachte .... Ich dachte ..., er wäre wiedergekommen. Wie der Teufel. Und er hat ja auch Augen wie der Teufel!« Plötzlich wurde Hagedorn laut, Leben kehrte in ihn zurück, und er versuchte, sich loszureißen. »Lassen Sie mich!«

Paul drückte den Alten mit aller Kraft nieder. Er rang um Luft. Die Vorstellung, dass Hagedorn ein Kind mit einer Harpune erschossen hatte, dass Nils Michelsen wie ein kapitaler Fang an Bord gezogen worden war, hob ihm den Magen. »Was sind Sie nur für ein Mensch ...«, flüsterte er. »Das alles als Rache für eine Geschichte, die vor ... siebzig Jahren passiert ist? Finden Sie das nicht selbst wahnsinnig?«

»Wahnsinnig«, sagte Hagedorn tonlos, und sein Blick ging ins Leere, als würde er geradewegs ins Jenseits schauen. »Wahnsinnig hat es mich gemacht, ja. Mein ganzes Leben lang war ich wahnsinnig.« Sein Brustkorb hob und senkte sich unter Pauls Gewicht. »Aber ich habe wenigstens gelebt. *Durfte* leben. Und Hannes? Hannes durfte nicht leben. Weil *sein* Vater ihn ins Feuer geschickt hat.« Er wandte den Kopf zu dem Jungen hin, der immer noch wimmernd dalag. »In die Bomben. In den Tod.« Er schluchzte. »Und ich ... habe nichts dagegen getan.«

Paul sah, wie dem Alten die Tränen aus den Augenwinkeln liefen. Schuldgefühle. Nach all den Jahren. Ein ganzes Leben lang hatte Hagedorn seine Schuld mit sich getragen. Die Schuld eines kleinen Jungen. »Und jetzt«, sagte er, »jetzt wollen Sie den Tod eines Kindes wiedergutmachen, indem Sie noch eines töten? Ist das nicht noch viel wahnsinniger? Was soll denn besser werden dadurch, dass Sie noch ein Leben auslöschen?« Paul beugte sich ganz nah zu Hagedorn hinab und sah ihm mit aller Autorität, deren er fähig war, in die Augen.

»Sie waren nicht schuld am Tod Ihres Bruders. Der Vater dieses Jungen hier war nicht schuld an seinem Tod – der war ja noch nicht einmal auf der Welt, als es geschah! Aber Sie sind schuld am Tod von Nils Michelsen. Das ist es, was Sie sich für den Rest Ihres Lebens vorwerfen müssen.«

»Ein Zwillingsbruder«, flüsterte Hagedorn, als hätte er es erst jetzt verstanden. Ein Zittern ging durch seinen Körper. »Ein Zwillingsbruder!« Und dann brach er in Gelächter aus. Er lachte, lachte so irrsinnig, dass Paul Freitag eine Gänsehaut bekam. Der Junge neben ihnen stöhnte. Stöhnte immer lauter und fing mit einem Mal an zu schreien. Es war ein Schrei, der Paul durch Mark und Bein fuhr. Für einen Moment war er hin- und hergerissen, irgendetwas für den Jungen zu tun. Er merkte deshalb gar nicht, dass er Alte, der unter ihm zappelte, plötzlich die Pistole wieder zu fassen bekam.

Der Dunst von Terpentin raubte ihr den Atem. Benebelte ihre Sinne, ja. Aber er tat nicht das, was Katja Geest beabsichtigt hatte: Er lockte Stalin nicht aus der Deckung. Der Schmerz blieb nicht nur unbeeindruckt von dem stechenden Geruch, er schien sich sogar etwas zurückzuziehen. Anna versuchte, möglichst ruhig zu atmen, sich zu konzentrieren und in dem Geschaukel, das nun immer stärker wurde, je weiter das Boot aufs Meer hinaustrieb, ihre Meditation wenigstens für zwei, drei Minuten auszuüben, um ihn ganz niederzuringen.

Mit dem dritten oder vierten Anlauf gelang es. Ihr Kopf war frei. Frei von Schmerz. Nun musste sie nur noch aus dem Dunst entkommen, der ihr zunehmend die Kehle zuschnürte. Sie ließ sich auf die Knie sinken und tastete mit ihren aneinandergefesselten Händen auf dem Boden herum. Irgendwo ganz nah rollte eine Flasche hin und her. Sie musste sie nur zu fassen bekommen. Voller Grauen nahm sie wahr, dass auch der

Leichnam des Kindes in der Kiste, die nur wenige Zentimeter vor ihr stand, mit dem Auf und Ab des Bootes bald zu der einen Seite hin polterte, bald zu der anderen. Panik ergriff sie. Was, wenn sie hier ohnmächtig wurde? Was, wenn sie aufs offene Meer hinausfuhr? War Katja Geest noch auf dem Boot? Kaum. Sie würde über die Gangway zurück auf den Pier gesprungen sein. Wahrscheinlich saß sie in diesem Augenblick schon zu Hause und machte sich einen Tee, als wäre nichts gewesen, während Anna hier mit einer Leiche in den eigenen Tod fuhr.

Da! Die Flasche! Sie packte sie mit beiden Händen am Hals und schlug damit in die Dunkelheit. Doch sie traf nur die Bodenplanken, und nichts geschah. Also tastete sie nach der Kante der Kiste, orientierte sich neu und schlug ein weiteres Mal blind vor sich. Diesmal traf sie. Doch auch diesmal hielt die Flasche stand. Es kam auf die Stelle an, mit der das Glas auf die Kante traf. Zu nah am Flaschenboden würde sie nicht brechen, zu nah am Hals auch nicht. Anna musste versuchen, mit der Mitte aufzukommen.

Zwei Versuche später hatte sie es geschafft: Sie hielt den Flaschenhals in der Hand, während der größte Teil der Flasche weggeplatzt war. Vorsichtig legte sie ihn in eine Ecke, wo er nicht gleich wieder fortrollen konnte. Sie kämpfte sich wieder auf die Sitzbank hoch, nahm den Flaschenhals und klemmte ihn zwischen ihre Oberschenkel. Dann tastete sie die Scherbe nach einer geeigneten Fläche ab, schnitt sich an mehreren Stellen die Hand auf und fand schließlich einen Winkel, in dem sie beginnen konnte, den Kabelbinder durchzusäbeln, ohne Gefahr zu laufen, sich jederzeit die Pulsadern aufzuschlitzen. Der beißende Terpentingestank und der Verwesungsgeruch machten es ihr immer schwerer, bei Sinnen zu bleiben. Verzweifelt rieb sie ihre Fesseln an der Glasscherbe, schnitt sich wieder und wieder und merkte es doch kaum. Hielt inne, versuchte, ihre Atmung zu beruhigen, nicht zu hyperventilieren, schluckte, um sich nicht zu übergeben, säbelte weiter – und spürte plötzlich, wie ihre Hände auseinanderfielen. Erschöpft sank sie zurück und ließ den Flaschenhals durch ihre Schenkel auf den Boden fallen. Schickte ein Stoßgebet zum Himmel und raffte sich auf. Um im nächsten Moment durch eine heftige Erschütterung zu Boden geworfen zu werden. Das Boot neigte sich weit zur Seite. Was nicht schon zu Boden gefallen war, flog jetzt durch die Kajüte. Und Anna wusste, dass etwas Schreckliches geschehen sein musste.

»Vorbei ist es, wenn ich tot bin«, sagte Hagedorn mit brechender Stimme. »Aber den Gefallen werde ich ihm nicht tun. Er hat schon meinen Bruder auf dem Gewissen. Mich wird er nicht auch noch sterben sehen.«

»Er ist längst tot, Herr Hagedorn«, versuchte Paul verzweifelt, zu dem Mann durchzudringen. »Der das getan hat, lebt längst nicht mehr. Er war doch schon ein erwachsener Mann, als er Ihren Bruder in den Bombenhagel geschickt hat! Und Sie waren noch ein kleines Kind. Und jetzt sind Sie selbst ein alter Mann. Der Kerl ist längst tot, glauben Sie mir! Er wird Sie nicht sterben sehen!«

»Nein«, flüsterte Fritjof Hagedorn. »Das wird er auch nicht.« Er war jetzt ganz gefasst. Zielte mit der Pistole zuerst auf den Jungen, der in Pauls Arm wieder zur Ruhe gekommen war. Dann nahm er die Waffe zur Seite und hielt sie Paul an die Stirn. »Es tut mir leid«, sagte er. Paul beobachtete, wie sein Zeigefinger den Abzug berührte. Witterte den Geruch von Pulver, der nach dem Fehlschuss noch aus dem Lauf drang. Hörte sein eigenes Herz pochen. Deine letzten Herzschläge, dachte er. Seine kleine Tochter erschien vor seinem geistigen

Auge. Er hielt den kleinen Peter Michelsen im Arm, der nur ein oder zwei Jahre älter war als Pauline. Aber er spürte sie. Alles wird gut, Pauline, dachte er. *Alles wird gut.* Dann drückte der Alte ab.

Mit Böen von bis zu hundertvierzig Stundenkilometern und einem Seegang von sechs Metern war das Auslaufen ein riskantes Manöver. Auch wenn die *Carl Bergson* unter schwierigsten Verhältnissen das zuverlässigste Schiff war, das die Deutsche Seenotrettung in Betrieb hatte, war ein Einsatz nur dann möglich, wenn er nicht Leib und Leben der Besatzung gefährdete. Der diensthabende Kommandant rang mit sich. »Ist die Quelle zuverlässig?«, fragte er Minkmar, der den Notruf entgegengenommen hatte.

»Eine Kollegin von Paul Freitag«, erwiderte Minkmar.

»Die Krüger?«

»Nein. Die Neue.«

»Hm.«

»Der Hausmeister vom Kurhaus hat es auch gesehen.«

»Nordnordost. Nah an der Düne, ja?« Es würde eine kurze Fahrt werden. Selbst wenn das andere Boot schnell war, die *Carl Bergson* würde schneller sein. Das Schiff machte dreißig Knoten, wenn es drauf ankam. »Haben wir mal drüben angerufen? Ist doch sicher jemand dort, der mal aufs Wasser schauen kann.«

»Ich hab's versucht. Aber niemanden erreicht.«

»Gut. Fertig machen zum Auslaufen«, sagte der Kommandant. »Das Gewitter wird sowieso bald vorbei sein. Wenn wir Glück haben, lässt es schon nach, sobald wir draußen sind.«

»Könnte aber auch noch stärker werden«, warf Minkmar ein. »Der Wetterdienst hat noch keine Entwarnung gegeben.«

»Na, dann mal Mast- und Schottbruch, Freunde.«

Paul war nicht erreichbar. Sobald die Verbindung stand, sprang die Mailbox an. Wieder und wieder versuchte Saskia, ihn zu erreichen. Keine Chance. Er war verschollen.

Sie riss sich von dem Anblick des Bootes draußen auf dem Meer los. In der Sache hatte sie getan, was sie tun konnte. Jetzt war es an der Seenotrettung, den Kahn irgendwie in Sicherheit zu bringen. Dass Pauls Handy nicht erreichbar war, ließ in Saskia allerdings alle Alarmglocken schrillen. Als er Nele Steenkamps Puff verlassen hatte, war er Richtung Hagedorns aufgebrochen. Wegen des Jungen. Ob er dort angekommen war? Und wenn ja, ob er den Jungen vorgefunden hatte? Aber selbst wenn …

»Danke für Ihre Hilfe«, rief sie dem Hausmeister zu und rannte los, den Flur entlang, die Treppen hinunter und hinaus vor das Kurgebäude. Regen und Wind schlugen ihr ins Gesicht. »Scheiße!«, fluchte sie und rannte in Richtung Biologische Forschungsanstalt, daran vorbei und weiter zur Treppe nach Oberland. Die Hagedorns wohnten oben, das wusste sie. Sie wusste auch ungefähr, wo. Aber ganz genau wusste sie es nicht. Sie könnte es bei Anna versuchen! Im Laufen wählte sie Annas Nummer. Doch auch sie war nicht erreichbar.

Die Treppe war ein Albtraum. Wenn man es eilig hatte, war es der reinste Marathon, dort hinaufzulaufen. Nach einer solchen Nacht war es die pure Folter. »Verdammt, wo seid ihr alle?«, schrie Saskia verzweifelt. Ob Nele Steenkamp wusste, wo Hagedorns wohnten? Aber dorthin würde sie jetzt sicher nicht noch mal zurücklaufen. Stattdessen tauchte sie ein in die engen Gassen des Oberlands. Sie würde sich durchfragen. Noch einmal warf sie einen Blick aufs Handy. Zwei Uhr. Die Anwohner würden sich bedanken, wenn sie klingelte. Aber was sonst sollte sie tun? Sie kannte zu wenige Menschen hier auf der Insel. Von kaum einem hatte sie die Telefonnummer. Und keiner von denen würde wissen, wo der alte Mann mit seiner auch schon nicht mehr ganz taufrischen Tochter wohnte. Einen kurzen Moment hielt sie inne, drückte sich unter einen Türsturz, um wenigstens kurz dem Regen zu entgehen. Das Gewitter schien Richtung Osten zu ziehen, aufs Meer hinaus. Jedenfalls lagen jetzt wenigstens wieder einige Sekunden zwischen Blitz und Donner. Saskia atmete durch. Zumindest war sie nicht von der Macht der Elemente erschlagen worden. Ob die in der Klinik ihr hätten helfen können bei einem Treffer mit ein paar Tausend Volt? Die Klinik! Das war die Idee. Hastig suchte sie die Nummer des Klinikums heraus und wählte sie an. »Berneking von der Polizei!«, schrie sie. »Sie müssen mir helfen!«

Die Stimme einer Frau mit starkem Akzent war am anderen Ende zu hören. »Was kann ich tun für Sie?«

»Wissen Sie die Adresse von Herrn Hagedorn? Oder von Frau Geest?« Immer noch war es so laut um sie herum, dass sie das andere Ohr zuhalten musste, um einigermaßen zu verstehen, was die Frau vom Klinikum antwortete. »Können Sie morgen früh noch einmal anrufen? Ich bin hier allein, und ich weiß nicht …«

»Bitte suchen Sie mir die Adresse raus«, sagte Saskia so energisch wie nur möglich. »Ich brauche sie jetzt. Es geht um Leben und Tod. Sie haben die Adresse in Ihren Unterlagen. Der Mann war Patient bei Ihnen.«

»Wie war der Name?«

»Hagedorn.«

»Und der Vorname?«

»Keine Ahnung, hören Sie? Machen Sie schnell! Bitte!«

»Haben Sie vielleicht eine Geburtsdatum?«

»Nein, das habe ich nicht«, schrie Saskia verzweifelt. »Aber es ist erst drei oder vier Tage her, dass er bei Ihnen in stationärer Behandlung war.«

»Ah! Habe ich gefunden Herrn Hagedorn.«

»Und? Wie ist die Adresse?«

»Steht hier nicht. Leider.«

Saskia schloss die Augen und ließ das Telefon sinken. Sie nahm die Hand von ihrem anderen Ohr und fühlte sich auf einmal unendlich schwach. Und doch hatte sie das Gefühl, als führe ein Stromstoß durch sie, als sie plötzlich ganz nah neben sich eine Stimme hörte: »Sie wollen zu mir?«

Der diensthabende Kommandant hatte kein gutes Gefühl, als die *Carl Bergson* auslief. Ein Einsatz ohne Notruf. Bei heftigem Gewitter, Sturmböen, Seegang, der auch ein Schiff dieser Klasse in Gefahr bringen konnte. Und doch: Zwei Quellen hatten bestätigt, dass offenbar ein herrenloses oder doch zumindest führerloses Boot auf die Düne zutrieb. Oder daran vorbei auf die offene See hinaus. Der Kommandant wusste nicht, was ihm lieber war. Auf der Düne auf Grund zu laufen, war sicher keine gute Option. Ohne Navigation in diesem Unwetter den Wellen ausgesetzt zu sein, erst recht nicht. Eine ungünstige Seitenlage, eine größere Welle und der Kahn kenterte und sank. Günstigstenfalls war niemand an Bord. Schlechtestenfalls gab es Tote und eine Umweltkatastrophe. Schiffsdiesel an den Stränden der Düne und an den Krabbenbänken der Hauptinsel. Es nützte nichts, sie mussten raus. Mussten ihren eigenen Kopf riskieren, um womöglich Schlimmeres zu verhindern.

Die *Carl Bergson* wandte sich hinter der Hafenausfahrt hart Backbord und fuhr die Maschinen hoch. Auch wenn es nur eine kurze Strecke war, in der Seenotrettung zählte am Ende jeder Augenblick. Und sie hatten schon zu lange gezögert. Jetzt, da sie sich entschieden hatten, auszulaufen, durfte keine Zeit mehr verloren werden. Jetzt ging es um alles. Um das

Boot, das irgendwo dort draußen hoffentlich schnellstens von ihnen gefunden wurde – und um das eigene Leben, das es vor den Elementen zu retten galt.

»Dachtest du wirklich, ich bringe dich um?« Nele Steenkamp wollte sich eine Zigarette anzünden. Doch sie zitterte immer noch so stark, dass es ihr nicht gelang.

»Keine Ahnung«, krächzte Bause, der mit geschlossenen Augen neben ihrem Bett lag, nur eine Armlänge von ihr entfernt, aber jetzt endlich wehrlos und ohne noch eine Gefahr zu sein. »Dachtest du es denn?«

»Was?«

»Dass ich mich umbringe?«

Nele schwieg einen Moment. Ja, hatte sie das gedacht? »Ich weiß es nicht«, sagte sie schließlich leise. »Aber so wie du drauf warst …«

»Es wäre ein Unfall gewesen«, erklärte der Arzt. »Wenn du mich umgebracht hättest. Es hätte ausgesehen wie ein Spiel, das aus dem Ruder gelaufen ist.«

»Schon mal daran gedacht, was das für mich bedeutet hätte?«, fragte Nele Steenkamp bitter. »Polizei. Vielleicht Knast. Mordanklage. Was weiß ich?«

Bause schien noch auf ihre Worte zu lauschen, als sie längst schon nichts mehr sagte. »Eigentlich nicht«, sagte er dann leise. »Hab ich nicht überlegt.«

»Weil ich ja bloß eine Hure bin, richtig?«

»Wahrscheinlich ist das so.«

Bause war ein Schwein. War er schon immer gewesen. War er geblieben. Und würde er vermutlich immer sein. Er schien ihre Gedanken zu erraten. Lachte und drehte dann den Kopf zur Seite, als wollte er sie nicht sehen. Als wäre sie es, die ihn anwiderte, nicht umgekehrt.

»Du hättest so ein gutes Leben haben können.« Sie sagte es beinahe mehr zu sich selbst als zu dem nackten Mann, der neben ihr lag. »Arzt. Reich …«

Er schnaubte.

»Angesehen. Leiter einer Klinik. Warum hast du dir nicht eine Frau gesucht, ihr ein paar Kinder gemacht und wärst ab und zu hierhergekommen, um das zu machen, was dann noch fehlt.« Sie schüttelte den Kopf. »Idiot.«

Er stöhnte. Vielleicht weil er Schmerzen hatte. Vielleicht aus Verzweiflung? »Es gibt kein richtiges Leben im falschen.«

»Bullshit.«

»Nein. Es ist wahr. Wenn du auf der falschen Spur bist, nimmst du immer wieder die falsche Ausfahrt. Und du kommst nie da an, wohin du willst. Wenn du überhaupt weißt, wohin du willst. Aber in einem Punkt hast du recht: Ich bin ein Idiot. Ein vollkommener Idiot. Ich habe alles falsch gemacht. Alles.« Nele sah, wie ein Schauder durch seinen Körper fuhr. Der Mann war am Ende. Aber zumindest war er ehrlich. Er flüsterte: »Ich habe das dem Jungen angetan.«

»Was hast du welchem Jungen angetan?«

»Ich habe zugelassen, dass die Geest ihn in die Finger bekommt. Und sie hat ihn umgebracht.«

»Peter Michelsen? Lebt der nicht mehr?«

»Körperlich schon. Aber seine Seele hat sie gebrochen.« Er schluchzte. »Ich hätte es sehen müssen. Ich *habe* es gesehen! Und nichts dagegen getan. Weil es so ist, wie es ist: Wenn du erst einmal die falsche Ausfahrt nimmst …« Er schloss die Augen. Tränen liefen über seine Wangen.

»Und jetzt?«, fragte Nele Steenkamp, während sie seine Wunden betrachtete. Die alten, die wer weiß woher stammten, und die neuen, die sie ihm in dieser Nacht zugefügt hatten. Die sichtbaren. Am Hals waren deutlich die bläulich-roten Streifen der Strangulierung erkennbar. Auf der Brust Blutergüsse, die Brustwarzen blutunterlaufen. Eines der Handgelenke hatte er sich aufgescheuert. Ein Mundwinkel war eingerissen, das musste von der Folter mit dem Trichter stammen. Seine Eier waren angeschwollen, wahrscheinlich würden sie in ein, zwei Stunden dunkelblau angelaufen sein, wenn nicht noch Schlimmeres passiert war. »Was jetzt?«, fragte er.

»Willst du dich jetzt von der Klippe stürzen?«

»Überlege ich mir noch.«

»Du bist echt krank.«

Er wandte sich ihr wieder zu. Sie konnte sehen, dass er geweint hatte. »Oder du heiratest mich.«

»Gott sei Dank«, entfuhr es Saskia. »Frau Geest. Ich bin so froh, dass ich Sie treffe.«

»Ah ja? Was ist denn los, dass Sie mich um diese Uhrzeit suchen?«

Nur einen winzigen Augenblick flackerte in Saskia ein seltsames Gefühl auf, dass die Frau sich bei diesem Wetter draußen herumtrieb. Die Insel schien sonst völlig ausgestorben, kein vernünftiger Mensch war jetzt außer Haus. Dann überwog die Erleichterung. »Ich glaube, wir haben ein großes Problem«, sagte sie. »Leider. Es geht um Ihren Vater.«

Katja Geest riss erschrocken die Augen auf. »Ist ihm etwas zugestoßen?«

»Nein. Das ist es nicht. Aber ich ... wir ... Wir glauben, dass er möglicherweise selbst ... Also: Ich muss ihn so schnell wie möglich finden. Und leider war ich mir nicht sicher wegen der Adresse und konnte auf die Schnelle niemanden erreichen.«

»Kein Problem«, erwiderte Katja Geest. »Kommen Sie mit. Er ist bestimmt zu Hause. Dann können Sie mit ihm selbst sprechen.« Sie ging voraus. Saskia folgte ihr. Die Frau trug eine dunkle Hose und eine dunkle Wetterjacke, beinahe hätte sie sie an der nächsten Hausecke verloren, so schwer sichtbar war sie in dieser Sturmnacht. Doch wenige Häuser weiter waren sie da. Katja Geest sperrte die Tür auf, dann trat sie zur Seite und ließ der Polizistin den Vortritt. Saskia murmelte »Danke« und trat in das dunkle Haus. Die Frau machte Licht im Flur und lotste sie in die Küche. »Kommen Sie«, sagte sie. »Ich mache uns rasch einen heißen Tee. Das tut gut bei der Witterung.« Sie trat an den Herd und griff nach dem Wasserkessel.

»Leider. Dafür ist jetzt keine Zeit, Frau Geest.«

Die Frau öffnete eine Schublade und kramte darin herum.

»Ich muss sofort Ihren Vater sprechen.«

»Natürlich.« Die Frau drehte sich um und schlug mit aller Kraft den Teekessel in Saskias Richtung. Sie verfehlte ihren Kopf nur um Millimeter, traf aber die Schulter. Saskia spürte sofort, dass etwas gebrochen war. Nur der Reflex, als sie den Angriff kommen sah, hatte verhindert, dass Katja Geest ihr den Schädel zertrümmert hatte. Sie polterte rückwärts und landete mit dem Po auf dem Küchentisch. Da sah sie in der anderen Hand der Frau das Messer blitzen, das Katja Geest aus der Schublade genommen hatte. Ein Fleischermesser. Groß und spitz und zweifellos verdammt scharf. Schon stieß die Frau es in Saskias Richtung. Ein schneller Sprung zu Seite. Stechender Schmerz zuckte durch die verletzte Schulter. Doch es gab keine Zeit, sich zu schonen. Die Frau säbelte links, rechts, links in ihre Richtung, traf sie an der Brust, zerriss ihr die Bluse, schlitzte ihr die Haut auf und holte im nächsten Moment schon wieder aus.

Saskia warf sich auf den Rücken und streckte dann die Beine mit aller Wucht nach vorne. Sie erwischte ihre Angreiferin nur seitlich, dennoch kam Katja Geest ins Taumeln und musste kurz selbst um Gleichgewicht ringen. Genug Zeit für Saskia, dass sie nach einem Stuhl greifen konnte, um ihn der Frau entgegenzustrecken. Was kein Problem für sie gewesen wäre, wenn sie nicht eine gebrochene Schulter gehabt hätte. So fuhr ihr erneut der Schmerz durch den ganzen Oberkörper und zwang sie, den Stuhl sinken zu lassen.

Und dann war Katja Geest über ihr. Hielt ihr die Klinge an den Hals und sagte ganz leise, ganz gefasst, während ihr ein Schweißtropfen über die Schläfe rann: »Sie knien jetzt vor mir nieder und legen Ihre Hände auf den Boden.«

Saskia ließ den Stuhl ganz fallen und sank auf ein Knie, dann auf das andere, immer den Blick auf die Augen ihrer Gegnerin gerichtet. Ein kurzes Zucken mit der Hand genügte, und Saskia würde abgestochen wie ein Schwein. Sie hatte keine Chance, dieser Frau zu entkommen. Das wussten sie beide. Es war der Moment, in dem Saskia die Insel zu hassen begann. Helgoland war verflucht. Diese Nacht war verflucht. Und so wie es aussah, würde es dabei bleiben. »Was wollen Sie eigentlich von mir?«, hörte sie ihre eigene Stimme rau, fremd, wie von fern.

»Sie haben auch keine Ahnung, was?« Katja Geest schüttelte den Kopf. »Sie wissen vermutlich nicht einmal, weshalb Sie hier sind. Sie sollten zur Verkehrspolizei gehen.« Ein Lachen entfuhr ihr, als hätte sie einen wirklich guten Witz gemacht. »Na, das wird jetzt nicht mehr möglich sein.«

»Was haben Sie davon, wenn Sie mich umbringen?«, versuchte es Saskia, ohne einen Plan zu haben, wie sie weiterargumentieren sollte.

»Zumindest habe ich einen Vorsprung«, erklärte die Frau und presste die Klinge etwas fester an ihren Hals. »Wenn ich Sie leben lasse, habe ich keine Chance mehr, den Kopf aus der

Schlinge zu ziehen. So gibt es zumindest noch eine winzige Chance. Das ist mir Unterschied genug.«

»Aber es geht doch nur um Ihren Vater, Frau Geest. Und jetzt manövrieren Sie sich gerade selbst in eine katastrophale Situation! Ich kann ja verstehen, dass Sie ihn retten wollen. Aber doch nicht um Ihres eigenen Lebens willen!«

»Ach, Frau Berneking, Sie sind wirklich naiv. Der Fluch der guten Tat ist längst eingetreten. Alles wäre schon lange vorüber, wenn Sie die Sachen auf sich hätten beruhen lassen. Aber Ihre Kollegin konnte sich ja nicht damit abfinden, dass es ein Unglück und einen Selbstmord gab. Und jetzt haben wir schon die vierte Tote.«

»Die vierte?«

»Nun, Sie.«

»Und wer ist Nummer drei? Wen haben Sie denn noch auf dem Gewissen?«

»Leider musste ich auch Frau Krüger ausschalten. Sie machen mir das Leben wirklich sehr schwer.«

»Nicht mehr lange«, ertönte plötzlich eine Stimme von der Tür her.

Das Boot hatte irgendetwas gerammt. Anna war auf die Knie gefallen und hatte sich die Hüfte an einer Kante gestoßen. Unter Schmerzen rappelte sie sich auf und tastete im Dunkeln herum auf der Suche nach dem Lichtschalter. Er war irgendwo links neben der Treppe gewesen. Dort hatte sie Katja Geest zuletzt gesehen. Dann war es dunkel geworden. Hier irgendwo musste es sein.

Das Boot schien weniger heftig umhergeworfen zu werden. Zugleich hatte es sich deutlich zu einer Seite hin geneigt. Anna konnte sich kaum aufrecht halten. Da! Sie hatte den Schalter. Es war ein Drehknopf. Endlich flackerte das Licht wieder auf.

Erschöpft hielt sie inne und sah sich, mit beiden Händen den Lauf der steilen Treppe umklammernd, in der Kajüte um. Auf dem Boden rollten immer noch die Flaschen umher. Verschiedene andere Dinge polterten ebenfalls durcheinander. Und die Kiste stand an ihrem Platz, geöffnet. Darin der Junge, dessen Kopf sich bei jeder Bewegung des Schiffes mitbewegte, als würde er unablässig den Kopf schütteln. Und sein Blick war ins Nichts gerichtet. Anna hörte ein Schluchzen und stellte erst nach einigen Augenblicken fest, dass es von ihr selbst kam. Sie kniete sich neben die Kiste und nahm all ihren Mut zusammen. Dann strich sie mit einer Hand vorsichtig zuerst über das eine Auge des Kindes, dann über das andere. Es war ganz leicht gewesen, ihm die Augen zu schließen. Gott sei Dank. Sie drehte den Körper des Jungen etwas zur Seite, sodass er nicht mehr hin und her geworfen wurde, dann schloss sie den Deckel der Truhe und atmete durch. Ihr war schwindlig. Das Terpentin. Der Leichengeruch. Die Panik. Und jetzt auch noch die Schlagseite. Sie musste raus. Und zwar schnell!

Mit zitternden, blutigen Händen zog sie sich an der Treppe hoch und stellte erleichtert fest, dass die Luke nicht von außen verschlossen war. Lediglich der innere Hebel war eingerastet. Regen schlug ihr ins Gesicht, als sie die Klappe öffnete. Wieder machte das Boot einen Ruck, schien sich von etwas zu lösen und dann mit einer heftigen Drehung in eine andere Richtung zu bewegen.

Das Deck war so schief, dass Anna nicht freihändig gehen konnte. Aber sie brauchte ja auch nicht weg von hier, sie musste nur in das Steuerhaus, das hinter ihr lag. Sich mit einer Hand abstützend, mit der anderen an jeder brauchbaren Stelle festklammernd, wankte sie hinüber – und fand die Tür verschlossen. »Scheiße!«, schrie sie, sah sich um, konnte aber nichts finden, was sich hätte losmachen lassen und was geeignet gewesen wäre, eines der Fenster einzuschlagen. Schließlich gab sie es auf und schlug ihren Ellbogen mit aller Kraft gegen das Glas. Nichts. Noch einmal. Und noch einmal. Doch die Fensterscheiben waren widerstandsfähig, und Annas Kräfte ließen langsam nach. Sie versuchte, sich zu orientieren. Wo waren sie eigentlich? Was war geschehen?

Wellenbrecher ragten, nur wenige Meter entfernt, aus dem Wasser. Doch der Abstand wurde größer. Offenbar war das der Gegenstand gewesen, den das Boot gerammt hatte. Vor wenigen Augenblicken hätte sie vielleicht noch springen können, obwohl auch das Wahnsinn gewesen wäre. Aber jetzt war es zu spät, der Abstand viel zu weit, Schwimmen bei den Wetterverhältnissen absolut lebensgefährlich. Anna fragte sich, ob das Boot wirklich sinken würde. Es lag tatsächlich ziemlich schief im Wasser. Schien sich immer noch weiter zu neigen. Ließ sich von den Wellen Richtung Osten drängen, während der Motor nach Norden schob. Rechterhand glaubte Anna den Nordstrand der Düne zu erkennen. Wenn sie ins Steuerhaus gelangen würde, könnte sie versuchen … ja, was? Sie hatte keine Ahnung von Seefahrt. Aber vielleicht könnte sie den Motor stoppen. Oder das Boot in eine günstige Richtung lenken. Weg von den Kajen, den Klippen, den Untiefen. Nur dass sie nicht reinkam. Keinen Zugriff hatte auf das Steuerrad. Den Motor nicht drosseln konnte. Nichts. Sie klammerte sich hilflos auf dem Deck eines herrenlosen Schiffs fest, das sich mit jeder Welle, die gen Düne stürzte, noch ein wenig weiter zur Seite neigte. Außerdem schlingerte es. Es schien fast, als drehte sich das Heck im Kreis. Anna war schlecht. Einen Hilferuf absetzen! Das musste sie. Sie suchte nach ihrem Handy, fand es aber nicht. Es musste irgendwo verloren gegangen sein. Hätte sie ein Funkgerät gehabt! Vermutlich gab es eines an Bord. Aber auch das konnte sie ja nicht erreichen. N über

C, ging ihr durch den Kopf. Ein Seenotruf. Hatte sie mal in der Schule gelernt. Aber dazu braucht man Flaggen. Und die sieht man nur bei Licht. Hoffnungslos. Niemand würde sie hier draußen sehen. Dieses verfluchte Boot und alles, was auf ihm war, für den Rest der Welt absolut unsichtbar.

Nein. Nicht absolut. Es gab eine Möglichkeit! Mit letzter Anstrengung kämpfte Anna sich zurück zur Kajüte und öffnete die Luke. Dann stieg sie wieder hinab, wo bereits Wasser einzudringen begann. Minuten, dachte sie. *Minuten noch, dann sinkt dieser verdammte Kahn.* Aber vielleicht hatte sie ja noch eine winzige Chance, wenn sie jetzt alles richtig machte.

Katja Geest fuhr herum. »Es ist nämlich alles ganz einfach«, sagte Paul, der halb hinter Fritjof Hagedorn stand und diesem eine Pistole an den Kopf hielt. »Sie lassen jetzt das Messer fallen, wir nehmen Sie fest, und den Rest erledigt ein Richter. Ihr Leben wird sicher nicht mehr so kompliziert sein, Frau Geest. Nur noch ein paar Quadratmeter und ein einzelnes Fenster.«

»Was ist hier los?« Das Messer in Katja Geests Hand zitterte, Saskia spürte, wie es ihr in die Haut schnitt.

»Hier ist los, dass ich Ihren Vater jeden Augenblick ins Jenseits befördern werde, wenn Sie das Messer jetzt nicht fallen lassen.«

Es war Katja Geest anzusehen, dass sie abzuschätzen versuchte, für wie glaubwürdig man den Polizisten halten konnte. Behauptete er bloß, was er sagte? Oder sprach er die Wahrheit?

»Die Pistole ist nicht geladen«, sagte Fritjof Hagedorn mit rauer Stimme.

»Sie ist geladen«, erklärte Paul ruhig. »Das werden Sie feststellen, wenn Sie es tatsächlich drauf ankommen lassen wollen.«

»Warum hast du den Mann umgebracht?«, flüsterte der Alte und sah aus traurigen Augen auf seine Tochter.

»Ich wusste, dass du es sonst tun würdest«, sagte Katja Geest und schien um Fassung zu ringen.

»Warum sollte ich das tun? Ich hatte meine Rache.«

»Aber er war auf deiner Spur. Deshalb wolltest du dich mit ihm auf den Klippen treffen.«

»Ja. Das stimmt. Aber ich hätte ihn doch nicht umgebracht.«

Die Erkenntnis, dass sie einen Mord begangen hatte in der Annahme, sie beginge ihn nur stellvertretend, erschütterte die Frau. Langsam ließ sie das Messer sinken. »Er hätte dich ins Gefängnis gebracht, Papa.«

Der alte Mann zuckte die Achseln. »Und wenn«, sagte er. »Die Wahrheit ist, dass ich frei war, nachdem ich ihm sein Kind genommen hatte. Bis der Junge auf einmal wiederauftauchte.«

»Du hättest es nicht tun sollen, Papa. Es war ein Fehler.«

Fritjof Hagedorn zuckte die Schultern. »Ich hätte den Vater umbringen können. Aber das ist keine Strafe.«

»Aber er war es doch nicht, der Hannes auf dem Gewissen hatte.«

»Er war es, Katja. Er war es«, flüsterte der Alte mit bebendem Körper. »Ich habe ihn gesehen. Genau gesehen.« Sein Blick wanderte zu Saskia, zu Paul, nach oben, als würde er den lieben Gott persönlich fragen: »Er war es doch?«

»Nein, Herr Hagedorn«, sagte Paul. »Er war es nicht. Und der Junge im Keller ist nicht der Junge, den Sie umgebracht haben.«

Der Alte ließ den Kopf hängen, Paul nahm die Waffe weg. In dem Moment stieß Saskia ihrer Gegnerin den Ellbogen in den Magen, sodass Katja Geest zusammenklappte wie ein

Taschenmesser und zu Boden ging. Stöhnend, um Luft ringend, ohne sich zu irgendeiner Art von Gegenwehr aufzuraffen. Das Spiel war aus. Endgültig. Für beide. Zwei Tote und ein schwer traumatisiertes Kind. Auch Saskia sank zu Boden und hielt sich die Schulter. »Wo ist Anna?«, fragte Paul, während er die Hände der Mörderin mit einem Paar Handschellen fesselte.

»Keine Ahnung«, stöhnte Saskia. »Ich hatte gehofft, sie wäre hier. Nachdem ich sie am Nordosthafen nicht gefunden habe … Und dann … dann sagte sie hier …« Sie warf einen Blick auf Katja Geest. »Dass sie sie umgebracht hätte.«

Unwillkürlich riss Paul an den Handschellen. »Haben Sie? Haben Sie meine Kollegin getötet?« Doch die Frau antwortete nicht. »Machen Sie gefälligst den Mund auf!«, herrschte Paul sie an. Die versteinerte Miene von Katja Geest machte klar, dass sie nichts sagen würde.

Saskia flüsterte: »Paul. Paul.« Plötzlich sah sie wieder das Boot vor sich. »Ich hoffe nicht, dass sie auf dem Boot ist.«

»Auf welchem Boot?«

»Ich habe einen Notruf abgesetzt, weil ich ein Schiff draußen treiben gesehen habe. Richtung Düne. Oder nördlich davon.« Sie spürte den Blick von Katja Geest auf sich und wandte den Kopf zu ihr. Das Lächeln der Frau ließ ihr das Blut in den Adern gefrieren.

»Seenotrettung an *Carl Bergson*! Seenotrettung an *Carl Bergson*!«

»Hier *Carl Bergson*, der Kommandant. Ich höre.«

»S.O.S. nördlich der Düne.«

»Bestätige S.O.S. nördlich Helgoland Düne. Nähere Informationen?«

»Negativ.«

»Frequenz?«
»Keine. Wir haben Lichtsignale gemeldet bekommen.«
»Wer hat Meldung gemacht?«
»DRK und Jugendherberge.«
»Aye. Wir sind in zwei Minuten drüben. Over.«
»Alles klar. Over.«

Dreimal kurz, dreimal lang, dreimal kurz. Save our souls. S.O.S. Wenn das draußen keiner sieht, dann war's das, dachte Anna. Das Wasser stieg jetzt immer schneller in der Kajüte. Sie konnte sich auf dem nassen Untergrund kaum noch halten, um den Lichtschalter an- und auszumachen. S.O.S. Immer wieder. Bis die Lampe plötzlich mit einem Knistern den Geist aufgab und es wieder stockdunkel wurde auf dem Boot. Vermutlich ein Kurzschluss. Das Wasser reichte Anna inzwischen bis zu den Hüften. Sie zog sich an der Treppe hoch und stieg wieder hinauf an Deck. Kämpfte sich über die Kante der Luke und versuchte einzuschätzen, wo auf dem Boot sie am längsten über den Fluten sein würde. Das Heck ragte deutlich nach oben, während der vordere Teil der *Lisa 2* auf der Backbordseite schon überspült wurde. Ein besonders hoher Brecher schleuderte Anna gegen die Bordwand, und sie rutschte abwärts, dorthin, wo die See bereits übers Deck schäumte. Mit verzweifelter Anstrengung fand sie Halt an einer Verstrebung, an der sie sich die Knöchel aufschlug, die sie aber davor bewahrte, unmittelbar ins Meer gespült zu werden. Sie versuchte, sich wieder weiter nach oben zu ziehen. Doch sie fand nicht mehr die Kraft dazu. Alles schien an ihr zu zerren und sie verschlingen zu wollen. Als hätte sich unter ihr ein Höllentor aufgetan und würde sie mit teuflischer Macht hinabziehen in ein brodelndes, wütendes Inferno, in einen Feuersturm, würde sie vollständig verschlingen und alles andere mit ihr.

»Paaaaaauuuuul!«, schrie sie. Sinnlos. Hoffnungslos. Verzweifelt. »Paaaaaaaaaaauuuuuuuuul!!!«

»Nehmen Sie meine Hand! Schnell!«, rief jemand über ihr. Doch sie konnte es nicht mehr. Ein schöner Traum. Aber sie hatte keine Kraft mehr, ihn zu träumen. Sie war am Ende. Vielleicht wollte sie auch gar nicht mehr. Wollte, dass es ein Ende hatte.

»Nehmen Sie meine Hand! Hören Sie? Hier! Ich bin hier!«

Und ich bin hier, dachte Anna. *Ganz nah bei dir, Leo.* Plötzlich war alles ganz leicht. Das Wasser? Egal. Der Sturm? Weit weg. Paul? *Verzeih mir, Leo. Paul war nur eine Idee. Aber du bist da. Ganz nah. Ich kann dich spüren. Kann dich hören.* Gleich würde es vorüber sein, gleich würde sie es hinter sich haben.

»Es sind nur ein paar Zentimeter! Kommen Sie! Sie schaffen das!«

Ich schaffe das, ja. Ich schaffe es. Endlich ließ sie los.

24

Die *Lisa 2* war nur wenige Meter vor dem westlichen Dünendamm gesunken. Beim Überflug war das Wrack aus der Luft gut zu erkennen, es lag nicht tief. Die Taucher hatten eine zugleich leichte und schwere Aufgabe. Es war nicht schwierig, das Boot zu erreichen, zu betreten und zu untersuchen. Aber es war einer der schrecklichsten Aufträge, Leichen aus Schiffsrümpfen zu bergen. Und hier war es neben dem Abpumpen des Tanks, der Bergung von Gefahrgut und der Sicherung des Wracks die Hauptaufgabe.

»Ich bin froh, dass das Ihre Kollegen übernehmen«, sagte der Hafenmeister, und man konnte ihm die Erleichterung anhören.

»Es ist ein Tatort«, erklärte Paul Freitag. »Da geht es auch um Spurensicherung. Darauf verstehen sich die Kollegen aus Kiel am besten.«

»Ziemlich grausame Geschichte, das.«

»Allerdings. Und das auf Helgoland.«

»Na ja, hier ist schon manches passiert«, erwiderte der Hafenmeister und blickte hinüber zur Hauptinsel, wo selbst von hier aus einige gewaltige Krater erkennbar waren, die dem Eiland im Krieg und danach beigebracht worden waren. »Schlimme Dinge.«

Paul nickte. Er musste an Hagedorns Geschichte denken. An den Jungen im Bombenhagel, im Sturmfeuer, in der Hölle auf Erden. Natürlich war er zerfetzt worden. Man hatte nichts mehr von ihm gefunden. Ein fürchterliches Schicksal. Und für den kleinen Bruder ein lebenslanges Trauma, so grausam, so unnachgiebig, dass er sich sogar im hohen Alter noch zu etwas so Sinnlosem hatte hinreißen lassen wie einem Mord.

»Sie brauchen aber lange«, stellte der Hafenmeister fest.

»Sie machen erst Fotos.«

»Unten im Wrack?«

»Wenn es gehoben ist, wird sich noch mal viel verändert haben. Ein Tatort muss so originalgetreu dokumentiert werden wie irgend möglich«, erklärte Paul. Und er war froh, dass es nicht seine Aufgabe war, sich darum zu kümmern. Anna hatte ihm von dem Jungen erzählt, der dort unten im Meer lag, in einer Kiste, im Dunkeln. Allein.

»Hätte ich dem alten Hagedorn nicht zugetraut.«

»Was hätten Sie ihm nicht zugetraut?«

»Ein Kind umzubringen. Der war doch ein freundlicher Mensch. Immer gewesen. Ich kenn den schon, seit ich klein war. Durfte sogar mal bei ihm mitfahren.«

»Der Mensch ist ein großes Geheimnis«, sagte Paul. »Was wissen wir schon davon?« Zu wenig, um ihn zu verstehen, dachte er. *Und zu viel, um ihm zu vertrauen.*

»Du bist schon wieder im Dienst?« Nele Steenkamp traute ihren Augen nicht, als sie Anna in Uniform vor sich stehen sah.

»Das bringt mich auf andere Gedanken«, erklärte Anna und nickte Henry zu, der in der Tür seiner Hummerbude stand. »Bringst du mir auch einen?«, fragte sie und deutete auf Neles Kaffee.

»Kommt sofort.« Henry verschwand in seinem Lokal.

»Und?«, wollte Nele neugierig wissen. »Erzählst du mir jetzt die ganze Geschichte?«

Anna setzte sich neben sie. »Ich bin nicht mal sicher, ob ich sie selbst ganz kenne, ehrlich. Das war eine so irre Nacht.« Sie stöhnte und rieb sich die Augen. Dann nahm sie ihre Sonnenbrille heraus und setzte sie auf. »Danke«, sagte sie leise.

»Danke? Wofür?«

»Ich glaube, wenn du nicht gewesen wärst, dann wären jetzt nicht mehr alle am Leben.«

»Na ja«, sagte Nele. »Von euch vielleicht nicht. Dafür wäre Bause jetzt in den ewigen Jagdgründen.«

»Bause?«, fragte Henry, der den Kaffee brachte und neben den beiden Frauen stehen blieb. »Wieso wäre der denn fast gestorben.«

»Das willst du nicht wissen, Henry.« Nele schenkte ihm einen Blick, der alles bedeuten konnte, und Anna fragte sich, ob dieser Blick aus dem Repertoire der Hure stammte oder ob das die echte, die wahre Nele Steenkamp war. Die Freundin schien ihre Gedanken zu erraten und setzte ihr typisches süffisantes Lächeln auf, mit dem sie Anna oft bedachte, wenn die Rede auf ihren Beruf kam. »Hauptsache, du bist nicht hopsgegangen«, sagte sie.

»Danke. Hat nicht viel gefehlt.« Sie schloss die Augen und versuchte, die Bilder zu verdrängen, die seit dem frühen Morgen überall auf sie zu lauern schienen.

»Und? Was geschieht jetzt mit Bause?«

»Wir haben ihn in die geschlossene Psychiatrie in Hamburg bringen lassen.«

»Geschlossen. Das beruhigt mich«, sagte Nele Steenkamp.

»Sag bloß, er hat dir Angst gemacht«, erwiderte Anna spöttisch.

»Du weißt nicht, was er mir angeboten hat.«

»Angeboten? Nämlich?«

»Er hat vorgeschlagen, mich zu heiraten.«

Eine Weile schwieg Anna, und sogar Henry schien es die Sprache verschlagen zu haben. Dann erklärte sie: »Ist aber auch ein bekanntes Phänomen, dass Freier eine Hure retten wollen und so.«

»Und so. Klar.« Nele lachte. »Mann, Anna, manchmal denke ich, du bist aus einem anderen Jahrhundert. Die Sache ist doch ganz klar. Bause war stockbesoffen, hatte sein Leben mal auf die Schnelle ruckzuck komplett ruiniert, und wahrscheinlich dachte er, eine gute Handwerkerin fürs Sexleben zu Hause, das wäre ein Trost für seine verkorkste Existenz.« Sie nahm einen Schluck Kaffee und hielt Henry die Tasse hin, damit er ihr noch einen holte. »Wäre sowieso nicht gegangen, weil ich ja längst vergeben bin.«

»Ach?« Henry blieb in der Tür stehen und stotterte: »Echt jetzt? Bist du?«

»Klar doch.«

»Und an wen?«, wollte Anna wissen.

»Na, an ihn natürlich.« Sie deutete mit dem Daumen auf Henry, der über die Schwelle stolperte und die Tasse verlor. Die beiden Frauen lachten. Aber irgendwie, fand Anna, wäre das gar keine so schlechte Idee gewesen.

Ein Schatten tauchte vor ihr auf. Es war Cornelia Michelsen. »Frau Krüger«, flüsterte sie. Wie stets war sie ganz in Schwarz gekleidet, selbst ihr Haar schien noch dunkler als sonst. Die Augen hatte sie hinter ihrer riesigen Sonnenbrille verborgen. »Frau Michelsen«, sagte Anna und stand auf. »Wie geht es Peter?«

Die Frau seufzte. »Ich weiß es nicht. Der Arzt sagt, er kann es vielleicht überwinden. Man hat ihm ein schreckliches Trauma zugefügt. Mit Stromstößen und …« Sie schluchzte. Brauchte einen Moment, um sich wieder zu fangen. »Er musste sich seinen toten Bruder ansehen. Diese ... Frau hat ... Sie hat ihm eingeredet, er wäre ... er wäre schuld an Nils' Tod.« Sie rang um Fassung. Blickte sich um, als müsse sie sich versichern, dass dies alles hier echt wäre und nicht nur ein böser Traum. »Er steht unter Schock, wissen Sie. Der Arzt meint, man kann noch nicht sagen, wie ... wie tief das sitzt. Aber ich bin sicher, er wird das nicht mehr los.«

Anna legte Cornelia Michelsen die Hand auf die Schulter. »Ich verstehe, wie sehr Sie das trifft. Als ich Peter in der Klinik gesehen habe, war ich selbst ganz schockiert. Aber nach allem, was ich in den letzten Tagen erlebt habe, bin ich sicher, es gibt einen Schlüssel zu seiner Seele. Und Sie werden ihn finden und Peter aus seinem Albtraum befreien. Glauben Sie mir, das schaffen Sie.«

Terpentin, dachte sie. Hätte sie ihre Schmerzmeditationen tatsächlich über dem Geruch von Terpentin gemacht, dann wäre sie jetzt tot. Doch um Katja Geest in die geheimsten Tiefen ihrer Seele steigen zu lassen, hatte Anna das Vertrauen gefehlt. Sie hatte ihr das Terpentin offenbart. Aber nicht Bachs »Air«. Davon hatte die Geest nichts erfahren. Und das hatte Anna gerettet. Denn mit dem Geruch von Terpentin hatte ihre Gegnerin den Kopfschmerz nicht ins Unermessliche steigern können. Sie hatte den falschen Trigger benutzt.

Und da erst bemerkte Anna, dass der Schmerz weg war. Stalin schwieg. Die Erleichterung war so groß, dass sie sich am Tisch abstützen musste. »Sie haben eine fürchterliche Nacht hinter sich, Frau Krüger«, sagte Cornelia Michelsen entschuldigend. »Es tut mir leid, dass ich Sie angesprochen habe. Ich wollte Ihnen nur danken.«

»Danke ...«

»Ja. Hätten Sie nicht so hartnäckig alles hinterfragt, dann wäre jetzt auch Peter tot.«

»Ich bin froh, dass nicht noch mehr Schlimmes passiert ist«, sagte Anna und lächelte ihr zu. »Und was werden Sie jetzt machen?«

Ein wehmütiges Lächeln schimmerte in Cornelia Michelsens Gesicht auf. »Das, was ich schon lange hätte tun sollen«, sagte sie leise. »Ich werde für Peter da sein. Als seine einzige und wahre Mutter.«

»Und Herr Kielhorn?«

»Das ist vorbei.« Sie nickte Anna zu und wandte sich zum Gehen. Doch dann schien ihr noch etwas einzufallen, und sie drehte sich noch einmal um. »Und der Alkohol«, sagte sie. »Mit dem ist es auch vorbei. Ich habe mich entschlossen, endlich ein Leben zu leben.«

Hamburger Express, 18. August

Tragödie auf dem roten Felsen

Helgoland. – Dramatische Ereignisse haben in der Nacht vom Donnerstag auf Freitag die Nordseeinsel erschüttert. Nachdem vor wenigen Tagen ein Junge bei der Opti-Cup-Regatta verschollen und sein Vater von einer Klippe in den Tod gestürzt war, wäre es nun beinahe erneut zu Todesfällen gekommen.

Wie sich inzwischen herausgestellt hat, ist der zehnjährige Jens. F. (Name von d. Red. geänd.) Opfer eines Mordanschlags geworden. Ein ehemaliger Fischer aus Helgoland (78) hatte den kleinen Segler mit einer Harpune aus seinem Boot geschossen. Das Kind war sofort tot. Der alte Mann wollte mit der Bluttat Rache nehmen für den Tod seines eigenen Bruders in den letzten Tagen des Zweiten Weltkriegs. Damals war der Großvater des heutigen Opfers in eine Verschwörung verwickelt gewesen, deren Zeuge der Bruder des Täters geworden war. Die näheren Umstände, was aus dem Jungen geworden war, konnten nie geklärt werden. Es besteht aber Grund zu der Annahme, dass tatsächlich ein Zusammenhang existiert.

Obwohl die Kripo Kiel keinen Anlass zu einer Untersuchung sah, hat das Polizeiteam der Insel eigenständig Ermittlungen betrieben, mit dem Ergebnis, dass es sich bei den beiden aktuellen Todesfällen um Mord handelte. Bei der Aufklärung der Umstände sind mehrere von ihnen selbst in tödliche Gefahr geraten. Nur dem Geschick des örtlichen Dienststellenleiters Paul Freitag und dem mutigen Einsatz der Seenotrettung ist es zu verdanken, dass es keine weiteren Toten gab.

Der Mörder des kleinen Jens. F. wurde in die geschlossene Psychiatrie eingeliefert. Seine Tochter, der die Bluttat am Vater des Jungen zur Last gelegt wird, sitzt in Untersuchungshaft.

Viele Fragen in diesem Fall sind bisher ungeklärt. Was ist mit dem Bruder von Jens. F. geschehen, der seit Tagen schwer traumatisiert ist? Welche Rolle spielte die geheimnisvolle Mutter der Jungen, die nach Recherchen des *Express* gar nicht seine leibliche Mutter ist? Welche Verantwortung trägt der Veranstalter der Regatta, der ihr Geliebter ist? Muss der tödliche Segelunfall seines ehemaligen Geschäftspartners vor ein paar Jahren noch einmal neu untersucht werden? *uw*

Schreckliche Vergangenheit

Helgoland wurde von den Nationalsozialisten vor dem Zweiten Weltkrieg zur Seefestung ausgebaut. Die Insel war mit zahlreichen schweren Flakgeschützen bestückt und war der wichtigste U-Boot-Stützpunkt in deutschen Gewässern. Bereits im Oktober 1944 bombardierten die Briten Helgoland schwer, woraufhin der größte Teil der Zivilbevölkerung evakuiert wurde.

Als deutlich wurde, dass der Krieg verloren war, bildeten sich zwei Widerstandsgruppen, deren Ziel es war, die Insel unter ihre Kontrolle zu bringen und sie den Alliierten kampflos zu übergeben. Einige heldenhafte Einwohner stahlen dazu Funkgeräte der Biologischen Forschungsanstalt und nahmen damit Kontakt zu den Briten auf. Mehrere hochrangige Offiziere schlossen sich der Verschwörung an.

Im Morgengrauen des 18. April 1945, nur Stunden, bevor der Handstreich ausgeführt werden sollte, wurden die wichtigsten Mitglieder der Verschwörung verhaftet. Verräter in ihren Reihen hatten die Widerständler auffliegen lassen. Sieben Mitglieder der Gruppen wurden erschossen. Am selben Tag begann der Luftangriff der Alliierten: 1.000 Bomber flogen in drei Wellen über die Insel. In nur zwei Stunden wurden über 5.000 Tonnen Bomben auf Helgoland abgeworfen, die die Insel völlig zerstörten und 120 Menschen das Leben kosteten.